Eachtraí Mara
Phaidí Pheadair
as Toraigh

Séamus Mac a' Bháird

Eachtraí Mara
Phaidí Pheadair
as Toraigh

Aingeal Nic a' Bháird
Caoimhín Mac a' Bháird
Nollaig Mac Congáil
Eagarthóirí

ARLEN
HOUSE

Eachtraí Mara Phaidí Pheadair as Toraigh

Foilsithe in 2019 ag
ARLEN HOUSE
42 Grange Abbey Road
Baldoyle
Dublin 13
Ireland
Fón/Facs: 00 353 86 8360236
Ríomhphost: arlenhouse@gmail.com

Dáileoirí i Meiriceá Thuaidh
SYRACUSE UNIVERSITY PRESS
621 Skytop Road, Suite 110
Syracuse, NY 13244–5290
USA
Fón: 315–443–5534/Facs: 315–443–5545
Ríomhphost: supress@syr.edu

978–1–85132–223–7, bog

Clóchur ¦ Arlen House

Saothar ealaíne na gclúdach ¦
Tamaru Hunt-Joshi (clúdach tosaigh) agus R. L. Rodgers
(clúdach cúil)

Tá Arlen House buíoch de
Chlár na Leabhar Gaeilge
agus d'Fhoras na Gaeilge

Foras na Gaeilge

CLÁR

SÉAMUS MAC A' BHÁIRD:
SCÉAL A BHEATHA[1]

Tá oileán Thoraí suite naoi míle i bhfarraige ó thuaidh ó chósta iarthuaisceart Dhún na nGall. Tá stair fhada ag baint leis an oileán,[2] stair a théann i bhfad siar go dtí aimsir Bhalor na mBéimeann[3] a maireann a iomrá i seanchas mhuintir an oileáin i gcónaí. Tá cáil ar an oileán fosta ó thaobh na Críostaíochta de ó tharla gur thóg Colm Cille mainistir ansin, más fíor. Is iomaí cáil eile atá ar an oileán iargúlta, scoite seo síos fríd na blianta, nach bhfuil a fhios go cinnte cén chiall atá lena ainm,[4] agus is iomaí duine a chuir síos air agus ar a bhunadh agus chan go moltach i gcónaí.

> *Tory island ... is far removed from the busy world. Its soil is bare,*
> *barren, and not even a shrub grows on the island, exposed to the fury*
> *of the Arctic and Atlantic gales. Its fisher population of 300 souls or*
> *so,[5] are at all times in a very sad condition, but owing to the failure*
> *of the kelp industry, and also more or less the deep sea line fishing,*
> *their present condition is one which, perhaps, they never before*
> *experienced the like of. When kelp sold well and fishing was fairly*
> *good, they enjoyed a simple hand-to-mouth life, and were able to*
> *provide themselves with even an occasional luxury in the shape of a*

quarter pound tobacco or such, but lately even the barest necessities of life were not to be had.[6]

Ba bheag iomrá sa tsaol taobh amuigh a bhí ar Thoraigh sa naoú haois déag nó ag tús na haoise seo caite amach ó thagairtí thall is abhus do longbhriseadh,[7] d'iascairí a báitheadh,[8] don ghorta ar an oileán go mion minic,[9] d'eipidéim,[10] do chásanna dúnorgana,'[11] d'aighneas idir muintir an oileáin agus feidhmeannaigh an Rialtais,[12] do chuntais ar rí Thoraí[13] nó ar bhanríon Thoraí,[14] don teach solais,[15] do thurais go dtí an t-oileán,[16] do stair agus seanchas an oileáin,[17] agus mar spreagadh do shaothair phróis,[18] filíochta, péintéireachta[19] agus grianghraf-adóireachta.[20] Scríobh E.E. Fournier cuntas as Gaeilge ar a chuairt go Toraigh sa bhliain 1899 agus is taifead tábhachtach é an cuntas céanna ar shaol chomhaimseartha an oileáin.[21]

Chuaigh Niall Mac a' Bháird,[22] athair Shéamuis Mhic a' Bháird, arbh as Ailt a' Chorráin, Co. Dhún na nGall dó, a chónaí ar oileán Thoraí mar choimheádaí an tí solais ansin.[23] Phós sé Eilís (Bessie) Ní Dhúgáin, bean de bhunadh an oileáin.[24] Cheannaigh sé talamh ansin agus thóg teach ar an taobh thoir de Bhaile Thiar agus cuireadh síos ar an teach chéanna mar *'a lovely residential place for visitors, the same as a hotel.'*[25] D'oscail sé siopa agus teach tábhairne i gceann na haimsire fosta.[26] Bhí triúr clainne acu agus rugadh Séamus ar an oileán ar an 19 Meán Fómhair 1871. Chaith Séamus tús a shaoil ar Eagle Island, Co. Mhaigh Eo, agus Oyster Island, Co. Shligigh (oileáin ar a raibh tithe solais), go raibh sé seacht mbliana d'aois. Chuaigh sé go Toraigh ansin agus d'fhreastail ar an scoil náisiúnta ar an oileán.[27]

De réir Dhaonáireamh 1901 bhí Neil Ward (56) mar cheann urraidh ar an teach, é ina thábhairneoir, pósta ar Bessie (50) agus ar na páistí atá luaite, James (24) atá ina *'telegraph clerk,'* Annie (26) agus Ellie (20). Luaitear go bhfuil scríobh agus léamh an Bhéarla acu agus labhairt na

Gaeilge. I nDaonáireamh 1911 tá Neil Ward (69) luaite mar cheann urraidh ar an teach i gcónaí, pósta ar Bessie (59) agus ar na páistí atá luaite, James (37) atá ina *'telegraphist,'* agus Ellie (33).[28]

Sa chuntas a scríobh E.E. Fournier ar a thuras go Toraigh sa bhliain 1899, tá an méid seo a leanas ráite aige faoi chlann Mhic a' Bháird agus is léir ón chuntas chéanna go raibh dóigh mhaith bheo ar mhuintir Mhic a' Bháird.

Fuair sé lóistín dom i dtigh Néill Mhic a' Bháird ag a bhfuil tigh ósta agus siopa in aice an chuain.

Bhí seomra suite breá agam ann, gléasta agus maisithe le gach uile ní is gnách a bheith ag fear cathrach agus is é rud a chuir mórán iontais orm, bhí *piano* maith ceolmhar ann mar an gcéanna. Bhí mo sheomra codlaidh níos lú ná aon seomra do bhí agam riamh, ach ba bhreá deas é go deimhin, agus bhí codladh ciúin séanmhar agam ansin gach oíche ar feadh na coicíse.

Bhí muintir an tí breá agus macánta go léir. Bhí Niall Mac a' Bháird os a gcionn. Bhí mac aige darb ainm Séamus, máistir na gcomhartha in oifig Muintire Laoide, agus beirt cailíní deasa mar iníona.[29]

San tráthnóna bhí Séamus agus a bheirt deirfiúr, Eithne agus Eibhlín, cruinnithe san tseomra suite ag déanamh ceoil agus mé féin in éineacht leo. Bhí amhráin Thomáis Uí Mhór acu agus amhráin eile i mBéarla ach ní fhaca mé amhráin clóbhuailte i nGaeilge ar bith ann. Mar sin féin, bhí amhráin Ghaeilge.[30]

Is cosúil go raibh Niall go mór ar son na Gaeilge mar is léir ó na tagairtí fánacha dó thall is abhus. An chéad tagairt dó ar an téad seo ná ar ócáid na Feise ar Thoraigh sa bhliain 1899:[31]

Stirring addresses were delivered by Mr. Neill Ward, Mr. Fournier, and Mr. Boyce. Mr. Ward reminded his fellow-islanders that they were yet in possession of the great traditions of an immemorial past, and that the Gaelic tongue must prepare for a great future, for nothing could efface their glorious old language, now that it had survived all attempt to banish it. The speaker delivered his address with great fervour and eloquence, and moved his audience deeply,

especially when he referred to the glorious achievements of Irish arms
such as at Clontarf and Fontenoy, when inspirited on in the native
tongue.[32]

Is cosúil, mar shampla, go raibh bua scéalaíochta agus óráidíochta ag Niall fosta, a chruthú sin a fheabhas a d'éirigh leis ag Feis an tSratha Bháin sa bhliain 1903: *Strabane Feis – 'We have Mr. Neil Ward, Tory Island, a Rosses man worthy father of a worthy son, Seumas Mac-a Bhard carrying off the first prize for storytelling and oratory.*[33] Bhain Niall an tríú háit fosta sa chomórtas *'Recitation of any piece of competitors' own choosing'* ag an fheis chéanna.[34] D'aithin strainséirí a tháinig chun an oileáin gur teaghlach eisceachtúil a bhí i muintir Mhic a' Bháird mar a léiríonn Aodh de Blacam:

> *You seem to be in one of the ancient little Greek city-states where the community was never larger than could be addressed by a speaker. The king's house is set above the quay, like that of King Alcinous, and Alcinous' self was not a kinglier figure than is Tory's Mac a' Bháird, hospitable, manly, perfect in courtesy. A few years ago Mac a' Bháird, at the cost of his personal interests, stopped the sale of intoxicating drink on the island.*
>
> *You might expect that so remote a place as Tory would be wrapt wholly in the obsolete past, and would know little of the big world. You would be wrong. There is no paper of importance printed in these islands that does not find its way regularly to the king's house, and even if you are a journalist, supposed to be abreast of the news, you will find the King better informed than yourself. You will wonder at the sprightly youthfulness and restless curiosity of an aged man's mind, realising that you are in the presence of one of those rare intellects that years never conquer. The King's son – who is author of Troid Bhaile an Droichid – perhaps the finest gem of modern descriptive Irish printed – is just as keen a thinker, and sitting in his library you will hear Dante and Soloviev debated no less than the Gaelic and Anglo-Irish writers of the neighbouring island. Torches the intellectual as well as the social air of Attica.*[35]

Ní raibh Niall fuar ná falsa ag troid ar son chearta mhuintir Thoraí mar is léir ón chomhfhreagras seo a leanas uaidh a sheol sé ionsar an *Derry Journal*:

Tory Island

Sir,

On behalf of the Tory Islanders, I thank you for taking up the cudgel for them. No one not living amongst them can understand what living or striving to live, really means on Tory. The meagre soil, I fearlessly assert, would not produce sufficient to support the inhabitants for six months of the year. The kelp industry while it lasted enabled the people to pay rent. When the kelp failed, of course, rent paying became an impossibility. The people depend almost entirely upon fishing, which indeed, at best, on an island so far out to sea, is always very precarious. Surely landlords are not thinking of renting the fish of the sea. Heaven knows they have everything else that went to support the struggling people around the shores grabbed: even the seaweed which the heavy seas roll in from the deep. The rental of Tory was £100 when kelp was £7 a ton; this was raised to £240, and this vast rack rent was extorted for nearly sixty years. The old rent, I am sure, is much in excess of that of prime Lagan land at the present day. And it is under such circumstances that Government bluejackets and soldiers are requisitioned to put the fisher people of Tory Island in frost and snow out in the roadside. 'How long, o Lord, How long?'

I am sending you the London Express *of 27th January,[36] and call your attention to a heading: 'England Declares War.' In this highly respectable London daily that 'circulates by the ton' prominence is given to a libel on Tory of Columkille and its peaceable, moral inhabitants. We are surely becoming famous. Tory Island occupies a column in the front page of this true blue aristocratic daily, and in London, too. Well, well. Surely the* Express *will give my simple reply, a copy of which I herewith enclose you, equal prominence in its columns.*

Yours truly,

Niall Mac an Bhaird.[37]

Rinneadh an chéad tagairt do Thoraigh ó thaobh chúis na Gaeilge de sa bhliain 1899 nuair a tuairiscíodh gur bhunaigh an tAthair Mac Rabhartaigh Craobh Thoraí de Chonradh na Gaeilge ansin faoi Mhárta (1899).[38] Tá tagairt ann fosta do rang Gaeilge *'established by Father McGroarty, at Torry Island, is progressing well.'*[39]

Thug Fournier cuntas ar staid na Gaeilge ar an oileán nuair a bhí seisean ann.

Rinneas dianloirgearacht ar staid na Gaeilge san oileán. Fuaireas amach go raibh Gaeilig ag an uile dhuine acu ach amháin ag daoine an tí solais. Ní raibh Béarla ceart ach ag fiche daoine nó mar sin[40] agus is é an t-iomlán de na háititheoirí ceithre céad.[41]

Maidir le stádas na Gaeilge sa scoil náisiúnta ar Oileán Thoraí ag tús an chéid seo caite, is fiú breathnú ar an tuairisc seo a leanas don bhliain 1900 anseo.

Tá scoil 'náisiúntach' san oileán, lán de scoláirí beaga bochta. Ní chluintear aon fhocal Gaeilge inti agus déantar an múineadh i mBéarla gí go bhfuil Gaeilge mhaith ag máistir na scoile agus nach bhfuil ach Gaeilge ag na scoláirí. Bhí Breathnaitheoir na Scol ar chuairt ar an oileán nuair a bhí mé ann agus dúirt sé liom nach bhfaca sé mórán dul ar aghaidh ann agus ba í a bharúil nár mhiste don mhúineadh a bheith déanta i nGaeilge dá mb'áil le muintir na múinte i mBaile Átha Cliath é.[42]

Sa bhliain 1902 arís dúradh faoin scoil gur Béarla ar fad a bhí in úsáid sa scoil: 'Iníon Mhic Ádaim[43] as Doire an múinteoir. Níl aon fhocal Gaeilge aici. Níl Gaeilge ann.'[44]

Caithfear an chreidiúint a thabhairt do E.E. Fournier[45] as aird an tsaoil mhóir Ghaelaigh a tharraingt ar an oileán agus as cúis na Gaeilge a chur chun cinn i measc mhuintir an oileáin féin.

Feis Ceoil in Tory Island.

A most successful Gaelic concert was held last Sunday evening in the Schoolhouse of West Town, Tory Island. It was organised by Mr. E. E. Fournier, hon. secretary of the Pan-Celtic Congress, and Mr. James Ward, signal master at Lloyd's station. Mr. John Boyce, hon. secretary of the Derry Branch of the Gaelic League, being stopping at Meenlaragh, on the mainland, came out specially for the occasion. Father Murray[46] presided, and the school was filled to overflowing with people from every part of the little island. The Chairman, on opening the proceedings, dwelt upon the importance of cultivating their native traditions, and the Celtic inheritance handed down from a remote past. He spoke in Irish, of course, and mentioned by the way that everything was to be conducted in that language, and no word of English was spoken during the whole of the proceedings. The programme was both varied and comprehensive. Mr. John McBride, N.T., gave a capital rendering of Dr. MacHale's version of 'The Minstrel Boy,' and the Misses Ward sang 'Erin, the Tear and the Smile' in their prettiest Gaelic. Stirring addresses were delivered by Mr. Neill Ward, Mr. Fournier, and Mr. Boyce. Mr. Ward reminded his fellow-islanders that they were yet in possession of the great traditions of an immemorial past, and that the Gaelic tongue must prepare for a great future, for nothing could efface their glorious old language, now that it had survived all attempt to banish it. The speaker delivered his address with great fervour and eloquence, and moved his audience deeply, especially when he referred to the glorious achievements of Irish arms such as at Clontarf and Fontenoy, when inspirited on in the native tongue. Mr. Fournier said that unless Gaelic speakers learned to read and write Gaelic they would be soon out of touch with the Irish literary movement, which was daily gaining strength. He added that Tory Island had in it all the elements for an Irish literary revival of the best kind, and that with a little effort the island might be placed in the very front rank and contribute a valuable share in the work of preserving 'the soul of the nation.' Mr. Boyce expressed his satisfaction at finding that as far as the island was concerned the language appeared to be absolutely safe. It would be very satisfactory if the same could be said of many of the Irish-speaking districts, but he hoped that that would be true before very long. From the days of St. Columcille, who made their island sacred and blest, to the present they nobly conserved and preserved their language intact, and there was no other part of Ireland seemed to have kept freer from the tinge of 'Sassanagh.' He also expressed his high appreciation of the fine speaking and the beautiful singing he had heard and hoped it would be developed to the highest perfection. Father Murray then called upon all those present who were able to sing to contribute their own share of music, and his appeal was most successful in eliciting some rare old Gaelic airs which had not been sung in public for a long time. It is just these songs which are of such profound interest to the Celtologist, and the student of folk music. The singers included Miss Mary MacHugh, Mrs. Norah Doogan, the Misses Doherty ('Ag an Aifrionn Dia Domhnuigh'), Mr. George O'Brien ('Cailín Donn'), Mrs. Nancy Rodgers ('Máire Bhán'), Miss Mary Meenan, Miss Annie Ward and Miss Catherine Doogan led a chorus in a charming little ditty called 'Is Truagh gan mise an Sasan, agus Duine amháin as Éire liom,'[47] which, if not already published, well deserves publication. Mr. James O'Brien ('an bhas'). Readings from the two Irish newspapers Fáinne an Lae and Claidheamh Soluis were contributed by Mr. Neil Ward and Mr. John Rodgers. Mr. Rodgers read the ode written by Dr. Douglas Hyde for the last Oireachtas, and both were much appreciated by the audience. The musical instruments used consisted of a violin, played by Mr. MacBride and Mr. Patrick O'Donnell; a melodeon, played by Mr. W. Doogan, and a zither, played by Mr. Fournier, and between them the musicians managed to produce a very creditable and enjoyable performance. Needless to say there were jigs and reels and hornpipes, too, and when those were played, volunteers were not lacking to put the steps into execution; the best among these impromptu dances being performed by Mr. James Ward, Mr. Philip Rodgers, and Mr. Daniel Doogan.

At the close of the concert the whole audience rose and sang 'Let Erin remember,' as the Irish National anthem. A vote of thanks to Father Murray and the organisers terminated the proceedings, and ended a memorable evening. As the people walked home along the dark roads they sang their sweet old Gaelic songs which sounded in the distance like faint echoes of far-off days - the days when St. Columcille built his church here, and preached the language which still holds its own in this rocky island. The islanders scout the notion that the Irish language will ever die out among them.[48]

Chomh maith lenar bhreac sé síos faoi stair, faoi shaol agus faoi mhuintir an oileáin,[49] thug Fournier eolas dúinn faoi Shéamus Mac a' Bháird, faoina chuid léinn agus faoina chuid oibre ag an teach solais.[50] Ó thaobh na Gaeilge de i gcás Shéamuis, dúirt sé:

Ní raibh an iomarca leabhar ag Séamus Mac a' Bháird ach bhí Foclóir Uí Raghallaigh aige, agus leabhair an Athar Uí Ghramhna. Mar sin féin, bhí an Ghaeilge breá bríomhar aige agus Béarla mar aon léi.[51]

Bhí cáil an léinn ar Shéamus thairis sin, áfach:

Luigh sé leis na leabhair am ar bith a mbíodh uair le spáráil aige, agus ní hé amháin go bhfuair sé an mháistreacht ar an nGaeilge, ach d'fhoghlaim sé Béarla, Fraincis agus Laidin fosta.[52]

Is iomaí cliú eile a bhí ar Shéamus taobh amuigh ar fad de chúrsaí léinn, rud a d'fhág a ainm in airde i seanchas Thoraí ó shin i leith.

Scéal corrach a bheadh i scéal Thoraí gan focal nó dhó ar Shéamas Mac an Bhaird, an scríbhneoir, an file, an t-aisteoir, an damhsóir agus an gaiscíoch. Rí-oileánach a bhí san fhear fionnrua, ard leathan deachumtha dóighiúil, a raibh a urra ag cur lena mhéid, a fhuinneamh ag cur lena dhath agus a thréithe intleachta agus pearsantachta, a ghrá tíre agus teanga chomh suntasach tréan lena ghné agus a chosúlacht.[53]

Tugann Eoghan Ó Colm neart samplaí d'urradh Shéamuis[54] a mhaireann i gcuimhne na ndaoine.[55] Deir Seán Hiúdaí Ó Gallchóir as Gort a' Choirce (iarmháistir scoile ar Oileán Thoraí, a raibh aithne aige ar Shéamus) gur chuir sé barr feabhais ar scileanna rámhaíochta bhádóirí Thoraí thar na blianta, rud a d'fhág go raibh cliú agus cáil orthu ag rásaí na mbád uilig thart ar chósta iarthuaisceart Thír Chonaill.

Ach is mar dhamhsóir is mó atá cáil air ar an oileán, ar fud na tíre agus in Albain. Bhain sé duais Oireachtais sa bhliain 1901, ócáid ar a chuir sé an lucht éisteachta faoi dhraíocht le feabhas a chuid damhsa agus bhí tóir air fosta ar feadh na mblianta mar dhamhsóir agus mar mholtóir damhsa ó cheann ceann na tíre agus in Albain.[56] Ina leabhar *The Dynamite Drummer* (Martin Lester Ltd. Dublin, c. 1918) 112 le Alice agus W.H. Milligan, maíodh: '[*Shamus Ward has*] *got the lightest and nimblest foot that ever battered on a board in the Island of Tory, or Ireland itself for that matter.*' Moladh é fosta sa dán seo a leanas a scríobh Máire Máirtín as paróiste Inbhir:

SÉAMAISÍN MHAC AN BHÁIRD

Máire Máirtín

Fonn: – Loch na gCearr.
Tá an sean-saoghal 'fás nua ag bun sléibhte 'gus caisleán,
Tá an caol 'teacht ar aghaidh 's an marbh 'teacht beó,

Tá na damhsaí bhí fuar sioctha marbh 'sa talamh,
Ag téidheadh 's ag corrughadh mar ta'n chanamhaint 's an
ceól.

Tá na damhsaí neimhchneasta nár cumadh riamh 'nÉirinn
'Na luighe gorm gréine gan fhiafraighe gan áird
Ó chonnaictheas cúrsaí an fhir óig atá céimeamhail
Ghníos damhsa na hÉireann, Séamaisín Mhac an Bháird.

Níl aon coirneál d'á rachthá nach bhfuil misneach agus
tapadh,
I n-iosgadaibh 'n bhunaidh nár chorruigh riamh sál,
Tá na croidhthe bhí íseal 's na cuislí bhí stoptha,
'S an fhuil a bhí ar seachrán 'teacht ar ais i n-a háit;
Ó's fíor go dtéigheann dúthchas agus feoghluim le chéile,
'S an nádúir go dtéidheann le tír is le grádh,
Ná tá daoine nár bhuail a gcroidhe riamh le port damhsa,
Ag rádh, 'Ó, nach bhfeicim-sa ar ais Mac an Bháird!'

Ó, a óglaigh na hÉireann, tá cóir agus céimeamhail,
Tá umhal is measamhail le eagna in do chionn,
Ní raibh na cúrsaí le bualadh in d'inchinn le tuairnín, –
Ní bhéadh na bunnaí comh héadtrom, dá mbeadh an croidhe
trom,

Ná deir daoine shiubhal Albain, Sasain, is Éirinn
Nach bhfacthas do léithid i mbaile ná i n-áit
Le ceól is damhsa, le canamhaint na Gaedhilic';
Ó, 'gus, soillsigh grádh Dhé ort, a Shéamaisín Mhic an Bháird![57]

D'fhág sé a lorg fosta ar dhamhsóirí an oileáin ó shin i leith[58] agus is air a leagtar 'An Maidrín Rua', 'meascán den amhránaíocht, den cheol agus den damhsa, a ndeirtear faoi gurbh é Séamus Mac a' Bhaird a chum é.'[59] Tá tóir mhór ar an damhsa seo i dToraigh i gcónaí.

Taobh amuigh ar fad dá chumas mar dhamhsóir cuimhníonn muintir Thoraí air mar aisteoir agus mar fhile eatarthu féin. Chumadh sé rannta ar ábhair speisialta agus ghléasadh sé féin cúlra ag cur leis an ócáid.[60] Tá samplaí dá chuid filíochta le fáil in Aguisín VII den leabhar seo.

Is spéisiúil an rud é, an chéad tagairt chlóite riamh a rinneadh faoi Shéamus agus faoina ghairm ar an oileán, as

Béarla a bhí sé agus, mar a tharlaíonn, foilsíodh an píosa thall i Sasana in *Boys' Own Paper* i mí Mheán an Fhómhair, 1895.[61] Ó lár an naoú haois déag ar aghaidh de réir mar a bhisigh ceist na litearthachta agus tháinig feabhas ar thionscal na clódóireachta agus na foilsitheoireachta ar an uile bhealach, tháinig irisí ar an tsaol sa Bhreatain agus i Meiriceá a dhírigh ar dhéagóirí agus ar dhaoine óga i gcoitinne. Bhí *Boys' Own* ar an cheann ba rathúla díobh sin. Bhí ábhar den uile chineál san iris a thaitneodh le daoine óga – eachtraíocht i gceithre hairde na cruinne, longbhriseadh, buachaillí bó, cuntais ar thíortha agus ar oileáin agus ar chiníocha i bhfad i gcéin srl.[62] Is cinnte go raibh teacht ag Séamus ar a leithéidí nó bheadh ábhar léitheoireachta as Béarla ag fostaithe an tí solais agus Béarlóirí eile ar an oileán ag an am. Is léir ón fhianaise seo nach raibh Séamus chomh scartha amach ón tsaol mhór is a cheapfá. A athrach ar fad atá fíor.

Is fiú a lua anseo fosta, ag cur lena bhfuil ráite againn cheana, go bhfuil an chéad tagairt chlóite eile do Shéamus le fáil sa *Weekly Irish Times* sa bhliain 1896.[63] Ag deireadh an naoú haois déag bhí rannóg do pháistí ar an *Weekly Irish Times*, darbh ainm *Our Literary Circle*, á reáchtáil ag 'Kincora.' Chuirtí litreacha leis an páistí (baill an chumainn) i gcló ar an nuachtán. Cuireadh an litir seo a leanas ó pháiste as Toraigh i gcló:

> *Lillie Rohu, Tory Island Lighthouse, Gortahork, writes – ... The people here are very poor ... The lighthouse station has with several others been made a storm-warning station. There is a cone put up on the flagmast when a storm is coming on. Dada receives a telegram from the Meteorological Office, London, to hoist North or South cone according to the way laid out for doing so. The cone hoisted point downwards means a storm from the south, and point upwards means from the north. The cone has to be kept up 48 hours, and then taken down ... My little brother Comgall is making strokes on paper, and he says he is writing to Kincora for a dog ...*[64]

Tugann sí liosta ansin de na daoine ar bhailigh sí airgead uathu le haghaidh an *League of Kindness*, ina measc,

J. Ward, 1s. Is léir mar sin go raibh an *Weekly Irish Times* á léamh ag Séamus agus b'fhéidir go raibh sé ina bhall den eagraíocht sin tráth éigin dá shaol roimhe sin.[65]

Tá fianaise thábhachtach eile againn faoi Shéamus ag deireadh an naoú haois déag a bheireann eolas breise dúinn faoi. Choinnigh Séamus dialann a bhain le dhá thuras a rinne sé. Ceann amháin bhain sé lena thuras go Londain le freastal ar an cheiliúradh uilig a bhain leis an *Diamond Jubilee of Queen Victoria* ar 20 Meitheamh 1897[66] agus bhain an dara ceann lena chuairt ar Bhaile Átha Cliath sa bhliain 1898 le freastal ar an cheiliúradh a bhain le hÉirí Amach 1798. Dhá cheiliúradh a bhí i gceist ansin a bhí an-difriúil amach is amach ach a bheireas léargas dúinn ar oiliúint, ar thógáil agus ar dhearcadh Shéamuis ag an am.

Cha raibh scríobh dialainne ina nós ag Gaeil an naoú haois déag. Bhain a leithéid leis an Ré Victeoiriach thall i Sasana agus le lucht an chinsil in Éirinn ach go háirithe, ag aithris ar na Sasanaigh. Is spéisiúil go bhfuil an dialann scríofa as Béarla, agus léiríonn sí máistreacht Shéamuis ar an teanga sin. Ní hamháin sin, chan Béarla an ghnáth-Éireannaigh atá i gceist ach Béarla léannta agus béarlagair gallda mar a gheofá i leabhair agus in irisí Sasanacha an ama sin. Mar shampla, chuir sé síos ar an lá mhór mar *Day unique and unprecedentedly attractive – nay, absolutely unbelievable*. Bhí trácht aige ar dhuine ar dhúirt sé faoi: *He was an uncommonly jolly card [= a character] and very amusing*. In áit eile, cuireann sé síos ar fhear mar *cad (rogue)* srl.

Nuair a bhí sé thall i Sasana, bhí sé ann mar thurasóir agus rinne sé aithris ar thurasóirí eile: thug sé cuairt ar an *Big Wheel, British Museum, Covent Garden, Underground Railway* srl. agus ar an téatar i Learpholl. Is léir go raibh sé *au fait* cheana féin leis na háiteacha tábhachtacha a gcaithfeadh cuairteoirí tarraingt orthu agus iad thall i Sasana.

Is léir ó dhialann Shéamuis fosta go raibh sé an-chráifeach nó is iomaí tagairt a ní sé do dhul ar an Aifreann, ar faoistin agus dá chuid guíodóireachta. Bhí tallann chráifeach i Séamus go lá a bháis.

Is léir ón dialann tabhairt fá dear Shéamuis agus a chumas scríbhneoireachta:

As dawn broke on the overcast morning of Tuesday, June 22, 1897, which had been declared a public holiday, hundreds of thousands of people crowded the London sidewalks in anticipation of the royal parade. Vendors hawked souvenir jubilee flags, mugs and programmes. A human fence of soldiers, their bayonets protruding like pickets, walled off the route of the six-mile procession.

Títhear fosta cén léamh a níos Séamus ar dhaoine éagsúla a chastar air ina chuid siúlta, mar shampla, nuair a thugann sé cuairt ar óstán an Rosapenna taobh leis na Dúnaibh:

I left the road and went right up to the great establishment and round about it. I saw young Duthie sitting in the verandah among a number of big blokes. He was like a dirty, black, dying, crow among so many pheasants, peacocks and other beautiful, brilliant birds. If I were he, I should stop at Rosapenna. He may have money but he has not the polish of speech, manners or appearance to suit a place like that. I was not indeed very happy myself at the time, but I felt after all for the poor big bloated beggars that were some of them, lounging about the seats, some reading and others going lazily about with golf clubs under their arms. All so red and bloated looking – their livers and bowels of course out of order.

Agus é thall i Londain, bheir an dialann le fios dúinn nár dhuine sónta, soineanta a bhí ann ach duine a thuig cúrsaí an tsaoil:

I was passed by a woman, not very decently dressed who asked was it a fire that was somewhat ahead to which she pointed. I took no notice of her and she remarked 'too bad it seems to be spoken to' and passed me on. I expect she wanted to see was I green and if she could lure me down some back street to keep me there till I was required no longer, probably till I should get robbed and perhaps killed. This is not an uncommon thing in the slums of London: but I showed such

independence and indifference that she probably thought I was too
old-fashioned for her – Poor thing.

Is léir fosta óna dhialann nárbh fhear mór óil é Séamus
ach go n-óladh glincín mar a d'fhóireadh ar ócáidí
caidrimh. Charbh iad na deochanna ba rogha le muintir
Thoraí a d'óladh sé ach an oiread ach deochanna ar nós
ginger beer, claret nó puins. Ar ndóigh, lá ab fhaide anonn
ina shaol, chuir sé deireadh le díol na biotáilte ina
thábhairne féin ar an oileán.

I ndiaidh do Shéamus Londain a fhágáil an t-am sin,
thug sé a aghaidh ar Bhaile Átha Cliath agus bhí sé ansin
fosta mar thurasóir. D'fhan sé sa Hibernian Hotel, thug
cuairt ar Ghlas Naíon, ar uaigh Parnell, ar leacht Daniel
O'Connell, ar na *Botanic Gardens,* Mt. Argus srl. agus thug
sé a bharúil ar achan rud a chonaic sé agus na daoine ar
bhuail sé leo agus an comhrá a rinne sé leo. Is léir gur
dhuine sochaideartha a bhí ann a bhí ar a shuaimhneas i
láthair daoine den uile chineál. Is léir fosta gur shantaigh
sé comhluadar agus comhrá agus caitheamh aimsire agus
éagsúlacht.

An bhliain dár gcionn, thug sé a aghaidh ar Bhaile Átha
Cliath le bheith i láthair ag comóradh Éirí Amach '98
ansin. Is spéisiúil an cur síos a ní sé ar an cheiliúradh agus
an dóigh a ndeachaigh sé i bhfeidhm ar dhaoine. Luann sé
na cainteoirí a bhí i láthair: Dillon, Yeats, Redmond, agus
John O'Leary, mar shampla, agus bheir sé cuntas orthu.
Bhuail Gaeilgeoir leis, fosta:

A very plucky man of thirty three or so hopped up then and spoke in
Irish which no one but one or two understood. I was among the few
who understood some of the speech. It was very evident that he
hadn't the language from his infancy or youth but that it was
acquired from books. He was too sweet and wanted that fluency, ease
and flabbiness which characterizes the proper spoken Irish. I said a
few times in Irish 'Well done' and 'Good man' and all that sort of
thing and, when he was done, he turned round and caught me in the
hand and said in Irish that he was proud of me for being able to
understand the language and conversed with me for a while in Irish.

I asked him where he was from and he said, I think, Cahir and his name was Rooney and it was only four years since he began to study Irish. There was another man with him who was a good Irish scholar and the three of us talked about the language. He asked where I was from; I told him …

Ba dhuine é Séamus fosta a raibh an-aird aige ar chúrsaí éadaigh agus faisin. Agus é ar saoire i Londain agus i mBaile Átha Cliath cheannaigh sé:

derby boots, calf skin uppers … I bought a little black tie and later on a brownie scarf which I fancied … I got a coat and vest priced £1. There were no ready-made Norfolk coats and I could find nothing that I considered cheap enough and of the shade I required.

Ó tharla gurbh fhear é Séamus a bhí chomh léannta, siúlach sin, níorbh iontas ar bith é go bhfacthas dó a shaol ar Thoraigh a bheith leadránach, neamhiontach mar a thugann sé le fios ina dhialann:

2nd July
Ar ais go Toraigh
Sunday 3rd July
Into the old routine of work again and my diary now closed for so uneventful and so wanting in rarity is my life in Tory that a diary of any day at all will do for the remaining 364 of the year.

Is cosúil go raibh spéis ag Séamus san Athbheochan náisiúnta chomh fada siar le 1900 óir chuir sé síntiús airgid chuig Conradh na Gaeilge sa bhliain chéanna sin[67] agus is eol dúinn gur lean sé den nós sin, mar atá, síntiúis airgid a chur chuig Conradh na Gaeilge blianta ina dhiaidh sin.[68]

Is sna blianta 1900[69] agus 1901 a rinne Séamus freastal ar an Oireachtas agus tharraing sé aird go náisiúnta air féin mar dhamhsóir den scoth lena linn sin. As measc na gConallach, bhí Séamus ar na chéad daoine ó Dhún na nGall le freastal ar an Oireachtas.

Mr. P.M. Gallagher of Donegal and Seamus Ward of Tory Island were among the few pioneers of the Gaelic Revival to attend the Oireachtas in its early years.[70]

Ag an Oireachtas chéanna in 1901 i mí an Mhárta sa chomórtas: port dúbalta agus cor, roinneadh an dara duais idir Seaghán Ó Breasail agus Séamus Mac a' Bháird.[71] Chuaigh bua damhsa Shéamuis agus a phearsantacht i bhfeidhm go mór ar phobal na Gaeilge i mBaile Átha Cliath, rud a d'fhág gur reic a cháil agus go raibh tóir air mar dhamhsóir agus mar mholtóir damhsa in Éirinn agus in Albain as sin amach.

Ag tagairt don Oireachtas sa bhliain 1901, dúradh: '*Mr. James Ward, Tory Island, whose 'hornpipe and jig dances excelled anything of the kind seen on the Dublin stage for a long time.*'[72]

Luaitear a ainm go minic ina dhiaidh sin go ceann na mblianta mar aoidhamhsóir agus mar mholtóir ag ócáidí Gaelacha ó cheann ceann na tíre agus in Albain.

St. Kevin's Branch, Gaelic League
... *The closing Sgoruidheacht of the above branch will take place in the Parochial Hall, Lower Clanbrassil street. Several artistes have kindly promised to attend, including Mr. Ward, of Tory Island, Oireachtas prize winner, who will give some Irish step-dances.*[73]

Hiarradh air moltóireacht a dhéanamh ag Feis na Mumhan sa bhliain 1901 fosta.[74]

An bhliain dár gcionn lean Séamus air ag damhsa,[75] ag moltóireacht[76] agus ag glacadh níos mó páirte in imeachtaí Chonradh na Gaeilge.[77] Chomh maith leis sin uile, chuir sé dhá phíosa Fiannaíochta, mar atá, 'Laoidh an Fhiaigh' agus 'Gadaíocht Inis Dubháin,' a bhreac sé síos ar an oileán i gcló ar *Irisleabhar na Gaedhilge* sa bhliain 1902. Tá an dá phíosa sin tugtha in Aguisín V.

Seo a leanas cuid de na hócáidí Gaelacha a raibh baint aige leo.

Cumann Litiordha na Gaedhilge Céilidh – *Great Irish Night in St. Columb's Hall.*
One of the events of the evening was the rinnceoireacht or Irish step-dancing of Mr. Seamus Ward of Tory Island. Mr. Ward, it will be remembered, won the second prize at the last OIREACHTAS in

Dublin, and was by many deemed better than the first. Certainly he
delighted everyone at the ceilidh. His dancing was the finest yet
witnessed in the Hall.[78]
To-Night's Ceilidh in St. Columb's Hall
The artistes on the occasion include ... Mr. Seamus S. Ward.[79]

Thug Séamus céim mhór ó thaobh na Gaeilge de sa bhliain 1902 nuair a ceapadh ina thimire é[80] 'do Dhún na nGall agus don chuid de Cho. Dhoire agus de Cho. Thír Eoghain a raibh ceantar Gaeltachta fós iontu.[81] Thosaigh sé ag obair ar Lá Samhna 1902.'[82] Nuair a fuair sé amach go raibh sé tofa mar thimire 'chuir sé craobh den Chonradh ar bun ina bhaile féin … agus d'fhág sé an tAth. Ó Muirí agus Seosamh Ó Cearúlláin, O.S., i bhfeighil na hoibre.'[83]

Cuid de Thimirí Chonradh na Gaeilge (1903)
Séamus Mac a' Bháird, an dara duine ó chlé ina sheasamh

Sula ndeachaigh Séamus i gceann na timireachta,[84] chaith sé trí seachtaine faoi oiliúint ag Tomás Bán Ó Concheanainn i bparóiste Inbhir agus ansin chuaigh sé a dhéanamh as dó féin.

On receiving the intimation of his appointment as Organiser for Donegal, Mr. Ward immediately initiated his campaign by holding a meeting in his native place, Tory Island. Since his appointment in October, he has visited, amongst other places, Townawilly, Barnesmore, The Four Masters' District,[85] Cloughaneely, Termon, Stranorlar, Ballybofey, Dunfanaghy, Inis Eoghain, Dungloe, the Rosses, Strabane, Inver and Glenties. In most of these places Mr. Ward remained for a considerable time and did his work in a very detailed manner. He also attended Gaelic League functions in Derry as well as almost every 'Sgoruidheacht' and 'Céilidh' held in Donegal County since his appointment.'[86]

De réir Dhonncha Uí Shúilleabháin, rinne sé a chuid timireachta i gceantair Ghaeltachta agus Ghalltachta, ag teagasc agus ag damhsa, ag bunú agus ag athbheochan craobhacha, ag toiseacht in Inbhear agus ar aghaidh ansin go Tamhnach an Mhullaigh, an Bearnas Mór, baile Dhún na nGall, Cloch Cheann Fhaola, an Tearmann, Doire, Srath an Urláir, Bealach Féich, Inis Eoghain, Dún Fionnachaidh, an Clochán Liath, Druim Thuama, Láithigh Báirr, na Gleannta srl.[87]

Ba dhuine an-fhóirsteanach é don phost sin siocair go ndearna sé a dhícheall misneach, uchtach agus dóchas a spreagadh i measc na múinteoirí Gaeilge nuair a théadh sé thart ar na scoltacha. Is cinnte go raibh na tréithe cearta aige. Seo a leanas an cineál duine a bhí a dhíth do phost mar sin:

The type of teacher wanted is a man who can teach Irish independently of books, more especially in the initial stages. He must be expert at modh díreach *and* clár dubh *work, and must have a competent knowledge both of Irish and English. While sound teaching methods are essential, personality is more so. The* múinteoir taistil *should know his Ireland past and present; should be able to appeal to the sentiments of the people as well as to their intellectual side; should be a patriot and an enthusiast; good-humoured and an optimist … A knowledge of Irish songs, music, dances and games will help …* Múinteoirí *should feel that they are soldiers of Ireland and should talk to young and grown of Ireland's*

heroes and glories, thus infusing the right spirit of nationality into
all with whom they come into contact.[88]

D'éirigh go hiontach maith le Séamus sa phost seo mar
is léir ó na cuntais éagsúla sna nuachtáin ar a chuid oibre.
Is fiú breathnú ar na cuntais chomhaimseartha sin ar obair
Shéamuis ar na nuachtáin Bhéarla le barúil a fháil ar a
chuid oibre agus a fheabhas a chruthaigh sé i gceann na
hoibre sin ag deireadh 1902 agus i rith 1903.[89]

D'fhág Aindrias Ó Baoighill, múinteoir, scríbhneoir agus
iriseoir Gaeilge, an cuntas moltach seo a leanas ar
thionchar Shéamuis ar pháistí scoile:

> Bhí sé ina thimire le Conradh na Gaeilge san am agus ghair sé
> isteach sa scoil tráthnóna amháin go bhfeicfeadh sé caidé mar
> a bhíomar ag fáil ar aghaidh leis an teanga. Mar nach raibh
> aithne ar bith againn air shíleamar gur cigire de chuid an
> Bhoird Náisiúnta a bhí ann. Ach b'iontach linn é bheith ag
> caint Gaeilge agus ár gceistniú i nGaeilge. Agus chomh
> caoithiúil is a bhí sé. Agus mar a tháinig linn dánacht a
> dhéanamh air ar dóigh nach dtáinig linn a dhéanamh le cigire
> ar bith eile ariamh. Agus chomh bródúil is bhíomar nuair a
> mhol sé sinn as an eolas a bhí againn ar ár dteanga féin.[90]

Ba léir gur éirigh go maith le Séamus ina chuid oibre ar
son Chonradh na Gaeilge agus go raibh meas air dá bharr
mar is léir ón tsliocht seo a leanas áit a gcuirtear síos ar
cheiliúradh imeachta Shéamuis.

> Oidhche Ghalánta i nDún na nGall
> Bhí oidhche ghalánta ag Connradh na Gaedhilice i nDún na
> nGall coicthighis ó shoin. Tháinic Séamus Mac a' Bháird,
> Teachtaire Connratha na Gaedhilice, ar cuairt chuig Pádraic Ó
> Gallchobhair, agus nuair a chuaidh an sgeul so amach, ní
> dhéanfadh dadaidh chúis dóibh acht a theacht i gceann a
> chéile agus comóradh beag a thabhairt dó ar son a dearn sé
> dóibh. Chruinnigh fá thuairim céad duine i dtigh an
> mhargaidh ar an hocht a chlog, & cuireadh Monsighneór ró-
> urramach Mac Pháidín sa chathaoir. Thug sé buidheachas
> dóibh, agus dubhairt sé go rabh slaghdán air, acht, 'na dhiaidh
> sin, nach dtáinic leis gan a theacht chuca nuair a fuair sé an
> cuireadh, agus chualadh sé go rabh a gcaraid Séamus Mac a'

Bháird le bheith aca an oidhche sin. 'Onóir agus meas ar bith a thig a thaisbeáint dósan,' ar seisean, 'is airidh air iad. Ó tháinic sé chugainn, rinn' sé a dhícheall cúis na Gaedhilice a chur ar aghaidh i dTír Chonaill agúis i n-áiteachaibh eile mar an gcéadna. Chuir sé craobhacha, agus sgoltacha ar bun, féadaim a rádh, san uile pharáisde anns an díoighise seo, agus tá an Ghaedhilic dá fóghluim ar fud na tíre go coitcheann. Is mór agus is tairbheach an t-atharrughadh é seo, agus tuilleann Séamus Mac a' Bháird ár mbuidheachas & ár mbeannacht ar a shon ... Ag imtheacht duit, a Shéamuis, tá meas gach duine leat. Is mór an bhris agus an chaill do Chonnradh na Gaedhilice go bhfuil tú da bhfágbhail.[91]

D'éirigh Séamus as a phost mar thimire ar 31/12/1903.[92]

*Last week a branch was established in Glenswilly by Mr. Shemus Ward, League organiser for county Donegal ... The class had already sixty pupils on the roll, and on Sunday night when they and their friends heard that Mr. Ward was about to leave the district, they met in the Treankel N.S. to give him a send-off and see and hear him once more before he left. Mr. Ward opened the proceedings by an Irish hornpipe, after which he and Miss Ward, Mr. and Miss McGinley, danced a beautiful four-hand reel that Mr. Ward learned in Dublin ... a vote of thanks to Mr. Ward was proposed by the Rev. President, who said the county Donegal owed a deep debt of gratitude to Mr. Ward for his splendid services to the Gaelic League, and for his personal example in everything Irish. Mr. P. McGinley ... said that Mr. Ward showed them how to dance and sing and make speeches in their own native language and, in fact, how they could enjoy themselves and how happy they could be without borrowing anything from any country but their own.
(Songs then from Miss Ward and Mr. Ward).[93]*

Phill sé ar an oileán arís agus chuaigh i gceann an tsaoil ansin.

I mbliain 1904 agus ar feadh na mblianta ina dhiaidh sin lean Séamus dá bhaint le Conradh agus cúis na Gaeilge i gcoitinne in Éirinn agus i nGlaschú. I mbliain sin 1904 fosta bhí sé mar charas Críost ag níon le hAodh Ó Dubhaigh.

Interesting Christening Ceremony at Gortahork

*Today in our births' column we record the birth to Mr. and Mrs.
Aodh Ua Dubhthaigh of Gortahork, Co. Donegal, of a daughter.
Aodh is well-known to many of our readers as the able and popular
Gaelic teacher in the Strabane district, and was a prominent figure
at the Gaelic Feis in Falcarragh on Sunday last. The baptismal
ceremony was performed in Gortahork Chapel on Tuesday by Father
Murray, who celebrated Mass, and preached the beautiful Irish
sermon for the Derry Gaels on Sunday. Seumas Ward, of Tory
Island, was sponsor. The ceremony, as far as was permissible, was
conducted in Irish ...*[94]

Ó tharla go raibh Séamus ag baint faoi agus ag saothrú a
bheatha ar an oileán go ceann na mblianta ina dhiaidh sin,
chuaigh na tagairtí dá chuid imeachtaí i dteirce as sin
amach. A leithéidí seo, mar shampla:

Seamus Ward present at céilí in Market House.[95]

Tharla rud mór sa bhliain 1904, áfach, a chuir le cliú
Shéamuis. Ó mhí an Mheithimh go mí Lúnasa, bhí an scéal
Troid Bhaile an Droichid le Séamus i gcló ar *An Claidheamh
Soluis* gach seachtain ó 11/6/1904 go dtí 20/8/1904 ach
amháin ar 16/7/1904 agus 13/8/1904 faoin ainm cleite
'Giarrot'. Foilsíodh ina dhiaidh sin mar leabhar é in 1907.
Dúradh faoin leabhar nuair a foilsíodh é:

*Troid Bhaile an Droichid by Séamus Mac a' Bháird of Tory, so
well-known in Dublin at a former Oireachtas as 'The Prince of
Tory' and famous for his wonderful dancing' ... The author has
added an exhaustive Gluais and this the editor has supplemented
with some additional explanations.*[96]

Troid Bhaile an Droichid (seaneagrán)

Seo a leanas an fháilte a chuir Séamus Ó Searcaigh agus scoláirí Gaeilge eile i gCúige Uladh roimh an leabhar:

Is fada sinn ag fuireachas leat, a leabhairín shuilt! Acht thainic tú chugainn sa deireadh. Níl a'n lá ariamh ó cuireadh *Troid Bhaile an Droichid* i gcló sa *Chlaidheamh Soluis* nach gcluinfeá Ultaigh ag cainnt air. Agus nuair a chuaidh iomrádh amach go rabhthar ag gabháil a chur roimhe an domhan Fódlach i

bhfuirm leabhair, bhí na céadta 'ghá rádh nach luaithe amuigh
é 'ná cóip aca de. Tá *Troid Bhaile an Droichid* amuigh anois,
agus an té ar maith leis Gaedhilg gan truailleadh gan
Béarlachas a léigheadh agus a fhoghluim mholfainn dó cóip
de a fhágháil gan mhoill. Tá Gluais mhaith curtha ag an
ughdar (Séamus Mac an Bháird) leis an leabhar. Níor mhór dó
sin a dheanamh, ná is iomdha focal cruaidh agus rádh neamh-
choitcheann nach bhfuil i leabharthaibh a chastar ort ann.
Támuid ag meas nár cuireadh aon leabhar Gaedhilge i gcló go
fóill a mbéidh oiread iarradhta air is bhéas ar an leabhar so
Shéamuis Mhic an Bháird.[97]

A Book for Northern Gaels

Troid Bhaile an Droichid *(the Battle of Bridgetown) is the title of a
little book issued by the Gaelic League at 6d. Seamus Ward, of Tory
island, is the author. It is an account of a faction fight between the
Gallaghers and Boyles somewhere near the situation of the present
Gaelic College at Cloghaneely. It is a splendid word picture that may
rank beside O'Leary's account of the race at the fair in* Seadna *and
the duel in* Eachtra Risteard *by Conán Maol.*

*Some people think that in issuing a book like this we are glorifying
factions. Not a bit of it. Our people were always a fighting race, and
I hope they always will be. They sometimes fought amongst
themselves. Of course they did, and so did others. We are not going
into sack cloth and ashes because our forefathers fought each other.
The history of all countries is mostly a record of fights.
Our forefathers did not fight for grab, and call it the 'advance of
civilisation.' They fought to see who was the best man, and there is
not a Boyle or a Gallagher in Donegal today who will not feel proud
on reading Seamus Ward's book, though, naturally, as a Tory man,
he gives the palm to Séamus Mór Ua Duibhir from Tory.
Seamus should write more.* Beirt Fhear[98]

Níor cuireadh leabhar i gcló go fóill i gcanamhaint an Tuaiscirt
is fearr Gaedhilg agus rith cainnte ná *Troid Bhaile an Droichid.*
Ní fiú mórán an sgéal é féin mar níl ann acht cunntas ar throid
bataí acht tá an Ghaedhilg ar fheabhas ann.[99]

Why Mr. Seumas Ward's (of Tory Island) Troid Bhaile an
Droichid *has not yet been sanctioned [by the National Board] seems
inexplicable, as it is, perhaps, one of the most idiomatic Ulster works
yet written.* M. Ua Maoláin.[100]

Tuairiscíodh ar an *Freeman's Journal* (20/5/1922, 7) gur chuir Preas Dhún Dealgan athchló ar an leabhar agus go raibh nótaí agus foclóir ag gabháil leis.

Tá an leabhar i gcló arís ag Gearóid Stockman agus Gearóid Mac Giolla Domhnaigh in *Athchló Uladh* (Comhaltas Uladh, 1991) 119–34. Deirtear an méid seo a leanas i réamhrá *Athchló Uladh* faoi *Troid Bhaile an Droichid*:

An dara heagrán de *Troid Bhaile an Droichid* a bhí againn … Ainneoin go ndeir an t-údar …: 'Is é m'athair a d'inis an scéal seo domhsa agus, más bréag é, ní mise a chum é', is léir gur cumadóireacht Shéamais atá ann nó ar a laghad gur chuir sé feoil ar an chreatlach. Chuir Gearóid Mac Giolla Domhnaigh leagan den scéal seo as Toraigh ar fáil mar aguisín do *An tUltach* i 1989 ach leabhrán beag bídeach a bhí ann den chineál a chaillfí ar sheilf leabhar agus táimid ag tabhairt ionad níos buaine dó san fhoilsiúchán seo.'[101]

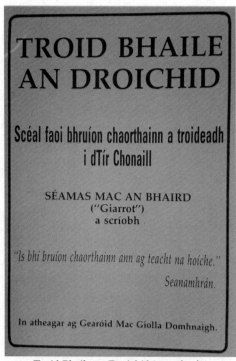

Troid Bhaile an Droichid (eagrán úr)

Tá sliocht as an leabhar seo, á léamh ag an údar féin, taifeadtha ag Doegen ón bhliain 1931.[102]

Nuair a chuir Séamus roimhe an leabhar seo a scríobh, b'fhéidir go raibh sé ag cuimhneamh ar an rud a dúirt Fournier ag an fheis cheoil ar Thoraigh cúpla bliain roimhe sin:

> He added that Tory Island had in it all the elements for an Irish literary revival of the best kind, and that with a little effort the island might be placed in the very front rank and contribute a valuable share in the work of preserving 'the soul of the nation.'

Bíodh sin amhlaidh nó a mhalairt, scríobh Séamus an scéal seo a léirigh laochas na nGael sa tsean-am agus thapaigh sé an deis fosta le bolscaireacht a dhéanamh ar son aidhmeanna Chonradh na Gaeilge a raibh sé an-eolach orthu le fada roimhe sin.

Scríobhadh an píosa seo a leanas ar *An Claidheamh Soluis* fán leabhrán agus mar mholadh ar Shéamus.

DO SHÉAMUS MHAC A' BHÁIRD
An t-am d'ársuigh sé Béal an Droichid le stuaim is suáilceas.

Theasduigh uainn Dall Mhac Cuarta ba huaibhreach nuallach
i nGaodhal-dán,
Theasduigh Art Beinéid is a shluagh, mo thruagh nach
maireann a dtréin-shliocht,
D'imthigh an sgrios thar an Chuigidh Ó Chuailgne go Toraigh
is Loch Éirne,
'S ionann-a's-ionann chan fuair ar bhuan d'ar nGaedhilic 'na
ndéid-siúd.
Ach, a Shéamuis Bháin Mhac a' Bhaird, siud's nach bárd thú
ar dhóigh do bhunaidh,
Is duthchasach dhuit-se gach ráidht d'ar fágadh i dTíortha
Eoghain is Chonaill;
Sé mo dhóigh gur duit-se atá i ndán an stráic seo do bhaint as
lucht Chonnacht,
Is tá uaisle an Chuigidh is ár mbráithre go láidir i muinighin
do bhorb-phinn.
An tUltach Beadaidhe a dubhairt.[103]

Is fiú breathnú ar an rud a dúirt Séamus faoi stair a
chuid scríbhneoireachta i litir a scríobh sé chuig Séamus Ó
Grianna ar 26/10/1927.

> I've made a start, though I'm always diffident and shy about the
> public and criticism, but the funds are a difficulty with me with a
> young family of six to bring up and educate. I find it hard enough to
> make strings meet a[nd] spend all my time earning. From a patriotic
> point of view we Northerners should, I think, make sacrifices and
> devote more time to writing but we can't neglect what is a more
> immediate and pressing call viz. providing for the family which God
> has given us. When I had a little public position there for a while
> over 20 years ago I had a little spare time from the duty attached to
> it. I wrote Troid Bhaile an Droichid a first attempt and a last! In
> my inexperience it could not be expected to be much, but it was as
> good as my limited experience and limited education permitted. I
> spent a lot of time writing a glossary just to make it easier and
> perhaps more interesting to the reader because all these were more or
> less learners and novices. Well after all the time and trouble I had
> with it and it did cost me (who was a sort of beginner myself then)
> some time and trouble. Well I never saw even a farthing for it then or
> since. I could not afford to publish it myself and I had to give it to the
> Gaelic League and they published it. Some half dozen years ago some
> northern committee asked me to publish another edition as the first it
> seems was run out. I could not do so: and I gave them permission to
> do what they wished with it. They took out another edition but of
> course I never saw a ha'penny for that either, not even a free copy of
> the wee thing.

Tá liosta de na tagairtí éagsúla ar nuachtáin thar na
blianta ina dhiaidh sin d'imeachtaí Shéamuis thall is abhus
mar léargas éigin ar a raibh ar siúl aige i gcaitheamh na
mblianta sin. Is léir nár thug sé a chúl le cúrsaí Gaeilge ná
leis na rudaí eile a raibh baint aige leo roimhe sin. Maidir
leis an bhliain 1904: bhí sé ina ionadaí ag Ard-Fheis
Chonradh na Gaeilge thar ceann Chraobh Thoraí; bhí sé
mar chathaoirleach ar Fheis an Fháil Charraigh[104];
tuairiscíodh fosta ar *The Derry People and Donegal News*[105]
go raibh Seumas Mac a' Ward (*sic*) ag damhsa agus ag
gabháil cheoil ag an *Glasgow Musical Festival* sa bhliain
1904 agus ag céilí de chuid Chonradh na Gaeilge i

nGlaschú: *'Seamas Mac a' Bhaird gave an exhibition of genuine Irish step dancing.'*

Bhí an scéal céanna ann sa bhliain 1905: *The National Exhibition – West Donegal Coisde Ceanntair: the shareholders included ... Seamus Mac a' Bhaird;*[106] luaitear go raibh sé ar dhuine de na Teachtairí ó Dhún na nGall chuig an Ard-Fheis;[107] *J. Ward was requested to adjudicate at the Glasgow Annual Feis in the Grand National Hall;*[108] Céilí i nDoire – luaitear go raibh Seumas Ward i láthair.[109] An scéal céanna arís an bhliain dár gcionn. Luaitear Séamus Mac an Bháird i measc *non-resident members – nominations for new Coiste Gnó;*[110] *Mr. Seamas Ward of Tory Island, was an interested visitor at the opening ceilidh of the Colm Cille Branch of the Gaelic League in St. Columb's Hall. He danced one of his own horn pipes in his own inimitable way.*[111]

Is sa bhliain 1906 a tháinig Coláiste Uladh ar an tsaol i nGort a' Choirce agus, mar a bheifí ag súil, bhí ainm Shéamuis luaite le himeachtaí an Choláiste ón tús.

In Cloughaneely: An Irish Night
Mr. Seamus J. Ward from Tory, was present, and gave in his own fine style a number of horn-pipe dances.[112] *Selection of College Staff for Coláiste Uladh: the Irish dancing was ably looked after by Mr. Seamus Ward, of Tory Island, the king of Irish dancers.*[113]

Luaitear Séamus Mac a' Bháird arís *en passant* in alt 'Ar Mhullach Chnoc Fola' scríofa ag Cionn Fhaolaigh ar *An Claidheamh Soluis.*[114] Is léir nárbh fhéidir a bheith i láthair ag ócáid Ghaelach ar bith i dtuaisceart Thír Chonaill nach mbuailfeá le Séamus.

This issue of An Claidheamh *is being edited from the wilds of* Tír Chonaill. *Portion of it, indeed, is being written on a steamer tossing between* Inis Bó Finne *and* Oileán Toraighe ... *That figure wildly waving its hand from a boat is Séamus Mac an Bháird. The shape beside him must be Niall Mac an Bháird (athair Shéamuis) ... On Sunday morning sleepy Leaguers in cottages for miles around are aroused from their beds by couriers who announce that Séamus Mac an Bháird has landed from Torach and that a steamer is waiting to take us 'in' to the island ... landed in Torach we make a raid on*

Niall Mac an Bháird's and An tAthair O Cuinneagain's good things
... and hold a meeting in Niall Mac an Bháird's kitchen.[115]

In alt 'An Dóigh a Chaith mé Deireadh Seachtmhaine i
gCuideachta Cupla Caraid' le S.H. A Baoighill as Bun
Cranncha, chuir sé síos ar thuras a thug sé féin agus beirt
chairde leis as na Rosa ar Dhoire. Chuaigh siad isteach i
dteach aíochta i nDoire, 'teach Chonlainn i sráid na
Feabhaile,' agus chuaigh duine acu isteach i seomra.
Tógtar an cuntas ansin:[116]

'An bhfuil a fhios agaibh cé atá istigh anseo, Séamus Mac a'
Bháird as Oileán Thoraí agus a dheirfiúr Eibhlín.' Chuaigh
sinn uilig isteach agus ní magadh le rá go raibh croitheadh
láimhe agus fáilte ag gabháil fá cheann tamaill. Bhí aithne
bhreá agam féin ar Shéamus nó chaith sinn sealaide (sic) bhreá
i gcuideachta a chéile le cupla bliain ach ní raibh a fhios agam
Eibhlín chomh maith sin agus bheirim mo lámh duit nár chaill
mo dhá chara mórán ama go raibh agam ise fosta (sic).

Nuair a shocraigh muid síos d'éirigh Séamus ina sheasamh
agus d'fhiafraigh sé dúinn cad é a bheadh againn le hól. Scairt
an uile dhuine againn amach a dheoch féin; d'ól muid sin agus
i gceann tamall beag bhí an tae leagtha ar an tábla ag cailín an
tí. Shuigh muid uilig isteach agus thig liom a rá gan bréag go
raibh sé ina thae aoibhneach againn. I ndiaidh an tae thoisigh
an ceol, thoisigh an damhsa agus thoisigh an greann go raibh
sé chóir a bheith an mheán oíche agus má tá Séamus maith níl
a dheirfiúr i bhfad uaidh. Cheol sí agus sheinm sí i rith na
hoíche agus go dearfa sin í an cailín atá aici féin ag an dá
chuid. Chuirfeadh sí aoibhneas an tsaoil ort ag amharc uirthi
agus ag éisteacht léi. Bhí sé an t-am le dul a luí anois ach dúirt
Séamus go mbeadh an Paidrín Páirteach againn agus go
gcuirfeadh sé féin thart é. Chomhairligh muid uilig dó agus le
sin ar ár nglúna linn. Bhí Séamus é féin thuas ins an choirneál
agus a chúl linn-ne. Bhí Gallchóir ar a ghlúna ag cois cathaoire
agus cé bith uthairt a bhí air thit sé [ar] lorg a thóna agus
tháinig fleasc a dhroma ar an urlár agus chuir sé cnead bheag
as. Bhí mé féin ag ligean thart 'Fáilte an Aingil' an t-am céanna
agus tháinig maostadh gáire ormsa an dóigh a thit an t-
ógánach. D'amharc sé orm go han-chrosta agus ar seisean:
'Cad é atá tú ag amharc air nó cad é na gáirí atá ort, a
shlaodaí? Rachaidh mé anonn agus tragóidh[117] mé thú. Nach

34

mór an slí gáire é.' Ní raibh na focla amach as a bhéal gur bhris racht gáire ar Shéamus, ar Eibhlín agus orm féin. Nuair a chonaic Gallchóir seo tháinig scigil gáire air féin fosta. Thoisigh Séamus ag cur thart an Phaidrín arís ach cha raibh maith ann dó nó ní raibh sinn ábalta freagar a thabhairt air nó bhí muid plúchtaí leis na gáirí. Fá dheireadh agus fá dheo nuair nach dtiocfadh leis dadaí a dhéanamh linn d'éirigh sé ina sheasamh agus d'fhág sé muid. Faoi thamall bheag tháinig sé isteach ar ais le an Paidrín a chríochnú ach cha raibh gar ann, bhí muid níos measa anois ná an t-am roimhe. 'Fuígfidh mé sibh,' arsa Séamus, 'nó is drochdhream sibh agus is mór an náire daoibh agus níl mo dheirfiúr féin pioc níos fhearr.' Agus mar sin thug sé é féin ar shiúl leis. D'imigh Gallchóir ina dhiaidh gan focal amach as a cheann, amach le Eibhlín fosta …[118]

(Maidin lá arna mhárach) Shuigh muid isteach chun an tábla agus rinne Eibhlín na groithe dúinn go deas suaimhneach. Lár an bhricfeasta chuir sinn a gné (???) an oíche roimhe agus thug sinn dona chéile go maith é. Ach, mar sin féin, chríochnaigh muid ár gcuid agus bhí sé uilig thart agus dearmad déanta de. Chuaigh sinn amach an chathair ansin agus mar bhí mórán groithe le déanamh ag Séamus ag ceannach earradh tí de bhrí gur ag a bhunadh atá an siopa is mó ins an Oileán, d'fhág sé féin agus a dheirfiúr an Gallchóireach agus mé féin ar ár gcomhairle féin …

Bhí ár gcairde a d'fhág muid ar maidin ansin romhainn agus an dinnéar leagtha ar an bhord réidh [len]a chur amach. 'In ainm Dé,' arsa mise le Eibhlín, 'nach cóir duit an bia seo a chur thart dúinn nó tá ocras mór orainn.' Gan focal a labhairt ní raibh sé i bhfad go raibh na plátaí leagtha thart ar an tábla agus an bia orthu. 'Suígí isteach anois, a bhuachaillí, tá seo réidh daoibh,' arsa sise. 'Maith an cailín thú,' arsa mise. 'Níl a fhios agam cad é a dhéanfadh muid ar chor ar bith ach go b'é thú; creidim go mbeadh sé buille fá dtuairim go minic.' 'Fág sin mar sin,' ar sise, 'agus suigh isteach le do chuid' …[119]

Shuigh Eibhlín anois ag an ghléas ceoil agus dheamhan i bhfad go raibh Séamus ar a chosa agus nuair a rinneadh réiteach dó ar an urlár agus thosaigh sise a sheinm dar m'anam istigh shílfeá gur eascainn é. Bhí a chosa agus a chorp ag siúl mar rud ar bith. Sin an fear a thig leis an damhsa a dhéanamh; ní bheinn gaibhte ag amharc ar a leath lena thaobh. Dhamhsaigh sé ansin fá thuairim trí cheathrú uaire go raibh an t-allas ag titim síos go talamh uaidh. Shuigh sé ansin ach char stad a dheirfiúr: cheol sí agus cheol sí léi agus is binn blasta an guth atá aici, mo léan … Níor habradh an Paidrín an oíche seo i gcuideachta a chéile mar a rinneadh an oíche roimhe nó dhiúltaigh Séamus go buan é a chur thart mar shíl sé nach raibh múineadh go leor [orainn] an chéad oíche …[120]

Ar ócáid eile, tuairiscíodh:

On visiting the Irish class at Letterkenny on Sunday week last, the organiser and Séamus Mac an Bháird received a hearty Céad Míle Fáilte *from the 180 students present.*[121]

Bhí a thuilleadh tagairtí ann do Shéamus sa bhliain 1907 ag cur síos ar a chuid imeachtaí: m.sh. Séamus Mac a' Bháird, Oileán Thoraí, ag caint fán rún a bhí aige cuntas a thabhairt ar chéilí i Leitir Ceanainn:

Caithfear áit agus am a sheiftiú dó (.i. an céilí), agus chan gheall ar na damhsaí deasa Gaelacha galántacha a thóg ár gcroíthe ins na hairdeoga nó an ceol mín milis agus na hamhráin snasta blasta a ruaig agus a dhíbir buaireamh an tsaoil go Poll Tí Léabáin; ach gheall ar easpag umhalchroíoch an Deoise a bheith i láthair, agus gheall ar na focla bríomhara a labhair sé linn i dteangaidh a thíre is a shinsear – ag tabhairt chomhairle céillí ciallmhaire dúinn, ag moladh na hoibre a bhí ag gabháil chun tosaigh agus ár mbroslú agus ag cur uchtaigh agus misnigh orainn tuilleadh agus tuilleadh mór fada eile oibre a dhéanamh agus a dhéanamh go maith …[122]

Bhí Séamus agus a dheirfiúr mar aíonna ag an tsiamsaíocht Nollag sin a reáchtáil Craobh Naomh Adhamhnáin i Leitir Ceanainn a raibh an t-easpag mar phátrún air. Rinne Séamus agus a dheirfiúr cúpla damhsa ag an ócáid.[123]

Cuireadh tús le Feis Thír Chonaill sa bhliain 1907 agus bhí an fheis chéanna ar cheann de na himeachtaí Gaeilge ba thábhachtaí sa chontae go ceann na mblianta.[124] Chan iontas ar bith gur ceapadh Séamus ina bhall de choiste Fheis Thír Chonaill sa bhliain sin 1907[125] agus ina mholtóir ar an chomórtas damhsa fosta.[126]

As sin amach, áfach, éiríonn na tagairtí do Shéamus níos gainne ó tharla go raibh sé sáite go mór i gcúrsaí sa bhaile. Mar shampla, bhí feachtas ar bun sa bhliain 1910 le banaltra a fháil d'Oileán Thoraí: 'Appeal on Behalf of Tory Island Nursing Fund' agus bhí baint ag James Ward leis sin.[127] Tugadh poiblíocht mhór don fheachtas sin sna nuachtáin san am.[128]

Cibé cáil a bhí ar Thoraigh ag tús an chéid seo ó thaobh na Gaeilge de, caithfear an chreidiúint a thabhairt do Shéamus cuid mhór dá bharr. Taidhleoir mór na Gaeilge ar an oileán a bhí ann. Reic a cháil ar fud an chontae, na tíre, agus in Albain. Ní hiontas ar bith go raibh aithne mhaith air ag lucht an Chonartha. Mar shampla, ba chairde leis an Cairdinéal Ó Dónaill, an Piarsach agus Ruairí Mac Easmainn[129] agus thug siad cuairt ar an oileán mar ba mhaith leo a bharúil agus a bhreithiúnas a fháil ar chruacheisteanna Gaelacha agus ar chúis na teanga.[130]

Sa bhliain 1912, chuir Séamus cor mór ina chinniúint nuair a phós sé máistreás scoile a tháinig chun an oileáin ó Bhun an Phobail in Inis Eoghain darbh ainm Treasa Ní Shuibhne.

Séamus Mac a' Bháird agus a bhean Treasa

Bhí siopa ag Niall, athair Shéamuis, agus de réir mar a chuaigh na blianta isteach agus de réir mar a chuaigh sé in aois, ba mhó an bhaint a bhí ag Séamus leis an tsiopa agus leis an teach tábhairne. Bhí caladh á thógáil ar an oileán sa bhliain 1903 ag Bord na gCeantar Cúng. '*The pier offers little protection from the winds, but Séamus Ward persuaded the authorities, so it is said, to put it at this location because of its proximity to his shop and licensed public house.*'[131] I ndiaidh dó pilleadh ar an oileán chuir Séamus leis an teach sa dóigh is go ndearna sé óstán de, ar an tsuíomh chéanna inár tógadh an t-óstán úr ar Thoraigh traidhfil blianta ó shin. Teach Ósta Mhic a' Bháird an t-ainm a bhí ar an teach mhór a bhí ag teaghlach Néill Mhic a' Bháird. Is ansin a d'fhan Ruairí Mac Easmainn nuair a thug sé cuairt ar Thoraigh. De réir Dhaonáireamh 1911 bhí beirt lóistéirí ag fanacht sa teach: Edward Stephenson, constábla de chuid an R.I.C. agus Maggie McAdam, máistreás scoile. Chomh maith leis sin, bhí oifig an phoist á reáchtáil ag aintín Shéamuis sa teach ach nuair a pósadh Séamus agus Treasa, roinneadh an teach idir iad féin agus an teaghlach agus chuir Séamas go mór leis an teach.

Roger Casement agus, chun tosaigh, Séamus, a athair Niall agus a dheirfiúr Ellie

Mhaígh Seán Hiúdaí go stopadh na línéir mhóra corruair agus iad ar a mbealach go Meiriceá comhgarach don oileán chun a gcuid earraí don turas a cheannach i siopa Mhic a' Bháird. Dar leis fosta nach raibh a dhath ar bith ar thalamh an domhain nach raibh Séamas ábalta a fháil duit má bhí sé de dhíth ort, fiú is nach raibh sé sa tsiopa aige.

Bhí eacnamaíocht an oileáin bunaithe go hiomlán ar éisc. D'fhéadfaí a rá gurbh é an t-iasc airgeadra na ndaoine. Nuair a thigeadh daoine isteach chuig siopa Mhic a' Bháird lena gcuid earraí a dhíol, bheireadh siad iasc do Shéamus in áit airgid. Ansin níodh Séamus na héisc a easportáil ar fud na hEorpa, go háirithe an Ghearmáin. Bhí cuimhne mhaith ag a níon, Eibhlín, ar an am a chaill a hathair ceithre mhíle punt nuair a bhí sé ag easportáil an éisc go dtí an Ghearmáin agus bhris an chéad chogadh domhanda amach. Sin an t-uafás airgid in airgead an lae inniu.

Bhí obair an stáisiúin comharthaíochta ar siúl ag Séamus i rith an ama sin go léir. Insíonn an tAthair Ó Colm scéal ar an uair a bhí garastún saighdiúirí san oileán 1914–18. Bhí rince mór ar siúl sa scoil oíche agus theastaigh go géar ó Shéamus a bheith ann. Ach bhí sé ar diúité sa stáisiún comharthaíochta. Chuaigh sé chuig oifigeach ceannais na saighdiúirí agus dúirt go raibh fomhuireán ar uachtar sa chuan agus gur ionsaí ar an stáisiún a bhí á bheartú. D'fhág sin saor é le dul chuig an rince.

Fear siúlach a bhí i Séamus, fosta, mar a tugadh le fios cheana féin. Dúirt Eibhlín, a níon is sine, go raibh an nós aige dul chuig 'Taispeántas an Earraigh' i mBaile Átha Cliath achan bhliain agus stopadh sé i dTeach Ósta an Hibernian, i sráid D'Olier, le linn a sheal ansin.

Lean na tagairtí ar aghaidh thar na blianta dá raibh ar siúl aige. Luaitear *Mr. Ward, Lloyds agent at Tory Island* i gcomhthéacs bhriseadh na mbád tarrthála de chuid an S.S. California sa bhliain 1914.[132]

*Quite recently some of the Falcarragh police had occasion to visit
Tory Island (on duty) ... After spending a very enjoyable day on
what is termed the 'Sentinel of the Atlantic', we took our departure
... The whole party feeling deeply indebted to Mr. James Ward for his
hospitality. He does things with such grace that one feels at home in
his presence – he is a gentleman in the true sense of the word.*[133]

I gcaitheamh na mblianta thug sé síntiúis d'eagraíochtaí
agus do chúiseanna éagsúla: thug Séamus Mac a' Bhaird,
Oileán Thoraí, síntiús 10 scilling don *Irish National Aid and
Volunteer Dependents' Fund*,[134] thug Seamus Ward 10s don
Derry Executive of Sinn Fein election fund,[135] thug Séamus
síntiús £1 10s d'Fheis Thír Chonaill sa bhliain 1924[136] srl.

Luaitear é ar ócáidí eile, fosta.

Níonn Aodh de Blacam tagairt do leabhar Alice agus
W.H. Milligan, *The Dynamite Drummer* (Martin Lester, 3s.
6d) sa bhliain 1920 ina luaitear Séamus ... '*The fun shifts to
Tory Island. Seamus Ward is challenged to dance ...*'[137]

Bhí Séamus i láthair ag cruinniú de na Gaeil i Leitir
Ceanainn áit ar ghabh Mr. L.J. Walsh, D.J., buíochas leis as
a raibh déanta aige ar son na Gaeilge.[138]

Duine iontach cráifeach a bhí i Séamus fosta i rith a
shaoil mar is léir óna dhialann agus ó chuimhne daoine air.
Mar shampla, ba chuimhin le muintir Ros Goill blianta ina
dhiaidh sin nuair a bhí sé ar tír mór cé chomh cráifeach
agus a bhí sé mar tá cuimhne acu go fóill air féin agus ar a
bhean ag dul ar Aifreann agus Comaoineach laethúil ar a
gcuid rothar go Carraig Airt, maith dona an aimsir. Tá sé
soiléir ó na litreacha atá mar aguisín sa leabhar seo an
meas a bhí aige ar an Eaglais agus ar an chléir. I ndiaidh
don Athair Ó Ceallaigh misean a thabhairt ar an oileán
agus is dóiche go raibh mí-úsáid na dí á cáineadh aige,
scríobh Séamus litir chuig an Easpag Ó Dónaill, a raibh sé
mór leis ar feadh na mblianta, mar is léir ó Aguisín IX, ag
rá gur éirigh sé as díol na biotáilte ina theach tábhairne.
Chaill sé cuid mhór dá theacht isteach lena linn sin óir bhí
tóir mhór ag muintir Thoraí ar an ól.

Is dócha gur thit an tóin as eacnamaíocht an oileáin – nach raibh go hiontach an t-am ab fhearr í – i ndiaidh an Chogaidh Mhóir. Mheath an iascaireacht agus d'éirigh an saol corrach in Éirinn ina dhiaidh sin. Bhí clann óg ag Séamus agus a bhean sna blianta sin agus d'aithin Séamus go gcaithfeadh sé seiftiú dóibh in áit éigin eile.

D'fhág sé Toraigh sa bhliain 1928 agus bhain faoi sna Dúnaibh. Bhí sé ag iarraidh imeacht roimhe sin ach char éirigh leis post a fháil a d'fhóirfeadh dó. Easpa meánscolaíochta don chlann ar an oileán is mó a thug orthu tír mór a bhaint amach chomh maith le meath na hiascaireachta. Fuair Séamus post leis an Roinn Talmhaíochta, ar a raibh cúram cúrsaí iascaireachta ag an am, agus, níos moille, le Bord Iascaigh Mhara. *Manager for the Sea Fisheries Association at Downings* a dúradh faoina phost.[139] Bhí sé de chúram air na hiascairí a dhíol ar son a gcuid éisc, aire a thabhairt do threallamh an Bhoird agus tuarastal na n-oibrithe i mBádchlós Mhíobhaí a íoc.

Bhí clann mhór ar Shéamus agus ar Threasa agus thug siad cuid de bhuanna an athar leo. Damhsóirí breátha a bhí iontu agus is iomaí sin duais a bhain siad[140] agus thug siad taispeántais damhsa go minic thall is abhus sa tír seo agus thar lear. Colm, an chéad mhac a rugadh sa bhliain 1918, ab fhearr i gceann damhsa. Rinceoir den chéad scoth a bhí ann agus bhí sé i mbarr a réime nuair a hiarradh air dul ar thuras le Comhaltas Ceoltóirí Éireann go Meiriceá agus Ceanada sa bhliain 1972 agus an Bhreatain sa bhliain 1974. Rugadh a níon Eibhlín i mí na Nollag sa bhliain 1916 agus rugadh ceathrar eile clainne dóibh ar thoradh moille, mar atá, Caoimhín, a fuair bás sa bhliain 1951, Éanna, Breandán agus Máirín. D'éirigh go maith leis an chlann uilig sna gairmeacha éagsúla a lean siad.[141]

Clann damhsóirí

Is beag trácht a bhí ar Shéamus sna meáin chumarsáide ón uair a d'fhág sé Toraigh. Bhí sé tógtha le cúraimí clainne agus lena chuid oibre, rud a d'fhág nach raibh mórán ama aige do chúrsaí eile. Rinneadh tagairt dó thall is abhus thar na blianta, áfach.

A cinematograph show was presented at a St. Eugene's T.A. and Immaculate Heart of Mary Society reunion in St. Columb's Hall as early as January, 1903. On the musical side was a Mr. O'Shea, of Dublin, and late of the Carl Rosa Co.; a Mr. Seamus Ward, from Tory ...[142]

Letter from Mr. Seamus Ward to the Donegal County Committee of the Red Cross Society re bravery of two Donegal fishermen who saved a bombed Belgian crew.[143]

Bhí baint aige le scéim Doegen,[144] Gearmánach a tháinig chun na tíre seo le taifead a dhéanamh ar chanúintí na Gaeilge. Tá glór Shéamuis le cluinstin agus sliocht á léamh aige as *Troid Bhaile an Droichid*.[145]

Ar ócáid eile, bhí sé féin agus a bhean i láthair ag cóisir in Áras an Uachtaráin sa bhliain 1938 nuair a chuir an tUachtarán de hÍde cuireadh ar cheithre chéad de cheannródaithe na hAthbheochana.[146] Is cinnte gur chuir an ócáid chéanna gliondar croí air ag bualadh lena sheanchairde a bhí ag treabhadh sa ghort chéanna leis féin ag tús an chéid seo caite.

Fuair Séamus bás ar 19/12/1951[147] agus tá sé curtha i reilig Charraig Airt.

Seamus Ward: an Appreciation

As representative of the Sea Fisheries' Association at Downings over the past quarter century he had become the special friend of the fishermen on the Donegal coast. These men came to regard Seamus Ward not as an official but as a friend and adviser, and one who always seemed to find time to listen to their problems and difficulties. They will miss him very much.

Half a century ago he represented the North-West at the Celtic Congress in Dublin. At this function, as one of Ireland's champion step dancers, he gave an exhibition of Irish step-dancing.

As an old Gaelic Leaguer I very much regret the passing of this great Gael. His love for Ireland and everything Gaelic came second only to his deep love for and devotion to God. As was very nicely stated in his panegyric, it was fitting that 'the beginning of the end' should occur while in the church, in the service of God.

Above all will Seamus Ward be remembered as a Gaelic scholar, one of the old school who never in his lifetime wavered in his loyalty to the cause of a Gaelic Ireland.

We must not forget this friend of Casement, of Padraig Pearse, and of Douglas Hyde. May God grant eternal rest to his soul is my prayer.

An Old Gaelic Leaguer.[148]

A CROÍ NAOFA ÍOSA
DÉAN TRÓCAIRE AR ANAM
SÉAMAS MAC A' BÁIRD, NA DÚNAIB
A FUAIR BÁS AR AN 19ú LÁ DE NOLLAIG, 1951
AGUS A MAC CAOIMHGHIN,
A FUAIR BÁS AR AN 23ú FEABHRA, 1951.
AGUS A BHEAN TREASA A FUAIR
BÁS AR AN 29AD EANÁIR 1973
AGUS A GAR-NÍON THECLA
A FUAIR BÁS AR AN 20-10-58
AGUS A MAC ÉANNA
A FUAIR BÁS AR AN 12ú EANÁIR 2012

Leac uaighe Shéamuis Mhic a' Bháird

Cosúil le cuid mhór de cheannródaithe na hAthbheochana, níl iomrá ar Shéamus níos mó agus ní raibh le fada an lá. Síltear nach bhfuil de thábhacht leis ach go bhfuil leabhar beag amháin, mar atá, *Troid Bhaile an Droichid* ó thús na haoise seo caite, maíte air. Tá súil againn go gcuideoidh an leabhar seo le Séamus a chur os comhair an tsaoil mhóir mar a bhí sé agus é ina neart: fear ildánach, léannta, urrúnta, deisbhéalach a raibh féith na cruthaitheachta ann agus a raibh idir chion agus aithne ag an tsaol mhór air ina lá as feabhas a chuid damhsa. Léireoidh an t-úrscéal nua seo *Eachtraí Mara Phaidí Pheadair as Toraigh* le Séamus nach bhfacthas go dtí seo cén cumas a bhí ann mar scríbhneoir agus cén ghaisce a d'fhéadfadh sé a dhéanamh dá mba dhual don tsaothar seo teacht i gcló agus an t-aitheantas a fháil do Shéamus ab airí air tráth a scríofa. Táimid faoi chomaoin mhór ag Séamus as an tsolamar seo a bhronnadh orainn. Más mall, is mithid.

CRÍOCH

NÓTAÍ

1   Baineadh leas mór as *Beathaisnéis* agus na nótaí beathaisnéise á gcur le chéile anseo. Tá pobal mór na Gaeilge faoi chomaoin mhór ag an bheirt taighdeoirí seo. Baineadh úsáid fosta as Eoghan Ó Colm, *Toraigh na dTonn* (FNT, 1971), Robin Fox, *The Tory Islanders: a People of the Celtic Fringe* (Cambridge University Press, 1978), Donncha Ó Súilleabháin, *Na Timirí i Ré Tosaigh an Chonartha 1893–1927* (Conradh na Gaeilge, 1990), Dorothy Harrison Therman, *Stories from Tory Island* (Country House, 1989), Pádraig Ó Baoighill, *Ó Ghleann go Fánaid* (Coiscéim, 2000), Lillis Ó Laoire, *Ar Chreag i Lár na Farraige* (CIC, 2002), Seosamh Ó Ceallaigh (eag.), *As Smaointe Tig Gníomh* (Coiste Cuimhneacháin Choláiste Uladh, 2017), Thomas Mason, *The Islands of Ireland* (Batsford, 1936), Diarmaid Ferriter, *On the Edge: Ireland's Off-Shore Islands: a Modern History* (Profile Books, 2018). Baineadh an-leas as foinse taighde den scoth leis an Dr. Ciarán Ó Duibhín: http://www.smo.uhi.ac.uk/~oduibhin/doegen/acabhaird_biog. htm.

2   Féach Dorothy Harrison Therman, *Stories from Tory Island* (Country House, 1989) 18–22.

3   Féach Nollaig Mac Congáil (eag.), *Scríbhinní Mháire 1: Castar na Daoine ar a Chéile* (Coiscéim, 2002) 239–49. Féach, fosta, Henry Morris, 'Where Was Tor Inis, the Island Fortress of the Formorians?' in *The Sligo Champion* (12/11/1927, 6).

4   *Tory Island*

A visit to Tory Island would repay the Gaelic scholar or one interested in old Irish folk-tales and proverbs. Here the vernacular is the language used, and the customs and habits are almost the same as in the days of Columbkille.

It is situated some six miles to the west of Donegal and surrounded by the waves of the Atlantic, which even in summer are rough and boisterous. Nevertheless, this grey, weather-beaten island with its old-time associations, has for the Irishman attractions all its own. Few other islands round our coast have such objects of interest as Tory in the way of ancient buildings and natural curiosities.

Tory Island, or as it is called by the islanders, Oileán Thorraigh, *is about three miles long and one broad, and has a population upwards of 300.*

Tradition has it the Torraigh *means in ancient Gaelic, funeral, and that it got its name through being cemetery for the adjacent island and northern portion of Donegal. But from other sources we learn that it is named after three high cliffs or tors which are amongst the first objects to strike the visitor's eye when approaching it from the mainland. The Ulster Herald (13/9/1913, 2).*

Scríobh Heinrich Wagner an méid seo a leanas faoin oileán mar dhaingean Gaeilge i lár an chéid seo caite:

On this island Irish is still the only spoken language … Tory must be considered the firmest stronghold of Ulster Irish. (Linguistic Atlas and Survey of Irish Dialects Vol. 1 (Dublin Institute of Advanced Studies, 1956, XX).

Scríobhadh roinnt dánta faoi Thoraigh fosta, ina measc, ceann le Agnes O'Farrelly, 'Tory' ar an *Irish Independent* (16/8/1921, 4).

TORY

Oh! Tory, I have dreamed of you
Through ages past, when earth was young,
And all her songs as yet unsung
Were living flames within her breast.

In dreams I saw you stand apart
In robes of purple-grey – all mist

And gleaming dew the sun had kissed,
While at your feet dark waters boomed.

Coldly you stood in ocean's bed
And proud, you raised your towered side,
As who should say 'I shall abide;
You come and go and then no more.'

In dreams the glare of Balor's eye
Blasted the joy your beauty gave;
Beyond I marked a yawning grave!
Methought I saw Cionnfhaolaidh die.

Oh! Tory of my dreams and love
Through surging sea you draw my soul,
Yet as I come your beauty's dole
Fades and dies down to earthly dross.

Loud I hear you ever calling;
In beauty changeless as the moon:
I come! I come! And yet – too soon!
As I draw near the light has passed.

Proud island of the ancient gods
You guard their secret knowledge still,
Men's hearts you grind to Balor's will,
Oh! Tory you are life – and death.

Féach, fosta, Gartán, 'Seanchas faoi Oileán Toraigh' in *The Irish Independent* (13/2/1946, 3) agus L. Mag R., 'Toraigh agus an Saol Tá Ann,' in *The Irish Independent* (30/8/1947, 4).

5   Lena thuilleadh eolais a fháil faoi dhaonra Thoraí sna blianta éagsúla, breathnaítear ar *Discover the Islands of Ireland* (Alex Ritsema, Collins Press, 1999) agus 'CNA17: Population by Off Shore Island, Sex and Year'.

6   *The Freeman's Journal* (24/1/1902, 6). Féach, fosta, A. Coughlan, 'Tory Island' in *The Strabane Chronicle* (13/9/1913, 3) agus 'Tory Island' in *The Strabane Chronicle* (4/7/1914, 4).

7   Mar shampla i gcás an 'Elizabeth Roy' sa bhliain 1890 (*The Nenagh Guardian* (12/11/1890, 4) agus an 'Wasp' sa bhliain 1884 (*The Freeman's Journal* (25/9/1884, 5).
Déantar tagairt don Oileán fosta mar *'that ancient retreat of smugglers'* ar an *Belfast Newsletter* (20/6/1881, 3).

8   *The Freeman's Journal* (24/5/1882, 5), *The Skibbereen Eagle* (25/11/1882, 2) srl.

9   Ba mhinic tuairiscí ar na nuachtáin faoin cheannteideal
'Distress on Tory Island,' mar shampla, 'Distress in Torry
Island,' *The Glasgow Free Press* (23/5/1863, 12), *The Derry Journal*
(4/3/1898, 3; 7/3/1898, 8; 9/3/1898, 2), *The Dublin Daily Nation*
(23/2/1898, 6) srl. Féach, fosta:

Distress on Torry Island

To the Editor of The Freeman's Journal,

Torry Island, Co. Donegal

3rd March, 1898

*Dear Mr. Editor – I shall be much obliged if you publish the enclosed
letter written to the secretary of the Manchester Relief Committee on
behalf of the starving people of Torry Island.*

I am, dear Editor, yours etc. John McGroarty, C.C.

Sir,

*In further reference to your letter of the 21st ult., I again beg to
express my surprise and disappointment at your committee being
unable to see their way to allocate a portion of the funds at their
disposal to relieve the extreme distress of the poor people of Torry
Island. I wrote to Professor Long early in January, bringing under
his notice the poverty and sufferings of these poor islanders. That
philanthropic gentleman published my letter in the* Manchester
Guardian, *and from the letters which I received from that quarter
asking me to apply for a portion of the funds placed at the disposal of
your committee there can be no doubt but that those generous people
who contributed towards the distress fund wished to relieve the
pressing wants of those suffering islanders.*

*From the following facts, which I believe the Government Inspector
thoroughly endorses, I feel confident that your committee will change
their opinion and be convinced that there is no district in Ireland in
more urgent need of liberal and immediate relief than Torry Island.
The exceptional distress of this community of 322 people has been
caused by the failure of the kelp industry, the failure of the fishing
industry, and the almost total failure of the potato crop.*

*Their 167 tons of kelp, for which the islanders expected £746 15s,
according to the price of the previous year, realised only £236 6s 8d
last year. This loss of more than £500 has fallen very heavily on the
islanders, and has been the chief cause of their present helpless
condition.*

*It has left them without money and without credit. Their fishing
industry has also been a failure for the last year on account of the
inclemency of the weather. Their frail fishing craft is wholly unsuited*

for these stormy shores except in calm weather, which is a rare luxury about Torry Island.

Only on one day for the last five weeks have the fishermen been able to put to sea.

When their provisions were almost consumed, and when most of the islanders were quite destitute of means to purchase food, I was obliged to have the attention of the Government directed to their distress and destitution.

The Government sent us one of their inspectors to take what steps might be necessary. I urged the necessity of requesting the Government to send us a gunboat without delay with about ten tons of meal, etc. to save the people from starving. The Government Inspector seemed convinced of the necessity of doing so; for after careful inspection and enquiry, he saw that all the food on the island would scarcely support the people for three days, and there was no prospect of ordinary communication with the mainland for many days. The Local Government Board generously offered them the workhouse in such an emergency! Such a proposal in such circumstances was as cruel as it was impracticable.

So urgent was the emergency that the Government Inspector thought it necessary to advise the relieving officer to order a steamer from Derry with provisional supplies to meet the immediate wants of the people.

These supplies have arrived just in time to save the islanders from starvation. They will last for a week or two, but I have reason to fear that the Dunfanaghy Board of Guardians will refuse to continue these supplies. If these supplies fail, how are the poor islanders to be supported for the next four or five months?

Excepting eight families the rest have consumed all their seed potatoes, and they have no means of procuring food except by fishing, which is at best very uncertain and precarious here. Unless the islanders get some means to purchase seed their land must lie fallow.

After careful and moderate calculation we find that £400 would be required to support these poor people for the next four or five months. From what we have already seen we cannot rely much on Government sympathy or support, and hence we are obliged to apply to your committee for assistance.

I hope that this plain, modest statement of facts is quite sufficient to convince your committee that there is no district in Ireland in more urgent need of relief than Torry Island. I should be very grateful if your committee could see their way to send one of their agents to establish relief works here; but in case they do not think it advisable I

*will try to apply whatever money they can send us to the best
advantage of the suffering islanders. Trusting that this appeal shall
meet with a speedy and generous response from your committee – I
am, sir, your obedient servant*
John McGroarty, C.C.
The Secretary Relief Committee, Manchester
The Freeman's Journal (7/3/1898, 6).
Distress at Tory Island
*Alarming intelligence has reached Londonderry that the inhabitants
of Tory Island are in imminent danger of being starved. Stormy
weather has prevailed for a considerable time, completely cutting off
communication with the mainland. The authorities attempted to land
provisions by means of a gunboat on Tuesday, but without success,
and the steamship, Tyrconnel, from Londonderry, also had to put
back after an abortive attempt to land flour and meal. The Freeman's
Journal (7/3/1898, 5).*

10 *The Donegal Independent (27/1/1893, 3).*
11 *The Derry Journal (25/5/1898, 8; 27/5/1898, 7).*
12 *The Wexford People (19/8/1871, 8).*

The King of Tory Island
*The good people of the islands that stud the Donegal coastline have a
natural aversion to paying rates. And the County Council of the big
mainland are non-plussed as to the most efficacious means of making
the unsophisticated islandmen pay up. It is doubtful whether the
amount at issue would warrant the construction of a series of bridges
to give connection with the county, or whether a pigmy fleet armed
with one-pounders should be sent out by the Council to terrorise the
defaulters. At all events, as the situation stands now, the rate-
collector concerned will draw very little poundage off his levies. Last
week he ventured into one of the islands, but when the boatman
learned of his business he was in imminent danger of spending the
remainder of the year on a beautiful view of the North Atlantic. The
member of the Council who suggested an airship for the rate-collector
hit upon a very good idea, indeed. Or would not a tunnel serve as
well? The Sunday Independent (25/2/1906, 4).*

*Tory Island, the 'Sentinel of the Atlantic,' is ten miles off the
mainland. On the island is one of the most important lighthouses on
the northern coast: here also is Lloyd's signal station, and wireless
telegraph station in connection with the station at Falcarragh. Life on
the island is experienced under primitive conditions of living. There
are no rats, cats, police-stations, pawn-offices, general dealers, or
public houses; until recently there was one of the latter. The*

*inhabitants pay neither rent, rates nor taxes, and depend for an
existence almost entirely upon fishing and kelp-burning.*

*Once a year the island is visited by a member of the R.I.C., to act as
an Agricultural Enumerator. Last June the Constable who went there
is an ardent enforcer of the Dogs Act, 1865; he was very much
depressed on his return when he could not get at the owners of some
'cheeky poodles' that he met on the island, and never cost their
masters a penny. He was reminded that the gunboat 'Wasp' was
wrecked on Tory, September 22nd, 1884, and all but six hands lost,
and even the canine tribe did not extend to him a 'Caed Mille Failthe'
on his arrival on the island; it was safer not to bother calling back to
check them for it.*

Tory Island, Donegal (R.I.C. Mag., August, 1914, Dunfanaghy
District).

13   *The Kerry Evening Post* (28/12/1872, 3). Cuimhnigh go raibh rí ar
an Bhlascaod Mhór agus ar Inis Gé i gCo. Mhaigh Eo fosta
sular bánaíodh iad.

14   *Cuairt go hOileán Thoraí*

Aon samhradh amháin nuair a fuaireas mo chuid laetha saoire,
mheasas cuairt a thabhairt ar chuid de na háiteacha céimiúla ar
ar chuala mé iomrá i dtús mo shaoil. Is é an chéad áit ar a
dtugas cuairt Oileán Thoraí – oileán beag scoite ar an taobh
thuaidh ar fad d'Éirinn, nach bhfuil mór ná breá, ach mar sin tá
sé céimiúil.

Níl sé ach míle go leith ar leithne agus trí mhíle ar fad. Níl
saibhreas ar bith ag na daoine. Is é a bhfuil de ghléas beo orthu
an méid a shaothraíonn siad ar a gcuid iascaireachta, agus níl
fear ar an oileán nach bhfuil bád agus gach uile chóir
riachtanach aige fá choinne na hócáide sin.

Iascairí an-mhaith is ea iad; faigheann siad iasc nuair nach
féidir le hiascairí ar bith eile dul amach ar an fharraige.
Cuireann siad ar shiúl an t-iasc go dtí tíortha coimhthíocha
agus faigheann siad isteach bia agus dí ar a son.

Tá aon rud amháin atá in easbhaidh go mór orthu agus sin
ábhar tineadh. Níl móin ná gual le fáil san oileán ach amháin
fóide móra dubha créafóige. Tirimíonn siad na fóide seo sa
tsamhradh agus cuireann siad i gcruach iad i gcomhair an
gheimhridh.

Daoine uafásacha is ea muintir Thoraí. Is cuma cad é atá á
dhéanamh ní chuireann siad suim ann muna bhfuil aon dath
aige le déanamh leo féin.

Bíonn rí nó banríon acu i gcónaí. Nuair a fuair an rí deireanach a bhí orthu bás rinneadh banríon dena níon agus tá sise os a gcionn fá láthair. Máire Ní Éigeartaigh is ainm di agus gan bhréag gan mhagadh tá cuma ghreannmhar uirthi. Níl sí ach dhá throigh is trí horlaí ar airde, agus nuair a bhíonn sí ag siúl ní thig léi coiscéim níos faide ná dhá orlach a thabhairt. Tá sí beag ach má tá féin, tá sí go maith.

Anois le bliain thart is iomaí duine, beag is mór, sean is óg, a thug cuairt uirthi le blas binn na Gaeilge a fháil agus bhí fáilte ag Máire chóir rompu go léir.

Tá nósanna an-ghreannmhar ar fad ag bunadh Thoraí agus ní chuirfeadh siad na nósanna seo i leataoibh d'éinne. Nuair a bhíonn fear san áit le pósadh ní hé a théas amach chun an cailín a fháil. Faigheann sé fear eile agus iarrann sé air dul amach agus an cailín a fháil dó. Bheireann sé buidéal mór uisce bheatha dó agus insíonn sé cén cailín is fearr leis. Téann an fear seo a cuireadh amach go tigh an chailín agus tar éis deoch a thabhairt do gach duine sa teach tosaíonn sé ag insint cad é an fáth a dtáinig sé.

Má éiríonn leis cleamhnas a dhéanamh leagfar amach oíche an phósta. Ní sa lá a phósann siad mar a mheasfadh duine ach i lár na hoíche. Ní bheadh foighne acu fanúint go maidin ar eagla go mbeadh lá maith fá choinne iascaireachta ann, agus nach mbeadh gléas orthu na bádaí a thabhairt amach.

Is cuimhin liom an chéad mhaidin a bhíos ann, bhí lánúin ag teacht abhaile i ndiaidh iad a phósadh. Maidin bhreá shamhraidh ab ea í agus an ghrian ag gobadh aníos agus ag breacadh na spéire sa Domhan Thoir.

Chuaigh gach rud maith go leor go dtángadar go dtí an áit a raibh bád an fhir a pósadh caite ar ancaire. Sheasaigh an fear agus dhearc sé ar an bhád; ansin dhearc sé ar an fharraige. Bhí sé mar sin ag féachaint leis ar feadh tamaillín.

Sa deireadh d'amharc sé ar a mhnaoi agus dúirt sé: 'Bhal, a stór mo chroí is mo mhíle grá, ní cuimhin liom a leithéid seo de mhaidin a fheiceáil fá choinne iascaireachta bradán le cúig bliana. Tá an fharraige ciúin agus gach uile rud mar a d'iarrfá. Is fearr duitse dul abhaile agus rachaidh mise amach leis an bhád ar lorg cúpla bradán. Más féidir liom mórán a fháil ní rachaidh mé abhaile go tráthnóna. Ná déan dearmad gach uile rud a ghléasadh i gcomhair na hoíche. Ná bíodh eagla ort, a stóirín, beidh bainis againn anocht chomh maith is a bhí ag aon fhear istigh i dToraigh riamh.'

Le cois na nósanna uile atá i dToraigh, tá corrnós págánach ann freisin, gí nach bhfuil siad chomh coiteann anois is a bhíodar cúpla céad bliain ó shin.

Tá cloch i gceartlár an oileáin, ní thig liom a rá cad é an dóigh a dtáinig sí ann, nó cé a d'fhág ann í, ach tá suim mhór ag gach uile dhuine inti. De réir na seanchaithe tá sé ráite gur féidir le muintir Thoraí stad a chur le rud ar bith is mian leo má iompaíonn siad an chloch seo ina éadan. Níl ach fear amháin san áit fá láthair a bhfuil cead aige an chloch seo a bhogadh. Nuair a bhí an cogadh mór ag dul ar aghaidh bhí eagla mhór orthu go léir go dtiocfadh na Gearmánaigh isteach ón fharraige agus go ndéanfadh siad dochar mór don oileán. Ar an ábhar sin dúirt an fear seo nach mbeadh seisean i bhfad ag cur deireadh leis na Gearmánaigh. 'Tiompóidh mise an chloch ina n-éadan,' ar seisean, 'agus ní bheidh níos mó buaireamh againn leo.' Ach pé mar a dhéanfadh an chloch, ní bhfuair sé cead baint léi. Ní raibh na daoine uile go léir ar aon intinn leis, agus ní raibh aige ach an chloch a fhágáil.

Is deacair a rá má tá an chloch seo chomh cumhachtach sin nó nach bhfuil. Is dócha nach bhfuil ann ach nósanna págánacha, ach ní chreideann duine ar bith i dToraigh gur nós págánach is ea é.

Sin anois an sórt áite Oileán Thoraí agus má tá éinne choíche tuirseach dena shaol téadh sé agus caitheadh sé cúpla lá i gcuideachta bhunadh an oileáin, agus ar a fhágáil dó beidh sé chomh húr le breac amach as an abhainn agus chomh láidir leis an bhradán is mó san fharraige. An Conallach, *The Irish Independent* (11/1/1924, 7). Féach, fosta, 'Island Queen, Death of Tory Ruler,' *Scéala Éireann* (21/2/1936, 10); 'No Man is an Island', *The Sunday Independent* (30/8/1998, 5L); 'Woman 2 ft. 7 in. in Height,' *The Freeman's Journal* (14/7/1923, 8) agus 'North-West Donegal News', *The Derry People and Tirconaill News* (19/9/1931, 10).

Féach, fosta, an tagairt luath seo maidir leis an díshealbhú tíoránta ar an Fhál Charrach sa bhliain 1890:

With the family of this house for many years past has lived the daughter of the late King of Tory Island, and as she was removed outside the police cordon the sheriff (Mr. McCay) jocularly remarked that it was an unusual experience with him to assist in the eviction of a princess. The late king was a man of very diminutive stature, and his daughter, who is over 25 years of age, measures exactly 42 inches. The Nation (28/6/1890, 7).

15   M.sh. Oscailt 'Lloyd's Signal Station', *The Freeman's Journal* (27/8/1890, 7) agus 'Tory Island Lighthouse', *Weekly Irish Times* (8/10/1887, 6).

Seo a leanas stair an tí solais ag Roger O'Reilly ina leabhar *Lighthouses of Ireland* (The Collins Press, 2018) 156:

The light was established on 1 August 1832, once again at the behest of the Sligo merchants and shipowners, an obviously vocal and persuasive group of businessmen. George Halpin got to work designing the lighthouse and under his supervision the 27–metre-high tower was ready to debut in less than four years. From the start, the lighthouse played a big part in the community of Tory, providing work in its construction and then in provisioning and at times in staffing the station.

The light, with its all-seeing single eye, must surely have reminded some islanders of Tory's ancient myth of Balor of the Evil Eye …

16   *Tory Island, that towery isle off the coast of Falcarragh, seems in its day and time to have anticipated not only the tourist drive, but also An Bord Fáilte, and even the plans to extend the holiday season. This island of old customs and long traditions, the home of an industrious and hospitable people of proud and independent memories, was once a monarchy.*

Just over one hundred years ago, it had as its ruler a king who seemed to have been very much in advance of his time when viewed in the light of present activities.

He was bent on attracting tourists to his castellated island. Tory Island, lying nine miles out to sea, is not an easy place to reach. The voyage can be rough, the landing is never easy. Once you are there, a return to the mainland may be deferred, for those northern seas are no respectors of travel schedules. No doubt the royal hotelier of Tory felt that this was a decided booking advantage, offsetting the difficulty of arriving.

He had other tourist attractions also under his command. He dispensed with excise duties, would not hear of customs, and if anyone had dared suggest levies to him it would have been a hanging matter at the very least.

It was true his royal highness had a hotel monopoly. In fact he owned the only hotel on the island, but he does not seem to have abused the privilege, as it will transpire.

He anticipated Democracy while respecting Royalty. He was the only ruling monarch I have ever heard of who was at once both a Mister and a King. And like the tycoons of tourism to come, he seemed to have been a believer in newspaper advertising; a man before his time, indeed.

His Majesty of Tory (he spelt it Torry which is nearer the Irish) caused to be inserted in The Derry Journal ... *on August 1, 1854, an advertisement which, if it could be repeated today, would make Tory the new Hy Brasil. It was headed 'Torry Island Hotel.'*

It read: Mr. Patrick Herison, King of Torry, is happy to inform the public that his Hotel in Torry is now open for the reception of visitors. The New House contains Two Parlours, Four Bed Rooms, with space for additional sleeping accommodation if necessary and will be constantly supplied during the Summer with abundance of Provisions. The King of Torry does not levy any Excise or Customs, but the Drink will be of the right sort.

Gentlemen wishing to visit Torry may proceed to Dunfanaghy or Gweedore, and can have a boat at Magherrorty, with Four Men, going out one day and coming the next for Fifteen Shillings, including all charges for Boatmen's Diet, Porterage of Luggage etc. Scale of Charges at Hotel

Breakfast 1–3

Dinner 2–0

Tea 1–0

Bed 1–3

Punch per Tumbler 0–4

Balor's Castle, Torry Island, August 1st, 1854.

The Irish Independent *(15/11/1956, 8). Tá an cuntas sin luaite fosta in* The Donegal Annual *(1956).*

17   Féach ar an chuntas spéisiúil seo a leanas, mar shampla: *'A Day of Tears on Tory Island: a Reminiscence of Rev. Canon Blake.' One morning, some thirty odd years ago, a Tory fishing boat arrived at Dunfanaghy quay. Seated within it were two oarsmen and a handsome Irish priest and his mother. The latter two stepped out on the stone steps of the quay, and walked up the Main Street to a certain house, where they were very hospitably received and ushered up to the drawing room.*

The priest was Father Blake who had just been ordered to change from Tory Island to the parish of Clondahorky. The Tory people had become greatly attached to the curate and his mother, and were loath to see them depart.

At that time there was no parochial residence in the parish he was coming to, so he had arranged for accommodation at the house they had just entered.

That afternoon a little gathering of five persons sat in the drawing room, eagerly listening to and laughing at the Tory reminiscences of the jocular priest.

Then he told them a most pathetic story, part of which they had previously read in the newspapers. How a party of nine set out in a boat from Tory Island to Falcarragh and spent the day in that town. As they pushed off from the mainland that evening they were aware that a storm was imminent, but they hoped to cross the Sound before the storm broke. Alas, they were overtaken, the boat capsized and all were lost.

Tory Island was plunged into gloom. They had (sic) a very impressionable race of people, and the scenes of grief were heart-rending. The wild, passionate scream of the caoine (caoineadh) was heard for weeks. Father Blake alone knew the effects of the lamentable disaster. But the most heartbroken of all was a widow who had lost her only son. She was inconsolable.

Within a month eight of the bodies were recovered, some on the Scottish coast. The missing body was the widow's son. She repeatedly threw herself at the feet of Father Blake, screaming and beseeching him, in Gaelic, to bring back the body. In vain did he endeavour to reconcile her to the fact that the saving of the soul was the essential point, and that in the case of her son she had reason to rejoice. But – no – she must have the body. She must give it decent burial, and would never rest or sleep until she did so. She was positive that the prayers of Father Blake could cause the sea to relinquish its victim.

That morning, as the priest sailed away, the Tory people stood clustered together at the water's edge, waving farewell. After the others had turned homewards, the widow was yet by the sea, and the last visible impression Father Blake had was a kneeling figure with arms outstretched in an eloquent, forceful appeal to 'Bring back her boy.'

This was the substance of the curate's story and the five listeners who, a few minutes before, were rocking with laughter at the funny takes and witty sayings of Father Blake, were now oppressed with a sense of sadness, for this story of a mother's love had deeply affected them.

After a short pause he added: 'And I do pray that the body may be washed up on the coast, so the poor woman may regain to some extent her peace of mind.'

Five minutes had not elapsed after Father Blake had told his story when a young girl came running in to the house saying that the priest was wanted down at the Green Isle, for two fishermen had just towed in a body they had found floating off Horn Head. The news spread rapidly, and the town folks were rushing down the streets as the curate hurried to the scene. As for the women in the drawing room, they looked at one another in astonishment and wondered.

A very badly swollen and decomposed body was lying at the edge of the incoming tide and, wonder of wonders, as Father Blake made his way towards it, a heavy swell raised it and pushed it up to his very feet. An examination of the contents of the pockets proved it to be the body of the widow's son. The mother was sent for, and, accompanied by several men from Tory, she attended the burial services in the Clondahorky graveyard, just outside Dunfanaghy Town. This is a true story connected with the life of kindly Canon Blake. The Derry Journal (5/3/1915, 2).

Some Account of the Legends of the Torry Islanders

Torry Island, situated on the north-west coast of Ireland, is probably the least known of any of her Majesty's European possessions. Although so near the main, the communication is difficult and infrequent. The island has but one landing-place, and that can only be entered with leading winds, while, during the prevalence of the others, it is totally unapproachable.

Within the memory of people still alive, the natives of Torry were idolaters. They were ushered into life, and quitted it for the grave, without either rite or ceremony. Marriage was, à la Martineau, nothing but 'a civil contract,' and their notions of the Deity, rude and untutored as Kamschadtales or New Zealanders. Latterly, priests from the main have occasionally landed on the island, and there introduced the formulae of religion; but visits dependent on winds and waves are 'few and far between,' and the state of Torry may still be termed more than demi-savage. When some adventurous beadsman ventures on a clerical descent, during his brief sojourn he finds that his office is no sinecure: children are to be christened by the score; and couples, who took each other's words, to be married by the dozen. During the long interregnum, a large arrear of omitted ceremonies has accrued, and the daring clerk returns from this 'ultima Thule' a weary, if not a wiser man.

Nothing can be more wretched than the appearance of the island and its inhabitants: the one, cold, barren, and uncultivated; the other, ugly, dwarfish, and ill-shapen. The hovels are filthy to a degree; and all within and about Torry is so sterile and inhospitable, that a dread of being wind-bound deters even the hardiest mariner from approaching its rock-bound shores.

That 'holy men' should venture among the Heathen, is, as it ought to be; and that savans will go desperate lengths to obtain bones, oyster-shells, and other valuable commodities, is equally true. For spiritual and scientific Quixotes, Torry opens an untried field; and any philosopher who can digest dog-fish, and possess a skin impervious to entomological assaults, may here discover unknown treasures: none having yet being found – for none have sought them.

It was, probably, expectations such as these that induced the late Sir Charles Geisecke to visit this unfrequented island. Whether his geological discoveries compensated his bodily sufferings, the gentleman who perpetrated his biography leaves a scientific mystery. Certain it is, that in after-life the worthy knight never touched upon this portion of his wanderings without shuddering at the recollection. Three days he sojourned among the aborigines, and three nights he sheltered in the chief man's hovel. He left Ards House in good spirits, and fat as a philosopher should be; and when he returned, his own dog, had he possessed one, would not have recognised his luckless owner. He came out a walking skeleton, and the ablutions he underwent would have tried the patience of a Mussulman. He had lost sleep; well, that could be made up for. He lost condition; that too might be restored. But to lose hair, to be clipped like a recruit, and have his garments burned at the point of a pitch-fork – these indeed would daunt the courage of the most daring entomologist.

Pat Hegarty, the knight's guide, used to recount the sufferings they underwent. Their afflictions by day were bad enough; but these were nothing, compared to their nocturnal visitations. 'My! what a place for fleas!' said an English femme de chambre who happened to be an accidental listener. 'How numerous they must have been!'

'Numerous!' exclaimed the guide, 'mona mon diaoul, if they had only pulled together, they would have dragged me out of bed!'

Since the knight's excursion, Torry has been more frequently visited. In executing the Ordnance survey, a party of Sappers and Miners were encamped upon the island, and the engineer officer in command amused many of his solitary hours by collecting traditionary tales from the narration of an old man, who was far more intelligent than the rest of the inhabitants. The two foregoing legends were taken from the patriarch's lips, and they afford an additional proof of that fondness which man, in his savage state, ever evinces for traditions that are wonderful and wild.

Bentley's Miscellany, 1837–1868, July 1837, 531–2.

Cuntais eile: *A Legend of Torry (re Colm Cille), Weekly Irish Times* (27/3/1886, 1); *Another Legend of Torry Prince Mac Kineely and Balor, Weekly Irish Times* (10/4/1886, 1); A. Deane, *On Tory Island, Weekly Irish Times* (3/12/1904, 9), Seosamh Mac Grianna, 'Oileán Thoraí', *The Irish Independent* (4/7/1932, 2).

18   *Mary Sweeney's Ambition: A Romance of Tory Island* by Margaret McGarvey, Tamney, Donegal. *The Derry Journal* (24/3/1916, 2; 31/3/1916, 2; 7/4/1916, 2; 14/4/1916, 2; 21/4/1916, 2; 28/4/1916, 2; 5/5/1916, 2; 12/5/1916, 2; 19/5/1916, 2; 26/5/1916, 2; 2/6/1916, 2; 9/6/1916, 2). *This is the title of a Romance, having as the main scenic background the Island of Tory. The Derry Journal* (20/3/1916, 2).

Is luath mar a tráchtadh ar Thoraigh i nuachtáin srl. m.sh.

Torry Island, which Otway describes as 'rising out of the deep like a castellated city,' its fantastic cliffs presenting the appearance of towers and battlements and church spires. It is inhabited by a few hundred brave and frugal fishermen, who, in pursuit of their prey, tempt the dangerous billows in 'corraghs,' and whose numbers, under the auspices of the intelligent maritime power that rules us, are steadily dwindling away.

The Nation (12/8/1876, 10).

19   Níorbh é Derek Hill an chéad duine a tharraing tírdhreach Thoraí. Féach, '*Etchings from Torry*' in *Duffy's Hibernian Sixpenny Magazine*, April, 1862, mar shampla.

20   Martina Franck, *Tory Island Images* (Wolfhound Press, 1998).

Scríobhadh cuntais fosta ar Thoraigh a bhí moltach ar shaol agus ar mhuintir an oileáin. An ceann seo a leanas, mar shampla, ag Aodh de Blacam:

This country [Tory] is extraordinarily clean and neat. I never saw such extremely scrupulous tidiness as prevailed all around us. The houses were as spick and span as dolls' houses, and every article was polished till it shone. The roads were kept like garden paths. Everybody was well-dressed, and as the people are unsurpassable physical specimens, we seemed to be walking among a new, happy, unspoilt humanity. They are as brown as Mediterranean folk, for the sun is stronger here than in Ireland ... All displayed that gracious ease which is the highest courtesy – a race of noble folk. They are not an opulent people, for they have a strenuous battle for life; but we did not see the smallest trace of poverty, for industry, good management and social health have banished social misery. All here regard themselves as kinsmen, as in the patriarchal nations, and no individual is left the friendless victim of misfortune ... Crime and disorder are unknown. There are no police and little interest is taken in other of our legalistic institutions. Public opinion here rules more effectively than any less democratic institution, preserving peace and harmony. You have here, in fact, a living model of the Homeric communities or of their Irish counterparts, the old little clan-kingdoms. The life is full of Homeric poetry, too. Here the zest of healthy living expresses itself in industry, music, dancing; and the houses are poems like the Odyssey's self with their scoured utensils and primitive joy of matter. Human life here has the best chance that it can hope for in this world. A higher potentiality is realised than anywhere else ... you must see the honest old world if you want to visualise Gaelic Ireland, in which it lingered so long ... Old Ireland was a network of peaceful little states like the land we visited, each so sturdy and virile, that men mightier of mind and body were reared there than ever are seen in our modern countries. The superb physique of the old race, its intellectual vivacity grew where life was subjected to intensive cultivation, so to speak. The Sunday Independent (17/8/1919, 4, 5).

Is spéisiúil an rud é, na tuairimí a nocht Aodh de Blacam ansin faoi Thoraigh, sin iad na tuairimí céanna a nocht an tOllamh George Thomson faoin Bhlascaod ina dhiaidh sin.

21   Tá an cuntas sin le fáil in Aguisín VI sa leabhar seo.

22   Tuairiscíodh ar *The Londonderry Sentinel* (12/2/1880, 2): *Neal Ward, light-keeper, was appointed to the Cloghaneely and Tory Relief Committee.*

Tá Neal Ward luaite i measc na síntiúsóirí (£1) le haghaidh *The Evicted Tenants' Fund* ar an *Freeman's Journal* (15/3/1894, 5). Mar chúlra leis sin, féach, mar shampla: 'The Bishop of Raphoe and the Tenants' Defence Association', *The Nation* (18/1/1890, 10–11) agus 'The Land War – the Donegal Clearances', *The Nation* (5/4/1890, 11).

Tuairiscíodh ar an *Sligo Champion* (18/1/1896, 8) fosta gur bhain *Mr. Ward, Tory Island*, duais ag an *Sligo Bazaar* sa bhliain 1895. Sin iad na chéad tagairtí poiblí dó.

23   Tógadh an teach solais sa bhliain 1832 agus bhí an-tábhacht ag baint leis ar an ábhar gur mhinic longa ag dul thar an oileán ar a mbealach go Meiriceá agus go dtí an Bhreatain, mar shampla. Tá stair an tí solais ar oileán Thoraí le fáil ar shuíomh idirlín *Commissioners of Irish Lights: Navigation and Marine Services*: https://www.irishlights.ie/tourism/our-lighthouse/tory-island .aspx

Fuair mé an t-eolas seo a leanas ó na *Commissioners of Irish Lights* maidir le Niall Mac an Bháird.

Neil Ward: Date of Birth: 1st February 1843. Entered Service: 2 November 1867 aged 23 years. Listed as member of Life Assurance Scheme on the 30th June 1871. Serving as Assistant Keeper at Tory Island Lighthouse. Listed in list of Superannuation Allowances pre 13–4–1900 – Assistant Keeper Died: 1st July 1926.

Personnel at station on 30 June 1871 Tory Island Lighthouse: William Callaghan Principal Keeper, Neil Ward Assistant Keeper.

Táimid buíoch de Vivienne Bertram as an eolas seo a sholáthar dúinn.

24   Fuair sí bás sa bhliain 1918. *The Derry Journal* (19/8/1918, 1).

Seo a leanas an t-eolas is cruinne faoin lánúin atá tugtha ag an Dr. Ciarán Ó Duibhín ar http://www.smo.uhi.ac.uk/~oduibhin/ doegen/acabhaird_biog.htm

Niall 'ac a' Bháird (c. 1840–1/7/1926) — Niall Antoin Mháire Báine, de réir Phádraig Uí Bhaoighill — ó Ghleann na hEilite, Ailt an Chorráin, agus Éilis (Bessie) Ní Dhubhgáin (c. 1849–2/8/1918).

25   Dorothy Harrison Therman, *Stories from Tory Island* (Country House, 1989) 18–22.

26   *Niall Ward … I suppose he would be recognised as the King of Tory because they had a lovely estate there. You wouldn't get the like of it in all Ireland. Had a lovely residential place for visitors, the same as a hotel.. and he had a lovely field. And, if you went up to the cliff and looked down, when Ward's premises were in full bloom, you would be full of admiration. You wouldn't get the like of it in many parts of Ireland and that's the God's honest truth.* Dorothy Harrison Therman, *Stories from Tory Island* (Country House, 1989) 125.

PUBLICANS' NOTICES

County of Donegal, To Wit.

You are hereby required to Take Notice, that I intend to make application at the next General Quarter Sessions of the Peace to be held at Letterkenny, on the 24th day of October, 1888, for a Certificate to obtain a Transfer of Licence for the Retail of Beer, Cider, and Spirits, at my House, in the Townland of Tory Island, Parish of Tulloughobegly, Barony of Kilmacrenan, in said County, which House is situate on the right-hand side of the road leading from the East Port to the Lighthouse on said island, and hitherto licensed in the name of Mary Harkin.

Dated this 1st day of October, 1888.

NEAL WARD, Applicant.

To Wybrants Olphert, Esq., and Chas. F. Stewart, Esq., two of her Majesty's Justices of the Peace for the said County; John Cochrane,

Esq., *Clerk of the Peace of said County; and to J.V. Stevenson, Esq.,*
District Inspector of Constabulary. The Londonderry Sentinel
(6/10/1888, 1).

27 http://www.smo.uhi.ac.uk/~oduibhin/doegen/acabhaird_biog.htm

28 Tá cuntas cuimsitheach ag an Dr. Ciarán Ó Duibhín ar stair
mhuintir Mhic a' Bháird in http://www.smo.uhi.ac.uk/
~oduibhin/doegen/acabhaird_biog.htm.

29 *Fáinne an Lae* (30/12/1899, 201).

30 *Fáinne an Lae* (13/1/1900, 10).

31 *To Aran and Achill another has been added of the Islands making for*
the retention of national life. A Feis Ceoil was held in Oilean Torra,
off the coast of Dun na n-gall, *on the 3rd inst. Mr. Fournier of*
Dublin was the centre of the festival, and quite a number of items,
both oratorical and vocal, were rendered by the islanders. Torra, *or as*
the British geographies have taught us to call it, Tory Island is still
eminently national, and preserves the traditions of old days in a
fashion that makes a holiday there like a visit to the Ireland of
Columcille. Mr. Fournier is to be thanked for having brought it into
line with the rest of the country ... The need for the preservation of
these places will be best understood when one finds that they
represent the purest founts whence a knowledge of the language may
be drawn. Isolated as they are from the mainland they have preserved
many words and phrases, and kept alive various customs altogether
forgotten elsewhere. They have amongst their population men whose
traditional knowledge lightens up passages and references in old
manuscripts otherwise at the mercy of conjecture. If the still
unprinted MSS. are ever to be modernised and printed, such
information as these islands contain will be invaluable, and for this
alone their vernacular ought to receive every attention. The United
Irishman (30/9/1899, 1).

32 *The Derry Journal* (8/9/1899, 3).

33 *The Derry People and Donegal News* (20/6/1903, 1).

34 *The Derry People and Donegal News* (13/6/1903, 1).

35 Aodh de Blacam, 'Visit to Remarkable Island State,' *The Irish*
Independent (22/4/1920, 4). Tá an píosa seo le fáil arís sa
chaibidil 'Tory Revisited' ina leabhar *From a Gaelic Outpost*
(Catholic Truth Society of Ireland, 1921) 64–8.
Tá an-mholadh ag de Blacam ar Niall Mac a' Bháird agus ar a
mhac nuair a thug sé cuairt ar an oileán:
The King ... set his house at our disposal at once, despite our being
strangers from Ireland. We were shown where to find – in that airy
and exquisitely neat house – the things we would need, and then were

left to our devices. This was lordly hospitality worthy of Alcinous. The King ... tall, finely-bearded and, though aged, alert...He was the kingliest man I ever saw, or ever spoke with...The King's son is in the prime of life. A more stalwart, yet fine and gentle figure, no artist could conceive. He is a poet and litterateur. From a Gaelic Outpost (Catholic Truth Society of Ireland, 1921) 53–4.

36   *The London Express* (27/1/1902, 1).

37   *The Derry Journal* (7/2/1902, 5).

38   Gearóid Mac Giolla Domhnaigh, *Conradh na Gaeilge Chúige Uladh ag tús an 20ú Chéid* (Comhaltas Uladh, 1995) 78.
      'Classes have been formed recently at ... Tory Island.' *An Claidheamh Soluis* (18/3/1899, 12).

39   *An Claidheamh Soluis* (15/4/1899, 78).

40   Luann Fournier in Aguisín VI cérbh iad na Béarlóirí: 'Bhí teach solais mór in aice na hoifige agus trí cosantóra ann lena mná agus a gclann ach níor chuir mé mórán spéise iontu de bhrí nach raibh Gaeilge acu.'

41   Féach, Aguisín VI.

42   *Fáinne an Lae* (20/1/1900, 18).

43   Luaitear i nDaonáireamh 1901 go raibh Maggie McAdam (31), arbh as Muineachán di, ag stopadh i dteach Néill Mhic a' Bháird.

44   Gearóid Mac Giolla Domhnaigh, *Conradh na Gaeilge Chúige Uladh ag tús an 20ú Chéid* (Comhaltas Uladh, 1995) 148. Bhí an scéal amhlaidh fosta i gcás Inis Bó Finne: 'Ní theagasctar an Ghaeilge anseo.' Seo a leanas an méid a bhí le rá ag Tomás Ó Concheanainn faoin scéal seo:
      Owing to the rough weather I was unable to go to the islands of Inisbofin and Tory, which are in this parish. I understand, however, that the language is not taught in either school, and I learn also that the teacher in Tory Island, a Miss MacAdams, from Derry, knows no Irish, good, bad or indifferent, unless she learnt it since she went there two years ago. Unless she is made of different material to that of the average teacher who goes to an Irish speaking district, she cannot know the language yet, for I know personally several teachers who have spent from four to twenty years in a purely Irish atmosphere, and yet they tell me they cannot speak Irish. Perhaps it is that they stuff their ears with cotton to keep out the sound of the tongue, lest it would in any way spoil their accent, or interfere with their using jaw-breaking English words. Béarla mór galánta. *The Ulster Herald* (19/4/1902, 6). Féach an cuntas seo a leanas sa bhliain 1906 ó Aodh Ó Dubhaigh:

Chaith mé corradh le seachtain istigh ar chreig Thoraí. Bhí Micheál Ó Nualláin [athair Flann O'Brien] as an tSrath Bhán agus Máistir Gormfhlaith as Béal Feirste istigh fosta, agus mura raibh seachtain Ghaelach againn chan lá go fóill é. Bhí Séamus Mac a' Bháird linn i gcónaí. Chaith muid oíche ghalánta i dteach na scoile agus dúirt Hiúdaí Ó Duibhir, an fear is sine ar an oileán, nach raibh a leithéid d'oíche i dToraigh ó rugadh Colm Cille. Bhí sagart an oileáin, an tAthair Ó Cuinneagáin, agus na daoine uilig go caíúil carthanach linn, agus i dtaca le Gaeilig de, níl dadaí ann ach í. Tá an teangaidh á teagasc sa scoil fosta. *The Ulster Herald* (29/9/1906, 6).

45   Tá cuntas cuimsitheach ar an duine eisceachtúil seo le fáil faoi Fournier, Edmund Edward (1868–1933) in ainm.ie.

46   Tá cuntas gearr ar obair Fr. Murray ar son na Gaeilge in *The Derry Journal* (3/10/1904, 8).

47   *Mr. E.E. Fournier rendered on the harp and sang in Gaelic a Tory Island love song entitled* 'Is Truagh gan Mise i Sasain' *the music of which he had noted during a fortnight's stay in the island. The Freeman's Journal* (13/12/1899, 7).

48   *The Derry Journal* (8/9/1899, 3).

49   Le linn do Fournier a bheith sa taobh sin tíre d'éirigh leis scéal a fuair sé ó Hugh Doogan i gCloch Cheann Fhaola a thaifeadadh agus foilsíodh é ar *Fáinne an Lae* (28 Deireadh Fómhair–11 Samhain 1899) agus amhrán de chuid an oileáin. *A plaintive melody* 'Is Truagh gan Mise i Sasana' *noted by Mr. Fournier in Tory Island in 1899, is given (in current number of Weekly Independent and Nation) along with the words of the Irish song and an English translation by* 'Fear na Muinntire.' Féach, fosta: Alice G. Milligan, 'Misha in Sassena.'
To lovers of traditional singers [the title] will recall the sweet and mournful air of a Gaelic love song gleaned from amongst the singers in lonesome Tory Ireland off the Donegal coast. 'Is truach gan mise in Sassenach', 'A pity I am not in England' *it commences and if the melody at times echoes in my mind, the wish expressed by the words is reversed and* 'A pity I am not in Tory' *I would sing, or looking out from the gable end of the College at Clochaneely towards the bright strands and the distant rocky island circled by Atlantic billows ... The Sunday Independent* (8/8/1920, 4).
Tá an leagan Béarla i gcló in William Rooney, *Poems and Ballads* (M.H. Gill & Son, Ltd., gan dáta) 191–2.
Nuair a bhí Fournier ar an oileán fosta bhreac sé síos leagan den amhrán 'An Gruagach Uasal' a foilsíodh ar an *Christmas*

Number de *The Irish Homestead* sa bhliain 1901. Tá cuntas ag Ole Munch-Pedersen air seo ina alt 'Yeat's Synge-Song' in *Irish University Review*, Vol. 6, No. 2 (Autumn, 1976) 204–13. Tá mé buíoch de Bhrian Ó Conchubhair as an dá thagairt seo.

50 *It is possible he [James Ward] may have acted as a Local Temporary Lighthouse Keeper on occasions. Irish Lights employed a local relative to the location of each lighthouse when for one reason or another the full permanent lighthouse keeper compliment numbers were not available. No record was maintained of persons filling the post of Temporary Lighthouse Keeper.* Eolas curtha ar fáil ag Frank Pelly, Consultant Curator and Archivist, Commissioners of Irish Lights. *I am certain in informing you that no James Ward was employed as a permanent, trained lighthouse keeper matching the dates given in your communication.*

51 *Fáinne an Lae* (6/1/1900, 2).

52 Eoghan Ó Colm, *Toraigh na dTonn* (F.N.T., 1971) 142.

53 Eoghan Ó Colm, *Toraigh na dTonn* (F.N.T., 1971) 141.

54 *The islanders considered him to be 'a powerful strong man' and he was referred to locally as the 'king.'* Dorothy Harrison Therman, *Stories from Tory Island* (Country House, 1989) 21.

55 'Nuair a bhíthear ag cur síos ar ghaiscíocht anseo, agus is minic sin, bíonn ainm Shéamais go hard ar liosta na seanaimsire. Nach minic a chuala mé chois tine éigin oíche gheimhridh faoin lá a d'iompar sé ualach crúite capaill a raibh seacht gcéad agus ceathrú meáchain ann síos cé Mhachaire Rabhartaigh, agus chuir isteach sa bhád i mbéal na toinne é. Sea, agus nárbh é a d'iompar na poist mhóra iarainn sin i gcúl a thí, atá ina seasamh ansin go fóill ina bhfianaise fhuar lom ar an lá a thug sé ar a ghualainn as Teach an tSolais iad, ceann i ndiaidh an chinn eile. Ní bheinnse ábalta ceann acu a thógáil ón talamh, ná go leor chomh maith liom, ní amháin a iompar míle go leith slí.' Eoghan Ó Colm, *Toraigh na dTonn* (FNT, 1971) 141.
Deir muintir na nDúnaibh fosta go raibh ancaire ar ché na nDúnaibh agus nach raibh ach beirt fhear riamh ann a bhain bogadh as agus ba é Séamus fear acu sin.

56 Thug Séamus cuairt ar Bhaile Átha Cliath cúpla bliain roimhe sin. Deir sé ina dhialann go ndearna sé freastal ar an cheiliúradh a rinneadh ar 1798 sa bhliain 1898, gur chuala sé na hóráidí a rinne na náisiúnaithe móra Éireannacha agus go raibh comhrá aige le roinnt Gaeilgeoirí fosta ar an ócáid chéanna.

57   *Irisleabhar na Gaedhilge* Iml. 14 (1904) 700 agus *The Irish Daily Independent and Nation* (7/12/1904) 2. Máire Ní Mhic Fhionnlaoigh as Inbhear Náile a bhí uirthi agus bhí sí gníomhach i gcúrsaí Gaeilge i nDeisceart Dhún na nGall ag an am sin.

58   Eoghan Ó Colm, *Toraigh na dTonn* (FNT, 1971) 142.

59   Lillis Ó Laoire, *Ar Chreag i Lár na Farraige* (CIC, 2002) 36. Tá cuntas ag Lillis Ó Laoire ar an amhrán seo, ar a stair agus ar a láithriú. *Ibid*. 293–99.

60   Eoghan Ó Colm, *Toraigh na dTonn* (FNT, 1971) 143.

61   *Hartlepool Northern Daily Mail* (14/9/1895, 6) agus *Hampshire Telegraph* (14/9/1895, 12).

Life on Tory Island

From this month's Boys' Own Paper, *and out of the usual collection of pictures, poetry, articles, short stories, serials, and tit-bits, we extract the following account of the life of Lloyd's look-out man, Mr. Ward, on Tory Island, Ireland. It is Mr. Ward's duty to report the passing of various ships by telegraph to London, and a monotonous duty it seems to be. The writer of the article in the* Boys' Own *says:-*
Mr. Ward's is not an exciting occupation. I cannot conceive of a more uneventful one. After dark there is no signalling to be done, and ships that pass in the night must take their chance of passing Malin Head in the daylight. But during the long summer day Mr. Ward may have to announce half-a-dozen new arrivals. Ships that use the station as a means of communicating with their owners must of course pay for it when they get home. But any ship that carries its name at its yard will be made a note of, and many run up their signals for this purpose while they are passing. Sometimes, in this language of the ships, little misunderstandings occur. Once when I was watching with Mr. Ward from the little courtyard round his tent we saw two ships trying confusions in an amusing way. A big barque had passed eastward, a good way to the north, under full sail, from some Canadian port. She was just in sight, and Mr. Ward, though of course he knew who she was and what her business was, knew that she would not require signalling to. In fact, she probably did not know of the existence of the Tory Island station. From the west came puffing up a lusty 'tramp,' several days overdue, and anxious to send a message to her underwriters. As she drew near she ran up the signals, and Mr. Ward communicated in the usual way. While he was telegraphing I took the glass and spied at the barque, slowly cutting eastward. To my surprise, she was running up a signal also, and I told Mr. Ward. We read the signal, rather an unusual

combination of letters. It meant. 'Come closer; I cannot read your flags.'

'Well, that's funny,' said I. 'How on earth Tory Island is going to weigh anchor and heave up closer to the north, I should like to know!'

'Don't you see what she's up to?' said Mr. Ward, laughing. 'She sees the steamer signalling; she doesn't know of this station, and she thinks the steamer's signals are meant for her. You'll see some fun now.'

Sure enough, as the steamer drew up more within sight of the barque, the latter ran up 'I understand,' and then followed, 'stand by, and I'll come to your help,' from the barque.

'She thinks the steamer's in difficulties,' said Mr. Ward. 'See now, she's altering her course.'

And so she was. That lumbering, good-natured old fool of a barque luffed round on her starboard tack and began making straight for the steamer, with 'Stand by, I am coming to your help' still flying at her yard.

The tramp of course was not noticing the barque, but was plugging eastward hand over hand, paying no attention to the barque's charitable efforts in her behalf. But when the tramp ran up 'Report me to my owners' the captain of the barque was evidently a little bit mystified.

He still bore down on the tramp to see if she wanted any assistance. He probably thought it rather strange that a steamer, which would most likely arrive in port a day or two ahead of the barque should signal to him 'Report me to my owners;' and when the tramp finally ran up 'All well on board,' and went on making her ten knots eastward in the healthiest way conceivable, he came to the conclusion that the tramp was 'having' him.

Rather disgusted, he slewed round on his first tack and ran up a combination of flags which we would not find a meaning for in the Code, but which we interpreted with freedom as follows: 'What on earth do you want to bring me out of my course for, you silly, spluttering, bull-sided, lop-nosed, tramping thief? You're a lot of good anyway, with your dirty linen hanging at your yard, as if you were hard up for soft soap, which you are. Get to leeward sharp, before I get a sniff of the rotten air of your pestiferous stoke-hole, which is the only solid thing in your beastly cargo. Yah! Tank!'

But it is not often that a little bit of such comedy is acted for Mr. Ward's amusement. Too often in wildly rough weather is to be seen the half-dead-looking, battened-down, storm-washed carcass as a cargo-steamer helplessly lolloping before the gale, in the hopes of not *getting too near the land before the wind has blown itself out, unable to make a sign of distress in a hurricane that would blow the best bunting into ridiculous rags before it had got halfway up the yard. Those are the days when there is nothing to be done but sit hugging the little stove, reading a good book and trying not to notice the deafening crash of the waves below and the creak of the wire hawsers that hold the tent down like a limpet to the rocks. Through the din of the enraged Atlantic as it finds its three thousand miles of freedom suddenly checked (and in the calmest weather living on the west end of Tory is as noisy as the City at midday) may be heard the groan of the siren at the lighthouse fitfully wailing through its allotted thirty–five seconds every three minutes, hoarsely crying out that the weather eye of England is blinded with salt water. The Hartlepool Northern Daily Mail (14/9/1895, 6).*

62   I ndiaidh úrscéal Shéamuis a léamh, aithneofar láithreach cuid mhaith de na na téamaí sin, téamaí, caithfear a rá, nach gcastar orainn de ghnáth i saothair Ghaeilge.

63   18/1/1896, 2.

64   *Weekly Irish Times* (18/1/1896, 2). Maidir le heolas faoin eagraíocht seo, féach, Kincora, 'The Past and the Future,' *Weekly Irish Times* (4/1/1890, 2). Tá rialacha srl. *Our Literary Circle* le fáil ar 25/1/1890, 2. Is í an chéad riail: *This circle to be open to all classes and creeds of young people up to 22 years of age.*

65   Is suimiúil an rud é gur luadh Oileán Thoraí arís i gcolún do pháistí *Granny's Children Corner* ar an *Weekly Irish Times* blianta ina dhiaidh sin.

Dear Granny,

I will give a description of Tory Island, where we lived for a year. It is nine miles from the mainland. The island is three miles long and a mile broad. There are two shops, a post-office, a school and a Roman Catholic chapel. The inhabitants live chiefly by fishing and kelp-making.

They keep all their cattle in their dwelling-houses; you would see little children playing between horses' and cows' legs.

The lighthouse is situated about one mile from the principal village. The light is a very powerful one, lit by gas, which is made on the premises. There is also a fog-signal worked by gas engines. Lloyd's have a signal station established near the lighthouse, and every vessel passing to and fro is signalled, and reported to their owners by telegraph, the cable for which is laid from the east end of Tory to Dunfanaghy on the mainland. I have written enough for this time, so good-bye, dear Granny – Your affectionate grandson,

Shawn

Weekly Irish Times (24/1/1903, 9).

Tá litir eile ó Maidie Scully i gcló sa cholún chéanna ar 2/1/1926, 15.

Is fiú a lua anseo, de réir mar is féidir a dhéanamh amach ón chló atá an-doléite, gur cláraíodh Annie agus Ellie mar bhaill den *Irish Fireside Club* sa *Weekly Freeman's Journal* sa bhliain 1891. (Féach, 3/1/1891, 11).

66 19 Meitheamh go 2 Iúil.

67 *The Irish Language National Fund – J.J. Ward, Tory Island, 5s. The Kerry Sentinel* (31/10/1900, 4).

68 Thug *John Ward, Tory Island*, síntiús 5s do choiste an Oireachtais sa bhliain 1901. *The Freeman's Journal* (21/5/1901, 7). Luaitear gur bhronn sé 5s ar an Oireachtas *Fund* sa bhliain 1905 *An Claidheamh Soluis* (15/7/1905, 9) agus arís sa bhliain 1907 *An Claidheamh Soluis* (29/6/1907, 9).

69 *By request of members of the audience, an exhibition in Irish dancing was given by ... Ward, Tory Island. An Claidheamh Soluis* (26/5/1900, 167).

70 *The Donegal Democrat* (20/10/1945, 4).

71 *Imtheachta an Oireachtais 1901* (Connradh na Gaedhilge, 1903) 143.

72 *The Freeman's Journal* (31/5/1901, 6).

73 *The Evening Herald* (4/6/1901, 3).

74 *The Irish Examiner* (4/9/1901, 5).

75 Mar shampla: Sgoruidheacht *at Archbishop McHale Branch – Mr. Ward, of Tory Island, danced a jig and a reel. The Evening Herald* (8/6/1902, 5); moladh é as feabhas a chuid damhsa ag an Oireachtas, *The Irish Examiner* (22/5/1902, 3); *Mr. J.J. Ward, Irish dancer, Tory Island performing at a* Cumann Liteartha na Gaeilge *Concert in Derry, The Ulster Herald* (4/10/1902, 7).

76 Bhí James Ward mar mholtóir ag comórtas damhsa ag Feis na Mumhan, *The Irish Examiner* (27/8/1902, 6).

77 *A letter was read from J. Ward Tory Island to the Committee of the Cork Gaelic League. The Irish Examiner* (18/6/1902, 6).

78 *The Derry Journal* (9/4/1902, 8).

79 *The Derry Journal* (7/4/1902, 5).

80 *We understand that Mr. J.J. Ward of Tory Island, whose fame as an exponent of Irish and Irish step dancing is well and widely known, has been appointed an organiser by the Gaelic League and is arriving in the city this week on his way to start work in Inishowen. The Ulster Herald* (4/10/1902, 7). Tuairiscíodh in Colm Ó Cearúil,

Aspail ar Son na Gaeilge: Timirí Chonradh na Gaeilge 1899–1923
(Conradh na Gaeilge, 1995) 55: 'Thosaigh beirt thimirí eile ag
obair ar 1 Deireadh Fómhair 1902: Séamas Mac an Bhaird
(Gaeltacht Thír Eoghain agus Contae Dhoire ...'

81   Dualgaisí an phoist: *To establish Irish classes and branches of the
Gaelic League, to teach persons to read Irish, who would in turn be
capable of teaching and influencing others, to distribute Irish
literature, to interview the principal residents of the districts visited,
and to inform and arouse local opinion on the Irish language
question.*

Donncha Ó Súilleabháin, *Na Timirí i Ré Tosaigh an Chonartha
1893–1927* (Conradh na Gaeilge, 1990), 3. Tá cuntas níos
iomláine ag Fionán Mac Coluim ar an téad seo a foilsíodh ar an
Cork Examiner (26/7/1911, 10). Seo a leanas sliocht as:

*No body of men in Ireland has a more strenuous or more exacting life
than they. Indeed, a man whose constitution is not of the strongest
cannot hope to be able to continue as a travelling teacher for a longer
period than three or four years, so great and so constant is the strain
upon his energy ...*

*In some districts a teacher is working every day in the week (Sunday
included, on which day many a branch holds its meetings) and has
schools to prepare Irish lessons for and to worry his brains over. The
session is usually from September to the end of June, and all through
the wild, wet winter months the travelling teacher is obliged to
literally fly from one place to another on his bicycle because no other
mode of convenience would suit him, cars being too expensive to be
even thought of, and trains (where there is railway communication)
being out of the question when schools and branches in places far
apart have to be reached by a certain hour.*

*To be a teacher of the language itself is not the only qualification a
man must possess in order to carry through successfully the work in
which he is engaged. He must also be a singer, a dancer, a musician, a
public speaker, a diplomat and an enthusiast, whose enthusiasm must
always be at fever-heat, and be as real and intense as to magnetise all
who come in contact with the personality of its possessor. To bring a
number of adults together (even though they have youth on their
side) who have left school some years previously, and have left off
study for the simple pursuits of country life, to bring them together,
to fire them with zeal for a knowledge of the language; to be mild, and
patient and perservering with them; to keep them together after the
novelty of a beginning has worn off until they have gone so far into
the work that its own mysterious charm is strong enough to hold*

them – to do all this a man must be ever on the alert, ever resourceful, ever watchful of himself and of others, and must have a real passion in his heart for the work that lies before him.

82   Donncha Ó Súilleabháin, *Na Timirí i Ré Tosaigh an Chonartha 1893–1927* (Conradh na Gaeilge, 1990) 53. Luaitear gur ceapadh sa phost é ar 2/10/1902 in Colm Ó Cearúil, *Aspail ar Son na Gaeilge: Timirí Chonradh na Gaeilge 1899–1923* (Conradh na Gaeilge, 1995) 121.

83   Donncha Ó Súilleabháin, *Na Timirí i Ré Tosaigh an Chonartha 1893–1927* (Conradh na Gaeilge, 1990) 54. Branch of Gaelic League formed on Tory Island. *The Derry People and Donegal News* (25/10/1902, 2).

Irish Ball in Tory Island

A few evenings ago a most successful ball was held in Tory Island in connection with the Gaelic class. There was a large attendance of the islanders both young and old, in fact, so large that for a time the accommodation seemed inadequate. There were few people from the mainland owing to the severity of the weather with the exception of some visitors from Falcarragh and Magheroarty. The programme, which included music and dancing, was varied occasionally by some songs in Irish. Amongst those who took part in singing in the grand old Gaelic tongue were the Misses Ward, Miss Rogers, Miss Gallagher, Mr. Rogers, Tory Island. Mr. McKeown also gave some comic songs and recitations in English. It is no exaggeration to say the 'Tory people' are famed for music and dancing. If one wants to see the real Irish traditional step dancing in all its beauty a visit to the island will certainly repay. Great credit and exceptional praise are due to Rev. Father Murray, curate of the island, for the instructions which he constantly gives this Gaelic class in reading and writing the language; also the Misses Ward, Mr. Ward, and Mr. Carbin, N.T. All left in the grey dawn of the morning highly delighted with the programme gone through during the night. The Donegal Independent (16/1/1903, 5).

84   Tá cuntas cuimsitheach ar scéim na timireachta le fáil sa chaibidil 'Timireacht agus Taisteal' in Seán Mac Mathúna agus Risteard Mac Gabhann, *Conradh na Gaeilge agus an tOideachas Aosach* (Cló Chois Fharraige, 1981) 76–91.

85   *Some 40 years ago the late Revered Father Cassidy, C.C. and P. M. Gallagher, solicitor, Donegal, established a branch of the Gaelic League in the Four Masters N.S. with Seamus Ward, Tory Island, in the dual capacity of Irish teacher and dancing master. The Donegal Democrat* (12/8/1944, 3).

86 Ón *Annual Report of the Gaelic League 1902–3* agus tugtha in Seosamh Ó Ceallaigh (eag.), *As Smaointe Tig Gníomh* (Coiste Cuimhneacháin Choláiste Uladh, 2017), 162 n. 7.

87 Donncha Ó Súilleabháin, *Na Timirí i Ré Tosaigh an Chonartha 1893–1927* (Conradh na Gaeilge, 1990), 54–5.

88 *Donegal History & Society*, Editors: William Nolan, Liam Ronayne, Mairead Dunlevy (Geography Publications, 1995), 701.

89 *In Inishowen there is to be a Teachers' Class started immediately by Mr. Concannon, and carried on by Mr. Ward. It is certain to be a success. Culdaff will probably be the centre for such class. The Ulster Herald* (8/11/1902, 7).

Connradh na Gaedhilge

Organisation Committee

The reports submitted by the organisers were considered in detail. The organisers have during the fortnight been engaged as follows: Seamus Mac a Bhaird – Mr. Ward visited the various schools in Ross's parish, and after visiting Dungloe, went on to Termon, where a meeting was held on 18th January, Father Kerr, P.P., in the chair. A craobh *was established, which has good material to depend on. The Cork Examiner* (7/2/1903, 7).

Connradh na Gaedhilge

Organisation Committee

Seamus Mac a Bhaird: During the fortnight Mr. Ward assisted the energetic workers in the Strabane district, where a series of sgoruidheachta *was held in Killygordon, Strabane, Rabstown, and Castlederg, to defray the expenses of the travelling teacher. At the meeting of the* Coisde Ceanntair *on the 26th January the* timthire *was much impressed by the earnest spirit displayed. The Irish News and Belfast Morning News* (24/2/1903, 3).

Irish Concert organised by the Gaelic Society of Limavady – Irish dance, Seamus Ward.

It was to be expected that Mr. O'Mealey and Mr. Seamus Ward would get the grand welcome of the night. This honour indeed was paid them. The performance of both gentlemen was worthy of very high commendation. The Derry Journal (27/2/1903, 12).

Rinneadh coirm cheoil a reáchtáil in 'St. Comgal's Hall, Culdaff' ar 12 Nollaig ar a raibh Séamus ag damhsa agus ag gabháil cheoil. Maíodh fosta '*the announcement that Mr. Ward, the famous step-dancer, would be present, had a great deal to do with the big turn out.' The Ulster Herald* (27/12/1902, 2).

The artistes at the Strabane Feis will include ... Mr. Seumas Ward.
The Derry People and Donegal News (30/5/1903, 1).

Bhí Séamus mar mholtóir agus mar bhall coiste de chuid na Feise ar an tSrath Bhán. *The Derry People and Donegal News* (13/6/1903, 1).

Bhí sé i láthair ag Aeríocht in Carnaween. *The Derry People and Donegal News* (13/6/1903, 1).

Branch Established in Ballyshannon
At the twelve o'clock Mass in Sunday last in St. Mary's 'The Rock', Ballyshannon, Rev. J. Tierney announced that on that evening at eight o'clock Mr. Seumas Ward, the organiser of the Gaelic League for County Donegal, would attend at the Rock Hall adjoining the church and open his scheme of organisation on the principles of the Gaelic League ... Mr. Ward had been most successful in other districts ... On that evening an opening would be made by Mr. Seumas Ward ... Mr. Seumas Ward, who opened the proceedings by an exhibition of Irish step-dancing, for which he is a prize-winner. After this Mr. Ward proceeded to initiate several of the young ladies and gentlemen present in Irish dancing, Rinnce fada, Rinnce mór. *The waves of Tory were taught in a very short time ... The Derry People and Donegal News* (11/7/1903, 1).

Bhí Séamus Mac an Bháird ar dhuine de na breithimh ar na comórtais damhsa ag feis an Chaisleáin Nua. *The Derry People and Donegal News* (5/9/1903, 1).

The Lámh Dhearg's *(Hurling Club Derry) first* céilí *of the season – Seumas Ward, Ireland's premier dancer ... will give an exhibition of his art. The Derry People and Donegal News* (5/9/1903, 1).

Strabane Branch
Since Mr. Ward's visit, the attendance has greatly improved.
Castlederg
The attendance has improved wonderfully since Mr. Ward's visit. The Derry People and Donegal News (14/3/1903, 1).

Seamus Mac a' Bháird has been engaged in Ballyshannon, Bundoran and Beleek. The Dundalk Examiner (1/8/1903, 8).

On next Friday night the Lámh Dearg Hurling Club will hold their first Ceilidh *... Seumas Ward will be there, and this in itself should bring a great number, as nowhere is the prince of Irish dancers more popular than he is in Strabane. The Derry People and Donegal News* (12/9/1903, 1).

Cumann Litiordha na Gaedhilge *(Derry): Annual Concert. Mr. Seumas Ward, the well-known and noted Irish step-dancer ... will appear. The Derry People and Donegal News* (12/9/1903, 5).

New Coisde Ceanntair *in (S.W.) Donegal. Attending meeting Seumas Ward, organiser ... The splendid powers of organisation of Mr. Seumas Ward. The Derry People and Donegal News (26/9/1903, 1).*

Glasgow Coisde Ceanntair

Re coming annual concert – artistes coming – Seumas Mac a Bhaird (Donegal) dancer.

Cumann Litiordha na Gaedhilge

Annual concert – Irish jig, Mr. Ward ...

We have kept Mr. Seumas Ward to the last, but he was beyond all doubt, first favourite with the audience. Indeed he seemed to surpass himself on Friday evening. The onlookers were completely carried out of themselves by his clever performance, and many were heard to say that they had never seen dancing before. The Derry People and Donegal News (3/10/1903, 1).

After the establishment of the Coisde Ceanntair *for S.W. Donegal the organiser, Seamus Mac a' Bhaird ... interviewed priests and teachers in the Irish speaking parishes of Kilcar and Glencolumbkille. Two branches were established ... 'I was simply delighted,' writes the Organiser, 'with my week in those remote districts. I had a good deal of hard work and flying about and working up and arranging meetings, but I was more than repaid for all by the genuinely Irish characteristic warmheartedness, hospitality, frankness and* muinnteardhas *I found everywhere there. Such friendly, kindly folk as they are all out there. Everyone in most of the districts talks to you in Irish, and such rich fluent Irish as they speak. The young men and women are all good-looking, hale, rosy and healthy. Isn't it too bad that anglicisation shall reach these too and transform them from what they are – delightfully charming people – to so-called up to date folk – superficial, artificial,* gan flaitheamhlacht, gan muinnteardhas.' *The Donegal Independent (16/10/1903, 5).*

Craobh béulaseanaodh

Only last Week, Mr. Ward, organiser, formally opened the branch ... Mr. Ward devoted special attention, with the result that almost all the members can now take part in the rinnceas, *reels, whilst not a few have become experts at the more difficult art of step-dancing. This pastime the committee wants to see fully developed as a means not only to brighten and cheer, but also to relieve the dullness and monotony which has hitherto been the chief characteristic of the social life of the youth of Ballyshannon. The Derry People and Donegal News (24/10/1903, 1).*

90   *An tUltach* (Feabhra, 1952).

91   *The Derry People and Donegal News* (19/12/1903, 7).

92   Colm Ó Cearúil, *Aspail ar Son na Gaeilge: Timirí Chonradh na Gaeilge 1899–1923* (Conradh na Gaeilge, 1995) 62.

93   *The Derry People and Donegal News* (2/1/1904, 1).

94   *The Derry People and Donegal News* (25/6/1904, 1).

95   *The Derry Journal* (8/4/1904, 7).

96   *An Claidheamh Soluis* (13/7/1907, 7).

97   *An Claidheamh Soluis* (27/7/1907, 4). Cuirtear síos ar an dóigh a raibh ráchairt ar an leabhar seo i measc mhuintir na Gaeltachta in 'Mo Chuimhne ar Chuairt an Phiarsaigh ar Theilionn' in *Bliainiris Dhún na nGall* (1966) 92–8.

98   *The Derry People and Donegal News* (27/7/1907, 7).

99   *An tUltach* (Lá Fheil' Bríghde, 1925) 5.

100   *The Ulster Herald* (12/6/1909, 16).

101   *Athchló Uladh* (Comhaltas Uladh, 1991).

102   Maidir leis an scéim sin, féach, Nollaig Mac Congáil agus Ciarán Ó Duibhín, *Glórtha ón tSeanaimsir: Doegen agus Béaloideas Uladh* (Comhaltas Uladh, 2009) agus *The Doegen Records Web Project: Irish Dialect Sound Recordings 1928–31* de chuid Acadamh Ríoga na hÉireann.

103   *An Claidheamh Soluis* (27/8/1904, 4).

104   *The Derry People and Donegal News* (25/6/1904, 1).

105   5/11/1904, 1.

106   *The Freeman's Journal* (14/3/1905, 3).

107   *An Claidheamh Soluis* (29/7/1905, 8).

108   *The Irish Independent* (17/4/1905, 4); *The Freeman's Journal* (9/5/1905, 12); *The Derry People and Donegal News* (3/6/1905, 2); *The Irish News and Belfast Morning News* (13/5/1905, 8).

109   *The Derry People and Donegal News* (29/4/1905, 1).

110   *An Claidheamh Soluis, Duilleachán an Oireachtais*, 6, foilsithe i ndiaidh 4/8/1906.

111   *The Derry People and Donegal News* (16/9/1906, 5).

112   *The Derry Journal* (19/9/1906, 5).

113   *The Derry Journal* (17/10/1906, 7).

114   10/11/1906, 4.

115   *An Claidheamh Soluis* (6/10/1906, 8).

116   Tugaimid an cuntas iomlán anseo ós gann linn cuntas cuimsitheach, comhaimseartha mar seo ar Shéamus.

117   *Tragocadh* sa bhuntéacs.

118   *The Ulster Herald* (27/10/1906, 3). Tá an téacs seo iontach truaillithe maidir le litriú, gramadach srl. D'fhéach muid leis

an téacs a leasú go pointe áirithe sa dóigh is go mbeadh sé intuigthe.

119 *The Ulster Herald* (3/11/1906, 3).

120 *The Ulster Herald* (10/11/1906, 3). D'imigh Séamus agus a dheirfiúr ar an bhád an lá dár gcionn (17/11/1906, 7).

121 *An Claidheamh Soluis* (29/12/1906, 9).

122 *An Claidheamh Soluis* (19/1/1907, 4–5).

123 *The Derry Journal* (5/1/1907, 2). Tá mionchuntas ansin ar an ócáid.

124 Féach Seosamh Ó Ceallaigh (eag.), *As Smaointe Tig Gníomh* (Coiste Cuimhneacháin Choláiste Uladh, 2017) 60–1.

125 *The Derry People and Donegal News* (13/4/1907, 1).

126 *The Derry Journal* (15/7/1907, 8).

127 *The Derry Journal* (26/8/1910, 5).

128 *The Derry Journal* (28/9/1910, 1) srl.

129 Bhronn Ruairí leabhar ar Shéamus, *Omar Khayyam* agus tá síniú Ruairí ar an leabhar.

130 Eoghan Ó Colm, *Toraigh na dTonn* (F.N.T., 1971) 142.

131 Dorothy Harrison Therman, *Stories from Tory Island*, 1989.

132 *The Derry Journal* (29/7/1914, 8).

133 'A Trip to Tory' (*R.I.C. Magazine*, Dunfanaghy District, Sept. 1914).

134 *The Irish Independent* (28/4/1917, 4).

135 *The Derry Journal* (29/11/1918, 2).

136 *The Derry Journal* (30/7/1924, 4).

137 *The Sunday Independent* (26/9/1920, 5).

138 *The Derry Journal* (28/1/1927, 2).

139 *The Derry People and Donegal News* (17/12/1938, 1).

140 Seo a leanas cuid de na duaiseanna a bhain cuid den chlann: Feis Dhoire Cholm Cille, *Horn pipe Colm Ward 2nd prize*, *The Derry People and Donegal News* (2/5/25, 5); Feis Thír Chonaill, *Hornpipe 1st Colm Ward, Jig 1st Colm Ward, The Strabane Chronicle* (3/7/1926, 3); buaiteoirí ag Feis Ghaoth Dobhair, *Recitation*, Evelyn Ward, *Hornpipe*, Colm Ward, *Jig*, Colm Ward, *The Strabane Chronicle* (3/7/1926, 3); Feis Thír Chonaill, *Recitation, 1st place* Evelyn Ward, *The Strabane Chronicle* (3/7/1926, 3); Feis Thír Chonaill, *Recitation under 10* Eileen Ward, *The Strabane Chronicle* (6/8/1927, 2); Colm Ward *Prize for Dancing, The Derry People and Donegal News* (6/8/1927, 2); ag feis Dhoire bhain cuid de chlann Mhic a' Bháird duaiseanna sna comórtais damhsa agus teanga, *The Derry People and Donegal News* (6/4/1929, 5); Coirm cheoil i gCarraig Airt – ag damhsa

Colm & *Miss* Eileen Ward N.T., *The Derry People and Donegal News* (6/5/1939, 1).

141 Ní fhéadfaí a bheith beo ar dhamhsa an t-am sin agus chuaigh cuid acu le múinteoireacht m.sh.

Miss Eileen Ward, N.T. Has been appointed principal Teacher of Crawford National School, The Derry People and Donegal News (17/12/1938, 1); Mr. Kevin Ward has been appointed principal of Mulroy National School, The Derry People (6/12/1947, 1); Mr. C. Ward, N.T., has been appointed principal of Doaghbeg National School, Ballylar, The Derry People and Donegal News (23/4/1949, 1).

142 *The Derry Journal* (16/9/1929, 5).

143 *The Derry Journal* (12/3/1941, 5).

144 Maidir leis an scéim sin, féach Nollaig Mac Congáil agus Ciarán Ó Duibhín, *Glórtha ón tSeanaimsir: Doegen agus Béaloideas Uladh* (Comhaltas Uladh, 2009), agus *The Doegen Records Web Project: Irish Dialect Sound Recordings 1928–31* de chuid Acadamh Ríoga na hÉireann.

145 http://www.smo.uhi.ac.uk/~oduibhin/doegen/acabhaird_biog.htm

146 *The Sunday Independent* (25/9/1938, 12).

147 *The Irish Press* (20/12/1951, 10).

Mr. Seamus Ward, Downings, Co. Donegal, Gaelic scholar and author, who has died, was a native of Tory Island and one of the pioneers of the Gaelic League. Half a century ago he represented the North-West at the Celtic Congress in Dublin. A well-known Irish step-dancer, he gave an exhibition of Irish step-dancing at the Celtic Congress in Dublin. He was a representative of the Irish Sea Fisheries Association at Downings for the past 25 years. The Irish Press (3/1/1952, 9).

Mac a' Bhaird (Na Dunaibh) – Seamus Mac a' Bhaird (Comhlachas an Iasgaigh Mara) a fuair bas ar an 19adh la de Nollaig, 1951, ag na Dunaibh, Tir Chonaill. Cuis mhor bhroin da mhnaoi, a chlann agus a ghaolta. Fagfaidh an torramh na Dunaibh De h-Aoine ar a 10. r.n. Adhlacadh Aifreann a 11 i Seipeal Naomh Eoin Baiste Carraig Airt. Go ndeana Dia trocaire ar a anam. *The Derry Journal* (21/12/1951, 2).

148 *The Derry Journal* (31/12/1951, 5).

BROLLACH

Bhí cothú nualitríochta ar cheann de phríomhchuspóirí Chonradh na Gaeilge nuair a cuireadh ar bun é ag deireadh an naoú haois déag. Ach, dálta athbheochan agus athréimniú na teanga féin, níorbh aon dóithín é sin. Iad siúd a bhí ag plé leis an Ghaeilge a raibh mianach cruthaitheach iontu nó a raibh léann orthu san am, is le Béarla a tógadh a mbunús. Os a choinne sin, an dream ba líonmhaire go mór a raibh Gaeilge ar a dtoil acu, mar atá, muintir na Gaeltachta, is iad ba lú léann agus litearthacht ina dteanga dhúchais féin. D'fhág sin cruthú nualitríochta i muinín na ndaoine sin nach raibh an Ghaeilge ón chliabhán acu den chuid is mó go ceann fada go leor i dtúsré an Chonartha.

Bhí feitheamh fada ann sula mbainfeadh scríbhneoirí de thógáil na Gaeltachta amach an áit ba dhual dóibh i ngort na scríbhneoireachta ach amháin i gcás Pheadair Uí Laoghaire. Ba mhalltriallach iad na Conallaigh ag teacht chun pinn agus, gan amhras, nuair a tháinig, rinneadh a mhór díobh ina gcúige féin ach go háirithe. Cuimhnítear, mar shampla, ar an ollghairdeas a rinneadh nuair a foilsíodh an saothar gearr próis *Troid Bhaile an Droichid* le

Séamus Mac a' Bháird as Toraigh sa bhliain 1904. Dúirt Aodh de Blacam faoi gurbh é *perhaps the finest gem of modern descriptive Irish printed*. Dúirt Séamus Ó Searcaigh faoi: 'Támuid ag meas nár cuireadh aon leabhar Gaedhilge i gcló go fóill a mbéidh oiread iarradhta air is bhéas ar an leabhar so Shéamuis Mhic an Bháird.'

Bród Ultach is mó ba chúis leis an mholadh seo ar an leabhar sin, bród go raibh cainteoir dúchais as Tír Chonaill i mbun pinn agus gur chanúint Chúige Uladh a bhí á scríobh aige. Luaigh Séamus Ó Grianna an fháilte a cuireadh roimh an leabhar i Rann na Feirste ina óige féin:

Níor cuireadh mórán spéise inár gcuid léinn sa bhaile a fhad is nach raibh againn ach 'Tá Pól óg ar an stól.' Ach an bhliain sin a bhí chugainn fuair an máistir *Troid Bhaile an Droichid* dúinn. Títhear domh go fóill go bhfeicim na seandaoine ina suí thart ag éisteacht le duine againn ag léamh an scéil sin... Anois a thuigim an dóigh a rachadh sé ar sochar dúinn dá leanaimis do na scéaltaí a raibh a bpréamhacha go domhain san oideas a bhí ag muintir na Gaeltachta. 'Léann Gaeilge,' *Scéala Éireann* (15/11/1950, 2).

Ach, ar scor ar bith, tús a bhí ann, agus bhíthear ag tnúth lena thuilleadh ó pheann an údair chéanna. Char fíoradh an tairngreacht, áfach. Char mothaíodh iomrá ar Shéamus mar scríbhneoir ina dhiaidh sin. Síleadh gur phíobaire an aon phoirt a bhí ann ó thaobh na cruthaitheachta de agus go raibh a cháil litearthta ag brath go hiomlán ar *Troid Bhaile an Droichid*. Ní hamhlaidh an scéal. Tá ruball ar scéal Shéamuis mar scríbhneoir. Is cosúil gur scríobh sé úrscéal fada a bhí ina luí i bhfolach ó shúil daoine agus atá ag teacht faoi sholas an lae anois. Úrscéal faoi fhear as Toraigh a chaith saol eachtrúil ar an fharraige in achan chearn den domhan atá ann agus é scríofa i gcanúint shaibhir, bhlasta Thoraí. Níl aon leabhar eile maíte ar litríocht na Gaeilge atá cosúil leis an cheann seo, más mór an focal é sin. Is solamar breá é do léitheoirí na Gaeilge sa mhílaois úr agus altaímid an tseoid liteartha seo a ceileadh orainn chomh fada sin.

STAIR AN LEABHAIR

Gan fhios don tsaol mhór, bhí saothar mór liteartha eile seachas *Troid Bhaile an Droichid* idir lámha ag Séamus Mac a' Bháird am éigin i rith a shaoil ar chaith sé dúthracht mhór leis agus nach raibh eolas ag duine ar bith faoi. Nuair a fuair Eibhlín, níon Shéamuis, bás tháinig a teaghlach ar bheart cáipéisí a bhí ina luí san áiléar ar feadh na mblianta i bhfad ó shúile daoine. Tugadh na lámhscríbhinní, mar atá, dhá leagan den úrscéal *Eachtraí Mara Phaidí Pheadair as Toraigh* agus dialann as Béarla a bhaineas le turais a rinne Séamus i Sasana agus i mBaile Átha Cliath ag deireadh an naoú haois déag, do Chaoimhín Mac a' Bháird, nia Eibhlín.

Níl a fhios cén uair a scríobh Séamus an t-úrscéal seo *Eachtraí Mara Phaidí Pheadair as Toraigh* ná cén fáth nár chuir sé i láthair an phobail é. Scríobh sé an dara leagan den úrscéal níos moille ina shaol más aon teist an pheannaireacht atá i gceist i lámhscríbhinn an úrscéil. Tá an dá leagan den úrscéal ann, mar sin. Cén fáth an dá leagan agus cén leagan ba rogha leis féin? Ní bheidh freagra na ceiste sin againn choíche. Is cosúil gur chaith sé tamall maith ag iarraidh leagan ceart dá scéal a shocrú mar is léir ón ábhar breise atá curtha isteach sna haguisíní. Tugtar níos mó eolais faoin dara lámhscríbhinn agus sampla den chuid tosaigh di in Aguisín IV.

Hobair gur cailleadh an solamar liteartha seo go deo ach tá sé againn anois agus altaímid é. Is é an trua nach bhfaca Séamus an saothar seo i gcló agus an t-aitheantas ab airí air a fháil dá bharr nuair a bhí sé beo. Cuirfidh sé lena chliú anois féin, áfach, nó is buaine bladh ná saol.

Agus an t-úrscéal seo á chur in eagar againn, thapaigh muid an deis le píosaí eile cumadóireachta le Séamus a chur os comhar an tsaoil arís mar theist bhreise ar a ildánaí a bhí sé agus ar a chumas i mbun pinn. Tá *Troid Bhaile an Droichid* i gcló anseo arís, chomh maith le cúpla scéal béaloidis a foilsíodh ar *Irisleabhar na Gaedhilge*, cúpla amhrán dá chuid, a chuntas mar thimire chuig Conradh na Gaeilge, litir Bhéarla chuig a chara an t-easpag Ó Dónaill, agus cúpla mír eile a bhaineas leis an úrscéal féin ach nár chuir sé isteach sa leagan deireanach de. Tá beathaisnéis Shéamuis sa leabhar seo fosta agus tá scéal a bheatha iontach suimiúil ar an ábhar gur chaith sé saol eisceachtúil ar go leor bealaí in aois agus in áit nach bhfuil mórán fianaise againn orthu ó dhuine a mhair san am agus san áit sin.

Anuas ar chuile bhua eile a ritheas le saothar seo Shéamuis, tá saibhreas Gaeilge i gcanúint Thoraí ann atá céad bliain nó níos mó d'aois agus nach bhfuil á labhairt ná teacht uirthi níos mó.

Tá nóta mínithe a dhíth faoi structúr an úrscéil féin. Duine de chomharsanaigh Phaidí Pheadair a bhreac síos scéal Phaidí ó chuntas béil Phaidí féin ar oícheanta airneáil i láthair na gcomharsanach, más fíor. Is é a chuireann réamhrá leis an scéal, ag cur Paidí in aithne do na léitheoirí agus ag míniú stair an scéil. Is é Paidí féin an reacaire ina dhiaidh sin ach briseann cuid de na comharsanaigh isteach sa chaint thall is abhus.

NÓTA FAOIN MHODH EAGARTHÓIREACHTA

I dtaca leis an mhodh eagarthóireachta a cuireadh i bhfeidhm ar an lámhscríbhinn, rinneadh caighdeánú ar an litriú oiread agus ab fhéidir gan rian na canúna a ruaigeadh. Níor cuireadh rialacha dochta gramadaí i bhfeidhm maidir le séimhiú, tuisil srl. B'fhéidir gur cheart caint an scríobhaí a thabhairt anseo fán ábhar sin:

Bhéarfaidh léitheoirí atá foghlamtha i ngraiméar na Gaeilge fá dear corr-rud i gcaint na scéaltaí seo nach bhfuil, b'fhéidir, de réir rialacha, nó ag cur le rialacha an ghraiméir agus is dóiche ar an tséala sin go mbeidh siad ag fáil locht agus ag monamar. Nár choiglí an Rí iad! Cha sroicheann a gcuid monamair Paidí bocht agus cinnte cha ghoilleann an monamar sin ar an té nach dtearn leo ach iad a scríobh. Siúd an Ghaeilig mar a bhí sí ag Paidí is ag Micheál agus mar atá sí agam féin agus ag a bhfuil i dToraigh. An té nach maith leis í, gabhadh sé lena taoibh: sin nó tabharadh sé amach sraith eile den leabhar a chuirfeadh *datives* in áit *nominatives* atá ciotach, *genitive plural* in áit na *nominative plural* atá cearr agus mar sin siar agus cha maímse a shaothar is a chostas air.

Baineadh úsáid as nótaí le soiléiriú a dhéanamh ar phointí gramadaí, foirmeacha canúnacha, ciall focal srl. Is mór linn canúint Thoraí a chur i láthair na léitheoirí gan tréas a dhéanamh uirthi.

BUÍOCHAS

Ba mhaith linn buíochas a ghabháil leis na daoine éagsúla a thug lámh chuidithe dúinn bealach amháin nó bealach eile agus an leabhar seo á réiteach againn. An fhoireann i leabharlann Shéamais Uí Argadáin in Ollscoil na hÉireann, Gaillimh; ar Dr Ciarán Ó Duibhín; Mícheál Ó Domhnaill; an Dr Seosamh Ó Ceallaigh, An tOllamh Lillis Ó Laoire (OÉ, Gaillimh), Crónán Ó Doibhlin (Coláiste na hOllscoile, Corcaigh), an Dr. Diarmaid Ó Doibhlin (nach maireann) agus an Dr Ríona Nic Congáil.

Tá buíochas speisialta ag gabháil d'Alan Hayes ó Arlen House a d'fhoilsigh an leabhar seo.

Aingeal Nic a' Bháird, Na Dúnaibh
Caoimhín Mac a' Bháird, Na Dúnaibh
Nollaig Mac Congáil, Maigh Cuilinn
Eagarthóirí

Cúlra an Scéil

Dálta an tsaoil orthu, tá daoine maithe agus daoine nach bhfuil ach leathmhaith, daoine suáilceacha, aigeanta agus daoine gruamacha, dúra in Oileán Thoraí, ach níl a fhios agam an bhfaighfí faoi rása na gréine i dToraigh ná áit ar bith eile, aon pheata amháin a bhí chomh greannmhar, cainteach, caíúil le Paidí Thoraí.

I

Is iomaí sin an áit a d'fhág Paidí Pheadair lorg a chos.[1] Rugadh in Oileán Thoraí amuigh i lár na farraige móire é, ach ó shroich sé a dhá bhliain déag is fíorbheagán d'am a chaith sé ar an chreig sin. Bhí a mhuintir bocht, an-bhocht. Is i mbochtaineacht[2] a rugadh agus is i mbochtaineacht a tógadh é; agus ainneoin gur shaothraigh sé sna bliantaí fada i ndiaidh Toraigh a fhágáil, a chaith sé ag obair fríd an domhan mhór, oiread airgid agus a cheannódh dúthaigh leathan dó, char chuir sé píosa pingne[3] riamh i leataoibh fá choinne na coise tinne.

An lá a d'fhág sé Toraigh i gceann a dhá bhliain déag gan mhoill i ndiaidh báis[4] a athara is a mháthara, cha raibh oiread ina phóca is a cheannódh pinse snaoisín ná oiread Béarla aige is a chuirfeadh tóir ar mhadadh ná, leoga, oiread éadaigh air agus a dhéanfadh *dioscludd*[5] fá chraiceann ná oiread léinn agus a bhéarfadh thar an chabhsa thú; ach, sular phill mo chuilceach, Paidí, ar Thoraigh ar ais, scór go leith nó dhá scór bliain i ndiaidh an lae sin, cha raibh aon bhall den domhan nach raibh siúlta aige, aon cheann de mhór-roinne na farraige nach raibh treabhaite[6] aige, ná treibh ná aicme daonna, dubh, bán nó buí, nach bhfaca sé.

Nach iomaí oíche fhada, gheimhridh a chaith muid (mé féin agus buachaillí eile na comharsanachta) ag airneál aige. Bhí teach beag, cabach, seascair, ceann tuí aige. Cha raibh aon chúram ar an domhan air ach é féin – agus madadh mór agus seanchat. Bheadh[7] tinidh bhreá achan oíche aige. Duine fuascailteach, fáiltiúil, breá, réidh a bhí ann – scéalaí agus seanchaí ceart. Bhí dúil sa bhraon aige – dúil! – chan ea ach bhéarfadh sé dúthaigh, bhéarfadh sé a leathshúil, ar leathlán méaracáin. Siúd agus go raibh sé i dtólamh maith agus fíormhaith agus fíorlíofa ar a theangaidh ag scéalaíocht, bhí an diabhal mór ar fad air nuair a chasfaí cupla méar thiar aige. Is minic, ar an tséala sin, bheadh gloine liom féin i mbuidéal chuige fá choinne Phaidí[8] a chur faoi shiúl cheart, éascaí. Char luaithe an 'phrugóid' thiar aige ná siúd aniar an tuilidh chainte chugainn. Ó chlapsholas oíche gheimhridh go ham luí cha rachadh stad air ach fad[9] is a bheadh sé ag déanamh corr-mhionchasachtach nó ag cur aibhleoige ar a phíopa.

An oíche fá dheireadh chaith scaifte againn seal mara iomlán (sin, sé huaire an chloig) ina chró (is beag níos mó ná cró a bhí a theach, siúd agus go raibh sé te, téagarthach, seascair) agus, má chaith féin, bhí rud ar a shon againn. D'inis sé scéal a bheatha uilig dúinn; agus seo síos é mar a lig sé amach as a bhéal é.

Cha raibh aithne ná eolas agamsa ar Phaidí i dtús a shaoil nó bhí an leath is mó dena shaol caite agus an domhan mór siúlta aige sular rugadh mé. Ach is minic a chluinfinn muintir Thoraí ag caint air. Ba gnách leis rúide a thabhairt i gceann achan deichniúr bliain ar a oileán dhúchais agus ar feadh na cupla seachtain a bhainfeadh sé faoi ar an bhaile, go mbuailfeadh an mhian é a aghaidh a thabhairt chun bealaigh ar ais, níl aon oíche nach mbeadh óg agus sean cruinn cuachta ina thigh ag éisteacht leis ag cur síos ar a shiúltaí móra, fada agus ar na hiontais a chuala sé agus a chonaic sé. Le linn mise aithne a fháil air, naoi nó deich de bhlianta ó shin, bhí sé ar a chuairt dheireanach go Toraigh. Mar a déarfá, char fhág sé Toraigh ar ais go dteachaigh an créatúr 'na cille. D'éirigh sé róshean le mórán eile d'anró an tsaoil a sheasamh. Bhí aois an phinsin aige agus bhain sé faoi go sásta ina chró bheag, beo go deas ar an teacht isteach bheag sin, go dtáinig an glaoch deireanach chuige. Is beag oíche agus muid ag cuartaíocht i dtigh Phaidí nach mbeadh páipéar agus peann luaidhe liom agus bhreacainn síos cuid mhaith dena chuid seanchais.

Chan teach, leoga, a bhí ag an duine bhocht ach seort de chró mhór; ach cé bith mar a bhí sé, bhí fáilte roimh an bheag is an mhór ann ag fear an tí. Cha raibh cathaoir ann ach bhí cupla stól fada aige agus seantábla beag agus leithscéal driosúir.[10] Bhí leabaidh bheag, dheas, ghlan ina seasamh taobh thall den tinidh, Croich Chéasta ghalánta d'ór bhuí crochta ar an bhalla os a cionn agus Coróin Mhuire, chomh galánta leis an Chroich Chéasta, crochta ar thairne ar phosta na leapa. Ba mhion mhinic iontas orainne a bhí ag tarraingt ar a thigh cad é mar a casadh an dá bhall luachmhara sin aige agus gan dadaí eile ina sheilbh a dtabharfá trí pingne air. Choinnigh sé go dlúith[11] uainn mar rún ar feadh mórán bliantach scéal an dá bhall sin. Is é a ndéarfadh sé fá dtaobh díobh: 'Ar ór bhuí na cruinne agus leag anocht ar mo bhois é cha scarfainn le haon bhall den dá bhall sin.'

Ach lig sé an rún sa deireadh linn agus é ag cur síos dúinn ar thuras de na céadtaí turas farraige a thug sé in réagúin choimhthíocha agus é ina mhairnéalach fada ó shin ar na soithigh mhóra an éadaigh.

Amach siar i ndeireadh an leabhair bhig seo nuair a nochtós mé cuntas an turais sin, cluinfidh an léitheoir scéal iomlán na Corónach Muire agus na Croiche Céasta. B'éigean dúinne a bhí i gcuideachta Phaidí fanacht bliantaí go foighdeach gur nochtadh an rún dúinn: is beag an dochar don léitheoir fanacht leis go sroichfidh sé deireadh an leabhair bhig seo.

Char phós Paidí riamh ach chuaigh sé fá aon do a bheith ceanglaithe ar pheata nach raibh ar dhea-chois thall in San Francisco. Mar a déarfadh sé féin: 'Chuir an tincléir[12] mná sin idir mé féin agus mná an domhain riamh ó shin.' Cluinfear tuilleadh[13] fá sin siar giota sa leabhar.

Cha raibh aon duine ina chónaí sa chró ach é féin. Bhí madadh mór aige. 'Jock' a bhéarfadh sé air – seanbhrúid fhalsa nach gcorródh amach ón luaith oíche nó lá agus bhí cat mór dubh agus ruball air chomh fada le lá samhraidh a thug sé leis go Toraigh as na hIndiacha Thoir.

Chonaic an Rí gur bheag compord nó sócúl coirp a bhí i ndán d'aon duine a bhí ag cuartaíocht i gcró bheag, dhorcha Phaidí, ach chan ar lorg sócúil a bhí muidinne ach ar lorg caithimh aimsire agus tógáil intinne ag éisteacht le fear an tí ag cur síos ar chleasannaí agus ar thréathraí a óige; ar a shiúltaí ó cheann go ceann an domhain; ar na guaiseanna agus na contúirteacha uafásacha a rith sé ar bharr na farraige móire agus é ina mhairnéalach ar na longa móra agus ar na tíorthaí coimhthíocha a dtug sé ruaig orthu, agus na daoine iontacha a bhuail leis. Mar a déarfadh sé féin: 'Níl aon bhall faoi rása na gréine nár leag mé bonnaí mo chos. An lá ab fearr seachránaí Chairn tSiadhail riamh, cha choinneodh sé coinneal domhsa mar réice.'

Cainteoir amach is amach a bhí in Paidí. Cha rachadh tost air, ach tuilidh giob geab as a bhéal, ó rachadh sé ó sholas go ham luí – sin, ó thiocfadh muidinne chun tí go n-imeodh muid ar ais, agus chan abróinn (bhí sé chomh tugtha sin do chaint) nach mbeadh an deilín céanna as le Jock agus leis an chat i rith an lae.

Bhí sé riamh bródúil i gceart as a chuid Béarla. Shíl sé go raibh scoith an Bhéarla aige; agus is minic i lár a chuid comhráidh agus scéaltaí[14] Gaeilge, tharraingeodh sé leis rabhán fada Béarla ard. Chuirfeadh a chuid Gaeilge aoibhneas ort ag éisteacht leis, ach bhí a chuid Béarla mar rud a chodail amuigh oíche fhliuch. Agus is ábhar iontais é nach dteachaigh aige Béarla fá chraiceann a thógáil agus an tréimhse fhada bliantach a chaith sé i lúb Béarlóirí ó cheann go ceann an domhain. Cha raibh aon fhocal Béarla ab fhiú nó ab fhearrde ag muintir Thoraí agus a ligfeadh Paidí é féin amach ar (?) – ag déanamh *display in igorant company*!

'A fheara,' a déarfadh siad eatarthu féin, 'is diabhalta an líofacht agus an chlisteacht atá ag Paidí ar Bhéarla agus is iontas dheireadh an domhain an teangaidh Bhéarla atá ina chloigeann!'

Ligfeadh sé air fosta go raibh Fraincis ar bharr a theanga aige; ach measaim gurbh fhurast, dálta a chuid Béarla, a chuid eolais uirthi a mholadh. Lá amháin tháinig Francach i dtír i dToraigh (ó shoitheach iascaireachta de chuid na Fraince) agus, ar ndóighe,[15] cha raibh gabháil ag mac an pheata i dToraigh aon fhocal a thuigbheáil uaidh. Sheol muid chuig Paidí é; ach, a chroí, bheadh sé chomh maith againn é a thabhairt i láthair Jock! Ón lá sin anonn cha dtearn Paidí mórán álghais[16] as a chuid eolais ar Fhraincis!

Le linn iomrá a bháis ar na mallaibh (Grásta dá anam bhocht!) a chluinstin an lá fá dheireadh, tháinig na hoícheannaí fada suáilceacha a chaith mé ina chuideachta, ag éisteacht lena chomhrá agus lena sheanchas go húr nuaidh os coinne m'intinn agus ós rud é nach maireann an chros bheag, anabaí adhmaid atá sáite os ceann a uaighe mórán bliantach nó b'fhéidir mórán míonnaí, agus mar sin go mbeidh a ainm agus a chuimhne caillte gan mhoill.

Is minic a chuala mé an duine bocht ag rá nach n-iarrfadh sé mar achaine ach é a bheith curtha san áit a mbeadh fuaim na dtonn ina chluasa d'oíche is de lá. Tá a achaine aige go fíor nó níl a uaigh fad méaróige ón lán mara agus ó luascadh na dtonn. Go ndéana Dia A ghrásta ar d'anam, a Phaidí bhoicht Uí Ghréine, nach suaimhneach tostach 'do luí in reilig Thoraí inniu thú. Tá an chros bheag, gharbh adhmaid a sháith muid sa talamh ag do cheann, an lá sin, tá, trí bliana ó shin [nuair a] leag muid do chónra san uaigh, le feiceáil ansin go fóill, tuarthaí, lomchaite leis an aimsir – gan péint, gan ornáid, gan fiú d'ainm féin uirthi. Ach, ar ndóighe, is cuma leat agus is cuma duit: tá d'anam, tá oireas againn, ins an ghlór.

Sílim go bhfuil sé mar dhualgas nó mar oibleagáid orm do mo sheanchara bhocht nach maireann anois féacháil cuimhneachán beag níos buaine, tá súil agam, ná an cros beag udaí, a thógáil dó; go hádhúil bhreacaigh mé síos ar blúiríní páipéir thall is abhus mórán dena chuid scéaltaí agus dena chur síos ar a shiúltaí ó Thoraigh go dtí an Astráil, ón tSín go Peru, ón Ioruaidh go Cape Horn agus, go hádhúil ar ais, tá na nótaí sin, na blúiríní páipéir udaí uilig i dtaiscidh agam mar a scríobh mé síos ó bhéal Phaidí bhoicht bliantaí ó shin iad. Seo síos athscríofa iad mar chuimhneachán don té nach maireann.

Eachtraí Mara
Phaidí Pheadair
as Toraigh

Paidí: Nuair a tháinig mise ar an tsaol (is truagh a tháinig riamh, ach chan ar mo mhian a bhí) cé bith mar atá Toraigh anois (agus is furast a mholadh) bhí sé seacht n-uaire is trí fichid níos boichte is níos leatromaí[17] an t-am sin. Cha raibh aon teach cheann scláta ó cheann go ceann an bhaile; cha raibh ciall de shimléirí féin acu, ach poll cruinn sa tuí os cionn áit na tineadh, fá choinne mórchuid na toite a ligint amach; cha raibh bróg ná stocaí ar aon fhear ar an bhaile; cha raibh tae ná plúr ann ná ciall ar bith dóibh; cha raibh teach scoile ná teach pobail ann – oifig poist ná oifig teileagraif. Fá choinne cadhan, crotaí, naosca is gabhar a leag Dia amach Toraigh ar dtús cé bith dalladh nó ciapógaí nó mearadh a spreag daoine cónaí a dhéanamh ann ó thús deireadh.

Bhal, cé bith chomh bocht, dealbh agus a bhí na comharsanaigh in[18] laetha m'óigese ar an bhaile, bhí an donas ar fad ar mo bhunadhsa. Cha raibh talamh ná tráigh, bó ná beathach againn. Bhí barr beag talaimh ag achan duine eile; agus bhí braon an bhainne acu; agus bhí an eorna acu agus caoi orthu neart den phoitín a dhéanamh. Le trácht air sin – bhí an poitín an t-am sin chomh fairsing[19] i dToraigh le uisce na habhna agus, a chlann chroí, ba é an bheatha é: bhí bia is deoch ann. Is é eisean féin a chuirfeadh an fhuil a ghluaiseacht fríd na cuisleannacha agus a thógfadh an cian den chroí. Nár aifrí an Rí (Dia) ar an Chairnéalach (Ó Dónaill) atá anois in Ard Mhacha[20] é (bhí sé ina easpag óg in Leitir Ceanainn an uair sin), is é a chuir deireadh go deo leis an stileoireacht in Oileán Thoraí. D'imigh an rathúnas, d'imigh an siamsa, d'imigh an ceol is an chuideachta is an cothú an lá a cuireadh cosc[21] le déanamh phoitín i dToraigh.

'Ar ndóighe', arsa Micheál na bpaidreach, 'cha raibh an Cairnéalach ar an tsaol ar chor ar bith nuair a bhí tusa 'do stócach b[h]eag.'

'Níl mé ag rá go raibh,' arsa Paidí, 'ná go ceann fada go leor ina dhiaidh sin, ach bhí déanamh phoitín ina neart mórán bliantach i ndiaidh mise fás aníos agus i ndiaidh mise Toraigh a fhágáil, ach chomh luath géar is a tháinig Easpag Ó Dónaill go Leitir Ceanainn chuir sé cos i bpoll le déanamh phoitín i dToraigh.

Micheál: Bhal, a Phaidí amaidigh, mura ndéanfadh an Cairnéalach aon déirce go deo ina bheatha ach an poitín salach, mallaithe a dhíbirt as Toraigh, tá áit gheal tuillte sna flaithis aige!

Paidí: A Naoimh Mhicheáil na bpaidreach, a uascáin shimplí, nach mairg atá ag iarraidh céille ort!

II

Nuair a bhí mé ag gabháil isteach sna déaga de bhliantaí fuair m'athair bás agus mo mháthair gan mhoill ina dhiaidh, agus fágadh mise 'mo dhílleachta. D'fhan mé cupla mí ag uncal dom agus fá dheireadh bhuail mé liom i mbéal mo chinn. Chuaigh mé amach chun na tíre (go Machaire Rabhartaigh) leis lá amháin le lasta éisc. I ndiaidh an éisc a dhíol thoisigh sé a fhliuchadh a bhéil thall is abhus go raibh sé go deas súgach air. Dar liom féin: 'A Phaidí, anois nó go brách,' agus rinne mé comhairle na bonnaí a bhaint as is déanamh amach ar mo shon féin. Char lig [mé] mo rún leis-sean, ar ndóighe, ach d'iarr mé cupla scilling air, ag cur i gcéill dó go raibh neathannaí beaga le ceannach agam sa tsiopa. In áit brathladh[22] a chur orm agus, b'fhéidir, smitín a thabhairt i dtaoibh an leicinn dom, is é an rud a chuir sé a lámh go humhal, réidh i bpóca a sheanbhríste agus shín chugam féin mo chúig scillingeacha[23] geala. Char luaithe in mo ghlaic iad ná siúd ar shiúl mé féin, má[24] b'fhíor dom, ag tarraingt ar an tsiopa. Ach insím daoibhse nár dhall an mac seo doras siopa ná sciobóil, cró ná caisleáin gur chuir mo dhá chois talamh go leor idir mé féin is m'uncal. Char shuigh mé is char chónaigh mé agus char bhain méar de mo shróin gur sheasaigh mé ar shráid Leitir Ceanainn. Bhuail mé isteach chun siopa inteacht ansin agus cheannaigh mé luach thrí bpingin de bhuilbhín aráin bháin – agus, leabhra féin, bhí mé ina chall má bhí aon fhear riamh.

Ar shiúl liom ar ais amach bealach an Lagáin ar shéala obair nó fostó a sheiftiú ag na feirmeoirí a chuala mé a bhí amuigh an bealach sin. Thall udaí, cúig nó sé de mhíltí[25] amach, nocht scaifte mór fear anonn os mo choinne agus iad ag obair i gcuibhreann mhór. Chuaigh mé a fhad leo. Bhí fear, leathuasal mar a déarfá, colar geal fána mhuineál agus bróga glana air, ag spaisteoireacht anonn agus anall agus leag mé amach gurbh eisean máistir na bhfear. D'fhiafraigh mé dó i nGaeilig (cha raibh aon fhocal Béarla agam an t-am sin ach oiread is atá ag an chat sin ar chladach na tineadh) an dtiocfadh leis, dá mbar[26] a thoil é, seort ar bith oibre a thabhairt dom agus, le urraim a thaispeáint[27] dó, chuir mé mo lámh go dtí m'éadan (cha raibh bearád orm, ná aon bhróg ach oiread). Cha dtug an bhrúid freagar féin orm – ach lean leis den spaisteoireacht. Theann mé anonn leis ar ais agus chuir mé mo lámh ar m'éadan ar ais le múineadh a thaispeáint dó, agus arsa mise: 'Plase, sor, an dtiocfadh leat obair a thabhairt dom?' Thiontaigh[28] sé orm mar a bheadh beathach allta ann, thug aghaidh a chraois orm agus lig rabhán fada, garbh Béarla as. Char thuig mé aon fhocal amháin dár dhúirt sé ach mheas mé dá ghaisteacht agus ab fhéidir dom a amharc a fhágáil, b'amhlaidh ab fhearr dom é. Go hádhúil casadh dhá fhocal amháin Béarla agam agus steall mé leis iad: 'Go *ta hell,'* arsa mise, agus as go brách liom mar ghiorria Márta ann. Char amharc mé 'mo dhiaidh. Níl a fhios agam cé acu a lean sé mé nó nár lean. Sin a mbeadh ar a shon aige nó chuirfeadh sé cruaidh ar chú breith ormsa an t-am udaí, chan ea amháin gadaí na mbróg mór udaí.

Bhí go maith; ach nuair a bhí dornán míltí eile tharam agam agus thoisigh mé a smaointeamh[29] is a mheabhrú orm féin agus ar an stáca[30] a raibh mé ann – 'mo dhílleachta is 'mo sheachránaí, fann, folamh, i measc na gcoigríoch[31] – gan teach, gan cró le mo cheann a chur isteach ann – bhí breith ar m'aithreachas agam. Dá olcas an chreig[32] a d'fhág mé, Toraigh, bhéarfainn an domhan anois ach a bheith ar ais arís ann. Shuigh mé síos ar thaoibh an bhealaigh mhóir agus chaoin mé mo sháith.

Le titim na hoíche sheol Dia seanbhean bheag in[33] mo chasán. Thug sí fá dear an chuma bhriste, bhrúite a bhí orm. Labhair sí go deas, lách, muinteartha liom ach char thuig mé na focla Béarla. Thug sí léi mé chun a tí agus thug tráth sultmhar bídh dom – Dia go deo léi - agus d'iarr orm fanacht go maidin agus go rannfadh an buachaill aimsire s'aici a leabaidh liom. Dar liom féin 'tá mé ar dhroim na muice'.

Lá arna mhárach d'fhostaigh feirmeoir eile sa chomharsanacht mé mar bhuachaill bó. Bheinn ceart go leor ansin murab é díobháil an Bhéarla. Nuair a chuirfí fá choinne ultach móna[34] mé, is é an rud a bhéarfainn, b'fhéidir, toisc uisce liom; nuair a d'iarrfaí orm deoch a thabhairt do na muca, is é an rud a scaoilfinn amach an t-eallach a fhaisineacht[35] agus mar sin siar. Ar feadh míosa, go dtí gur thóg mé a bheagán nó a mhórán Béarla, bhí fiche rud bun os cionn agam agus níl aon lá nach ndéanfainn botún inteacht a bhéarfadh ar an mháistir an diabhal a thabhairt le hithe dom. D'fhan mé trí bliana ag an fheirmeoir sin. D'fhostaigh feirmeoir eile ina dhiaidh sin mé. Chaith mé uilig seacht mbliana fá na ceantara sin; agus ansin ghread liom anonn go hAlbain. I ndiaidh *trifle* bliantach a chur díom ansin mar *navvy*, spreag an diabhal mé a ghabháil chun na farraige.

Bhí mé ag obair i mbaile a dtugann siad Leith air san am. Bhuail mé síos fá na céannaí agus i measc lucht na soitheach mór ansin. D'éirigh liom áit a fháil mar sheoltóir ar cheann a bhí ag gabháil go Hamburg. Thug mé cupla turas anonn agus anall agus, fá dheireadh, d'fhág mé an soitheach sin agus chuaigh mé ar loing mhóir éadaigh a bhí ag seoladh as Aberdeen go San Francisco. Dhruid sé mhí sular shroich muid an port sin agus och, och, ba é sin féin an turas dócúlach, mífhortúnach. D'éirigh linn go geal ar feadh trí seachtainí i ndiaidh seoladh as Aberdeen. Bhí cóir fhreagarthach againn agus í i dtólamh láidir, beo. Mar sin féin, cha raibh aon snáithe éadaigh³⁶ ina corp nach raibh spréite againn – ón *flying jib* go dtí an *spantler* agus ón *main upper topgallant sail* anuas.

Creidim féin nach bhfuil amharc ar bith níos deise, níos croíúla, níos taitneamhaí ná long mhór éadaigh faoi iomlán a cuid canbháis. Níl aon seol de dheich gcinn is fiche nach mbíonn spréite ar a cuid crann ard agus *jib boom* – agus achan seol acu sin chomh geal le cúr na toinne agus chomh fada, leathan le taoibh tí mhóir.³⁷ Le amharc suas ar an [t]seol is airde acu, an *isky/lily? sail*, déarfá gur cheart dó an spéir féin a chumailt.³⁸ Agus níl aon seol nach bhfuil ainm fá leith air. Cuir i gcás ar an *bowsprit* agus ar an *jib-boom* tá na seoltaí seo: *flying jib, outer jib, inner jib* agus *forestay sail*; ar an chrann tosaigh tá siad seo (ar shlatacha); *foresail, fore-lower-topsail, fore-upper-topsail, fore-lower* agus an *fore-upper topgallant sail, fore-lower royal* agus *an fore-upper royal*; ar an chrann mhór (an crann láir) tá an *mainsail, main lower* agus *upper topsails, main lower* agus *upper topgallant sails, main lower* agus *upper royals* agus an *skysail??*; agus ar an chrann deiridh (an tríú crann) tá sróidín³⁹ eile a bhfuil chóir a bheith na hainmneacha céanna orthu (ach *mizen* a chur in áit *fore* agus *main*). Agus tá, lena gcois sin, *staysails* acu idir⁴⁰ na crainn.

Bíodh a fhios agaibh, a fheara, go siúlfadh sibh giota sula bhfeicfeadh sibh amharc a líonfadh an tsúil agus a thógfadh an croí mar a dhéanfadh bean[41] (long) acu sin faoina cuid éadaigh uilig, leagtha go géar ar thaoibh an fhoscaidh le blatar[42] breá córach,[43] cúr na dtonnta móra óna gualainn agus ag fágáil stáid de bhuacán bhán amach siar ina diaidh. Agus dá bhfeicfeá scór de na soithí sin ina gclibín nó ina sróidín i ndiaidh a chéile (mar a chonaic mise go mion is go minic), á, a thaiscidh mo chléibhe, chuirfeadh sé aoibhneas ar an chroí is brónaí. Ach, mo léan, tá a ré thart. Chan fheiceann tú aon cheann acu anois ach fíor-chorrcheann fánach. Níl dadaí le feiceáil anois ach na *steamboats* shalacha, na muca míofaracha. Cha lú orm an diabhal féin ná iad.

Och, och, nach iomaí lá a chaith mé go haerach, aigeantach ar na soithí éadaigh. Á, a dhaoine, dá gcluinfeadh sibh scór seoltóir ag canadh na *shanties* nuair a bheifí ag tabhairt an éadaigh don tsoitheach nó ag cornadh an éadaigh. Chluinfeá cúig mhíle de thalamh muid, achan fhear againn ag cur le chéile sa cheol agus ag tarraingt na rópaí ins an am chéanna ar bhrí ár ndíchill.[44] Ansin nuair a bheadh an obair críochnaithe (na seoltaí uilig spréite agus teannta agus suite sa dóigh cheart nó (dá mbar ag teacht chun an chuain é), leagtha, cornaithe agus feistithe go coimir[45]), chuirfeadh an caiftín nó an *mate*, thart cupla buidéal *rum* orainn. Ba é sin an *stuff* a raibh an bhrí is an bheatha ann – é chomh ramhar le *treacle*. Is truagh nach bhfuil galún amháin agam de anois san áit a bhfuil mé 'mo shuí; ba ghairid go gcluinfeadh sibh duisín *shanties*.

Ach fágaimis thart an sean-am: ní sé mo chroí is m'intinn trom ag smaointeamh air. A bhuachaillí, mothaím crathán ocrais agus caithfidh mé an cupa *tin* a chur síos le slais[46] tae a dhéanamh. Tá oiread cainte déanta agam ó tháinig an oíche is go bhfuil píochán ionam.

Micheál: Tá sé in am suipéara againn uilig agus tá mé ag déanamh go mbeimid ag tarraingt ar an bhaile. Tiocfaimid san oíche amárach má gheallann tú tuilleadh de chuntas do bheatha a scaoileadh chugainn.

Paidí: Chan fhearr liomsa, leoga, dóigh a gcuirfidh mé an oíche tharam – más caitheamh aimsire ar bith daoibh scéal mo bheatha shuarachsa.

Micheál: Thrácht tú ar ball ar thuras a thug tú ar loing éadaigh as Aberdeen go San Francisco agus dúirt tú go raibh an turas sin dócúlach, aimhréitithe. Cad é a thit amach?

Paidí: Inseoidh mé sin uilig oíche eile daoibh.

III

Le titim na hoíche lá arna mhárach, bhí an scaifte céanna tigh Phaidí ar ais.

Peadar Óg: Anois, a Phaidí, scaoil chugainn cuntas an turais udaí ó Lapadeen go San Francisco.

Paidí: Lapadeen! A Mhuire, cá bhfuil an port sin? A Pheadair an chinn mhóir – is dóiche gur Aberdeen atá in do cheann.

Bhal, sheol muid as Aberdeen lá breá san fhómhar – ar shoitheach éadaigh chomh breá agus a leag taobh le toinn riamh. *Tacoma* an t-ainm a bhí uirthi. Bhí an lá ar an taoibh is ciúine agus na seoltaí móra crochta leathmharbh ar na crainn agus muid ag déanamh fíorbheagán siúil. Thall udaí, fá luí na gréine, thoisigh an chóir a bheochadh agus a bheochadh agus a mhéadú go raibh sa deireadh tarraingt a cloigne aici (ag an tsoitheach). Lean an chóir sin dúinn gur reath[47] an choicís nó níos faide. Ansin, mar a bhuailfeá do dhá bhois ar a chéile, thit an chóir maol marbh: char fhan smid ann a bhogfadh ribe gruaige ar do cheann. Dar an píopa sin atá in mo láimh, char bhog an soitheach sin orlach amháin ar aghaidh as an phaiste a raibh sí ina seasamh ann gur dhruid trí lá dhéag. Bhí sí ansin – caite ansin – mar a bheadh cruach mhór fhéir ina luí ar an uisce agus í ag luascadh is ag luascadh is ag ramhláil[48] is ag rollacadh[49] anonn is anall agus anall is anonn, darna[50] achan *ghunwale* chóir a bheith ag bualadh an uisce le achan ramhal agus i rith an ama gan í ag gabháil leath an orlaigh féin chun tosaigh.

Is é an áit amháin is boichte a bhí aon duine riamh ar bord loinge móire éadaigh i gciúineáil[51] mharbh. Bíonn na seoltaí móra ag síorchlapáil, na míltí rópa is na céadtaí bloc ag greadadh agus ag gríosáil a chéile ó lá go hoíche agus ó oíche go lá; agus corp an tsoithigh féin, idir craiceann is cnámha, ón chíl go dtí an *deck*, óna toiseach go dtína deireadh, ag díoscarnaigh agus ag síordhíoscarnaigh go ndéarfá nárbh fhéidir di gan sréigheadh[52] agus titim as a chéile ina bruscar nó imeacht as a chéile ina conablacha. Is déine agus is docharaí seacht n-uaire ciúineáil mharbh mar siúd ar shoitheach mhór éadaigh ná stoirm fiánta gaoithe is farraige. An dara lá dhúinn sa chiúineáil udaí steall sí na crainn uachtaracha di féin agus siúd anuas i mullach an *deck* ina chleith iad idir rópaí is bloic is slatacha seoil agus seoltaí – ina gclibín aimhréiteach, casta, cuachta, do-réitithe agus, a chlann chroí, an tormán, an tuaim, an toirneach agus an tamhach táisc a bhí leis an mhulc c[h]oimhthíoch sin (agus é i lár na hoíche fosta) ag titim agus ag roiseadh is ag réabadh anuas roimh achan rud dár casadh ina bhealach – déarfá, ar mo choinsias, gur titim a rinne tóin na spéire, nó gur fhoscail geabhtaí[53] ifrinn. Phreab mé féin amach as mo *bhunk* agus chaith mé mé féin ar mo dhá ghlún, thug m'anam do Dhia is do Mhuire, rinne gníomh dóláis chomh dúthrachtach agus a rinne aon fhear bán riamh, agus scairt mé ar aingle Dé a theacht in aracais[54] m'anama. Shíl mé, dearbhaím daoibh, go raibh muid sa tsíoraíocht. (Nár aifrí Dia orm é, níl a fhios agam ar dhúirt mé leathdhuisín paidreacha ón lá a d'fhág mé Toraigh go dtí an bomaite sin.) Léim achan fhear sa *forecastle* amach chomh gasta liomsa, ach, má léim, chan a phaidreachas a chuaigh siad ach a strócadh is a roiseadh

mionnaí móra. Bhí scoith lámh agam féin ar na mionnaí
móra Béarla fán am sin, agus oiread cleachtaidh agam
orthu le aon phágánach ar bhord na loinge sin; ach,
admhaím daoibh, ins an stáca a raibh muid ann an oíche
udaí, aghaidh ar aghaidh leis an bhás agus ar bhruach na
síoraíochta (mar a mheas mé) chuir a gcuid mionnaí crith
is creathnú orm. Lig siad pá há gáire astu, ag magadh fúm
féin cionn is a ghabháil ar mo ghlúine[55] agus dúirt:

*'Ya bloody fool, Paddy, do you think that'll save you from
hell's flames? Chuck it, you're as sure to be there as the rest of
us, and that's a certain fire.'*

Nár thruagh sin, a fheara?

Micheál: Dia ár gcumhdach is ár gcoisreacadh!

Paidí: Bhal, siúd mar a bhí. Níl mé ag déanamh aon
bhréag ná an chuid de bhréig libh. Altú do Dhia mhór na
glóire, cha dtáinig dochar ná damáiste dá laghad do chorp
an tsoithigh. Bhí a corp chomh dian, daingean[56] is a bhí sí
riamh. Go dearfa, is é an rud a d'fhág sé níos socúla
againne í, nó cha raibh leath oiread luascadh is ramhláil
uirthi le linn na crainn mhullaigh (agus an *treacam* mhór
throm a bhí greamaithe dóibh) a bheith ar shiúl di; agus,
lena chois sin, cha raibh an soitheach leath chomh
docharach uirthi féin. Bhí faoiseamh breá aici in laghdú na
ramhlála.

Go ceann cupla lá ina dhiaidh sin bhí am tíoránta,[57]
traingeáilte[58] againn ag réitiú an *deck* agus ag cur eagair ar
rópaí agus ar bhloic agus ar *struitsíní* agus ar sheoltaí
strócthaí;[59] agus bhí ball ar obair do? chearpantóir an
tsoithigh ag cur bail ar chrainn is ar shlatacha.

Chuaigh againn fá dheireadh bail mheasartha a chur ar
chuid mhóir den damáiste, agus, thall udaí, mhothaigh
muid aithleá beag córach ag bualadh na seoltaí. D'éirigh
néal breá, dubh san aird anoir aduaidh. Cha raibh i bhfad
gur líon na seoltaí amach go galánta agus siúd ar siúl mo
chailín mar eilit ann – buacán ar ais lena gualainn agus
stáid bhán ina diaidh.

Sé seachtaine ón lá sin bhí muid lámh leis an Adhairc Mhóir, *Cape Horn*. Mo mhallacht uirthi mar Adharc anois agus an uair sin. Is muidinne féin a d'fhuiling[60] an ghríosáil[61] bhocht fán Adhairc chéanna sin, le doineann, mórtas farraige agus gaoth mhór. Chaith muid coicís druidte agus gan dul againn an phointe mhallaithe sin a ghlanadh, seal ag gabháil míle ar aghaidh agus seal eile ag cailleadh (an) méid[62] a bhí bainte againn. Níl aon lá nach raibh seol éigin[63] á réabadh ag an ghaoith mhóir agus ag imeacht ina ribíní chun na farraige is chun na spéire. Níl aon lá nach raibh na tonnta móra (agus is é sin an réigiún a bhfuil na tonnta uafásacha i dtólamh le feiceáil agat) ag ní agus ag roiseadh[64] na *deck*annaí ó cheann go ceann. Go bhfeice an tAthair Síoraí féin an t-imreadh[65] agus an bhail bhocht, anróiteach, leatromach a bhí orainne ar feadh na coicíse sin. Nár thuga Dia d'aon duine dá ngnóthaí[66] mise deoch uisce choíche air, a theacht fríd a leath.

Níodh beirt seoltóir amach ón *deck* againn agus chan fhacthas mac an pheata ó shin acu. Marbhadh[67] fear eile: thit sé anuas de cheann de shlatacha an chrainn mhóir agus rinneadh dhá chuid dena dhroim; briseadh a mhuineál agus scabadh inchinn an chréatúir (slán mar a instear é) ar an *deck*. Cha raibh aon fhear ar a craiceann nach raibh briste, brúite, a bheagán nó a mhórán, sula dteachaigh againn an cor a chur fá dheireadh ar *Cape Horn*.

Nach iomaí uair ar feadh na coicíse a thug muid muid féin suas don bhás – agus nach iomaí paidir fada, dúthrachtach a chan mé. Och, och, ba mise féin, anois nuair a dhearcaim siar ar [an] méid a chuaigh thart agus ar chúrsa mo bheatha – ba é mise an peata gan rath, gan cion ar m'anam agam, gan aird ar Dhia ná Mhuire agam. Char luaithe riamh as guais nó géibheann mé ná siúd siar ar ais arís ar an tseandóigh neamartach mé – gan glún a lúbadh fúm ó bhliain go bliain, gan cos a chur as Aifreann a éisteacht ná paidir ná cré a rá. I ndiaidh a dtearn mé Air, i ndiaidh mórmhéid mo chuid diamhasluithe ar feadh mo bheatha, phill Sé A lámh bheannaithe orm. Spáráil A thrócaire do-inste mé, míle glór is míle buíochas Dó go foirceann[68] mo bheatha.

IV

Shín muid linn ansin amach suas lámh le cóstaí Phatagonia, Pherú, Shilí agus tíorthaí eile nach bhfuil cuimhne anois agam ar a n-ainm. Seachtain chasfaí cóir dheas, fhreagarthach againn agus seachtain eile ina aghaidh sin bhuailfeadh gaoth cinn linn; ach idir seal gaoth taoibhe, seal ag imeacht le scód scaoilte agus seal ag piocadh is ag baint den ghaoith, bhí muid i dtólamh ag baint giota galánta de gur shroich muid fá dheireadh cuan bhreá, álainn San Francisco. Ag sleamhnú suas an chuain dúinn chluinfeá sa domhan thoir muid ag gabháil *shanties*, go mórmhór:

> For there is plenty of gold, so I'm told,
> on the banks of San Francisco.[69]

Sin a t-am a thífeá[70] an *rabble*[71] agus an racán – callán, scairteach is bocléimnigh thall is abhus ag achan fhear ar bord – cornadh seoltaí, teannadh rópaí agus á bhfeistiú agus ag cur ordú is eagair ar achan rud ar an *deck*.

Fá dheireadh bhí an *Tacoma* sínte suas agus feistithe le taoibh na céadh. Le hamharc uirthi ansin ina suí go suaimhneach, socair, chuirfeadh sí in do cheann ainmhí beo éigin a bhí ag tarraingt a hanála, tuirseach, tnáite, briste, brúite i ndiaidh saothar dócúlach agus masla do-inste a chur thairsti.

Go díreach theastaigh trí lá dhúinn gan na sé mhí a dhruid, ón lá a d'fhág muid Aberdeen gur shín muid le taoibh na céadh in San Francisco. Bíodh a fhios agaibhse nárbh iontas dúinne i ndiaidh anró, leatrom agus uaigneas na leathbhliana fada sin, aigneadh[72] croí, anama is intinne a mhothachtáil le linn lán ár mbonn ar ais de thalamh chruaidh Dé a bheith fúinn.

Chaith muid dínn[73] na sean*dungarees* agus chaith orainn an t-éadach ab fhearr a bhí againn agus suas chun an bhaile mhóir linn, ag bocléimnigh suas na sráide mar mheannáin gabhar ann.

Micheál: Cinnte, a Phaidí, is ar theach an phobail a thug tú an chéad rúide?

Paidí: Tá eagla orm nárbh air. B'fhéidir (agus, a Dhia, nár aifrí Tú orm anois é!) nár dhall mé doras Do thí bheannaithe ar feadh mo sheal sa bhaile mhór. Is ar theach agus ar thithe an óil a thug mé m'aghaidh agus is iontu a chaith mé mórchuid m'ama go raibh an phingin dheireanach dár shaothraigh mé ar an turas fada udaí caite agam. Och, och, is mé a chaith mo shaol gan dóigh ins an chathair udaí – agus, leoga, in gach uile chathair, choirnéal nó cearna[74] den domhan dár shiúil mé. An rud atá thart, bíodh sé thart! Cha dtig é a leigheas anois, ach dá mbeadh saol an mhic m[h]í-ámharaigh seo le caitheamh ar ais, chan mar atá a bheadh.

Is é an dóigh a bhfuil sé de, ní féidir (nó níorbh fhéidir an t-am udaí) beatha le Dia a chaitheamh ar bord loinge móire acu siúd. Is beag níos fearr ná págánaigh bunús na seoltóir sin. Drong leis an diabhal iad – ag ól agus ag mallachtaigh agus i ndiaidh ban a gceird. Má tá duine fánach acu a bhfuil broideadh beag de chion ar a anam aige nó lorg bheag eagla Dé ina chroí aige, níl beatha madaidh aige ina measc. Bheadh sé ina dhuine chorr acu, ina amadán, ina uascán, ina ábhar magaidh is ina ábhar gáire acu. Chan á rá atá mé go raibh mise faic níos fearr ná an té ba mheasa acu – ná go dtug mé an iarraidh is lú diúltú dóibh ná dona gcuid diamhaslaí, drabhláis agus págántachta. Cha raibh aon bhlaigeard ar loing an t-am sin nach raibh mé féin inchurtha leis in gach uile dhóigh ba mheasa ná a chéile.

An bhfeiceann sibh an cholm sin faoi bhun mo chluaise? I dteach ósta i San Francisco a tharlaigh[75] sin dom. Ag imirt cártaí a bhí cúigear nó sheisear[76] againn (cuid d'fhoireann an *Tacoma*) agus an digh ag gabháil thart mar atá a fhios agaibh. Bhí muid uilig leathólta. D'éirigh argáil nó díospóireacht éigin eadrainn. Tharraing focal amháin focal eile gur éirigh aon gharbhadas eadrainn agus gan mhoill ina dhiaidh sin na buillí. Char dhadaí sin gur tarraingíodh na sciana.[77] Sin lorg scine acu faoi bhun mo chluaise agus tugadh sáitheadh eile dom os cionn na scoróige deise. Dá mbeadh mo cheirteach dhíom thífeadh sibh an cholm sin fosta. Bhrúcht na péas isteach chun tseomra agus ghabh siad uilig muid. Tugadh mise agus fear eile chun ospidéil agus cuireadh an chuid eile chun an phríosúin. Chaith mise trí seachtainí idir bás is biseach i ndiaidh an méid[78] fola a chaill mé as an chneich[79] sin faoi mo chluais. Fuair an fear eile biseach in cupla lá. Cuireadh an dlíodh[80] orainn agus leagadh a bheagán nó a mhórán cánach orainn uilig.

Siúd agus nár tharraing mise mo scian (bíonn scian[81] mhór mar mhiodóig bheag ag achan seoltóir) cuireadh oiread cánach orainn agus a cuireadh ar an chuid eile acu. Níl sé in nádúr Éireannaigh scian a tharraingt ar d[h]uine eile, ach chan sin don lucht na náisiún eile. Cha raibh aon Éireannach sa troid an oíche udaí ach mé féin ach bhí Spáinneach agus dhá[82] *Dutchman, Italian,* fear as an Ioruaidh agus Sasanach ann. Cha luaithe tús feirge ar choigríoch[83] acu sin ná siúd nochtaí aige a mhiodóg. Cinnte go leor char choigil an mac seo na doirne agus mo dhá bhróig orthu gur chuir na péas cosc tobann leis an ghleo.

V

Rinne mé comhairle liom féin nach gcuirfinn m'anam ar ais i gcontúirt fá *Cape Horn*. Bhí mo sháith agam de. Char lig mé dadaí orm le caiftín ná le foireann an *Tacoma* fán intinn agus an rún a bhí déanta agam. An dtuigeann sibh, ba é mo cheart gabháil ar ais, mar sheoltóir, ar an tsoitheach chéanna a dtáinig mé amach uirthi agus a bheith 'mo sheoltóir uirthi go sroichfeadh sí ar ais an port a d'fhág sí (Aberdeen) nó, ar a laghad, an tír a d'fhág sí. Ba é sin an greamú (an m[h]argáil) a rinne mé leis an chaiftín nuair a thóg sé mé in Aberdeen; agus ní gnách le caiftín ar bith mórán airgid ná mórán den tuarastal atá bainte ag seoltóir a thabhairt dó i bport ar bith go sroichfidh a shoitheach ar ais an port sa bhaile a d'fhag sí. Ansin, gheobhaidh sé iomlán [an] méid turastail atá bainte aige (ar achan turas ansiúd agus anseo) ó d'fhág an soitheach an baile gur phill sí ar ais arís air. Murab é sin, murab é an t-acht nó an greamú speisialta sin, d'fhuígfeadh na foireannacha na soithí i bpoirt ar bith ar mhian leo agus bheadh na caiftíní i gcruachás go minic le foireannacha eile a fháil leis na soithí a thabhairt is a oibriú chun an bhaile.

Ach cé bith *cumithir*[84] a chuir mise ar chaiftín an *Tacoma* thug sé go réidh bunús [an] méid airgid a bhí bainte agam. Thaobh sé liom gan dadaí a ligint orm leis an chuid eile den fhoireann agus, cinnte go leor, char lig ón lá sin go dtí an lá inniu. Char mheall mé air fá sin, ach d'imir mé cleas salach, íseal, fabhtach air, a bhí i bhfad níos measa ná sin, nuair a sciob mé ar shiúl ar shoitheach eile as San Francisco agus an *Tacoma* ina luí ansin chóir a bheith réidh le[85] seoladh. Creidim gur iomaí mallacht fada, trom a chuir sé orm fán chleas a d'imir mé air, agus bí cinnte nach lú ná sin an méid mallacht a chuir sé air féin fá bheith chomh bog, lách, soineanta agus taobhadh le Paidí glic as Éirinn.

Maise, leis an fhírinne a rá, is mór a chuaigh sé in éadan mo nádúir is mo chroí mealladh ar an chaiftín chéanna. Fear uasal a bhí ann, an uile orlach dena chorp, agus go lách i dtólamh liom féin. Leoga, bhí a charthantacht liom ina shiocair éada ag an chuid eile den fhoireann. Ach, is é mar atá sé de, chonaic mé mo sháith den fhoireann, murdaróirí, an oíche udaí i dtigh an ósta. Cad é a bhí a fhios agamsa nach spreagfadh an diabhal iad oíche ar bith, amuigh i lár na farraige móire, ar ár mbealach chun an bhaile (ar an *Tacoma*) nuair a chuimhneodh siad ar an titim amach a bhí againn i dtigh an ósta – cad é a bhí a fhios agam nach gcuirfeadh siad cos i bpoll le Paidí, an t-aon Éireannach amháin a bhí ina measc. A dhaoine chléibh, cha chuirfeadh sé coscradh[86] ar bhithiúnach acu siúd fear a chur chun na farraige ach níos lú ná a chuirfeadh sé ormsa nó oraibhse pisín cait a bháitheadh.

Cé bith mar a bhí, bhí mé ag meabhrú liom ar na pointí sin agus ar *Cape Horn* salach na dtonn mór, agus rinne mé comhairle liom féin, bí beo, bí marbh, bí ceart, bí contráilte, sciobadh liom go formhothaithe ar bord soithigh éigin eile. Síos liom (ar nós na réidhe mar a déarfá) fá na céannaí is fá na *dock*annaí ag smeatharacht agus ag smeatharacht[87] liom. Sin an áit a raibh na soithí, beag, mór is meánach – coillidh dena gcuid crann agus slatacha seoil ar fud d'amhairc ar gach taoibh díot. Déarfá nárbh fhéidir go deo iad a réitiú agus a dhealú amach as a chéile leis an chuma dlúith, tiubh, aimhréiteach, fite fuaite a bhí orthu.

Chuaigh mé chun comhráidh le corrmhairnéalach ansiúd agus anseo agus, fá dheireadh, chuir mé aithne ar Éireannach – fear a raibh Ceallaigh air, Con Kelly, as contae Chiarraí, duine breá, fuascailteach, cainteach. Le smaointeamh air sin, bhí tréan Gaeilge aige, ach cha dtuigfeadh an diabhal Gaeilig thaobh ó dheas na hÉireann. Mar atá a fhios agaibh bhí an Ghaeilig agamsa mar A B C ann agus, i ndiaidh an iomláin, bheadh sé chomh maith agam a bheith ag éisteacht le slupairt cainte amhlóra as lár na hAfraice le a bheith ag iarraidh ciall a bhaint as Gaeilig Cheallaigh, cé bith seort blas nó cas nó cor nó cognadh a bheir siad uirthi. Is dóiche gur díobháil eolais is cleachtaidh ar urlabhradh na Mumha[n] a bhí ormsa, nó cluinim nach bhfuil an Ghaeilig s'acu orlach amháin taobh thiar den Ghaeilig s'againn féin.

Ach, le scéal fada a dhéanamh gairid, chuir mo Chiarraíoch ar m'eolas mé fá áit a fháil ar shoitheach bhreá éadaigh an *Steadacona* a bhí ar bhruach seoladh go dtí port a dtugann siad Honolulu air. Chuaigh mé chun cainte leis an chaiftín – Éireannach eile *be jabers*! Bhí aithne ag Ceallaigh air agus siúd agus nach raibh a fhios [ag] an chréatúr sin nach mise an seoltóir ba lú 'mhaith dár sheasaigh ar *deck* loinge ó gineadh Maoise, mhol sé don chaiftín sin go dtí na *ninety nines* mé! Thoiligh sé, an caiftín, mé a bheith leis go Honolulu agus ar ais, mar *able seaman*. Chuir mé mo mharc x ar a chuid páipéar – '*signed on*' mar a bheir siad air, sciord suas go dtí an *Sailors' Home* agus thug liom mo mhála canbháis a raibh scriosán éadaigh agus mo chuid neathann[88] beag eile agam ann agus siúd ar bord ar an *Steadacona* mé.

Char thit dadaí amach ar an turas sin an fiú cur síos air. Shroich muid Honolulu slán sábháilte – turas iontach fada, amach siar tuairim ar 3,000 de mhíltí taobh thiar de Mheiriceá i lár an *Pacific Ocean*. Áit chomh deas agus chomh breá agus a leag mé mo dhá chois riamh. Sróidín d'oileáin mhóra, fairsinge, leathana atá ann, na céadtaí céadtaí míle ar fad agus cuid de[na] mbarr sin ag gabháil suas os cionn chúig mhíle sa spéir. Is é Honolulu an baile is mó ann, cuan[89] bhreá agus scoith an fhoscaidh ann ag soithí le gach uile aird gaoithe ach gaoth deas. Is é an t-ainm atá ar na hoileáin uilig i gcuideachta, *Sandwich Islands*, agus tá ainm eile cosúil le Hawee nó Hawai'i[90] *Islands* orthu. Le státaí Mheiriceá na hoileáin udaí uilig agus is le Meiriceá a níonn siad an mhórchuid ar fad dena gcuid *trade*ála. Tá uafás soitheach mór ag seoladh as le siúchra,[91] *pineapples*, *rice*, tobac, *bananas*, caife, cnáib (*hemp*) agus *gutty perch*[92] (*rubber*) achan lá sa bhliain. Tá na *bananas* chomh fairsing ann agus atá móin i gcaorán anseo.

Seán Ghráinne: Cad é an seort earradh iad sin?

Paidí: Á, nach i dToraigh a tógadh thú! *Bananas*, sin tortha breátha, súmhara, sultmhara a fhásas i dtíorthaí teithe. Rachfá deich míle de thalamh á n-ithe. Nach iomaí uair agus céad uair a líon mise mo bholg leo agus is iomaí sin an uair a chuir mé tonnaosc[93] (i gcead don chuideachta) orm féin le an-phroinn acu. Bhí rud amháin in aghaidh na háite sin agam, agus cha raibh bomaite suaimhnis intinne agam óna thairbhe ón lá a chuaigh mé ann gur fhág mé é agus is é an rud sin, aicíd shalach, mharfach a bhí an-leitheadach ann (agus, creidim, atá go fóill) agus, deir siad, atá an-tógálach; agus is é an t-ainm atá uirthi an lobhar.[94] (Dia go gcoinní i bhfad uainn an uile ghalar choirp is anama!) Tá sí do-leigheasta. An té a bhuailfidh sí, chan i ndán dó biseach a fháil go deo. Slán mar a hinstear é, tá sí, deir siad, mar ailse ann ach seacht n-uaire níos millteanaí is níos marfaí. Itheann sí an fheoil lofa amach ón chnámh ó mhullach an chinn go dtí barr na ladhar. Dia ár gcumhdach, titeann na méara ó na lámha, titeann na ladhra ó na cosa, titeann an lámh ón sciathán is an sciathán ón ghualainn. Chan fhanann béal ná súil, gaosán ná cluas (slán ar ais mar a hinstear é!) ar an chréatúr a bhuaileann sí. Dar an lá geal a bhí inniu ann chan fheicfeadh na *Sandwich Islands* mise dá mbeadh a fhios agamsa sular fhág mé San Francisco go raibh an galar damanta ins na hoileáin sin.

Micheál: B'olc an gnoithe[95] a bheadh agat, agus nach mairg a d'iarrfadh ort aontú do shaol a chaitheamh ag freastal ar na créatúir sin a bhí faoin ghalar scáfar, samhnasach sin. Charbh é sin don tsagart udaí as an Fhrainc, ar léigh mé fá dtaobh de,[96] a d'fhág a thír féin agus a mhuintir agus nár bhain faoi gur shroich oileán acu sin a ghoireann siad Moloka'i air, an áit nach bhfuil ach lucht lobhair uilig – gan duine ar bith ann saor uaithi (ón aicíd) agus a d'fhan ina mbun, oíche is lá, ag freastal agus ag friothálamh orthu lena dhá lámh féin – ag ní a gcuid cneácha; ag cur greim – an bia agus an deoch – isteach ina mbéal; á dtógáil is á dtiompú, ag tabhairt uchtaigh agus ag tógáil céine[97] dóibh[98] lena chomhrá, lena chomhairle is lena chuideachta; is ag tabhairt sóláis is sócúil dóibh le briathra Dé. Charbh fhada, ar ndóighe, go raibh a chorp féin, a cheann, a chosa agus a aghaidh ina chneich[99] amháin leis an lobhar bhradach; ach a fhad agus a bhí sé ábalta cos nó lámh a bhogadh lean sé go díograiseach den obair bheannaithe, déirceach a thóg sé air féin, ag freastal agus ag friothálamh i ngnoithe coirp is anama ar na créatúir bhochta eile a bhí sa riocht ina raibh sé féin. Solas na glóire dá anam bheannaithe!

Paidí: Léigh tusa cuid mhór, a Mhicheáil, más fíor duit é, ach char shiúil tú an domhan mar a rinne mise. Rud eile, tá go leor sna leabhartaí[100] nach bhfuil bun ná barr leis. An gcuala tú riamh nach ndiúltaíonn an peann bréag? *Eh?* San chéad áit chan Francach a bhí ins an tsagart udaí ar chor ar bith ach Baljum (*recte Belgian*). Is agamsa atá a fhios é nó bhí sé in Moloka'i nuair a bhí mise in Honolulu. Rud eile, chan lucht lobhair uilig a bhí in Moloka'i. Bhí neart áiteoirí eile ann a bhí chomh saor ar lobhar leatsa nó liomsa; ach bhí ceantar ar leith leagtha amach in Moloka'i fá choinne na gcréatúr sin agus duine ar bith ar na hoileáin eile nó ar cheantair eile Mholoka'i a mbuailfeadh an aicíd leo, chuirfí go dtí an ceantar speisialta iad agus d'fhuígfí ansin iad fad is a mhairfeadh siad. Níl ach amaidí duitse, a Mhicheáil, nó do Mhicheál ar bith eile, is cuma sa diabhal cá mhéad leabhar a léigh tú, rud ar bith a inse domsa fá Mholoka'i – nó fá bhall ar bith eile ar dhroim an domhain ach oiread le sin.

Micheál: Seo seo, fágaim agat é.

Paidí: Rud eile, chuala mé thú ar ball ag cur paidir le anam sagart Damien. Cé bith ar mór d'eolas ar ghnoithe creidimh, insímse dhuit nach bhfuil aon fhéim[101] is lú ag anam an naoimh sin ar do phaidir bheag, bhochtsa. Chuaigh a anam chun na bhflaitheas i mbroideadh na súl[102] is chomh díreach le feagh. Och! Och! Is truagh nach bhfuil mise agus tusa agus achan duine eile chomh siúráilte de bhuicseoid[103] bheag i bpurgadóir.

Nuair a cuireadh críoch le luchtú an *Steadacona* agus an *tug*
í a streachailt amach ón chéidh agus amach síos an
chuan,[104] spréigh muid a cuid éadaigh uirthi agus chuaigh
i gceann an turais chun an bhaile go San Francisco. Níl ach
amaidí an oíche a chaitheamh ag cur síos ar rud ar bith dár
tharlaigh an casán chun an bhaile, nó char thit rud iontach
ar bith amach. Shroich muid an chuan, sílim go raibh sé
taobh istigh de dhá mhí. Bhí sí luchtaithe go dtí an tslait de
shiúchra is de chaife is de *rubber* agus an uile dhiabhal eile.
Char luaithe ag an chéidh muid ná d'iarr mé féin ar an
chaiftín, dá mbar a thoil é, mo pháighe, mo chuid airgid a
thabhairt dom. Chuir mé i gcéill dó go raibh orm Síocaga
(Chicago) a bhaint amach in aithghiorracht. D'aontaigh sé
sin a dhéanamh agus shín chugam an méid a bhí bainte
agam. Thug mé buíochas dó, d'fhág slán is beannacht aige
agus ghlan liom ar shiúl suas chun an bhaile mhóir. Dar
liom féin, tá mo sháith den fharraige agam anois go ceann
fada go leor. Chaith mé sé mhí in San Francisco, tamall ag
obair ar na bóithreacha iarainn, tamall in *foundries*, tamall
in muilinn mhóra agus an dá mhí dheireanach 'mo *fireman*
ar bhord *tug* sa chuan. Bhuail mé liom ansin amach suas
go Seattle agus chaith mé trí mhí – ráithe – ansin 'mo
fireman ar ais ar ghalbhádaí beaga a bhí ag obair anonn is
anall ar abhainn ansin. D'éirigh mé tuirseach den áit sin
agus bhuail nóisean mé taobh thoir Mheiriceá a bhaint
amach. Leabhra, bhí seort cumhaidh ag cur orm le fada
agus mheas mé go ndéanfadh sé maith do mo chroí dá
gcasfaí duine nó daoine as m'oileán dhúchais orm as
Toraigh – nó, leoga, as áit ar bith i dTír Chonaill. Bhí a
fhios agam dá gcasfaí ar an taoibh thoir den tír mé (fá New
York nó Boston nó Philadelphia) go raibh na bailte sin
greagnaithe[105] le hÉireannaigh is le fir is mná as Toraigh
fosta.

Ar feadh cupla mí roimhe seo choinnigh mé amach ón ól chomh maith is a thiocfadh liom. Char luigh mé, mar a déarfá, go róthrom leis. Bhí mé ag iarraidh a bheith ag déanamh buin bhig (ag cur na pingineacha le chéile) fá choinne an aistir fhada, chostasaigh a bhí romham ón taoibh thiar go dtí an taobh thoir Mheiriceá. Ar shiúl liom. Casadh oiread agam agus a thug go Síocaga mé. Shleamhain mé amach as an *train* ag Síocaga agus chuir mé fúm fanacht sa chathair sin go saothróinn oiread agus a bhéarfadh giota eile mé, nó, b'fhéidir, go bun mo chúrsa – New York.

Bhuail mé liom síos sráid ann gur casadh teach ósta orm. Bhí cineál tairt orm (char mhinic riamh nár mhothaigh mé tart tréan nuair a leagfainn mo shúil ar teach ósta) agus isteach liom gur ól mé cupla pionta leanna. Amach ar ais, agus anuas is suas liom na sráideanna breátha. Thall udaí bhuail páirc pléisiúra acu seo liom. Is beag bailte móra nach mbíonn páirceannaí poiblí iontu – ar imeall an bhaile, nó, b'fhéidir, i lár an bhaile, nó áit ar bith eile sa bhaile a leagfaí amach di – páirceannaí deasa, galánta ar fad iad siúd, chomh cothrom le clár, féar deas, glas, gairid, dlúith ag fás orthu – crainn mhóra, arda (fána gcuid géaga mórleathana agus lomairt trom duilliúr) ina sraithe díreacha ag reachtáil ar fhad na páirce, clibíní agus tomógaí ansiúd is anseo de na crainn b[h]eaga is gleoite agus is áille a chonaic súil riamh agus, i dtaca le bláthannaí de, níl inse orthu. Bláthannaí móra, bláthannaí beaga, bláthannaí leathana, bláthannaí caola – ildaite – gach uile dhath sa spéir orthu – dearg, donndhearg, cróndhearg, buídhearg, ruadhearg; tromghorm, liathghorm, agus gach uile imir ghoirm;[106] deargbhuí, órbhuí is fionnbhuí; gealbhán, fionnbhán is bán ar d[h]ath an uachtair (bainne); agus an boladh, an boladh cumhra, sláintiúil a bhí astu sin, ag líonadh agus ag cómheascadh leis an aer thart timpeall ort, níl cur síos le déanamh air. Bheifí beo ar leath bia ann.

Bhí suíocháin dheasa, daite glas, ansiúd agus anseo, thall is abhus fríd an pháirc – fá choinne duine ar bith ar mhian leis suí agus a scíste a dhéanamh nó a pháipéar nó a leabhar a léamh nó a phíopa nó a *cigar* a chaitheamh. Shuigh mé féin (mar a dúirt an madadh beag) ar cheann acu agus luigh mé siar chomh sócúlach, neamhspleách le fear a mbeadh seacht míle punt sa bhliain de theacht isteach aige agus achan bhraic[107] thoite as mo sheandúidín agam!

Bhí daoine eile, mná is fir, ar shuíocháin eile thall is abhus. Bhí mé féin ag breathnú uaim, ag baint lán mo shúl astu uilig. Thall udaí luigh mo shúil ar bhranaí[108] mhór fir ar shuíochán os mo choinne anonn. Dar liom féin, chonaic mé roimhe thú, nó, mura bhfaca, chonaic mé in áit éigin fear éigin a bhí diabhalta cosúil leat. Cha dtiocfadh liom mo shúile a thógáil de. Bhí mé ag tabhairt barúil aithne dona chruthaíocht agus níl aon bhomaite nach raibh mo bharúil ag fás agus ag daingniú.[109] Sháith mé mo dhá shúil ann ar ais is ar ais. Thug sé fá dear mé ag stánadh air agus chaith sé cupla leathamharc anall orm – ach sin a raibh de. Chaith mé leathuair druidte ag rúscadh liom fríd m'inchinn is fríd mo chuimhne féacháil[110] an dtiocfadh liom a dhéanamh amach cá bhfaca mé roimhe é.

Thall udaí d'éirigh sé ina sheasamh, bhain searradh is síneadh as a dhá láirig, righ siar a dhá ghualainn, thóg a umbral ina lámh agus sháith an leathlámh eile i bpóca a bhríste agus ar shiúl leis go fadálach fríd an pháirc.

'Maise,' dar liom, 'fíorscrios lom agus drochrath ort, a óganaigh! Leanfaidh mé thú agus rachaidh mé chun cainte leat dá muirfí faoi cheann leathuaire mé!' Shín liom suas ina dhiaidh cos ar chois go raibh mé chóir buailte air. Rinne mé casachtach gheall ar, mar a déarfá, seort fuagraidh bhig a chur asam. Char chas a cheann agus char lig dadaí air. 'Gabháil suas lena thaoibh dom rinne mé casachtach beag eile le mo scornach a réitiú agus arsa mise:

'*Tak* a *pardon, sor, I think I seen you before!*'

'*Maybe you did*,' arsa seisean, agus char dhúirt an dara focal.

D'aithin mé ar an uascán, *straight*, nach raibh fonn cainte air liom. Dar liom féin, bí beo bí marbh, féachfaidh mé ar ais thú nó d'aithnigh mé anois go fíormhaith é.

'*Any harm*,' arsa mé féin, '*to ask where you come from*?'

'Síocaga,' arsa seisean, go giorraisc.

'*'Tis I know that, but did you come from the auld country first*?'

'*Yaas*,' ar sé seisean, '*I come from Ireland.*'

'*That is what I was thinkin'*,' arsa mé féin, '*and you were born next door to meself in Tory Island*'.

Dar fia, thug mé faoin tsúil dó é! *Begorraí*, a chailleach, d'athraigh sé dóigh i bpreabadh na súl – fuair greim láimhe orm féin agus níl ann ach nár leon sé agam í le neart is teann an chroite a thug sé di. In áit é a bheith mar a shíl mé ina spriosán dhúlaí, dhoicheallach, chan fhaca tú aon duine riamh a bhí [chomh] dáimhiúil, flaithiúil, fáiltiúil leis. Déarfá gur a dhearthráir a thit as an spéir chuige mé.

'Bhfuil a fhios agaibh cé a bhí ann? Corp Jack Mháire Shéamais. Is cuimhneach le cuid agaibh Máire Shéamais na cruite a fuair bás anseo in aimsir an fhiabhrais dhuibh – sin máthair Jack cóir. Ba é *Uncle* Jack, a bhí thall i Meiriceá leis na ciantaí, a dhíol pasáid Jack agus a thug anonn é. Ba é an pasáid geal do Jack é. Tá tithe ar mhuin tithe thall anois aige – *saloons* mhóra a chuirfeadh ceo ar do shúile le breáthacht is le deiseacht. Níl aon taobh a dtabharfá d'aghaidh istigh ansiúd nach bhfeicfeá do scáile[111] ó mhullach do chinn go barr do chos. Go dearfa, tá taobh istigh a chuid *saloons* ina *looking glass* amháin ón urlár go dtí na creatacha. Agus dá bhfeicfeá é féin – *castor* ard air, spéaclóirí óir ar a dhá shúil, calar geal go dtí an dá chluais air, slabhra mór, trom óir ar a *watch* crochta trasna ar a mharóig faoina chleite maotháin,[112] culaith ghalánta éadaigh dhuibh air mar éadach sagairt ann; umbral síoda lena thaoibh agus *cigar* idir a dhá mhéar. Sin Jack Mháire Shéamais agaibh – Jack Mháire Shéamais, bíodh a fhios agaibh – mar a chonaic an mac seo thall é – gan focal a chur leis ná focal a bhaint de, ach chomh fírinneach agus dá mbeinn ar mo dhá ghlún i mbosca na héistidh ag an tsagart.

Nár bheag ciall do *watch* ná do spéaclóirí ná d'umbral ná do *cigar* a bhí ag mo Jack an lá a d'fhág sé Toraigh! Cha raibh toint[113] éadaigh air a gcuirfeá do mhadadh chun aonaigh leis, ach darna achan bhall dena chraiceann nochtaí; cha raibh aon phingin aige a chuirfeadh sé 'mullach na pingine eile; cha raibh ar a chosa móra ach máirtíní; agus níos lú Béarla ina chloigeann ná atá i gcloigeann an chait sin faoin stól.

Is é istigh i dToraigh atá an scaifte is lú 'mhaith agus is lú spiorad atá ar dhroim an domhain inniu nach nglanann amach as agus aghaidh a thabhairt ar an áit a bhfuil an t-ór agus an t-ollmhaitheas agus an ghlainíneacht agus an ghalántacht – i bhfarradh is a bheith gan dóigh go deo i mbochtaineacht ar an chreig loim, leatromaigh seo.

Micheál: Is iomaí fear maith a d'fhág Toraigh le mo linnse (agus a raibh an bharúil chéanna aige fá Mheiriceá agus fá Thoraigh atá agatsa) a raibh breith ar a aithreachas aige i ndiaidh thall a bhaint amach, agus a bhí buíoch beannach[tach] an chreig seo a bhaint amach ar ais. Cuir i gcás (ach ná tóg orm é, nó chan á chaitheamh suas leat atá mé) nach bhfuil tú féin ar fhear acu sin? An bhfuil tú dadaí níos fearr inniu ná an lá a d'fhág tú Toraigh 'do stócach? Cha ngeofá[114] bás leis an ocras anseo ó shin ach oiread le duine ar bith eile; agus mura mbeifeá níos troime i bpóca inniu, diabhal mórán níos éadroime a thiocfadh leat a bheith. Chan á chaitheamh suas leat atá mé nó chan duine den tseort sin mé; ach ní maith liom na buachaillí óga seo atá ag éisteacht leat, greim a fháil ar nóisean a chuirfeadh, b'fhéidir, lá éigin ar bhealach a n-aimhleasa iad.

Paidí: Cha raibh beo riamh ort, a Mhicheáil na bpaidreach, mura mbeifeá ag trasnaíocht. Char chorraigh tú riamh amach ón luaith. Ar chreig Thoraí a tógadh thú. An samhlófá mo ghnoithe a inse domsa a shiúil an domhan chlár agus a chonaic le mo shúile cinn agus a chuala le mo dhá chluas féin an bheag agus an mhór a bhfuil mé ag tabhairt cuntais daoibh air? Cad é a bhéarfadh ar shomachán ar bith nár chorraigh amach ón luaith riamh mise a bhréagnú?

Éamann Beag: Lean leat agus ná tabhair aird ar Mhicheál.

Paidí: Béal na céille: tá an ceart agat. Bhal, le pilleadh ar an áit ar bhris mo scéal, bhroid Jack mé fein go dtí an cuantar agus dá n-ólfadh an mac seo lán dabhaigh den bhrandaí ba daoire a bhí ina theach, bhí sé le fáil in ascaidh[115] agam. Mar sin féin cha dteachaigh mé róthrom air. D'ól mé go díreach tuairim ar ghloine go leith di. Thug sé suas an straighre mé ansin agus isteach in seomra mór galánta mé. Rachfá go dtí do dhá ghlún ins na héadaí urláir, na cearpata, a bhí ar na hurláir udaí. Agus i dtaca leis na pioctúirí móra, costasacha (agus ór uilig thart orthu) a bhí crochta thart ar na ballaí udaí agus na soithigh bheaga is mhóra is mheánacha, déanta de scoith an óir is an airgid a bhí ina seasamh thall is abhus ar tháblaí is ar c[h]láraí agus ar an c[h]lár os cionn na tineadh; agus an boladh deas *scent* á tharraingt suas agat i bpolláin do ghaosáin – bhéarfá mionna an Bhíobla gur i bpálás rí a bhí tú – agus sin agaibh seomra amháin i dteach amháin de chuid tithe Jack na máirtín – mac Mháire Shéamais na cruite as creig Thoraí!

Thug sé aithne dom ar a bhean – *lady* mór a chroí. Ba é as baile mór éigin in Sasain í. Bean c[h]aol, ard, drochdhaiteach, anonn go measartha in aois agus í lomchaite; ach bhí sí lách, cineálta, cóir, caíúil, cneasta. Bhí teaghlach giorsach is stócach ann. Tugadh a n-ainm dom ach bhí na hainmneacha sin chomh coimhthíoch, neamhchoiteann sin agus nár chuimhnigh mé cúig bhomaite orthu. Cha raibh Paidí ná Seán ná Aodh ná Crochúr ná Máire ná Bríd ná seanainmneacha den tseort sin orthu, ach ainmneacha galánta cosúil le Berty is Gerty agus Roland is Gordon.

Charbh fhada mé ag comhrá leis an tseanphéire gur chroith *bell* sa tseomra agus d'éirigh an péire ina seasamh agus d'iarr orm féin a bheith ag teacht. Isteach linn go dtí seomra an bhídh – *dining room* a bheir siad air ansiúd. Suíodh síos mé féin ina gcuideachta ag an tábla. Um! Dá bhfeicfeá an tábla udaí, fána línéadach gheal, chomh geal le heiteoig an eala, agus na soithigh agus na sciana is na forcannaí is na spáineannaí chomh loinnireach, soiléarach[116] leis an ghréin. Agus an tábla bídh a bhí ansin – iasc rósta, caoirfheoil is mairtfheoil rósta, muicfheoil bhruite, sú circe, feoil circe, gach uile s[h]eort tortha dár fhás as talamh riamh, fiche cineál aráin agus milseáin. Diabhal a raibh a fhios agam féin c'air a dtoiseoinn. Leis an fhírinne a rá libh b'fhearr liom seacht n-uaire a bheith céad míle ar shiúl ón tábla chéanna nó cha raibh a fhios agam, admhaím daoibh, cad é an ceann a bhí ar uachtar díom le tréan faitís. Bhí an t-allas síos liom.

Cha raibh aon cheann de leathdhuisín sciana is forcannaí nach raibh achan taobh de mo phláta agus diabhal a raibh a fhios agamsa ach oiread leis an tuairnín sin atá crochta ar an *dresser*, cad é ba cheart a dhéanamh leo. Mar sin féin choinnigh mé mo shúil go géar ar Jack agus uirthise agus rinne mé mo dhícheall ar iadsan a leanstan. Is maith a bhí a fhios agam, i ndiaidh mo sheacht ndícheall a dhéanamh, go dtearn mé go tútach é agus tá oireas agam go raibh ábhar gáire ar shlupairt, tuathalacht agus lámhacán Phaidí acu go ceann fada go leor i ndiaidh an dinnéir udaí. Dhéanfainn mé a iomchar[117] i bhfad ní b'fhearr dá mbeadh gan a bheith ag an tábla ach Jack agus mé féin. Ach bhí sise ann, agus an chuma uasal sin uirthi, agus bhí sabhán[118] eile de chabaí,[119] fear freastala tábla nó buitleoir,[120] ina sheasamh suas ansin ag amharc siar in mo bhéal. Déarfá gur ag áireamh mo chuid greimeann a bhí sé. Thug mé in umhail[121] fiche uair ceist a chur air an raibh adharca nó dhá cheann orm. Ba é sin féin an tráth bídh amháin ba lú a chuaigh chun suilt domsa dár chaith mé riamh.

Ba mhó go mór fada an sult a bhainfinn as dhá phréata rósta agus ruball scadáin ghoirt ar stól i gcois na tineadh in mo chró féin. An gcreidfeá go raibh an scian agus an forc ar crith in mo láimh mar fhear a mbeadh an *palsey* air. Bhí, dar mo choinsias. '*Two to wan*' nach raibh oiread critheagla orm dá mbeadh rópa mo chrochta ag gabháil ar mo mhuineál nó béal gunna dírithe ar cheartlár mo chroí. Gan baint den chiotachas agus den [t]slámáil a bhí orm le mo scian is mo forc, dhoirt mé steall beag den tsú go taismeach le buille de m'uillinn ar an phláta. Á, a dhíocairt,[122] ó! nuair a chonaic mé an *splash* fhliuch a d'fhág sé ar an éadach tábla, níl ann ach nach bhfuair mé bás leis an náire. Bhris an t-allas amach ar m'éadan agus las mé suas ón mhuineál go dtí bun mo ghruaige. Thug siad fá dear mé agus, le truagh dom, creidim, dúirt sise: '*No harum, Paddy, no harum, it's all right.*' Dar liom féin, 'A Phaidí, mo sheacht mallacht ar an lá a tháinig do cheann ar an tsaol!' Charbh é siúd, dá olcas é, an tubaiste is mó a d'éirigh dom. Cluinfidh tú. Nuair a bhí na cúrsaí móra thart – sin cúrsa an tsú, cúrsa an éisc, cúrsaí feola agus, leabhra, cúrsaí eile nach bhfuil marc anois agam orthu – nuair a bhí siad sin thart agus tharainn, síneadh anall chugam féin mias deas gloine lán de rud éigin bog, bán. Cha chuirfeá dadaí i gcomórtas leis ach taos, ach go raibh sé níos boige agus níos gile ná taos. *Corn flour* a bhí ann ach cha raibh a fhios agamsa an t-am sin nó go ceann blianta ina dhiaidh gur *corn flour* an t-ainm a bhí air.

Bhí seort éigin *stuff* mar *jaum* nó *jelly* plástaráilte thart go deas ar imeall an taois seo. Mar a dúirt mé, síneadh an mhias chugam féin. Bheir mé féin, ar ndóighe, ar an mhéis agus phlantáil mé síos os mo choinne ar an tábla é ag rá 'tankee' go múinte leis an bhuitleoir. Bhí spáin bhreá airgid, chomh mór le ladar bheag, trasna ar thaoibh na méise. Chuaigh mise i gceann an *chorn flour* leis an spáin mhóir agus cha raibh mé i bhfad ag glanadh na méise. Ach, a Thiarna na Glóire! Náirigh mé [mé] féin, náirigh mé Toraigh, náirigh mé Éire. Bhí an mhias udaí le a ghabháil thart ar an tábla uilig. Char cheart domsa a thógáil as an mhéis ach cupla lán na spáine móire agus sin a leagaint ar phláta bheag a d'fhág an buitleoir agam fána choinne. I ndiaidh mise a *serve*áil rachadh sé, leis an mhéis, go dtí duine eile agus thógfadh an duine sin lán spáine nó beirt eile as an mhéis agus leagfadh ar a phláta b[h]eag féin é; go dtí duine eile ansin go mbeadh achan duine ag an tábla *serve*áilte.

Shíl mise, ar ndóighe, mar bhí mé ramhar, aineolach, agus gan an chuid is lú de chéill de ghnoithe tábla agam, gur dom féin féin a bhí sé ag tabhairt na méise, fá choinne mé féin [an] méid *corn flour* a bhí ann uilig a ithe. Agus rinne mise sin. Shlog mé a raibh sa mhéis. Damnú air anois agus an uair sin, dá dtabharfadh an diabhal dó a ghabháil ionsar Jack nó ionsar a bhean an chéad iarraidh leis an mhéis, bhí an t-iomlán leigheasta. Thífinn ansin cad é ba cheart a dhéanamh. Nuair a shroichfeadh sé mise bheadh a fhios agam nár cheart dom seilbh a ghlacaint ar an mhéis agus ar an *stuff* uilig – ach go díreach cupla lán spáine a thógáil amach as. Ach, ar an drochuair, chas an diabhal gur ormsa a thug sé an chéad chuairt lena chuid *corn flour*. Siúd agus go raibh mé saor ar shaint agus ar thriocaíocht[123] agus ar chleasaíocht de sheort ar bith ins an chás (i gcás an *corn flour*) char cheadaiste[124] liom ar mhíle punta (cé bith ar bhocht sa tsaol mé) a leithéid de thubaiste gan náire a éirí dom. Smaointigh féin i gceart air – muintir an tí uilig ina suí thart fán tábla sin agus gan pioc *dezart* (*dessert*) acu; agus iad féin agus an somachán buitleora ag stánadh ormsa ag slogadh *dezart* an teaghlaigh uilig – leis an ladar fosta!

Bíodh a fhios agaibhse, a fheara, nach altú amháin, ach duisín acu, a thug mise go dúthrachtach do Dhia, go raibh an dinnéar sin thart. Tháinig dhá lá go leith sular shuigh mise, Paidí Pheadair, ag tábla thí mhóir ar ais. Thug mé seacht mionna an leabhair nach mbéarfaí orm i gcúnglach den tseort udaí ar ais mé go mbuailfí an scraith glas ar m'uaighe.[125] Níl aon lá go ceann cúig bliana a gcuimhneoinn ar *corn flour* nó seort ar bith *dezart* nach mbrisfeadh allas fuar go húr nuaidh amach ar chlár m'éadain.

Cinnte go leor, leag siad sin dinnéar bhreá, bhlasta fúm an lá udaí; ach diabhal a raibh a fhios agam cé acu a bhí sé maith nó olc. Cha raibh blas agam air leis an fhaitíos agus an chrith a bhí orm ach oiread agus dá mbeinn ag ithe cabha.[126]

VI

Lá arna mhárach fuair Jack obair dom in *foundry* mhór. Bhí scoith páighe agam ann. Dá mbeinn ábalta an teas uafásach a bhí ann a sheasamh cupla bliain bheadh lán tobáin de ghiníocha buí déanta agam, ach b'ionann é agus ifreann; an t-allas ag gabháil amach ar bhéal mo bhróg ón seacht ar maidin go dtí an sé tráthnóna. Cha dteachaigh agam a chaitheamh ann ach trí seachtainí. Shearg agus mheath mo chorp gur éirigh mé 'mo scáile. Bhí mé chomh caol, tana[127] le slait saileoige. Thífeá an tsileog fríd an phluic agam. Dá bhfanóinn seachtain eile ann bheinn faoin fhóid ghlais.

Shín mé liom ansin amach sa tír agus ghreamaigh mé le feirmeoir mór. D'fhan mé aigesean bliain druidte – ag gabháil do thalamh is do eallach is do chaoirigh is do bheathaigh, agus ag spidireacht agus ag rúscadh is ag útamáil liom fá bhóithithe[128] is fá stáblaí mar atá a fhios agaibh. Ar feadh na bliana sin char bhlais mé aon deor biotáilte dár reath as stil riamh. Creidim nach orm a bhí an locht nó cha raibh aon teach ósta fá fhichead míle don áit udaí. Ó d'fhág mé Toraigh cha raibh mé an fhad udaí riamh roimhe tirim, agus cha raibh ó shin.

Bhí lab deas airgid i dtaiscidh anois agam. Shín liom ar ais gur bhain Philadelphia amach. Casadh Éireannaigh agus fir go leor as Toraigh ansin orm. Cha dtearn an mac gan rath seo bat[129] oibre sa bhaile mhór sin gur scar mé leis an leithphingin dheireanach a bhí ar thóin mo phóca. An-oidhe agus drochbhláth go deo orthu mar thithe ósta, ba iad na tithe dubha domsa riamh iad! Cha raibh agam ach mo froc a chaitheamh díom, mo bheilt a theannadh orm agus a ghabháil i gceann mo ghiota ar ais arís. D'oibrigh mé in muileann ar feadh sé mhí agus gur shaothraigh mé oiread agus a bhéarfadh amach soir tuilleadh in aice na farraige mé. Shroich mé New York. Chuaigh mé mar *fireman* ar ghalbhád as sin go Montreal agus ar ais, cúig nó sé iarrachtacha. Chuaigh mé ansin ar cheann eile, mar *fireman* ar ais, go dtí an River Plate, seantobán salach, lofa a bhí ag titim as a chéile.

Bhuail stoirm linn ar chósta an Bhrazeel (Brazil) i ndiaidh an *River* Plate a fhágáil le lucht cruithneachta agus chuaigh sí go tóin na farraige, í féin agus a lasta. Go hádhúil chas Dia soitheach eile sa chomharsanacht a thug tarrtháil orainn sula dtearn muid poll agus thóg sí muid uilig den tseantobán. Chuir ceann na tarrthála seo i dtír muid i gcuan in Jamaica (ba é Jamaica bun a cúrsa féin).

Chaith mé dhá bhliain ar an oileán bhreá sin. Is beag nach bhfuil sé leath chomh mór le Éirinn – scoith talaimh treabhair is féir is faisineachta ann: an iomata bó is caorach is muc is gabhar ann; agus *oranges* is *bananas* chomh fairsing ann le gainimh na trá. Agus an *rum*, – an-*rum* go deo atá ann – bhí sé chomh ramhar is go seasódh spád uaithi féin ann – agus é chomh méith – cha n-iarrfá do bhéal a thógáil as go dtitfeá as do sheasamh á ól.

I gceann a dhá bhliain, d'fhág mé slán ag Jamaica agus chuaigh mé ar ghalbhád mar *fireman* go Londún. Bhí mé idir dhá chomhairle ansin (in Londún) fá rúide a thabhairt go Toraigh go ndéanfainn scíste míosa agus go bhfeicfinn cad é an seort suíocháin a bhí ar mo sheanbhaile agus ar na daoine; ach bhuail cupla mairnéalach a casadh liom in Londún – bhuail siad a ngaoth orm agus chaith siad orm mo bhaile a chaitheamh as mo cheann agus tuilleadh den domhan mhór a chur díom sula mbéarfadh an aois orm.

Mar bhí mé riamh sónta, soineanta, soghluaisteach b'fhuras comhairle mo leasa nó comhairle m'aimhleasa a thabhairt orm. Cha raibh an dara focal ann: chaith mé an baile as mo cheann agus bhí mé an oíche sin ar bord galbhád mhór a bhí réidh le seoladh lá arna mhárach – ag gabháil amach anonn go dtí an taobh eile den domhan go port a dtugtar Tóiceo air amuigh thall in Seapán. Éireannach, dar fia – nó mac Éireannaigh – a bhí sa chaiftín. McElhatton an t-ainm a bhí air – as baile beag lámh le Tír Chonaill – fán chrígh idir Thír Eoghain is Tír Chonaill, agus corp duine chomh lách, fairsingchroíoch agus a bhris an t-arán riamh. Ó, agus fear chomh ligthe, láidir, scafánta agus a chasfaí ort in siúl lae. Lig mé féin leis gurbh as Tír Chonaill mé, an chontae a bhí sínte lena chontae féin. Char lig mé leis, má tá, gur rugadh ar chreig shuaraigh T[h]oraí mé: b'fhada uaim! Char fágadh riamh díobháil críonnachta mé, ólta nó do mo chéill, i bpointí beaga den tseort sin. Dá n-inseofá do dhuine amach as seo gur as creig bhoicht, leatromaigh T[h]oraí thú cha bheadh meas *bulldog* mhadaidh acu ort. Mar a deir an seanfhocal: 'Mura bhfuil tú mór, bí críonna.'

Chan fhaca tú aon fhear riamh a théigh chomh mór liom féin agus a théigh sé le linn cluinstin gur rugadh mé féin sa dara chontae dó. Rud eile, cha raibh aon Éireannach ar chraiceann an tsoithigh ach mé féin agus é féin agus an cócaire. (Ba é as Baile Átha Cliath an cócaire.) Sasanaigh an chuid ba mhó de na mairnéalaigh a bhí uirthi agus cupla Albanach agus scaifte beag *coolies*.

Seosamh: Cad é an seort earradh iadsan?

Paidí: Ó na hIndiacha thoir iad – drong ar bheagán mhaith ar thalamh nó ar fharraige. Cláiríneacha bochta, loma, tana, ioscaidí[130] orthu chomh caol le cos scuaba; muineál ar achan fhear acu chomh caol le muineál gandail; fá chabhail bhocht, éadrom, neamhfhite, neamhfhuaite, neamhshiocthaí; drochdhaiteach, lom, tana fán aghaidh; cuma dhúbhrónach, dhúlaí, dhoilíosach i dtólamh orthu; beagán Béarla acu agus an bheagán sin féin ina sheort phrácáis bhriste. Sin *coolies* anois agat mar a ligfeadh cat cat eile amach as a bhéal.

Seosamh: An *blacks* iad? An bhfuil siad dubh?

Paidí: Níl siad dubh agus níl siad bán agus níl siad crón, donn ná buí ar fad. Níl a fhios agam cad é macasamhail a ndath i gceart. Tá sé mar a bheadh dath dorcha *cement* faoi dhonnbhuí nó faoi thrombhuí – *a kine o' a salla (sallow) greyish shade comin' through a kine o' brown-yallar.*

Mar a dúirt mé libh thit mé féin agus an caiftín lena chéile. Ba é eisean féin rí na bhfear uasal. Níl aon lá ar feadh an tura[i]s nach dtug deoch dom agus chan go danartha,[131] dúlaí a chuaigh sé fá dtaobh de ach oiread nó chuirfeadh sé maol ar an *tumbler* achan iarraidh. Agus dá dtarlódh go dtitfeadh obair an-mhaslach orm lá ar bith, thromódh sé a lámh an lá sin orm agus bhéarfadh dhá lán gloine dom. Is beag a d'ólfadh sé féin ar chor ar bith ach chan fhuígfeadh sigeár a bhéal ó d'fhosclódh [sé] súil ar maidin go ndruidfeadh sé san oíche í. Is iomaí sigeár a thug sé dom féin, ach cha dtabharfainnse sileog as mo bhéal ar a bhfuil de sigeárannaí faoi rí na Sasana. B'fhearr liom i bhfad smailc as mo sheanphíopa créafóige. Is é an rud a spíonfainn an sigeár ar mo bhois, mheascfainn fríd an tobac dubh, casta é, agus dhingfinn siar i gcloigeann mo phíopa é. Bhí sé taghna[132] mar sin – boladh is blas breá air á chaitheamh.

Agus, a bhráthair, is aigesean féin a bhí an scil ar an *sextant* agus ar an *quadrant*. Dá bhfeicfeá é agus na gléastaí coimhthíocha udaí dírithe ar an ghréin agus ar an *phole star* aige! Thoiseodh an *figure*áil agus an *figure*áil aige le pansal luaidhe (*lead pencil*) ar ghiota de pháipéar gheal – agus na gléastaí udaí ar a shúil aige, agus sula mbeadh a fhios agat cad é a bhí sé a dhéanamh, d'inseodh [sé] duit, go dtí ramha an ribe, cad é an ball den domhan mhór a raibh a shoitheach ina suí air. M'anam go n-inseodh. Gan talamh, gan tráigh le feiceáil aige, céadtaí míle amach i lár na farraige móire, dhéanfadh sé sin. Ach, mar atá, bhí an diabhal ar a chuid foghlama.

Bhuail muid isteach go St. Helena agus chuir muid deich dtonna den lasta i dtír ansin. Chaith muid lá amháin ann. Dúirt sé liom gur ar an oileán bheag, uaigneach sin a chaith Boni (Napoleon) Mór, an rí agus an taoiseach cogaidh mórainmiste, ardchéimiúil a fuair buaidh ar an domhan uilig – a chaith sé ina phríosúnach ag Sasain na bliantaí deireanacha dá shaol.

Thug muid a ceann don *Walrus* (*Walrus* an t-ainm a bhí ar an tsoitheach) ar ais agus shín linn. Chuaigh muid i dtír ag an *Cape o' Good Hope* agus chuir amach ansin céad tonna de *rai*leacha bóthair iarainn. Chaith muid dhá lá ansin. Ins na bailte móra ansiúd tá an uile threibh daoine le feiceáil agat – daoine bána is daoine dubha, daoine buí agus daoine cróndhearga. Cha ndéarfainn nach daoine bána agus treibh a dtugtar *kaffirs* orthu is mó a bhí ann. Cha raibh toint éadaigh ar leath na ndaoine daite udaí. Char dhadaí a bheith gan bróga ná bearád – ach diabhal snáithe a bhí síos ná suas orthu ach scriosán suarach cuachta thart fána mbásta. Cuid acu cha raibh sin féin orthu, ach ag spaisteoireacht thart (os coinne an *phulley*) mar a tháinig siad ar an tsaol. Ba deacair riamh cur orm féin de thairbhe náire, ach i ndiaidh an iomláin diabhal greim de go raibh mo sháith náire orm ag amharc orthu. Briost iad. B'iontach liom féin riamh nach dtugann gabharmaint (*government*) Afraic orthu siúd seort folacháin bheag a chur ar a gcolainn.

Ach, leabhra, sula raibh mise mórán níos sine ba bheag

m'iontas in daoine tarnochta. Níl aon phort soir uainn dár bhuail an *Walrus* ann, nach raibh a sheacht n-oiread le feiceáil tarnocht agam. Sa deireadh, d'éirigh mé chomh cleachtaithe sin leis agus nach sílfinn faic na fríde de mo chuid bratóg féin a stealladh díom agus reáchtáil faoi chrann fholamh – maoltarnocht – cosúil leo féin. Ghluais muid linn amach suas cósta thoir Africa ag tarraingt ar na hIndiacha Thoir. Isteach linn go Calcutta. Sin an áit a bhfeicfeá na *coolies*. Ba tiubha[133] ná míoltógaí ansiúd iad. Spága leathana cos orthu, cabhal caol, ioscaidí caola, fada orthu. Chuir mé síos daoibh ar na *coolies* sílim ar ball beag. Bíonn culaith éadaigh, *dungarees,* orthu in Sasain ach diabhal a mbíonn sa bhaile ansiúd orthu ach leithscéal.

Tír bhreá, shultmhar na hIndiacha; fuílleach soitheach mór, agus roisteacha *trade* amach agus isteach ann. Moilc m[h]óra, arda – lán na gcéidheann – de *jute* is de ghráin is de *chotton* is de shiúchra is de mhianach mhiotail is de shíol is den uile diabhal eile *stuff*. Chaith muid seal seachtaine ann agus, má chaith féin, is beag a chonaic mise de ar feadh an ama sin – nó (óir) dálta an té choíche a bíos ar shiúl ar dhroch-chois agus a mbíonn sodar gan grásta faoi – bhuail mé féin suas le droch-chuideachta ann, agus thug siad aithne dom ar *stuff* damanta a dtugann siad *opeem* (*opium*) air. Bhí eolas mhaith acu féin air. Mhol siad dom féin amach is amach é. B'fhurast comhairle riamh a thabhairt ar an phrioll seo – agus, ar ndóighe, bhlais mé é. Mar a bhuailfeá do dhá bhois ar a chéile, bhí an mac seo mar a bheinn i bhflaitheas Dé. D'imigh buaireamh an tsaoil – d'imigh gach pian is piolóid, gach anró is anó as mo chroí, as m'intinn agus as mo chliabhlach. Líonadh suas mo chroí is mo chorp den uile sheort phléisiúra, sóigh is aignidh. Thall udaí thit mé siar 'mo shuan chodlata agus thoisigh an bhrionglóideach agus an bhrionglóideach agus an bhrionglóideach! Char mhuscail mise nó cha dtáinig mé chugam féin agus cha raibh a fhios agam cé acu a bhí mé ar an tsaol seo nó ar an tsaol eile go raibh lá seoltóireachta (as Calcutta) déanta ag an *Walrus*. Nuair a mhuscail mé, mar a deirim, bhí dochtúir an tsoithigh, *Doctor* Jones, ina sheasamh le hais mo *bhunc*, buidéal chógais ina leathláimh agus é ag cur braon de siar in mo bhéal le spáin bheag. Char lig Paidí Pheadair blas ná boladh *opeem* siar thar a dhá phuisín ón lá sin go dtí an lá atá inniu ann – agus cha ligim fad is a bheir Dia dom an anál a bheith aníos is síos ionam. Is de mhíorúiltí Dé nár imigh mé gan sagart gan ola. Is ar chlár a tugadh mé, idir fear, ó theach an *opeem* go dtí an *Walrus*, an chaint is an mheabhair caillte agam; agus mo chorp maol marbh ar an chlár.

Thug an caiftín achasán[134] an diabhail dom i ndiaidh mé biseach a fháil. Agus is aigesean féin a bhí an teangaidh b[h]earrtha, lom nuair a thógfaí é. Mhínigh mé féin dó chomh maith is a thiocfadh liom cad é mar a tharlaigh dom – nach raibh dadaí de mo chiontacht leis – nach raibh ciall ar bith agamsa de *opeem* ach oiread le leanbh na cíche – gur sheol mairnéalaigh eile, ifreannaigh gan scrupall, isteach sa chuas salach, lofa udaí, teach an *opeem*, mé – go raibh mé saor, soineanta ar an iomlán – agus gur sin aige tús is deireadh an scéil. Cha raibh níos mó dó; ach diabhal lá go ceann míosa ina dhiaidh nach raibh seort bachlóige[135] ar mo theangaidh agus crith in mo ghéaga i ndiaidh cur salach udaí an *opeem*. Thig leat *opeem* a ithe nó a ól nó a chaitheamh i bpíopa; ach i ndiaidh an imridh a d'fhág sé mise ann agus an bhail bhocht a chuir sé orm – go sábhála Dia duine ar bith dár ghnóthaigh[136] mé pinse snaoisín air, úsáid go brách a bhaint as ar dhóigh de na dóigheannaí.

VII

Shroich muid Hong Kong agus chaith muid cuid mhaith de lá ann. Scaoil linn ansin agus char athraigh scód gur shroich muid bun ár gcúrsa, Tóiceo ann an[137] Seapán. Char fhan muid in Tóiceo ach lá amháin nó bhí litir ina luí ó Londún ann fá choinne an chaiftín ag ordú dó an lucht a thabhairt go Yokohama – sin port an-mhór eile in Seapán. Chuaigh muid go Yokohama agus d'fholmhaigh an lucht ann.

Oileáin mhóra as miosúr Seapán – leoga, tíorthaí atá iontu. Tá níos mó daoine iontu ná atá in Éirinn, Albain agus Sasain i gcuideachta agus b'fhéidir oiread go leith nó níos mó. Daoine beaga, cruaidhe, gasta, géara, glice; daoine a shíleas cuid mhór dóibh féin; daoine iad a bhfuil dóigh mhaith orthu agus a bhfuil fios a ghnoithe go maith ar thalamh is ar fharraige acu; i ngnoithe trádála is tráchtála; i ngnoithe rialaithe tíre; i ngnoithe scoltachais is teagaisc is foghlama; i ngnoithe cogaidh is airm; i ngach uile seort feasa, foghlama, eolais is ealaíneachta is beag taobh thiar den Fhrainc, den Ghearmáilte, de Shasain nó de Mheiriceá atá siad.

Níl inse go deo ar an siúl agus ar an síorshiúl soitheach mór atá amach is isteach in Yokohama. Déarfá nárbh fhéidir do Hamburg ná do New York féin a bhuaidh a fháil. I measc an mhórchoillidh soitheach a bhfuil an cuan sin greagnaithe[138] leo, b'fhéidir nach gcronófá oiread agus aon bhratach amháin de bhratacha náisiúin mhara an domhain.

Leis an fhírinne a admháil, shíl mé féin nuair a bhí muid ag tarraingt ar Seapán gur ag tarraingt ar áit chúlach, eascairdeach, shuarach a bhí muid – ag tarraingt ar áit a bhí scartha is scoite amach ó sholas loinnireach na foghlama, na hintleachta is na healaíne atá scabtha go forleathan, follasach ar aghaidh na dtír atá ar an taoibh s'againne den domhan; ach bo! bo! bhí athrach scéil agus athrach feasa agam sula raibh mé i bhfad in Seapán. Coicís a chaith muid ag cur amach an lasta a bhí linn agus ag tógáil lasta eile.

Anois tá scéal beag agam le inse daoibh fá dtaobh dom féin, nó fá rud a d'éirigh dom a bhainfeas gáire asaibh agus a chuirfeas iontas oraibh. Is dóiche go mbeidh meas bréige agaibh orm; ach dar an bhlagaid atá ar chloigeann Mhicheáil atá ina shuí ansin, cha chuirim focal leis agus cha bhainim aon fhocal de ach oiread agus dá mbeinn ag léamh an tsoiscéil naofa.

Éist anois – tráthnóna sular sheol muid as Yokohama, bhí mé féin agus mairnéalach eile – Gordon an t-ainm a bhí air, gadaí, sladaí, ifreannach, diabhal – rud a dúirt mé go minic (i ndiaidh an lae udaí) ó bhéal go teangaidh leis. Mar a bhí mé ag gabháil a rá – bhí mé féin agus é féin ag siúl linn ar imeall coilleadh gearrghiota amach as Yokohama. Áit uaigneach, gan siúl daoine ann. Bhuail muid le *pram* – sin carráiste beag, deas láimhe ar cheithre roth fá choinne tachráin bheaga nó naíonáin bheaga, óga a iomchar agus a thiomáint iontu. Bhí leanbh sa *phram* ina chodladh go sáimh. Thug muid leathamharc air ag gabháil thart lena thaoibh dúinn agus bhuail muid linn ar aghaidh. Cha raibh duine ná diúnlach[139] ná anál Chríostaí le feiceáil ná le mochtáil[140] againn. Char bheag ár n-iontas an leanbh a bheith ansin leis féin is gan a choimheád ná a chúram ar aon duine nó cha raibh mac an pheata le feiceáil ná le cluinstin againn ar thaoibh na dtaobhann. Lean muidinne linn den chasán a bhí muid ag gabháil go dteachaigh muid bunús ar mhíle eile 'thalaimh. Phill muid an casán ceana[141] céanna agus bhí an *pram* ina sheasamh ar an bhall a bhfaca muid roimhe é – agus gan *soul*[142] le feiceáil ná le mochtáil ach an leanbh sa *phram*. Bhí an créatúr ag caoineadh anois. Bhí clapsholas ann nó idir dall is dorchadas mar sin. Bhí abhainn mhór le hais [na] coilleadh agus ar bhruach na habhna, péarsa beag anonn uainn, bhí hata mná ina luí ar an fhéar. Theann mé anonn go formhothaithe in aice an hata, ag dréim leis an bhean ar léi an hata a fheiceáil ar chúl an bhruaigh. Cha raibh bean ná bean ann – ach an hata, mar a dúirt mé, os cionn an bhruaigh agus ball éadaigh mar seál nó clóca beag ildaite, ina luí faoin bhruach ar imeall an uisce. Dar liom féin, bain an chluas ón leiceann díom, nó tá bean freastala an *pram* báite (chuirfinn paidir léi, leoga, ach mheas mé gur dóiche gur págánach a bhí inti).

Dar linn féin, (mé féin is Gordon), má fheicfear anseo muidinne agus an bhean sin báite (mar a mheas muid) san abhainn, déarfar gur muid cinnte a bháith í agus crochfar muid chomh siúráilte is atá púdar i nDoire. Cinnte dearfa rachaidh rópa cnáibe ar ár muineáil sula bhfágfaimid Seapán. Bhí stáca an linbh bhoicht ag cur buartha is mairge fosta orm – é ag caoineadh leis agus dorchadas na hoíche ag titim air agus é in áit uaignigh agus i gcontúirt ag beathaigh allta na coilleadh. D'fhág mé sin uilig faoi Gordon; ach is é an rud a thug sé sin agaidh a chraoise orm, lig pá há gáire as agus dúirt gur amadán agus amhlóir mé. 'Nach págánach beag salach é?' arsa seisean; 'Rófhairsing ar fad atá na *Japs* sobaltacha[143] seo ag éirí. Dá mhéad a chailltear acu is é leas is buntáiste an domhain é.' Sin Gordon agat. Ba lú de Chríostúlacht agus ba mhó de phágántacht a bhí in anam Gordon ná a bhí sa *Jap* is duibhe in Seapán. Fan go gcluine sibh. Shiúil sé anonn go dtí an *pram*, thóg sé an naíonán amach as agus chaith ansin ar an fhéar é agus d'ardaigh leis an *pram* isteach giota sa choillidh. Thoisigh sé gur bhain an *pram* amach as a chéile, chas sé amach na boltaí beaga, deasa *brass* nó *bronze* a bhí ag fuáil nó ag greamú choirp an *phram* agus na rothaí agus na lámha dá chéile. Scaoil sé amach as a chéile mar sin é, ina píosaí chomh beag agus a thiocfadh leis. Cheangail sé suas go coimear le cordaí na píosaí, chaith ar a ghualainn an t-ultach (i ndiaidh a froc mór uisce a chuachadh thart orthu – ar eagla go dtabharfadh aon duine fá dear cad é a bhí leis) agus ar shiúl leis fá shiúl dheifreach, lena ultach goidte, ag tarraingt ar an tsoitheach, an *Walrus*.

D'amharc mé ar an leanbh bhocht caite ansin ar an fhéar ag gol agus ag caoineadh leis, agus ag síneadh amach na lámh beag agus ag foscladh agus ag crup[adh] na méar beag agus, dar mo choinsias, go dtáinig na deora le mo shúile. Bhainfeadh sé deor as na clocha glasa. Chuir mé fíorscrios lom ionsar Ghordon an dúchroí, agus ar a ultach goidte; agus, dar liom féin, dá gcrochfaí naoi n-uaire mé, chan fhágaim an leanbh 'mo dhiaidh ag beathaigh allta na coilleadh. Chrom mé ar an leanbh agus tógaim é, agus chuach mé in mo froc uisce é, agus as go brách liom ag tarraingt ar an tsoitheach agus an t-ultach beag beo in m'ochras liom. Go hádhúil le Dia stad sé den chaoineadh agus d'fhan chomh tostach le luchóig gur shroich mé an soitheach. Char bhac dom é a bheith suaimhneach, tostach nó casadh fiche duine orm ar mo bhealach, agus dá gcluinfí an leanbh ag caoineadh bheadh scéala déanta orm agus bheadh an súiche sa phota orm. Is minic a smaointigh mé ó shin go raibh méar Dé sna gnoithe ó thús deireadh[144] – nó cluinfidh sibh, sula gcríochnaí mé mo scéal, mar a rinneadh Críostaí agus Gael (Caitliceach) fosta den phágánach bheag sin gan mhoill ina dhiaidh sin.

Shleamhain mé féin isteach go faichilleach, formhothaithe ar bhord na loinge. Char chuir duine ar bith ar bord sonrú ná meadaracht[145] ar bith san ultach beag a bhí faoi m'ascaill[146] liom. Cé bith sin, bhí sé ó sholas san am agus ba doiligh beairtín beag a fheiceáil faoi ascaill duine.

Chuaigh mé i leataoibh tamall beag go ndearcóinn liom féin cad é ab fhearr a dhéanamh leis an bhonnachán bheag a bhí idir láimh agam – nó cá háit ab fhearr é a chur i bhfolach go seolfadh an soitheach. Bhí eagla orm é a thabhairt go dtí an *focastle* i measc na mairnéalach ar eagla go dtabharfadh siad drochbhail air – b'fhéidir cos i bpoll a chur leis, b'fhéidir an créatúr a chur chun na farraige. Cha shílfeadh an drong leis an diabhal udaí faic de bhás linbh ach oiread le bás piscín.

Bhí leisc orm, mar an gcéanna, é a thabhairt i láthair an chaiftín ar eagla go tabharfadh sé an diabhal le hithe dom, agus go gcuirfeadh sé mé féin agus an leanbh amach óna shoitheach. Chonaic Dia féin an strap[147] is an stáca a raibh mé ann, 'mo sheasamh ansin ar an *deck,* i leataoibh liom féin féin, agus an naíonán bocht ar bhacán mo láimhe liom. Bhí sé uaim ar rud éigin a dhéanamh agus a dhéanamh in aithghiorracht sula dtiocfadh aon duine orm. Chuimhnigh mé, *be jabbers*, ar sheomra nó ar chlósaeid bheag a ngoirtear an *forepeak* air, amuigh thuas i dtoiseach an tsoithigh. Bíonn *forepeak* in gach uile shoitheach mhór, istigh thuas san fhíorthoiseach acu fá choinne coinneáil rópa is bloic agus ábhar seol agus *han'-spikes* agus uirlis eile a bhaineas do shoithí.

Suas liom féin go formhothaithe go toiseach an tsoithigh agus an taiscidh beag liom in mo láimh agus síos liom sa *forepeak*. Déarfá go raibh a fhios ag an chréatúr beag nó char lig sé hú ná há ná gíog amach as a bhéal i rith an ama ó thóg mé ag an choillidh é gur leag mé sa *forepeak* é. Déarfá, ar mo choinsias, go raibh sé gheall ar gan scéala a dhéanamh ormsa ná air féin i rith an *scud*.[148]

Is annamh a théid duine ar bith chóir an *forepeak*. Poll iargúlach, dorcha é, scoite amach ó sheomraí eile an tsoithigh é. Las mé blúirín coinnle ann, agus d'imigh mé liom siar an *deck* agus fuair mé ultach breá barraigh (barrach a bhí in cuid mhór de lasta an tsoithigh ag gabháil go Londún fá choinne rópaí *manilla* a dhéanamh de), agus rinne mé an leabaidh ba sócúlaí is ba sheascaraí[149] a chonaic tú riamh, i mullach moilc mhór rópaí, don naíonán. Char bhris an chaoineadh go fóill air. Bhí na súile beaga foscailte agus déarfá, dar an leabhra, go raibh sé 'mo bhreathnú féin go te, dáimhiúil.

D'fhág mé leis féin ansiúd é agus ar shiúl liom siar chun an *forecastle* ag soláthar rud beag bídh dó. Bhris mé bocsa (*tin*) de *condensed milk* dó; thug liom braon uisce te i gcupa agus spáin bheag, agus tharraing ar an pheata a bhí ar an bharrach sa *forepeak*. Mheasc mé dhá lán spáine den *condensed milk* fríd an uisce the, chaith mé díom mo sheanfroc agus chuaigh an mac seo i gceann jab nach raibh mórán láimhe aige air. Chonaic an rí féin an saothar a bhí orm ag iarraidh é a *fheed*eáil. Bhí eagla mo bháis orm go ngortóinn a bhéal beag leis an spáin; bhí eagla orm go dtachtóinn nó go bplúchfainn nó go mbainfinn a anál de leis an bhainne (chuaigh an bainne lena anál leathdhuisín chuarta agus, dar fia, níl ann ach nár imigh sé orm). Bhí eagla orm go raibh an bainne róthe nó rófhuar agus go gcuirfeadh sé an aileacó ina bholg; bhí eagla orm go dtabharfainn barraíocht dó, nó, nach dtabharfainn a sháith dó ach, cé bith mar a bhí, fuair mé a bhuaidh gan dochar a dhéanamh. Líon mé suas go dtí an béal é – go bhfaca mé cuid den bhainne ag nochtadh aniar ar ais. Diabhal a dtearn an bharraíocht air nó d'éirigh sé chomh haigeanta beo le éan gé.

Chomh luath géar agus a nocht ball bán ar an lá lá arna mhárach bhí an *Walrus* faoi shiúl amach an cuan. Cha raibh ciall ag Críostaí ar bord go raibh an peata beag sa *forepeak*. Char inis mé daoibh gur chaith mé cuid m(h)ór den chéad oíche 'mo shuí ag taoibh an linbh, agus chaithfinn an oíche go maidin ann ach go b'é go raibh eagla orm go gcronófaí as an *forecastle* mé agus go rachadh cuartú orm.

Meán lae lá arna mhárach bhí mé ar an droichead ar an roth ag stiúradh an tsoithigh agus an caiftín ag spaisteoireacht anonn is anall ag mo thaoibh. Bhí lá deas ann – an fharraige chomh ciúin, cothrom le hoighreoig; spéir ghlan, ghorm ann; an ghrian ag soilsiú anuas go sáimh, soiléarach orainn agus gan smid ghaoithe ann a bhogfadh ribe ar do cheann. Bhí an caiftín i ndiaidh a dhinnéar a dhéanamh agus an aoibh bhreá sin air. Dar liom féin 'anois nó go brách, ligfidh mé mo rún leat' agus thoisigh mé féin gur inis mé dó scéal an pheata a bhí sa *forepeak*. D'éist sé go múinte mé, gan gáire, gan gruaim a nochtadh, go raibh an focal deireanach ráite agam, agus ansin chaith sé [é] féin siar ar shuíochán fhada a bhí ar an droichead aige, d'fhoscail sé a bhéal chomh mór le béal stópa, chuir a dhá lámh ar dhá thaoibh a bhoilg agus bhí ag gáirí go dtearn Dia duine dona dó.

Bhí sruth uisce lena shúile, agus thiocfadh achan rabhán chasachta air go ndéarfá go bplúchfaí nó go réabfaí é. Bhris na gáirí orm féin fosta. *Gothansaí oh!*[150] a fheara, bhí sé fá phian bhocht le déine na gáirí ar feadh leathuaire an chloig – á lúbadh agus á chasadh féin mar eascann ann – agus ag cumailt bhéal a ghoile de urláimh.[151]

Nuair a tháinig sé chuige féin agus d'imigh racht an gháire de, d'iarr sé orm an leanbh a thabhairt amach as an *forepeak* agus é a thabhairt chun an droichid go bhfeicfeadh sé é. D'imigh mé féin fá choinne an linbh; agus ar mo shiúl anuas an *deck* leis an bheairtín, chonaic an caiftín ón droichead mé agus tháinig racht eile gáirí air agus chluinfeá achan bhúirtheach dá raibh as a chraos ó cheann go ceann an tsoithigh. Dar liom féin 'go dtachta an diabhal thú' nó tharraing sé súile an fhoirinn uilig orm féin – agus bhris an t-allas amach orm féin le neart náire. Nár aifrí Dia orm é, tháinig sé fríom mo sheanurchar a chur leis an leanbh chun na farraige agus a bheith réidh leis. Ach phill Dia mo lámh: cha dtearn mé sin; ach thug mé suas [chun] an droichid é agus gan meabhair agam cé acu ar mo cheann nó ar mo chosa a bhí mé le neart tréan náire.

D'amharc sé ar an leanbh, agus leoga d'amharc sé go deas, truacánta, carthanach air; agus dúirt *'poor little thing'* agus rudaí deasa mar sin leis. Chan fhaca tú aon fhear riamh a théigh leis an leanbh ach é. Chuir sé ceist orm cad é a bhí mé ag gabháil a dhéanamh leis. Dúirt mé féin nach raibh a fhios agam ach oiread le cúl mo chinn. Dúirt mé go raibh neart *condensed milk* agam agus nach ligfinn a bhás leis an ocras go sroichfimis Sasain; agus go mb'fhéidir go nglacfadh mná rialta ansin é – mura nglacfadh, go dtabharfainn chun an bhaile ionsar m'*aunt* i dTír Chonaill é.

'Bhal! Bhal!' arsa seisean. *'Silly Paddy, ye put yer fut in it. The chyld'll die; but whether it does or not ye have yer own throuble before ye till ye reach London.'*

Dar liom féin, mo sheacht mallacht ar an lá a rugadh mé; nach mé a chuir mo lámh sa bhuaireamh; – agus i ndiaidh an iomláin bhí mo chroí ag inse dom go dtearn mé an rud ceart, déirceach, agus nach mbeadh ábhar aithreachais agam dena thairbhe go lá mo bháis.

D'ordaigh sé dom an leanbh a thabhairt síos go dtí an *bathroom* s'aige féin agus feiceáil le é a ní (bhí an créatúr salach, lofa i ndiaidh dusta agus salachar an *forepeak*). Síos liom an staighre agus isteach sa *bhathroom*. Rinne mé an t-uisce deas, bog, te; agus thoisigh mé a slámáil liom ag iarraidh a chuid éadaigh beag a bhaint anuas den leanbh. Chaith mé an uair is faide a raith[152] riamh ag iarraidh a chuid lámh agus a chorp beag a réitiú amach as an éadach. Lig mé fiche rabhán (*round*) mallacht asam, le mífhoighid, sula raibh leath na hoibre déanta agam. Bhí an créatúr beag chomh sleamhain ins an uisce le heascann: cha choinneodh an diabhal féin greim air. Hobair go mbáithfí fiche uair sa *bhath* é nuair a sciordfadh sé fríd mo mhéara. Mar sin féin, thug mé ní breá dó – ach chaoin sé na culatacha orm. Ach, i ndiaidh é a thriomú go deas, bhí an chuid is measa agus an chuid is dócúlaí den obair romham – cur a cheirtigh air. Cha déanaim dearmad go brách den jab. Sháraigh orm dubh bán na muinchillí uilig a chur suas ar a chuid sciatháin bheaga. Chuaigh agam cupla ceann acu a chur i gceart agus b'éigean dom an chuid eile acu a fhágáil crochta ansin lena thaoibh. Chuach mé thart na muinchillí sin fána chorp agus chuir mé mo charbhat thart orthu agus chuir mé snaidhm air. Dhéanfainn sputar éigin níos fearr ná siúd leis dá mbeadh sé ina thost; ach bhí mé dallta, fríd a chéile, lena chuid bulfarsaí caointe.

Bhuail an caiftín isteach nuair a bhí mé réidh leis an leanbh agus chuir ceist orm cad é mar a d'éirigh liom. 'The toughest gashang jab ever I tackled, sor,' arsa mé féin á fhreagairt. Bhí teangaidh cheart, chruaidh Béarla agam féin san am sin. Bhéarfainn darna achan fhocal do chamhsoilear (*councillor*).

Thit an leanbh ina chnap chodlata idir mo dhá láimh. Thug an caiftín orm é a shíneadh ar an *sofa* ina sheomra féin agus chuir sé pilleadh de *rug* suas air. Níl aon lá nach raibh mo chaiftín breá ag téamh leis an leanbh. Déarfá sa deireadh gur a mhac féin a bhí ann (char inis mé daoibh gur leanbh stócaigh a bhí ann).

Seachtain ar an bhealach chun an bhaile dúinn smaointigh mé féin agus an caiftín ar seort baistidh a thabhairt ar an tachrán. Tá eagla orm nach raibh mórán céille ag ceachtar againn don jab sin. Cé bith sin fuair mise mias uisce lá amháin agus thoisigh mé féin agus an caiftín ar an leanbh a bhaisteadh. Dúirt seisean gur uisce na spéire an rud ceart agus dúirt mise gur uisce coisreactha a bhí ordaithe. Char aontaigh sé liom fán uisce coisreactha ach, le fios nó le amhras agus le dúthracht a dhéanamh, fuair mé féin crág shalainn (cha raibh aon deor uisce coisreactha ceart ar bord) agus chaith mé ar an uisce é, agus dúirt mé paidir bheag agus ghearr mé an Chroich Chéasta os cionn na méise. Rug an caiftín greim ar an leanbh agus dhoirt mé féin cupla steall den uisce ar chloigeann an linbh in ainm an Athara, an Mhic is an Spioraid Naoimh. Cha raibh a fhios againn c'ainm a bhéarfaimis air ar chor ar bith. Fá dheireadh leag muid amach go mbaisteoimis 'Pádraig' (m'ainm féin air), agus 'Mac Walruis' (ainm an tsoithigh) mar shloinneadh – agus bhí an jab déanta go breá againn.

A dhaoine cléibhe! Má bhí trioblóid agus cúram an linbh orm féin ar feadh an aistir chun an bhaile (trí seachtaine déag d'aimsir) bhí sócúl breá agam ar dhóigh eile nó cad é a rinne an caiftín cóir, dearcach ach mé a fhágáil saor ar an uile *duty* ar an tsoitheach – ach ag déanamh banaltranachta agus friothálachta ar an leanbh. Agus, a chroí, bhí éad an diabhail ar na mairnéalaigh eile fán saol breá, sócúlach a bhí agam féin. Thug an caiftín, fosta, seomra beag in aice a sheomra féin dom, gheall ar sláinte is glainíneacht a bheith ag an leanbh; agus, fosta, gheall ar gan muid a bheith i measc na mairnéalaigh garbha sa *forecastle*.

Bhí muid istigh dhá lá in Shanghai sa tSín. Cheannaigh mé *sucking bottle* ansin, nó bhí mo chroí briste ag cur siar an bhainne i mbéal an linbh le spáin bheag. Thoisigh an diúl ó sin siar aige chomh haigeantach, miotalach agus dá mbeadh sé ar cígh a mháthara. Cha raibh faic de bhuaireamh agam leis ina dhiaidh sin ach fothragadh breá den uisce bhog a thabhairt dona chorp bheag achan mhaidin.

Istigh i gColombo (oileán Ceylon) dúinn cheannaigh an caiftín neart éadaí beaga linbh dó. Is é a bhí go maith dó. Is maith a bhí mé féin ag tabhairt fá dear an dúil a bhí ag éirí aige sa leanbh. Ligfeadh sé air nach raibh mórán suime ná spéise aige ann; ach is mion minic, agus mise ag cúlchoimheád air, a chonaic mé é á chealgadh ina lámha agus á chumhdach is á chuachadh suas go deas faichilleach ar an *sofa*.

Bhal, tugadh a ceann ar ais don *Walrus* amach síos cóstaí thoir Africa. Bhuail muid isteach in Mozambique agus amach síos idir Madagascar agus tír, agus thart go dtí Port 'Lisabeth. Chaith muid trí lá ansin. Ar shiúl linn ar ais go dtí *Cape Town*, agus chaith seachtain ansin ag tógáil tuilleadh lasta fá choinne Shasana. Char bhuail muid isteach i bport ar bith eile gur shroich muid bun ár gcúrsa – Londún. Leoga, hobair go dtabharfaí drochbhail orainn sna *Bays o'* Biscay le stoirm is anfadh éagsúlta a bhuail linn ansin. Ba mhaith aige riamh an bháighe udaí a cuid fabhtachta a oibriú ar shoithí. Is iomaí sin na soithí bhreátha, dhána, uaibhreacha a shlog sí siar ina craois. Chaith muidinne dhá lá is dhá oíche caite suas (ar an *lie-to*), an *Walrus* múchta le farraige, na toinn uafásacha sin ag roiseadh is ag réabadh siar is aniar fríthi, agus ag greadadh anuas ina mullach. Bhí an soitheach sin á chaitheamh anonn is anall mar chorc beag buidéail ann. Cha choinneodh cat féin cos i mball ar bith dá corp a fhad is a mhair an stoirm. Cha raibh de sheifte ag achan fhear ach suí san áit a raibh sé agus greim báis a choinneáil lena dhá lámh ar rud daingean ar bith a chasfaí lena aice. Is é an posta a bhí agam féin i rith an ama ag coinneáil an linbh fáiscithe in m'ucht ar eagla go gcnagfaí thall is abhus ar thaoibheannaí an chábáin é. Sa deireadh, lagaigh an ghaoth, thit an fharraige agus shíothlaigh an aimsir siar go deas. Thug muid a ceann ar ais di (don *Walrus*) agus bhain Londún amach.

An dara lá in Londún dúinn shín mé féin agus an caiftín suas fríd an bhaile mhór. Bhí seisean breá eolach ar an áit. Bhuail sé ag doras tí mhóir ban rialta. Tugadh cuireadh isteach dó. Isteach leis agus mé féin ins na sála ina dhiaidh. Suíodh síos muid agus thoisigh an caiftín gur inis sé scéal an linbh dóibh ó bhun barr. Le scéal fada a dhéanamh gairid, cha raibh siad róréidh ná róthoilteanach dadaí a bheith acu le déanamh leis an leanbh. Bhí a sáith truaighe orthu fán leanbh is fán chás mar a tharlaigh sé; ach bhí deacair is doicheall éigin orthu baint a bheith acu de ó siocair an dóigh a bhfuarthas é. Dúirt siad linn go bhfeicfeadh siad sagairt na háite agus go bhfuígfeadh siad an cheist fúthu agus go ndéanfadh siad de réir a gcomhairlesean; agus mhol siad dúinn bualadh chucu lá arna mhárach. Rinne muid mar a hiarradh orainn. Tháinig muid chucu lá arna mhárach agus, *begorraí,* thug cead dúinn an leanbh a thabhairt chucu. Idir dall is dorchadas iomcharaim féin suas an leanbh agus d'fhág acu sa choinbhint é.

D'inis mé dóibh cad é an seort baisteadh beag a thug mé féin is an caiftín ar an naíonán agus mhol mé dóibh sagart inteacht baisteadh fá chraiceann a dhéanamh air. D'inis mé fosta gur Patrick Walrus a thug muid air, ach go dtiocfadh leosan, dá mbar mhian leo é, a rogha sloinneadh a thabhairt air – ach Patrick a fhágáil mar ainm baistidh air.

Thug an caiftín cóir deich bpunta dóibh agus thug mé féin giní bhuí dóibh. Ó, hobair go ndéanfainn dearmad – bhain sé an *pram* de Ghordon agus chuir suas liom féin go dtí an coinbhint é. A dhaoine cléibh! Dá bhfeiceadh sibh an *pram* sin! Bhainfeadh sé an t-amharc as do shúile le hór is le hairgead is le *ivory* – léapacha[153] agus plátaí loinnireacha óir is airgead buailte thall is abhus air agus, ó bhun go barr, é daite is greanta go fíorornáideach amach is amach. Bhí pláta beag amháin leis féin ar a thaoibh agus cupla litir scríofa nó greanta istigh ann (istigh sa phláta). Is maith atá cuimhne agam go dtí an lá atá inniu ann (agus, a Thiarna, nach iomaí grian a d'éirigh ó shin!) ar ainm na litreacha sin: 'Wi' (y) a bhí ar cheann acu agus 'Ó' ar an cheann eile. Bhí an t-'Ó' roimh an 'Wi' (y) agus 'Yokohama' ina ndiaidh.

Bhí comhrá breá agam leis na *nuns* agus d'inis mé neart scéaltaí dóibh fán fharraige agus fán domhan uilig – leabhra, leath bréag, ach chuir sé thart an t-am dóibh go maith. Thug máistreás na *nuns* meadar breá fíona dom (is dóiche nach raibh dadaí níos láidre acu). Bhí trí ban rialta as Éirinn orthu. D'inis mé féin dóibh gur as Tír Chonaill mé, ach char lig mé dadaí orm fá Thoraigh. Leis an fhírinne a dhéanamh bhí ócáid ar leith agam le mo sheoladh, Toraigh, a choinneáil ceilte orthu siúd – óir cha raibh mé gheall ar caoi a fhágáil orthu greim a fháil ar an mhac seo go deo ar ais. Is é mar a bhí sé dó – bhí seort eagla i dtólamh orm go gcuirfí leanúint fhada, ghéar, chruaidh as Seapán ar an leanbh udaí agus bhí a fhios agam dá n-éireodh leis an chuartú nó leis an tóraíocht sin go mbeadh mo mhuineál sa rópa. Leagfaí amach, ar ndóighe, go dtearn mé an leanbh a *kidnapp*áil nó a ghoid, le blaigeardacht as Yokohama. Rud eile, b'fhuras a aithne ar an *phram* ghalánta, chostasach, agus ar an éadach uasal a bhí ar an leanbh, gur de dhaoine móra, saibhre é. Cha shílfeadh athair an linbh sin, toicí mór de mhilliúinéir, b'fhéidir – cha shílfeadh sé trom an tsifín de dheich míle punta a scabadh ag cuartú an linbh sin fríd an domhan. Mar a deir an seanfhocal 'mura raibh tú mór, bí críonna' agus 'is binn béal ina thost'. Dhruid scór bliain sula gcuala cluas Críostaí scéal an linbh sin uaimse. Agus siúd is nach dteachaigh stad orm go ceann deich mbliana is fiche eile ina dhiaidh siúd ach ag treabhadh is ag fuirsiú na mara móire ó cheann go ceann an domhain – ó chuan go cuan is ó chaladh go caladh – char dhall mé aon chuan ná aon chaladh in Seapán.

VII

Bhal, cuirfidh mé tharam daoibh anois, níos gaiste agus níos giorra, na siúltaí is na turais eile a chuir mé tharam ó d'fhág mé slán ag caiftín McElhatton in Londún go dtí gur phill sa deireadh ar ais arís ar oileán Thoraí. Sheol mé as Londún 'mo *fireman* ar ghalbhád go dtí an Baltic. Chuir muid amach a bheagán nó a mhórán den lasta in Copenhagen agus in Stettin agus in Danzig, agus thóg lasta salainn a bhí ar ais linn go Yarmouth. Thug mé trí nó a ceathair de chúrsaí ar an bhád chéanna go dtí an Baltic.

Chuaigh mé ar shoitheach éadaigh ansin go Québec agus thug anall lasta adhmaid go Liverpool. As Liverpool sheol mé ar shoitheach éadaigh eile go Iquique in Meiriceá ó dheas. Chaith mé seal bliana ag cóstóireacht ar ghalbhád bheag idir chuantaí bheaga ar chósta Bhrazil agus oileáin na hIndiacha Thiar. Shín liom ina dhiaidh sin ó Rio Janero ar ghalbhád go Constantinoble i dtír na dTurcach. Áit iontach an baile sin le sráideannaí beaga caola, le salachar agus le madaí. Na madaí go deo! Tá siad chomh tiubh le míoltógaí ann, madaí móra, madaí beaga is madaí meánacha, ina luí is ina suí agus ina gcodladh i lár na sráideann. Tá cuid de na tithe ann breá mór agus déanamh aistíoch orthu – go mórmhór a gcuid tithe poiblí. Siúd agus gur seort págánaigh iad creideann siad in Dia bréige éigin a ngoireann siad Allah dó agus, dar an leabhra, ní siad é a adhradh go dubh is go bán is go dúthrachtach. Síneann siad iad féin ar a mbolg agus ar a mbéal is ar a srón ag urnaí. Agus cha choigileann siad ór is airgead ar thithe a nDia, á ndeisiú is á n-ornú is á ngléasadh suas go dóighiúil, dathúil, loinnireach. Bíonn cinn (*roofs*) de ór bhuí – ór glan ar a chumraíocht – orthu. Nach minic a smaointigh mé agus uisce le mo bhéal ag breathnú suas orthu, dá gcasfaí cleith de theampall amháin acu i dToraigh nach bhfeicfeadh an chreig seo aon lá bocht go broinn' na brátha. Á, is olc agus is éagothrom agus is éagórach atá saibhreas agus ollmhaitheas an tsaoil seo rannta: ach bíodh an chead sin aige.

Sheol muid as Constantinoble; scairt muid isteach in Purayus (Piraeus) sa Ghréig, ó sin go Masean (Messina) san Iodáilte, ó sin go Malta. Chonaic mé an t-oileán darbh as Boni (Napoleon), Corsica. Amach linn Gibraltar agus isteach go Lisbon – agus ó sin go Southampton in Sasain. Chaith mé trí mhí ag cóstóireacht fá chuantaí na Sasana ar ghalbhád. Sheol mé ina dhiaidh sin ar shoitheach éadaigh go Bahee (? Bahia) in Meiriceá ó dheas. Seanbheairc (*barque*) salach, falsa nach raibh siúl seilide inti – chaith sí na ciantaí ar an bhealach. Chuaigh muid as Bahee go Sydney, as Sydney go Wellington, New Zealand. Ghoid mé aisti ansin agus char chorraigh mé as New Zealand go ceann ceithre mblian. Chuaigh mé ar ghalbhád go Melbourne agus cad é a bhí ag taoibh céidhe ann ach an seanbheairc céanna a d'fhág mé in Wellington ceithre bliana roimhe sin. Bhí caiftín úr uirthi agus foireann úr nach raibh ciall ar bith acu domsa. Dá mbeadh an seanchaiftín uirthi sheachnóinn é nó gheobhadh sé gaibhte mé as éaló nó goid ar shiúl mar a rinne mé in Wellington. Nuair a sheol sí as Melbourne bhí mé léi go Cardiff in Sasain. Bhal, le scéal fada a dhéanamh gairid – chaith mé ins na déaga nó b'fhéidir cúig bliana déag ag tórpáil[154] is ag trupáil is ag treabhadh liom ó phort go port is ó réigiún go réigiún.

VIII

Seo anois síos agaibh turas de mo chuid a gcuirfidh sibh spéis ann agus a chuirfeas iontas oraibh. Bhí mé ar thuras as West Hartlepool in Sasain go Brisbane in Australia, ar sheansoitheach éadaigh. D'éirigh linn go geal seolta gur shroich muid cósta ó dheas Africa. (Bhí againn le bualadh isteach go dtí *Cape Town*). Thit ceo trom, dlúith fán tsoitheach – chomh dlúith agus nár léir[155] dhuit do mhéar a chur in do shúil. Cha raibh muid os cionn uaire sa cheo, a thaiscidh na seacht n-anam, gur bhuail galbhád mór, an-mhéadach, an-tailéarach[156] sinn isteach ins an *starbore (starboard) side* orainn agus rois glan oscartha frínn mar a ghearrfadh scian the fríd mheascán ime. Seansoitheach adhmaid a bhí ins an bheairc s'againne; déanta de iarann uilig a bhí an galbhád mór. Bhí *starn (stern)* an ghalbháid sin chomh géar le béal tuaighe agus leis an mheáchan uafásach a bhí inti agus í faoi shiúl iomlán, *full speed*, ghearr sí frínn mar a ghearrfadh sí fríd chnapán toite. D'fhág sí leath tosaigh an tsoitheach s'againne ar leathghualainn dena cuid agus an leath deiridh s'againn ar an leathghualainn eile, agus thit an dá leath go tóin na farraige mar a thitfeadh alpán luaidhe.

In lár an tsoithigh, giota beag taobh thiar den chrann mhór (*main mast*) a bhuail sí muid agus, a chlann chroí, dá bhfeicfeadh sibh an brachán a bhí ansin – na rópaí is na bloic is na seoltaí móra is na slatacha seoil s'againne, ó mhurlán an chrainn go dtí an *deck*, roiste, réabtha, stróctha, stiallta amach ón tsoitheach s'againne agus iad casta, cuachta ina gclibín aimhréiteach, do-réiteach ar chrainn, ar shlatacha is ar *deck* an ghalbháid.

Cailleadh (dóibh féin, na créatúir, a hinstear is a tharlaigh é) – cailleadh naoi gcloigne den fhoireann s'againne: cuid den naonúr sin a casadh ar íochtar inti (ins an *forecastle* nó áit éigin) agus gan faill acu a theacht aníos gur thit an beairc fúthu, agus cuid eile acu a báitheadh ar an tsnámh sula raibh caoi tarrtháil a thabhairt orthu.

Rinne muintir an ghalbháid a seacht ndícheall le lámh tharrthála a dhéanamh orainn; chaith siad anuas a gcuid *lifeboats*, léim isteach iontu, shuigh ar na rámhaí agus tharraing orainn ar bhrí a ndíchill. Thóg siad seacht gcloigne againn agus, go moltar an tAthair síoraí, bhí mise ar fhear acu sin. Agus chan mo chuid snáimh a choinnigh ar uachtar mé nó cha raibh bang amháin féin snáimh agam; ach is é Dia agus spairdeogaí adhmaid a bhí ar snámh ag mo thaoibh, giota a briseadh amach ón tsoitheach s'againn, a shábháil mé. Bhí an fharraige, i ndiaidh an *caleeshin (collision)* greagnaithe le giotaí adhmaid. Rug mé féin ar ultach acu faoi achan ascaill agus choinnigh siad ar uachtar go cabach[157] mé gur shroich ceann de *lifeboats* an ghalbháid mé. Bhí snámh ceart ag bunús an ochtair eile.

Tugadh ar bord ar an ghalbhád muid agus, leoga, rinne siad rud dóighiúil linn. Char choigil siad bia is digh is éadach orainn, fuílleach de scoith an *rum* is na feola agus gach uile fhreastal is fhriothálamh ar fheabhas againn. Chan fhaca sibh riamh aon fhear a raibh an brón is an buaireamh air a bhí ar an chaiftín fán taisme is an tubaiste mhillteanach a tharlaigh. Cha raibh aon fhocal le baint as – ach é ag spaisteoireacht agus ag dramhaltaigh anonn agus anall, a smigead buailte ar a ucht aige agus a dhá lámh ar chúl a chinn.

Bhí an caiftín s'againne agus an *mate* fosta ar bheirt den naonúr[158] a báitheadh. Chaith an galbhád dhá uair an chloig ag cúrsáil is ag dramhaltaigh thart os cionn na háite a dteachaigh an soitheach s'againne síos – agus ansin thug sí bealach agus shín léi ar a cúrsa amach siar.

Go Rio Janeiro a bhí sí ag gabháil – galbhád breá, mór, éifeachtach, galánta as Seapán. *Japs* bunús an fhoireann uilig a bhí uirthi ach dhá Rúisineach, cupla *coolie*, dó nó trí de Shasanaigh, beirt as an Ioruaidh agus, dar fia, bhí Éireannach as Waterford ar fhear de na *firemans*.

Jeremiah Moran a bhí air ach Jerry a bhéarfaí air i dtólamh – pearsa duine chomh techroíoch agus a bhuailfí leat in siúl ráithe. Déarfá gur as na flaithis a thit mé féin air, ó siocair gurbh as an tseantír mé. Is iomaí lámh chuidithe a thug mé dó ag *fire*áil is ag fadú na tineadh gur shroich muid Rio agus nach iomaí ceann scéil a bhí againn.

Char lú air an diabhal ná an chuid eile den fhoireann. Cha raibh a thoil ná a chroí ná a intinn leo; ach chuirfeadh sé mé féin isteach i gceartlár a chléibhe. Siúd agus gur *Jap* a bhí sa chaiftín fosta, shíl Jerry cuid mhór de. Bhí cuma andeas ar an chaiftín chéanna – múinte agus deaslabhartha, óg, ard, scafántach is chomh díreach le feagh agus an leagan uasal, airdchéimeach sin air. Cha dteachaigh mé féin mórán chun cainte leis; ach nuair a chasfaí air mé – bheannódh sé dom go múinte agus chuirfeadh ceist cad é mar a bhí mé agus cad é mar a bhí mé ag cur thart an ama – agus rudaí beaga mar sin.

Bhí dóigh bhreá orm féin gan mé ag déanamh *bat* ach ag ithe agus ag codladh is ag spaisteoireacht thart (amach ó chorrshluasaid earabhail[159] a chaitheamh ar an tinidh do Jerry). Rith na trí seachtaine gur shín muid leis an chéidh in Rio (dá mbainfeá cluas díom cha dtiocfadh liom a rá cé acu a scairt muid isteach ins na Azore Islands nó b'fhéidir ins na Canaries ar ár mbealach amach).

Ar feadh ár gcuairt in Rio bhí scoith am agam féin, am shuaircheach, shiamsúil, Jerry agus mé féin ag baint lán ár súl as achan rud agus lán ár mbéal go mion minic as an digh.

Bhuail muid isteach tráthnóna amháin go teach pobail breá a bhí ann, (leabhra, chan an mac gan rath seo a smaointigh ar chuairt a thabhairt ar theach Dé, ach Jerry bocht) agus cé, bhur mbarúil, a bhí istigh romhainn ar a dhá ghlún agus a Choróin Mhuire ar a mhéara aige? Cha dtomhasfaidh sibh go lá an bhreithiúnais cé a bhí ann.

Seosamh: Fear éigin eile as Toraigh?

Paidí: Tá cúl do chinn leis. Chan ea, mo choinsias, ach caiftín an tsoithigh – an *Jap* cóir. 'Dar fia, Jerry, agus dar fia ar ais,' arsa mé féin ag broideadh Jerry a bhí ag mo thaoibh ar an tsuíochán, 'an bhfeiceann tú an boc thall, an caiftín?' Níl ann ach nach dteachaigh Jerry, chomh maith liom féin, i laige leis an iontas. Char shuaigh[160] is char shamhlaigh Jerry, ach oiread liom féin, go dtí an bomaite sin, go raibh an caiftín ina Chríostaí féin, chan é amháin ina Ghael (Caitliceach). Tá an chaint atá mé a rá libh chomh fíor le leabhar an Aifrinn – creid é nó lig dó.

Idir a bheith ar ár nglúine agus a bheith 'ár suí chaith muid conablacha ar leathuair i dtigh an phobail. Leabhra, chan ag paidreachas a bhí muid an fad sin, ach gheall ar fanacht go bhfeicfimis cá fhad a d'fhanódh an caiftín ar a urnaí. Sa deireadh bhris an fhoighid orainn agus d'imigh muid amach agus d'fhág eisean 'ár ndiaidh ag fipeáil[161] leis go dúthrachtach ar a Choróin Mhuire.

Cé bith urraim is ómós[162] a bhí agam féin is ag Jerry ar an chaiftín roimhe sin, bhí a sheacht n-oiread anois againn air – agus cion is báidhe lena chois. Ba mhinic ina dhiaidh sin a bhí fonn orainn a inse dó gur Gaeil (Caitlicigh) muid féin ach bhí seort leisce orainn an oiread sin dánachta a dhéanamh air.

Ach fan go gcluine sibh a thuilleadh. Dé Domhnaigh a bhí chugainn thug Jerry mé féin chun Aifrinn. Sin an áit a raibh an t-amharc is an t-iontas le feiceáil – bhainfeadh an t-altar[163] a bhí ansin an t-amharc as do shúile le bláthannaí móra, deasa, ildaite – lán Éireann acu – ag fás amach as soithí óir is airgid; coinnleoirí móra, soiléaracha ar gach uile dhéanamh is dhealbh; na míltí coinneal lasta thall is abhus ar an altar mhór sin, agus ceol an *organ*, amannaí lag, tana, binn agus amannaí eile ag briseadh is ag brúchtaigh amach as corp an *organ* sin mar thoinn mhóra na mara in aghaidh na mbeann nó an toirneach tréan ag réabadh na spéar agus é ag líonadh an tí ó chleith go hurlár agus ag cur an uile bhall is orlach de ar crith is [ar] croitheadh.

Ach chan ar áilleacht ná iontas an tí a bhí mé ag gabháil a chaint ach air seo: nuair a tháinig am na gcomaoin ins an Aifreann thart, cé an chéad duine a shiúil suas an [t-]urlár agus a bhuail é féin ar a dhá ghlún ag *rail* na haltóra le cuid a anama a ghlacaint, ach mo chaiftín – an *Jap* – corp an *Jap* – corp is cliabhlach an *Jap*. Dar liom féin, 'an rud a níos

Dia, níonn Sé é' agus thoisigh mé a mheabhrú ar chumhacht is ar thoradh A ghrásta mhín, mhilis, do-inste: an fear farraige sin a gineadh is a beathadh is a tógadh ina phágánach i measc na bpágánach thall in Seapán gur shroich grásta Dé é gur foscladh súile a anama agus go raibh anois ina Chríostaí agus ina Ghael (Caitliceach) cráifeach, dúthrachtach, diagantach (moladh go deo le teasghrá is trócaire Dé dúinn uilig!)

Cha raibh aon lá fad is a bhí a shoitheach in Rio nach rachadh sé amach duighthe (??) roimhe an hocht achan mhaidin agus tá oireas agam, agus níl amhras orm, nach chun Aifreann na maidine a bhí sé ag gabháil. Sin *Jap* buí agat agus mise Gael (Caitliceach) bán as oileán na naomh 'mo luí suas go falsa, spadánta ar mo leabaidh mar muc nó madadh ann. B'fhéidir gur bheag m'fhonn Aifreann an Domhnaigh féin a éisteacht agus sin féin fíor-chorruair.

Nuair a bhí an *Fuji Maru* (ba é sin ainm an tsoithigh) réidh le a ghabháil chun na farraige ar ais bhí an dá Rúisineach ar iarraidh: sciob siad ar shiúl agus ní raibh tásc[164] ná tuairisc orthu. D'fhág sin an soitheach beirt gann i bhfoireann. Mar a deir an seanfhocal 'cha dtig olc sa spéir[165] nach ndéan maith do dhuine inteacht'; agus d'éirigh liomsa post a fháil mar *fireman* in áit fear den dá Rúisineach; agus greamaíodh mairnéalach eile as Rio, Spáinneach, le áit an Rúisineach[166] eile a líonadh. Thug an *Fuji Maru* a haghaidh chun na farraige ar ais agus i gcúrsa míosa bhí muid feistithe leis an chéidh in Londún. (Char chuimhnigh [mé] a rá gur bhuail muid isteach i ndiaidh Rio a fhágáil i gcupla port ar chósta Mheiriceá ó dheas agus ins na hIndiacha thiar ag tógáil tuilleadh lasta).

In Londún dúinn b'éigean don chaiftín an dlíodh a sheasamh ins an chúirt agus é féin a chosnadh, de thairbhe an bheairc udaí a chuir sé go tóin ag an *Cape o' Good Hope*. Bhí mórán díospóireachta agus argáil agus cur-is-cúiteamh ar an chás sa chúirt. Féachadh mé féin mar fhianaise agus d'fhéach mé le cuidiú, chomh maith agus a thiocfadh liom, leis an *Jap*. Mhionnaigh mé nach raibh leis an *Fuji Maru* ach fíorbheagan siúil nuair a bhuail sí an seanbheairc. Nár aifrí Dia an mionna sin orm; bhí an *Fuji Maru* ag gabháil *full speed*, ag gabháil mar an diabhal ann – nuair a bhuail sí an soitheach s'againne. Is é an deireadh a bhí air gur saoradh an *Jap*. Char cuireadh pingin cánach air; ach bagradh rud beag air, agus comhairlíodh dó a bheith níos faichillí agus níos coimeádaí[167] i gceo go brách ar ais.

Bhí an seanbheairc udaí *insiúr*áilte go trom. Fuair na daoine ar leo í in West Hartlepool i bhfad níos mó ná b'fhiú í ó lucht an *insiúr*ála agus dlíodh fiche punta an fear domsa agus do achan mhairnéalach a bhí uirthi ins an am. (Is dóiche go bhfuair gaolta an mhuintir a chuaigh go tóin léi i bhfad níos mó ná fiche punta).

I gcúrsa coicíse sheol an *Fuji Maru* (sílim gur go Seapán a chuaigh sí) agus thoisigh mé féin ag smeatharacht[168] thart liom ag cuartú oibre in Londún. Bhí crathán beag deas airgid in mo phócaí agus, ar an tséala sin, cha raibh deifre mhór orm a ghabháil i gceann oibre. Mar a déarfá, bhí mé ar nós na réidhe fad is a mhair an t-airgead. Bhí mé ag tabhairt scíste do mo cholainn agus ag ól corrghloine agus ag ithe scoith an bhídh. Thall udaí fuair mé obair i dteach déanta *gas*, teach nó oibreacha móra a bhí ag coinneáil *gas* le léab mór den chathair. Bhí neart Éireannaigh ag obair ann agus mhothaigh mé mé féin fríofusan mar a bheinn sa bhaile. Chaith mé trí bliana ansin.

Ó hó, hobair nach smaointeoinn air – bhuail mé isteach go minic go dtí an coinbhint udaí ar fhág mé an leanbh udaí ann os cionn fiche bliain roimhe siúd. An chéad chuairt a thug mé ar an choinbhint chuir mé tuairisc ar an *Jap* beag, ach bhí máistreás úr, óg anois ann, agus bhí an máistreás a thóg an leanbh uaimse marbh le fada, agus cha raibh aon duine ann ach seanbhean amháin den scaifte ban rialta a bhí ansin corradh is fiche bliain roimhe sin. Tugadh an [t]seanbhean rialta sin i láthair, agus cha raibh moill uirthi cuimhneamh orm féin agus ar an lá a d'fhág mé an leanbh *Jap* acu. Dúirt siad liom gur choinnigh siad seacht mbliana é agus go raibh sé ina stócach deas, múinte, cliste, géarintinneach. Bhí an sagart s'acu i dtólamh ag cur spéise ins an stócach agus, fá dheireadh, labhair sé leis an easbag fá dtaobh de. Thoiligh an t-easpag é a thógáil as an choinbhint agus é a chur i gcólaiste Ghaelach (Caitliceach) a bhí faoina chúram féin. Fágadh ansin ceithre bliana é. Thiontaigh sé amach ina scoláire an-chliste agus ina bhuachaill bheag, mhodhúil, mhacánta. D'athraigh an t-easpag ansin go dtí cólaiste eile é – coláiste fá choinne ábhar sagairt. Chaith sé seal chúig mblian ansin. Cha raibh a fhios acu cá raibh sé ar feadh cupla bliain eile ina dhiaidh siúd – mheas siad gur ar scoil éigin ard eile a bhí sé. Cé bith mar a bhí – bhuail sé isteach chucusan i gceann a sheacht mblian déag d'aois go bhfuair sé uathu an pláta udaí bhí ar an *phram* – an pláta óir udaí a raibh na litreacha udaí greanta ann – 'O' agus 'Wi' (Y) agus 'Yokohama.'

D'imigh leis ansin ar shoitheach de chuid Seapán a bhí ag seoladh as Londún. Fá cheann trí ráithe ina dhiaidh sin fuair an t-easpag litir uaidh agus iadsan (na mná rialta) ceann eile agus cúig c[h]éad punta istigh in achan litir acu. Dar liom féin: 'mo mhallacht ar an lá a rugadh mé: mise, a chuir mé féin i gcontúirt mo chrochta ag sábháil an *Jap* sin (nó bheadh sé, idir chorp is chleiteacha, ar thóin putóige beathach éigin allta sa choillidh an oíche udaí) – mise a chaith mé féin leis, á ní agus á chealgadh agus á *fheed*eáil le spáin bheag agus le *sucking bottle* agus *condensed milk* – gan oiread agus *tankee* anois agam ar a shon.' Nach iomaí a leithéid, ó tharlaigh gur casadh an oiread udaí airgid leis, a chuirfeadh leanúint ar an tseoltóir bhocht a shábháil ar fhiacla na mbeathach allta é – agus le linn sin a dhéanamh agus gheall ar an bheart dhéirceach sin a dhéanamh, a chuaigh fá ramha an ribe den rópa a ghabháil ar mo mhuineál. Dar liom féin beidh muca ar eiteoig is adharca orthu sula gcuifidh Paidí Pheadair cor air féin ag sábháil leanbh dubh nó bán ar ais.

Ins an litir a chuir sé chuig na *nuns* d'inis sé dóibh fá dtaobh de féin uilig – mar a sheol sé as Londún go Yokohama agus, i ndiaidh an port sin a shroicheachtáil, mar a thoisigh sé a f[h]iafrú is a f[h]iosrú is a c[h]ur leanúinte ar an mhuintir a chaill an *pram* agus an leanbh cúig blian' fhichead roimhe sin. Chuir sé fuagraí fán chás i bpáipéir nuaíochta Seapán. Le scéal fada a dhéanamh gairid freagradh na fuagraí; bhuail sé féin agus a athair is a mháthair agus a dhá dhearthár le chéile. (Cha raibh aon deirfiúr aige). An bhean a bhí leis an *phram* agus leis an leanbh ar imeall na coilleadh an tráthnóna udaí a shábháil mise an leanbh, is cailín aimsire nó seort banaltra nó gabharnas (*governess*) a bhí inti. Fuarthas a corp ins an abhainn agus cha raibh a fhios ar feadh na cúig mblian' fhichead cé acu a thit sí féin agus an *pram* agus an leanbh amach le taisme ins an abhainn, nó cé acu cás dúnmharbha a bhí ann – sin gur bháith sí í féin agus an leanbh in aon toisc nó cé acu a rinne murdaróir éigin fabht is feall orthu agus chuir cos i bpoll léi féin agus leis an leanbh agus leis an *phram*.

Is cosúil go dtearnadh cuartú is athchuartú agus rúscadh is athrúscadh le graiplíneacha agus le gléastaí eile, ar an abhainn; agus bhí daighbhearnaí (*divers*) ar obair oíche is lá ar feadh seachtaine, ach b'ionann é, ar ndóighe: cha raibh fáil le déanamh ar an leanbh ná ar an *phram*. Ba deacair dóibh a bhfáil agus an leanbh agamsa, agus an *pram* goidte ag Gordon, ar bhord ar an *Walrus* amuigh i lár na farraige móire.

Bhí brón is buaireamh, crá croí agus sileadh deor i dtigh an athara is na máthara is gan fortacht gan fuaradh le fáil acu. Chaith siad na mílí punta le fuagraí i bpáipéir agus le *datactives* (*detectives*) agus lucht cuartaithe eile agus chan in Seapán amháin sin ach fríd an tSín agus i gcuantaí thiar Mheiriceá ó thuaidh: Ba é iad sin na réigiúin ba chomhgaraí do Seapán. Char chuir siad cos ar cuartú a dhéanamh i dtíorthaí i bhfad ar shiúl as Seapán nó is dóigh nár shamhail siad gurbh fhéidir go dtabharfaí an fad sin ar shiúl é.

Anois, nárbh iontach an scéal é ó thús go deireadh? Nach ndéarfá gur seort scéil sí nó scéil geasróg é? Maise, leabhra, chan ea – ach scéal fíor, saolta ó bhun ribe go rúta, mar a tharlaigh sé is mar a thit sé amach.

Is é an t-ainm a bhí ar athair an linbh, Barren Oti Yippo; agus is cosúil gur 'O' agus 'Wi' (Y) – sin an dá litir a bhí greanta ar thaoibh an *phram* – na chéad litreacha, nó na litreacha tosaigh, den ainm baistidh agus dena shloinneadh.

Bodach mór d'fhear uasal, shaibhir a bhí in Yippo seo, fear ardchéimiúil, mórchliúach, mórainmithe – tiarna talún láidir – cabhlach mór soitheach (galbháid uilig) aige ag tarraingt lastaí móra earraidh den uile sheort faoin ghréin, as Seapán go dtí réigiúin eile an domhain; agus ag pilleadh ar ais as na réigiúin sin le cineáil éigin lastaí go Seapán.

Bhí an dá mhac eile s'aige ina gcaiftíní ar bheirt de na soithí sin. Is dóiche nach le cruas póca ná le danarthacht a bhí a chuid mac mar seo ar an fharraige, ach le fir níos fearr a dhéanamh díobh – sláinte is urradh coirp a thabhairt dóibh, agus amharc agus eolas an domhain a chur rompu.

IX

Is truagh a thug an diabhal orm toiseacht riamh ar scéal shuarach, amaideach mo bheatha. Tá mo chroí briste le seachtain druidte agaibh – mo theangaidh ag gabháil mar m[h]uileann gaoithe ann agus cúr bán le mo bhéal. Go dearfa, mothaím an sile seáin ag at siar in mo chogas. Agus sin sibhse ansin 'bhur suí go deas, socair, suaimhneach, sócúlach ag cur thart an ama daoibh féin, bhur mbéal is bhur súile is bhur gcluasa foscailte agaibh ag amharc is ag éisteacht – an duadh ormsa, an só agaibhse. Is sácráilte, b'fhéidir, a bhéarfadh fear agaibh mála mónadh ón phortach chugam; agus b'fhéidir gur mhairg a d'iarrfadh ar chuid agaibh braon beag a bheith leis ina phóca chugam a leigheasfadh an ríochan seo in mo mhuineál. Ath, hath, oth, hoth! Bhal, is cuma. B'fhéidir go dtabharfadh Dia luach mo shaothair is mo dhuaidh dom. Ó tharlaigh go raibh mé chomh hamaideach agus gur thoisigh mé riamh ar mo scéal, cuirfidh mé deireadh leis faoi mhuinín Dé – mura i ndán agus go scoiltfeadh an teangaidh ionam.

Is minic agus is rómhinic a thug mé in amhail litir a fháil scríofa chuig mac Yippo (an mac s'aige ar bhaist mise Patrick Mac Walruis air) le cuntas a thabhairt dó ar an sciar (*share*) agus ar an trioblóid a ghlac mise orm féin lena shábháil agus é ina naíonán bheag ar c[h]raois na mbeathach allta i gcoillidh Yokohama: ach bhí mé á chur ó lá go lá agus, mar a deir siad, 'an rud a théid chun fuaraidh, théid sé chun fadálaí' agus char chuir mé aon pheann ar pháipéar chuige ón lá sin go dtí an lá inniu. Leis an fhírinne a rá bhí cineál eagla orm scríobh chuige nó mheas mé go raibh sé féin agus a mhuintir ar daoraí leis an tseoltóir bhradach a sciob an leanbh bocht leis ar shiúl i ngan fhios ó Seapán go Sasain; agus, cleas níos diabaltaí is níos damanta ná sin ar ais, a rinne murdar ar an ghabharnas (*governess*). I ndiaidh meabhrú go cruinn ar dhá t[h]aoibh na ceiste[169] leag mé amach, *begorraí*, gur chríonnaí dom agus gurbh é do mo leas uilig, mo bhéal a choinneáil druidte.

Bliain, nó mar sin, sular fhág mé oibreacha an *ghas* i Londún, rinne mé comhairle liom féin cuairt eile a thabhairt ar na mná rialta. Cha raibh suaimhneas le fáil agam go bhfaighinn tuilleadh feasa fá stair an linbh – go mórmhór agus go háirithe go bhfaighinn amach ar hinseadh riamh don leanbh (nó don stócach nuair a tháinig sé i gcrann is i gcéill) gur mise a shábháil an chéad lá riamh é – agus an duadh agus an dócúl a fuair mé leis agus an aire mháthara a thug mé dó – agus mar sin siar.

Isteach liom sa choinbhint, agus na pointí sin uilig in eagar go deas in mo cheann agam agus ar bharr mo ghoib agam. D'inis mé do mháistreás (*superioress*) na *nuns* brí mo shiúil. Scairt sí sin isteach ar an tsean-*nun* a bhí sa choinbhint an oíche a d'fhág mise an leanbh ann.

Seo chugaibh an cuntas a thug sí sin dom. Dúirt sí gur hinsíodh go cinnte don leanbh nuair a tháinig sé go haois céille is tuigse, gur seoltóir nó mairnéalach a d'fhág acusan é agus gur inis an seoltóir sin dóibh go bhfuair sé thall i gcoillidh in Seapán é ina luí i b*pram* ag caoineadh agus gan duine ná diúlach fá c[h]éadtaí míle de agus é i gcontúirt achan bhomaite beathaigh allta na coilleadh drochbhail a thabairt air agus le truagh is tuigse is déirce gur thóg sé leis an leanbh, thug ar bord ar a shoitheach é agus thug go Londún agus go dtí an coinbhint é.

Chuir mé féin ceist ansin orthu, ar thrácht sé ormsa riamh ó shin nuair a scríobh sé chucu; nó dúirt mé go raibh mo sháith iontais orm nár chuir sé lorg inteacht orm, nó, nár chuir sé féin ná a mhuintir leanúint éigin orm le buíochas féin a thabhairt – gan trácht ar dhíolaíocht fá chraiceann fosta a shíneadh dom.

Thost sí cinnte dearfa cúig b[h]omaite agus bhéarfadh bean acu leathamharc faoina súil ar an bhean eile. Thall udaí labhair sí go leathghruamach fríd a cuid fiacla agus dúirt sí gur thrácht an *Jap* orm ins an litir s'acu, ach go mb'fhéidir nárbh fhearrde dom an bharúil a bhí aige féin agus ag a muintir dom a chluinstin.

Thoisigh mo chroí féin a phreabadaigh le scanradh is le eagla. 'Cumhdach na Maighdeana Muire orm. Ar gheall ar Dhia,' arsa mise, 'agus le bhur dtoil, scaoil chugam a chuid cainte mar a bhí sé sa litir'. Fá dheireadh, agus i ndiaidh mé a n-agairt is a n-impí, lig siad liom, leathdhoicheallach agus leath-mhíshásta go leor, an scéal rúin a bhain den mhac gan rath seo. Dúirt siad liom go raibh cuartú le a ghabháil orm, agus go raibh an bharúil daingnithe in intinn an *Jap* agus a mhuintir agus in intinn *datactives* agus péas (*police*) Seapán gur coirpeach agus bithiúnach den dath is duibhe mé; gur bháith mé an gabharnas in abhainn agus gur ghoid mé *pram* is leanbh. A Dhia na glóire! Chonaic an Mhaighdean Mhuire féin m'amhgar is mo leatrom croí is intinne, in mo shuí ar an chathaoir os coinne na mná uaisle sin agus cliú murdaróra is gadaí orm. Chaith mé mé féin ar mo dhá ghlún os a gcoinne agus i bhfianaise Dé mhionnaigh mé dóibh go raibh mé chomh saor ar bhás an ghabharnas sin agus chomh saor ar ghadaíocht leis an leanbh a rugadh aréir.

Agus thóg mé mo dhá lámh in airde ionsar Dhia agus d'agair mé É an talamh foscladh fúm is mo shlogaint dá mbar bhréag a bhí mé a inse dóibh. Go dearfa, tháinig na deora géara le mo shúile agus charbh fhuras deora a bhaint as na súile seo an t-am udaí nó bhí mise, ins na bliantaí udaí, chomh cruaidh le cranra le duadh is dorraíl is drochfhuadar an tsaoil.

Bhí cuma ar na *nuns* gur ghoill mo chás agus mo chrá go mór orthu. Rinne siad fuílleach comhbhróin liom; ach diabhal pioc de mhaith a rinne a gcuid comhbhróin domsa nó cha raibh a fhios agam cé acu buaireamh a bhí orthu fán bhréag is an éagóir a cuireadh in mo leith nó brón is buaireamh fá mé a bheith 'mo mhurdaróir. D'inis siad fosta dom go raibh Gordon gaibhte – gur beireadh in mBaltimore Mheiriceá air sé mhí roimhe siúd, agus gur tugadh go Londún é, agus go raibh sé i gcarcair trí mhí agus le linn é a ghabháil chun breoiteachta sa phríosún gur cuireadh in ospidéal é – agus cha raibh a fhios acu (na *nuns*) cé acu a fuair sé bás nó biseach ina dhiaidh sin. Rud eile, bhí barántas amuigh le breith fosta ar McElhatton, sin caiftín an *Walrus* – an soitheach ar tugadh an leanbh goidte as Seapán uirthi.

D'fhág mé na *nuns* leis an scéal bhocht, chreathnach a bhí liom, agus go bhfeice an tAthair Síoraí féin an t-oibriú a bhí ar mo chroíse! Cha raibh a fhios agam cad é an ceann a bhí ar uachtar dom ag siúl na sráideann. Bhí an diabhal 'mo spreagadh cos i bpoll a chur liom féin. Sheasaigh mé cúig bhomaite os coinne teach ceamast (*chemist*) a bhí ar an taoibh eile den tsráid – níl mé ag rá bréige libh; níl ach amaidí béal a bheith ag milleadh an anama agam – sheasaigh mé os coinne tigh an cheamast agus m'intinn is m'anam ag troid le chéile, grásta Dé agus cathuithe an diabhail 'mo tharraingt óna chéile – sheasaigh mé ansin idir dhá chomhairle, cé acu a rachainn isteach agus a cheannóinn oiread nimhe agus deireadh liom féin is le m'amhgar nó, fá mhuinín Dé, an chros throm a leag Sé orm a iomchar go foighdeach, móruchtúil. Altú do Dhia is donA ghrásta mhórluachmhar, thoghaigh mé an casán cúng. Thug mé droim láimhe leis an diabhal agus lena chuid ealaíneacht' agus char bhain méar de mo shróin gur bhain mé teach pobail amach; agus d'agair mé ansin ar an tSlánaitheoir a bhí sa bhocsa bheag ar an altóir, mo chrá is mo chros a thógáil dom (dá mbar A thoil naofa é) agus mé a chur ar bhealach mo leasa is mo shaortha.[170]

D'oibrigh mé liom in oibreacha *ghas* agus mé i dtólamh fá imní is fá eagla agus gan codladh na hoíche le fáil agam, gan fios agam cad é an bomaite a leagfadh datachtimh (*detective*) lámh ar mo ghualainn. Chuaigh mé ar éisteacht ag an tsagart agus chun comaoine (rud nach dtearn mé, nár aifrí Dia anois orm é, leis na ciantaí roimhe sin); agus cha raibh aon seachtain, moladh le Dia, nár ghlac mé cuid m'anama ina dhiaidh sin. Níl aon lá a bhí ag gabháil tharam nach raibh mé ag éirí níos míshuaimhní in Londún agus, fá dheireadh, rinne mé comhairle na bonnaí a bhaint as agus imeacht liom féin bealach éigin eile.

Sular fhág mé oibreacha an *ghas* lig mé le mo chomrádaithe ansin (mar bhí mé amaideach agus mar bhí fad na teanga riamh orm) – lig mé leo go raibh mé ag brath imeacht chun na farraige ar ais. Bhí siad mór i gceart liom agus go maith dom, agus is iomaí oíche shúgach a chaith muid i gcuideachta i dtigh an óil. Cupla lá i ndiaidh siúd d'fhág mé slán is beannacht acu i dteach mór an *ghas*. Ar an drochuair domsa spreag an diabhal scaifte beag acu mé féin a chomóradh chun na céadh agus go dtí an soitheach a raibh mé le seoladh uirthi, an *Dauntless*.

Chomh luath géar agus a síneadh an *Dauntless* le taoibh na céadh in Reusacola (thall in Florida, Meiriceá), sé seachtaine i ndiaidh Londún a fhágáil, shiúil branaí[171] mór fir, bata deas ina láimh aige agus culaith bhreá, dúghorm air, isteach ar an tsoitheach. Shiúil sé suas go dtí an caiftín agus chuaigh chun cainte leis. Dálta an té a mbíonn an choir déanta aige (siúd is go raibh mise chomh saor ar choir le leanbh na cíche) bhí an eagla i dtólamh orm agus choinnigh mé mo shúil air. Thall udaí thug mé fá dear é féin agus an caiftín ag breathnú anuas fríd na mairnéalaigh ar an *deck*. Thiontaigh mé féin mo chúl leis an phéire agus lig orm go raibh mé ag úthairt leis na rópaí ar an *deck* – le heagla go gcuirfeadh siad miodaracht[172] ar bith ionam nó go mbeadh amhras ar bith orthu fá dtaobh díom le linn mé a bheith ag stánadh, nó ag cúlchoimheád féin orthu.

Cha cheilim oraibh go raibh fuílleach míshuaimhnis orm – mo sheacht sáith de. Mar sin féin reath[173] seal cabach agus cha dtáinig sé mo chóir féin agus thoisigh sé a spaisteoireacht thart ar nós na réidhe – b'ionann agus nach raibh dadaí ar a intinn. Dar liom féin 'fear thú, is dóiche, a bhfuil baint de lasta an tsoithigh agat' agus thoisigh suaimhneas intinne ar ais a théamh is a theannadh liom féin. Ach, faraor, ba ghearr uaim athrach scéil. Casadh liom i mbéal na séibe ar an *deck* é. '*Isn't your name Pathrick McPeether?*' arsa seisean go dóchasach. (Ar inis mé ar chor ar bith daoibh gur Pathrick McPeether, sin Paidí Pheadair, a thug mé mar ainm orm féin, le achan duine a fuair aithne orm, ón lá a thóg mé liom an leanbh udaí as Yokohama: mar tá a fhios agaibh Ó Gréine, Green, mo shloinneadh ceart). '*Yis, sor,*' arsa mise go múinte, '*that's me name*'. Leag sé lámh ar mo ghualainn agus dúirt: '*I 'rast (arrest) ye in the name o' the kweeng*' – sin, 'gabhaim thú in ainm na banríona'. (Diabhal a fhios agam anois, dá mbainfeá an chluas díom cé acu *king* nó *kweeng* a dúirt sé, ach is cuma cé acu; bhí mise chomh gaibhte le luchóig i d*trap*. Chroith sé isteach ar cheithre phéas agus d'ardaigh siad mise leo i nglas láimhe.

Maighdean Mhuire, nár thruagh sin agamsa a bhí chomh saor ar an choir a bhí in mo leith le aingeal de chuid na bhflaitheas. Tugadh go Liverpool mé ar ghalbhád mhór a bith ag iomchar litreacha is paisinséirí (*passengers*) ó New York go Liverpool. (Cha raibh na gla[i]s láimhe orm ar an tsoitheach; ach char fhág *datactive* mo thaoibh i rith an turais). Tugadh ar an *train* go Londún mé. Caitheadh isteach i bpríosún ansin mé agus hú ná há char chuala mé fá dtaobh de dhadaí gur dhruid trí seachtaine. Bhí mé ag leagan amach nach rachadh *jidge* (*judge*) nó *jury* orm agus go gcoinneofaí ansin faoi ghlas is eochair mé go deo.

I gceann na trí seachtaine tugadh roimhe asgus[174] i láthair na cúirte mé. Le scéal fada a dhéanamh gairid tugadh sort daoraidh orm ach char tugadh breithiúnas mo chrochta ná breithiúnas ar bith eile orm an iarraidh sin; ach bhí agam le a theacht os coinne cúirte éigin eile gan mhoill ina dhiaidh siúd. Fuadaíodh ar shiúl ar ais mé go dtí mo phríosún.

Tháinig lá na cúirte eile thart agus tugadh mé féin i láthair ar ais arís. Bhí boic mhóra ansin agus *wig*eannaí (*wigs*) ar a gcloigne agus spéaclóirí ar a gcuid súile; agus dlítheoirí móra agus amharals (*overalls*) dubha síos go dtí na sála orthu ina suí thart. Bhí mé féin – och! och! tá a fhios ag Dia féin mar a bhí mé, agus níl ach amaidí dadaí eile a rá fá dtaobh de. Is é a n-iarrfainn d'achaine ar an bhomaite sin – an talamh foscladh fúm is mo shlogaint.

Bhí McElhatton, sin caiftín an *Walrus* (an soitheach a thug an leanbh as Yokohama) – bhí seisean sa chúirt. B'éigean dó a shoitheach a fhágáil in Marsails (Marseilles) agus í ar a bealach go Genoe (Genoa) agus pilleadh anall go Sasain le a bheith i láthair sa chúirt. Bhí an *datactive* a bheir orm in Reusacola ann; agus bhí ábhar an bhuartha agus na trioblóide uilig ann – an *Jap* é féin (agus nach mise a chuir na seacht mallacht dúthrachta ina shuí ansiúd air –

air féin agus ar an lá dubh a casadh liom ina leanbh sa *phram* é).

Éistigí seo – char shamhail is char shuaigh is char smaointigh mise gur leag mise súil ar an *Jap* sin ón lá a d'fhág mé ina leanbh beag ag na *nuns* é; ach, a bhráithre na seacht mh'anam, cé a bhí ann ach caiftín an *Fuji Maru* a chuir an seanbheairc go tóin ag an *Cape o' Good Hope* – agus a shábháil mise agus an tseachtar eile de mhairnéalaigh an beairc (*barque*) sin ar ár mbáitheadh. Nach cuimhneach libh gur inis mé daoibh go dtug an gal-bhád sin, an *Fuji Maru*, go Rio muid; agus d'inis mé daoibh gur *Jap* a bhí ina chaiftín uirthi; agus d'inis mé daoibh mar a fuair mé féin agus an *fireman*, Jerry Moran, amach gur Gael (Caitliceach) a bhí ann agus scoith Gaeil (nó bhí an diabhal air le cráifeacht, dúthracht is diagantacht in Rio). Bhal, a fheara mo chléibhe, ba é sin an boc ceana céanna a bhí ina shuí ansin sa chúirt os mo choinne; agus an boc céanna a thóg mise ina naíonán ó thortóig fhéir ar imeall coilleadh le hais abhna in Yokohama corradh maith le cúig bliana is fiche roimhe sin. Sin cnámh lom, geal na fírinne agaibh – creid é nó lig dó.

Is minic a smaointigh mé ó shin gurbh iontach is gurbh aistíoch agus mé ar aon soitheach leis ó *Cape o' Good Hope* anonn go Rio, agus ó sin go dtí na hIndiacha Thiar, agus anall ar ais go Londún – is minic a smaointigh mé gurb iontach nach bhfuair mé léirstean ná teisteánadh[175] éigin ó neamh ná ó talamh nó ar dhóigh éigin eile a spreagfadh m'intinn am ar bith ar feadh an aistir fhada sin gurbh eisean (caiftín an tsoithigh) an *Jap* beag a thug mise liom as Seapán. Dá dtabharfadh Dia dom ar feadh an aistir fhada sin, ar aon bhád leis (ar an *Fuji Maru*), smaointeamh ar chor ar bith gurbh eisean an naíonán udaí, is dóiche go ligfinn m'aithne leis, agus bheadh an chúis tharam; bheinn saorthaí nó crochta an t-am sin, agus cha bheadh agam anois le cúirt mhór, scanrach[176] Londúin a *face*áil (*to face*) is a ionsaí.

X

Níl rún agam mórán de ghnoithe na cúirte udaí a inse daoibh. Ghlacfadh sé bliain is lá lena inse. Féachadh[177] mé féin go cruaidh. D'fhéach mé leis an chás a ghlacaint ina móruchtaigh agus mé i dtolámh ag iarraidh a bheith ag cur in iúl dom féin nach raibh binn ná aird agam ar dhlítheoir, bhreitheamh ná coiste (*jury*), ach, i ndiaidh an iomláin, bhí na glúine ar crith fúm agus an bhachlóg ar mo theangaidh. Bhí an dlítheoir udaí agus an dlítheoir udaí eile ag stealladh ceisteannaí orm mar chith clocha sneachta ann. Ach caithfidh mé a admháil gur daoine múinte, deasa, tuigseacha a bhí iontu – daoine iad, lena gceart féin a thabhairt dóibh, arbh fhollasach go raibh cos ar onóir acu. Dá mbeifeá 'do mhurdaróir fiche uair (mar a mheas siad, creidim, a bhí mise) cha dtabharfadh aon fhear acu aghaidh a chraoise ort ná caint díomúinte, garbh duit. Ceart an ceart.

Cuireadh caiftín an *Walrus*, McElhatton, faoi scrúdú fhada, dhian; agus, mar atá, sheasaigh sé a t[h]alamh go maith. Char baineadh truisneadh as. Bhí an *Jap* é féin in airde acu ach char mhórán a dúirt sé. Cha raibh Gordon i láthair. Bhí sé ina luí san ospidéal chomh lag sin agus nach ligfeadh na dochtúirí é a iomchar chun na cúirte. D'éirigh an chúirt; tugadh mé féin ar ais chun an phríosúin agus gan fios go fóill agam an rabhthar le mo chrochadh.

Bhí mé ansin ag urnaí liom agus bheith ag déanamh aithrí i bpeacaí troma mo bheatha – an beatha sin a chaith mé go neamartach agus gan dóigh, is gan mórán cion ar m'anam agam ná mórán airde ar Dhia ná ar Mhuire agam – go dtí an bomaite sin nuair ba léir[178] dom nárbh fhada ó mo mhuineál an rópa cruaidh cnáibe.

Dhéanfainn achan oíche trí chéad gníomh dóláis, nó cha raibh codladh le fáil agam (ar an leabaidh chruaidh adhmaid a bhí fúm) le meabhrú agus síormheabhrú ar an bhás. I gceann an tríú[179] lá bhuail fear isteach agam agus arsa seisean: *'Get up laddie, ye'r a free man.'* Bhal, an bhfuil a fhios agaibh cad é atá mé ag gabháil a rá libh – diabhal go raibh mé a fhad fríd an t-am sin agus gur chuma liom an rópa a bheith leis in áit an scéal maith a bhí leis. Mar sin féin, moladh le Dia, b'fhearr mar siúd é – mura mbeadh ann ach cliú mo bhaile is mo thíre. Lig sé amach as an phríosún mé agus, ar ndóighe, char dhearmad mise lán an tí de bhuíochas a thabhairt dó. Dúirt sé liom: *'Ceapteen (Captain) Patrick Walrus Yiddi towld ye to go to see him at the Sicily Hotel right away'.*

Hinseadh dom féin ainm na sráide a raibh an Sicily Hotel inti. Bhuail mé féin isteach agus chuir ceist ar bhuachaill dheas a bhí ins an doras, é cóirithe in éadach gorm agus cnaipí buí anuas ar a bhrollach, an raibh Capteen Patrick Walrus Yiddi istigh. *'I'll see,'* ar sé, seisean – agus d'imigh sé isteach uaim. Charbh fhada gur phill sé orm, chuir lámh ina bhearád dom (chan bréag atá mé a rá libh: tá togha an mhúinte ansiúd uirthi) agus dúirt liom féin *'This way, plaze'.* Ná bí ag caint liom orthu siúd le múineadh – *'plaze'* a rá le suarachán bratógach as Toraigh.

Shiúil mé isteach sa tseomra. D'éirigh Caiftín Yiddi as a chathaoir, thug coiscéim in m'airicis féin, rug greim dhá lámh orm os coinne Caiftín McElhatton a bhí ina chuideachta sa tseomra, agus dar an píopa atá in mo láimh tháinig na deora móra lena shúile: – *'My bast fren' (friend), my dear fren', my doliver (deliverer).'* Ach inseoidh mé i nGaeilig daoibh an chuid eile, nó cha dtuigfeadh sibh Béarla domhain an fhir udaí. Dar an píopa atá in mo láimh, chuaigh sé ar a dhá ghlún agus mo dhá lámh fáiscthí ina chuid lámhsan, agus d'agair mé, agus na deora ag titim as a shúile, maithiúnas a thabhairt dó as an éagcóir a bhí déanta aige orm. D'fhéach mise le beag a dhéanamh de(n) méid a d'éirigh dom. Lig mé orm nár fhulaing mé dadaí óna tairbhe; ach bhí a fhios aigesean go maith gur fhulaing go géar, cruaidh, fada – náire an ghaibhte, thall in Reusacola; i nglasláimh os coinne an phobail i Meiriceá;

eagla an chrochta a bhí os mo cheann na míonnaí fada a chuaigh thart; agus an [t]-am sin caillte orm gan píosa pingne a shaothrú. Bhí sin uilig ina cheann agus bhí sé ag scoilteadh an chroí aige.

Á, a chroí na dílse, an dinnéar a thug sé dom féin agus do McElhatton sa Sicily Hotel! Bhí an uile chineál bídh is dí fúinn. Char dhadaí an dinnéar udaí na bliantaí fada roimhe siúd, a fuair mé tigh Jack Mháire in Sicaga (Chicago): cha déanfadh dinnéar Jack, dá fheabhas é, paiste féin ar cheann an Sicily Hotel. I dtaca le seampaghn (*champagne*) de – bhí muid ar snámh ann. Cha raibh Yiddi ag ól aon deor é féin; ach, dar an leabhra, lig mise mé féin amach air; bhí mé féin agus McElhatton coiscthí[180] go maith nuair a bhí an dinnéar udaí críochnaithe. Choinnigh sé mé sa Sicily Hotel an oíche sin. Bhí seomra leapa agus leabaidh agam an oíche [sin] nach raibh a leithéid ag banrín na Sasana. Cha raibh a fhios agam an mé féin a bhí ann ar chor ar bith i ndiaidh na leapa cláir a bhí sa phríosún agam.

XI

Inseoidh mé anois in dhá fhocail daoibh cad é mar a saoradh mé. Lá arna mhárach i ndiaidh an chúirt udaí a éirí, chuaigh na dlítheoirí agus, sílim, an baicle uilig (sin an breitheamh, Yiddi, agus McElhatton) go dtí an ospidéal an áit a raibh Gordon ina luí. Is beag nach raibh an duine dona sin ar uacht a bháis.[181] (Bhí Dia i bhfách liomsa gur casadh an rinc[182] go fóill ann). Rinne an créatúr casaoid iomlán air féin; d'admhaigh sé gurbh é a bháith an *governess*; d'inis sé (rud nár shamhlaigh aon duine againn) gur ghoid sé sparán airgid agus *watch* óir uaithi; d'admhaigh sé go dtug sé cuireadh domsa amach ag *walk*áil le ais na coilleadh udaí, gheall ar é an *pram* deas fosta a ghoid, agus mhionnaigh sé nach raibh ciall agamsa de dhadaí agus go raibh mé chomh soineanta, neamhchoireach leis an aingeal; agus gur le déirceacht, is le truagh don leanbh a thóg mise liom an tachrán. Cha raibh níos mó de. D'fhág siad Gordon mífhortúnach mar a bhí sé lena shíocháin a dhéanamh le Dia chomh maith is a d'fhéad sé. Is dóiche, de réir agus mar a d'inis Yiddi domsa, nár mhair sé mórán uaireann ina dhiaidh siúd; nó dúirt sé (Yiddi) go raibh an fear bocht ar a chuntas is ar a shíothlach sular fhág sé féin an ospidéal.

Bhí an cás uilig thart ansin, ach, dar mo choinsias, hobair gurbh é an neamhchoireach, mise, a bheadh thíos leis na gnoithe salacha uilig.

XII

Lá arna mhárach i ndiaidh an dinnéar shultmhar udaí sa Sicily Hotel thug Yiddi fiche punta dom féin agus d'iarr orm neart éadaigh agus rud ar bith eile a bhí a dhíobháil orm a cheannach. Dhiúltaigh mé dubh bán an t-airgead a ghlacadh uaidh, ach cha raibh gar dom ann: chuir sé isteach in mo phóca é. D'iarr sé orm a bheith ag an Tilbury Dock ar an sé an chloig[183] tráthnóna le a ghabháil leis ar bhád na litreacha (*mail boat*) a bhí ag seoladh chun na Fraince; agus leag sé a lámh go dáimhiúil, muintearach ar mo ghualainn agus d'amharc sé isteach in mo dhá shúil agus dúirt go raibh sé ag gabháil a iarraidh gar is fabhar (*favour*) orm agus go raibh súil aige nach n-eiteoinn é. ('Dar fia', dar liom féin, 'cad é atá ag teacht?') 'Tá mé ag gabháil a iarraidh ort,' arsa seisean go dúthrachtach, 'a ghabháil liom go Seapán agus fanacht agam ar feadh an chuid eile de do shaol. Ná diúltaigh mé, a chara. Cha fheiceann tú aon lá anáis agamsa fad is a gheallfas Dia duit a bheith ar an tsaol seo.' Char ghlac sé an mac seo i bhfad riamh comhairle a dhéanamh.

'*Thankee sor*,' arsa mé féin ar an dara focal, '*I'll niver lave ye.*' Chroith sé mo lámh go te agus le '*God bless ye, boy*' thiontaigh sé ar a shál agus ar shiúl leis, breá sásta, síos an tsráid.

Chuaigh mé féin isteach in siopa éadaigh – siopa deas, galánta fosta agus cheannaigh mé culaith éadaigh chomh deas agus a chuir aon fhear riamh ar a dhroim – éadach dubh, mionchordáilte cosúil le éadach sagairt.[184] Cheannaigh mé hata dubh, bog fosta a chosnaigh ceathair agus sé pingne. Ba é sin an chéad hata a chuir mé riamh ar mo cheann: bearád a bhí riamh orm go dtí sin. Bhí mé gheall ar cuma fhiúntach a bheith orm i gcuideachta an chaiftín, nó bhí a fhios agam go gcaithfinn a bheith i gcábán na n-uaisle ar an tsoitheach chun na Fraince.

Rinneadh beairtín den chulaith is den hata agus tugadh an bheairtín dom féin in mo láimh. Dhíol mé mo cheithre phunta agus ceathair agus sé pingne ar son an iomlá[i]n agus amach liom ar an doras. Chuaigh mé go dtí an *sailors' home* ansin agus chaith dom an seanéadach gioblach, lomchaite a bhí orm agus chroch orm an chulaith úr agus an hata. Chaith mé díom[185] an fhéasog (bhí fás coicíse de lomairt féasóige orm), nigh mé agus sciúir mé mé féin suas go breá, chuir colar is *tie* ar mo mhuineál agus blaicín (*blacking*) in mo bhróga ísle agus, dar an leabhra, go sílfeá gur tiarna mór talún a bhí ionam. D'fhostaigh mé stócach beag ansin le mo sheanmhála a thabhairt chun tsoithigh,[186] nó bhí leisc orm mála seoltóra a bheith ar mo ghualainn liom féin agus an chuma leathuasal, cóirithe a bhí orm.

Chuaigh mé ar bord. Thoisigh mé féin agus Yiddi a chomhrá is a chaint is a spaisteoireacht ar an *deck*. Spréadh[187] ar an chulaith úr. Char thoghaigh mé an *size* ná an mhéid c[h]eart. Bhí sí dúbailte rófhairsing agam agus bhí na brístí míle rófhada agam. B'éigean dom trí philleadh a chur in íochtar na n-osán acu agus d'fhág sin liobasta, toirteach, gránna fá bhéal na mbróg iad. Bhí an froc chomh fairsing agus go dtiocfadh sé thart dhá iarraidh orm. Thug an caiftín fá dear seo (leoga, bhéarfadh an dall fá dear é) agus dúirt sé liom é. 'Bhal,' arsa mise (is gheall ar gáire a bhaint as), 'bhí a fhios agam go mbeadh scoith an chothaithe agam – fuílleach bídh is dí agus bhí mé gheall ar lamhans (*allowance*) fairsingí a fhágáil sa chulaith fá choinne an bhisigh is an fháis a mheas mé a thiocfadh orm'.

Rinne an duine breá lán a phutóige de gháire fúm. Cé bith mar a bhí – cha raibh suaimhneas le fáil aige go bhfaighinn féin malairt culaith. B'éigean dom a ghabháil chun an chábáin agus an chulaith úr a bhaint díom agus iad a chornadh suas go deas coimear, cothrom mar a bhí siad sa tsiopa, beairtín dheas a dhéanamh díobh, mo sheancheirteach a chrochadh orm arís agus pilleadh suas ar ais arís go dtí siopa an éadaigh. Thoghaigh mé ceann an iarraidh seo a d'fhóir tú[188] i gceart. Déarfá gur fás orm a rinne sí. Ach, a chailleach, thaire reatha a thug mé ar fhear an tsiopa aontú don mhalairt a dhéanamh. Ghearr an gadaí cúig scillinge mé ó siocair an chéad chulaith a bheith rud beag úcaiste.

Sheol muid as Londún go Bordeaux agus as sin ar *thrain* go Toulon, baile poirt mór eile sa Fhrainc ar imeall an Mhediterranean *sea*. Bhí a shoitheach, an *Fuji Maru* ina luí ansin ag taoibh na céadh. Char inis mé daoibh go raibh sí (an *Fuji Maru*) ar thuras ó Bhoston Mheiriceá, go Yokohama agus gur fhág seisean í in Toulon (an áit a raibh sí ag cur amach is ag tógáil dorn lasta) le a bheith i láthair ag an chás dlí udaí in Londún. Chuaigh sé uirthi anois ar ais agus mé féin leis cos ar chois, agus sheol muid gan mhoill agus thug a ceann di go Naples san Iodáilte. Feistíodh le taoibh na céadh ansin í.

Seo scéal beag eile anois agaibh – sular shroich muid Naples d'inis sé (Yiddi) dom go raibh sé le pósadh fá cheann trí ráithe ar bhean de chuid na hIodáilte, níon d' fhear uasal a dtug sé *Count – Count – Count* – och, diabhal a fhios agam anois i gceart cad é an sloinneadh a bhí air – rud éigin cosúil le *Count* Kiddini nó Cadziní nó Cazini nó ainm neamhchoiteann eile mar sin; ach is cuma cé acu. Is cosúil go raibh an t*Italyun* (*Italian*) uasal seo ina fhear ionaid. *Bassadore (ambassador)* a bheir siad i mBéarla orthu – ag an Iodáilte thall in Seapán am éigin roimhe seo, agus bhí sé féin agus a theaghlach agus teaghlach athar Yiddi mór i gceart le chéile. Is cosúil go dtug Yiddi óg agus níon an *Count* gean is grá a gcroí dá chéile – agus socradh ar a bpósadh.

Is iomaí comhrá agus is iomaí ceann scéil a bhí againn le chéile sa chábán s'aige; ach bhí mise buailte i dtólamh díobháil na foghlama. Cha raibh mé ábalta an Béarla breá, domhain a thabhairt dó. Bhí mo chroí briste aige ag caint ar ghnoithe Dé agus gnoithe na hanama agus ar phointí spioradáilte. Níl inse ar a chuid diagantachta is cráifeachta. Chaithfinn an Paidrín Páirteach a rá ina chuideachta achan oíche ina sheomra – eisean á rá i mBéarla agus mise ag rá mo chuid féin de (ag tabhairt freagra air) i nGaeilig. Leabhra, tá eagla orm nach raibh sé rómhaith agam i nGaeilig féin; ach cha raibh a fhios aigesean (cha raibh Gaeilig ar dóigh aige) nach raibh mé inchurtha leis an phápa ar mo Choróin Mhuire. Cha raibh aon bhall ina sheomra leapa nach breacthaí, greagnaithe aige le pioctúracha deasa an Chroí Naofa agus na Maighdeana Muire agus Íosa ar an chroich agus na naomh.

Bhí an *Count* udaí ina chónaí sa Róimh. Cha raibh an *Fuji Maru* feistithe i gceart le taoibh na céadh in Naples gur ghléas sé (an caiftín) é féin suas go galánta, umbral (*umbrella*) in leathláimh dena chuid agus *thravleen baig* (*travelling bag*) beag, deas ar an leathláimh eile. D'iarr sé orm féin a bheith leis. Amach linn ar an chéidh agus anonn go dtí stáisiún an *train*. Cheannaigh sé dhá *ticket*; isteach linn ar an *train* agus char stad gur shroich muid an Róimh – sin bobáil[189] ar chéad go leith, nó dhá chéad míle ó thuaidh as Naples. Chuaigh muid go dtí *hotel* ansin. Thug sé deisiú is cíoradh beag dó féin, i ndiaidh tráth breá bídh a chaitheamh, agus chuaigh amach ansin le cuairt a thabhairt ar an *Count*. D'fhág sé mise ina dhiaidh sa *hotel* agus ultach sigeárs fúm leis an am a bhréagadh[190] is a ghiorrú go bpillfeadh seisean ar ais. Creidim go raibh leisc nó náire air uascán aineolach, tuatach cosúil liomsa a bheith ina chuideachta i dteach duine móir uasail mar an *Count* udaí. Leis an fhírinne a rá libh charbh fhearr liomsa ar bith é. Bheinn gan dóigh 'mo bhalbhán agus ag cur allais le faitíos is náire ina measc siúd. Ba shultmhaire is shuairciúla dom mar a bhí mé agus alpán breá sigeár in mo bhéal agam agus mé 'mo luí siar – chan ea ach slogtha siar in *armchair* mór, bog agus mé chomh *cosy*áilte, cúraidhealta[191] le héan faoi chirc.

Char phill Yiddi orm go raibh am luí domhain ann agus is air féin a bhí an aoibh bhreá – an chuma shásta sin amach is amach air. Dar liom féin: 'A ógánaigh, d'éirigh do shiúl go maith leat.' Scairt sé isteach ar ghloine brandaí dom féin agus buidéal *soda*: ach d'ól mise an bhrandaí ar a chumraíocht! B'fhada uaim é a mhilleadh nó a mharbhadh le *soda-water* nó *water* ar bith eile. Chuir mé ceist air cad é mar a bhí muintir an *Chount* agus go mórmhór an bhean óg – agus dá bhfeicfeá an drithle beag gáire a nocht fána bhéal is fána shúile, déarfá gur ag diúl milseán a bhí sé. Dar liom féin: 'Is ionann ard is íseal, is ionann an bocht is an saibhir faoi arraing thaitneamhach an ghrá'.

Chuaigh muid a luí. Lá arna mhárach thug sé cuairt eile (chun cuireadh dinnéara) ar an *Count*. Tráthnóna tháinig cóiste fíorghalánta go doras an *hotel* agus ise agus eisean, Yiddi agus a chéadsearc agus tiománaí istigh ann. Seo isteach é féin agus d'iarr orm a bheith ag teacht go bhfeicfinn agus go gcuirfinn aithne ar a *antender* (*intended*) – sin an Béarla atá acu ar 'luaite'.

Ba leor dó agus ba lách, mhúinte an mhaise dó an cuireadh sin a thabhairt dom; ach dar an píopa atá in mo láimh ba lú an chearthaí is critheagla a bheadh ormsa ar b[h]arr chrainn mhullaigh loinge móire ar chósta *Cape Horn* na ndoineann mór, ná a bhí orm ar an bhomaite sin ag gabháil chun cainte leis an mhnaoi uasail ain. Ach cha raibh dul as agam. Amach liom cos ar chois leis agus anonn go dtí [an] cóiste. Bhal, chuir mé an jab (*job*) tharam ar dhóigh inteacht. Cinnte go leor bhí neart Béarla agam den tseort a bhí agam agus ballaíocht mheasartha agam ar na rialacha a bhaineas den mhúineadh agus den dóigh ba cheart do dhuine é féin a iomchar i láthair daoine uaisle. Sílim go dtearn mé sputaracht maith go leor – i dtaca le holc.

Fan go gcluine sibh a thuilleadh. Thóg siad ins an chóiste mé agus thoisigh an tiomáint agus an tiomáint suas sráid agus síos sráid agus ó shráid go sráid go raibh an Róimh siúlta thart timpeall againn. Á, dá bhfeicfeá an dá bheathach a bhí sa chóiste sin – ceann acu i ndiaidh an chéile – *tanthrum* (*tandem*) a bheir siad ar dhá bheathach úmaiste as tóin a chéile mar siúd i gcóiste – ach, mar a bhí mé ag rá, dá bhfeicfeá iad – dhá bheathach riabhach, meánmhéid, an fionnadh chomh slíocthaí orthu le gloine, na cinn in airde san aer acu, na muineáil lúbtha suas mar lúbadh fonsa ann, agus iad ag tógáil na glúine go dtína gcuid smigead le achan choiscéim den tsodar agus leathar na n-úm ag loinniriú sa ghréin mar *luckeen glass* (*looking glass* scáthán) ann, *paethen lather* (*patent leather*) uilig agus plátaí beaga airgid sciúrtha, buailte thall is abhus air. Mo choinsias go gcuirfeadh siad ceo ar do shúile. Thug siad mé go dtí an ball a bhfuair Naomh Peadar bás ann agus go dtí an áit a bhfuil sé curtha.

Micheál: Chan bás a fuair Peadar, ach a chrochadh.

Paidí: Nach cuma crochadh nó báitheadh: níl sé beo: tá sé marbh. A Mhicheáil, tá tusa róthughta do thrasnaíocht agus do nochtadh do chuid feasa is foghlama. Agus chonaic mé an ball ar crochadh Naomh Pól air ar imeall bhaile mhóir na Róimhe.

Micheál: Chan a bhriseadh do scéil é – is é an rud a baineadh an ceann de Naomh Pól!

Paidí: Druid do bhéal: tá mé marbh ag éisteacht leat. Taisteánadh[192] an áit dom a bhfuil baicle de thaoisigh na hÉireann curtha ann – taoisigh bréatha dána, foghlamtha i ngnoithe cogaidh is i ngnoithe léinn; taoisigh agus tírghráitheoirí ar shiúil a gcliú is a gcáil ó cheann go ceann an domhain; Gaeil dúthrachtacha, diaganta a chosain, le troid thréan, fhada, a dtír is a gcreideamh in aghaidh géarleanúinte agus arm fhuilteach na Sasana – gur buaidheadh, faraor, sa deireadh orthu agus b'éigean dóibh a dtír bhocht dúchais a fhágáil agus dídean a sheiftiú is a sholáthrú dóibh féin agus dona gcuid teaghlach i measc na gcoigríoch is na gcoimhthíoch i dtíorthaí[193] i bhfad i gcéin. Na deoraithe bochta – fuair siad sin dídean is fáilte fairsing, flaithiúil ó phápa mhór na Róimhe (solas na glóire dósan agus dóibhsean – agus do gach créatúr dá bhfuil ar shlua na marbh!)

Bhal, rug mo chuairt chun na Róimhe buaidh ar [an] méid a chonaic nó a chuala mé ar feadh cúrsa mo bheatha uilig. Ba cheart don chaiftín Naples a bhaint amach lá arna mhárach (i ndiaidh an turais udaí ar an chóiste) agus a ghabháil i gceann a chúrsa chun an bhaile lena shoitheach. Ach, bhí fógra amuigh sa Róimh go raibh baicle nó scaifte daoine as tíorthaí eile le cuairt a thabhairt ar an phápa lá arna nóirthear. Cad é a rinne mo chaiftín breá ach comhairle a dhéanamh fanacht sa Róimh dhá lá eile gheall ar mise, agus, ar ndóighe, gheall ar é féin, a bheith i gcuideachta an bhaicle udaí ar a gcuairt go dtí an pápa.

'Dtuigeann tú, ba lena athair féin an soitheach, an *Fuji Maru* agus ar an tséala sin thiocfadh leis an mhac, Caiftín Yiddi, a rogha rud a dhéanamh. Bhí sé, mar a déarfá, ar a chomhairle is ar a lóntaí féin – seoladh as port nó moill a dhéanamh – moill réasúnta a dhéanamh i bport mar ba mhian leis. (Chaithfeadh caiftín ar bith eile seoladh as an phort ar fhiacal an bhomaite atá leagtha amach ag sealbhaitheoir an tsoithigh).

Níl amhras orm nár mhór an leithscéal uilig a d'iarrfadh sé le fanacht seal beag de bharraíocht ag smeatharacht is ag spidireacht thart fán Róimh; agus charbh é cion is ceangail den Róimh uilig a bhí air – ach, bhí sise ann.

Tháinig anóirthear. Siúd ar shiúl mé féin agus an caiftín, níon an *Count,* ag tarraingt ar theach an phápa. Chan teach atá aige ach tithe ar mhuin tithe – baile mór nó cathair atá ina chuid tithe féin féin. Tá líon cogaidh de shaighdiúirí féin ann, agus níl cuntas ná áireamh ar [an] méid sagart is bráithre agus seanchairdinéalaigh atá aige ann; agus i dtaca le lucht freastala is lucht treoraithe de – chuaigh siad thar chuntas is thar thuatlacht.[194] Ná síligí go bhfuil mé ag brath cur síos a dhéanamh daoibh ar na tithe udaí – ar an taoibh amuigh ná ar an taoibh istigh acu. Is fada ó mo rún é iarraidh a thabhairt a leithéid a dhéanamh. Cha n-éireodh le Dónall Ó Conaill féin an lá ba líofa, ligthe a theangaidh, cuntas leathchruinn féin a thabhairt daoibh ar sheomra amháin acu. Buailfimid ag sin é, agus fuígfimid é mar atá sé.

Bhal, tugadh muid uilig, sin na daoine udaí a tháinig as tíorthaí eile agus mé féin is an caiftín agus níon an *Count* isteach in seomra nó halla mar teach pobail ann agus thall udaí seo isteach chugainn ceann urraidh mór, naofa ár gcreidimh, an pápa. Bhí culaith air cosúil le culaith Aifrinn nó b'fhéidir culaith *banidiction* (*benediction*), *owerall* (*overall*) deas, dearg síos go talamh air agus fallaing síoda, geal air; *slipéir* (*slippers*) deasa, ildaite ar a chosa agus coróin órbhuí, ard, trílaftán nó tríshnáithe ar a cheann.

Leoga, cha raibh sé an-ghnaíúil – aghaidh lom, thana, mheáite, drochdhaite air; cnámh a ghéill is cnámh a phluic ag teacht fríd an chraiceann aige; ach, moladh le Dia, cha n-iarrfá do shúil a tógáil go deo de. B'air amháin a bhí an chuma ba chaíúla, ba shochmaí agus, a dhíocairt[195] ó, ba naofaí a chonaic mé ar aghaidh duine riamh. Déarfá, mo choinsias, gur duine neamhshaolta a bhí ann nó aingeal a tháinig anuas as na flaithis. Bhí an duine oirdhearc, oirmhinneach, sean i gceart agus caite, críonna; ach bhí an dá shúil ina cheann chomh glan, beo le súile tachráin bliana. Cha dtógfainn mo shúile as, agus cha dtiocfadh liom mo shúile a thógáil as a dhá shúil iontacha dá mbeinn ar mo dhá ghlún ansiúd ó shin. Sílim go raibh a mbunús ina suí fad is a bhí an t-athair naofa ag caint; ach diabhal suí a dhéanfainn féin, ach ar mo dhá ghlún i dtólamh dá scoilteodh ceap na nglún agam. Chonacthas dom ó tharlaigh gur chas Dia ann mé, agus nach bhfeicfinn é féin ná pápa ar bith eile go brách ar ais ar an tsaol seo – chonacthas dom go gcuirfinn oiread de bhreithiúnas aithrí ar mo cholainn agus, fosta, go dtabharfainn oiread urraim dósan agus go bhfanóinn ar mo dhá ghlún dá mbar i ndán is go leanfadh sé den chaint trí sheal mara[196] druidte. Chan á rá atá mé go raibh mise ag baint mórán suilt nó speirbhis[197] as a chuid cainte, nó char thuig mé siolla féin de ó thoisigh gur stad sé. Laidin nó Iodálais a bhí sé a thabhairt dúinn; agus ba réidhe a thuigfinnse glafarnach na lach sa tslodán ná aon chuid acu sin. Cé bith a bhí sé a rá char lean sé i bhfad dó. Is beag, sílim, le idir ceathrú uaire is leathuair a chaith sé againn. Fuair mé féin agus mórán eile diomaite díom, cead a shlipéar bheag, dheas a phógadh. Bíodh a fhios agaibhse gur fhág mise an áit uasal, bheannaithe udaí 'mo fhear bhuíoch, shásta.

Bhaiteagan (Vatican) an t-ainm atá ar an áit s'aige. *Sayn Peether* (*Saint Peter*) an t-ainm atá ar an teach pobail mór s'aige. Níl aon orlach de Thoraigh nach *gcover*alódh urlár an teampaill udaí; agus tá an ceann atá air ag gabháil amach in airde go dtí na réalta. Agus tá cuid den cheann sin ina chapán mhór, ghleoite, sholasmhar – och! chomh mór agus go ndéarfá go ndéanfadh sé scáth nó *umbral* do a bhfuil de dhaoine i gCloich Cheann Fhaola uilig. Creidim féin gur Naomh Peadar a leag dúshraithe an teampaill udaí ar tús, agus go bhfuil achan phápa ó shin, leis na míltí bliain, ag cur leis in fad agus in leithne agus in airde.

Micheál: Tá eagla orm, a Phaidí, nach bhfuil an scéal i gceart agat. Inseoidh mise dhuit an stair cheart fá …

Paidí: Bí 'do thost – le do chuid staire agus scéal leabhar. Char chorraigh tú amach ón luaith riamh. Shiúil mise agus chonaic mé agus chuala mé níos mó ná a scríobhadh riamh, ná a scríobhfar go deo, in leabhartaí.

Bhal, a fheara, rinne an chuairt udaí sa Róimh lán an tí de mhaith domsa – do mo chroí is do mo intinn agus tá súil as Dia agam, do m'anam. Nuair a bhí mé ag amharc ar dhá shúil an phápa, bhí a fhios agam go raibh mé ag amharc ar fhear ionaid ár Slánaitheora ar an talamh; agus mhothaigh mé mar a bheadh is mar a bhí, an Slánaitheoir É féin, siúd is go raibh Sé do-fheiceálach, ag ár dtaoibh. Smaointigh mé ar Pheadar bhocht a crochadh – a shuigh lá éigin fada ó shin i gcathair an phápa a bhí os ár gcoinne; a bhí ina fhear ionaid ag an Mháistir Bheannaithe chéanna agus an Máistir sin, go moltar A ainm, É féin ina fhear i measc A chuid créatúr i ngleann seo na ndeor.

XII

D'fhág mé féin agus an Caiftín slán agus beannacht ag an Róimh agus ar shiúl linn ar an *train* ag tarraingt ar Naples. Scaoileadh an *Fuji Maru* ón chéidh agus threabhaigh léi amach soir ar an Mhediterranean ag déanamh ar an Suez, sin doras thiar an Fharraige Dheirg nó an *Red Sea*.

A fheara, tá mé ag teannadh anois le scéal brónach. I ndiaidh dhá lá dúinn a bheith 'ár luí sa Suez bhuail feabhras[198] *malaria fever* an caiftín bocht. Ar feadh trí lá dó san fheabhras bhí sé faoi chúram dochtúir an *Fuji Maru* ina luí ina chábán ar bord. I gceann an tríú lá bhí ultach an fheabhrais ag éirí níos troime air. Scairteadh isteach ar d[h]ochtúir eile as Alexandria. Cinneadh ansin é a thógáil ón tsoitheach agus é a chur chun ospidéil in Alexandria. Chaith sé trí seachtaine ansin idir bás is biseach, agus dochtúirí ar mhuin[199] dochtúirí aige ag déanamh comhraic dhícheallaigh oíche is lá leis an ghalar bhradach. Ach, dá fheabhas a gcuid eolais mar leagha, agus dá dhíograisí a gcúram is a bhfreastal dó, cha raibh dul ag mo chréatúr aghaidh a thabhairt chun bisigh.

Chuaigh mé féin leis chun ospidéil agus bheinn istigh go

minic ar feadh na dtrí seachtaine ag taoibh a leapa, ach, sa deireadh, nuair a d'éirigh sé níos measa agus níos laige, cha ligfeadh na dochtúirí sobaltacha mé féin ná duine ar bith eile isteach sa tseomra ag amharc air. Bhí sé ag briseadh mo chroí nach raibh cead agam, ná caoi orm, é a fheiceáil; ach cha raibh neart air. Bhí banaltraí nó *nurs*annaí de chuid an ospidéil oíche is lá aige, agus dhá bhean rialta i dtólamh ag freastal is ag friothálamh air; ach b'ionann é. Cha raibh biseach, is cosúil, i ndán dó. Bhí sagart go minic aige achan lá, go mórmhór na laetha deireanacha. An lá deireanach a bhí mé ina sheomra thug sé orm féin agus ar an *nun* an Paidrín Páirteach a chur thart ag taoibh na leapa aige. An créatúr, bheadh a Choróin Mhuire de urláimh ina a mhéara aige agus Croich Chéasta deas airgid ag a thaoibh sa leabaidh.

Ar a seacht a chlog tráthnóna, trí seachtaine agus cúig lá dó san ospidéal, d'fhág an t-anam Pádraig Walrus Yiddi.

Dar an leabhra baiste, a fheara, ghoill bás an *Jap* sin ormsa seacht n-uaire níos géire ná a ghoillfeadh bás mo dhearthára ná m'athara orm. Ó siocair an dóigh a fuair mé chéad uair é – ina leanbh lag, uaigneach ar imeall coilleadh thall in Seapán, bhí sé mar mhac agam; agus ar na mallaibh, bhí sé mar dheartháir is mar athair agam. Cha cheilim ar an tsaol é, chaoin mé go cráite go mion is go minic go ceann fada go leor i ndiaidh a bháis. Bhí sásamh amháin agam, agus tá go dtí an lá inniu. Tá a anam ins na flaithis ag Dia in áit nach mbeadh sé munab é mise: munab é gur thóg mise liom an oíche udaí é as Yokohama, agus é ina naíonán bheag, bheadh sé ite, ina phágánach bheag, gan baisteadh gan coisreacadh, ag beathaigh allta na coilleadh: sin, nó, dá n-imeodh sé orthusan, d'fhásfadh sé suas ina phágánach dubh agus chan fheicfeadh sé gnúis Dé go deo.

Micheál: Óhó, a Phaidí, ná habair sin. Tá oireas agam go raibh sé geallta dó agus go raibh sé in intinn thrócaire an Athar Shíoraí ó thús anam an linbh sin a bheith sa ghlóir aige. Níl éacht ná ní ná gníomh dá dheacracht é do-dhéanta ag Dia uilechumhachtach. Cha ligfeadh Sé a bhás (bás an linbh) an oíche udaí, is cha ligfeadh sé fiacal ainmhí a leagan air. Dá dtoilfeadh Sé, inA chríonnacht bheannaithe, do-thuigthe, do-inste, an leanbh sin fás aníos ina phágánach, thiocfadh an lá thart ina shaol, sula scairteodh Dia ón tsaol seo air, a dtarraingeodh agus a dtreoirfeadh Sé ó dhorchadas na págántachta[200] chun solais ghil an chreidimh is na Críostúlachta é. Rud eile, dá ...'

Paidí: Seo, seo, seo – chan seanmóir (seanmóin) atá a dhíobháil orainn. Dá mhéid[201] do chuid léitheoireachta[202] agus do chuid Dia-eolais agus anameolais, bhí an leanbh udaí i nguais is i gcontúirt an oíche udaí munab é Paidí Pheadair – agus fágaimid ag sin é.

Ach, le pilleadh ar mo scéal – tugadh corp an chaiftín, de réir a ordú agus a achaine féin, chun na Róimhe; agus hadhlacadh i dtalamh bheannaithe ansin é. Tháinig an *Count* udaí agus a níon go hAlexandria, ach, dálta an toisc i ndiaidh an ualaigh, bhí an caiftín bocht ar shlua na marbh trí lá sular shroich siad an Suez. Bhí siad in am mhaith, mar sin féin, le a bheith anonn arís in aon bhád lena chorp chun an Iodáilte.

Chuaigh mé lena thórramh a fhad le céidh Alexandria agus nuair a sheol an galbhád agus a chorp bocht uirthi, shiúil mé suas go briste, brúite go mullach ardáin a bhí ar imeall an chuain, agus shuigh mé síos liom féin ansin, agus choimeád mé an soitheach sin ag imeacht agus ag imeacht níos faide uaim gur bhain bun na spéire agus titim na hoíche díom í. Cha cheilim ar an tsaol é – chaoin mé lán na méise sin sular fhág mé an t-ardán sin. Á, a fheara, tá an tráthnóna sin agus an chuan a bhí thíos fúm agus an galbhád sin ag sleamhnú amach siar uaim, in mo shúile go fóill chomh húr, feiceálach agus a bhí siad an tráthnóna dubh, brónach sin.

Uch, bhal, chan fada ár seal uilig anseo – mo shealsa cé bith sin. Mothaím deireadh na scríbe ag teannadh liom. Chan *prafait* agus chan sócúl dúinn na hosnaíocha is an mhairgní is an cheasacht – is é beatha toil Dé agus an uair atá leagtha amach Aige dúinn, bíodh sé fada nó gairid.

An sagart a bhí ag mo chaiftín bhocht ar a thinneas, tháinig sé chugam leathuair i ndiaidh an duine bocht síothló agus shín sé chugam beairtín beag agus dúirt sé liom gur sin rudaí beaga a d'iarr an caiftín a thabhairt dom agus a rá liom gur pronntanas beag é ó chroí a bhí fíorthe is fíorbhuíoch dom. Cad é a bhí sa bheairtín? Croich Chéasta mór, dubh adhmaid ocht n-orlaigh ar fad; Coróin Mhuire deas, donn crochta ar shlabhradh airgid agus giota beag, deas, cearnógach de pháipéar agus focla is figiúracha clóbhuailte air agus é daite go gleoite. Chuir mé ceist ar an tsagart cad é a bhí scríofa ar an pháipéar agus dúirt sé liom, agus aoibh bheag air, gur sin páipéar beag an-úsáideach – gur seic cúig chéad punta a bhí ann.

Seosamh: Ahá, mo chroíán is mo chuilceach! Charbh iontas duit a bheith ag moladh is ag caoineadh an chaiftín!

Paidí: Briost thú, a bhlaigeaird is a bhithiúnaigh, cha raibh oiread binne agamsa ar an seic sin, an t-am sin ná ó shin, ach oiread leis an tsalachar atá ar bhonn mo bhróige. Dar an leabhar an bhaistidh, cha déanfainn, anois ná an uair sin, malairt an Croich Céasta[203] is an Chóróin Mhuire ar sheacht seic cúig chéad phunta. Ach, a chailleach an úirísleachta, shanntófá thusa an seic; cuirfeá do bhinid ann; bhí uisce na sástachta ina thuilidh fá do bhéal; bhí an chara a phronn ort é marbh – agus chead an diabha[i]l aige. Tá tú mar atá tú agus mar a bheas tú. Ná tabhair ormsa a thuilleadh a léamh dhuit. Mise Paidí Pheadair fad is a rachas mé. Seosamh 'ac Laifeartaigh tusa … agus buailimid ag sin é.

Le pilleadh ar ais ar mo scéal, dúirt an sagart liom gur

iarr an créatúr orm gan dearmad a dhéanamh dó go brách in mo chuid paidreach agus cha dteachaigh mise ar mo ghlúine ó shin (chan bréag atá mé a chanadh daoibh, agus mé ag caint ar na mairbh – nár lige Dia go gcanfainn) char lig mise maidin ná tráthnóna, Domhnach ná dálach tharam ón lá sin go dtí an lá inniu gan paidir agus cré a chur lena anam.

Tá an Chroich Chéasta udaí agam go fóill agus beidh go gcuirfear sa chónra mé agus go gcuirfear ise 'mo chuideachta ann. Seo anseo faoin bhabhstar sa leabaidh í. Amharcaigí uirthi agus gan smál uirthi ach oiread leis an lá a chonaic mé [an] chéad uair í – crochta os cionn a leapa féin (leabaidh an chaiftín) ina chábán ar an *Fuji Maru*. Agus seo an Choróin Mhuire in mo phóca. Nach deas í agus nach deas an bocsa beag airgid sin a bhfuil sí ina luí istigh ann – fána chlár deas, greanta – agus hinsí (*hinges*).

XV

Char inis mé daoibh go raibh mé idir dhá chomhairle fá ghabháil ar ais le corp an chaiftín ar an ghalbhád chun na Róimhe. Lig mé mo rún leis an tsagart udaí agus char mhol sé dom a ghabháil. Dúirt se liom, an rud a bhí a fhios agam féin, gurbh aistear an-fhada é agus an-chostasach; agus mar a bheinn liom féin agus 'mo strainséar ann i measc strainséirí, chomhairligh sé do gan bacáil leis. I ndiaidh a chomhairlesean agus eile níl mé ag rá nach rachainn munab é go bhfacthars[204] dom nach raibh an *Count* agus a níon mar ba cheart dóibh a bheith liom. Cha raibh cuma orthu go raibh fonn cainte ar a laghad orthu liom. Cha raibh mórán céille ag an *Count* dom: ach, ar ndóighe, bhí togha na haithne aicise orm nuair a bhí mé leis an chaiftín sa Róimh. Charbh fhéidir di m'aithne is mo chuimhne a chailleadh ins an tseal ghairid a bhí idir an dá am. Cé bith mar a bhí, b'fhollasach nach raibh siad chomh lách, fuascailte agus ba cheart dóibh a bheith liom féin – an fear a chuirfeadh caiftín Yiddi, fear luaite níon an *Count*, isteach ina chroí. Le linn mé an doicheall seo a thabhairt fá dear choinnigh mé amach ar leith uathu – agus b'fhéidir, fosta, le éiric a bheith agam agus le a bheith cothrom leo, gur iomaí mallacht beag a scaoil mé faoi m'anál leo. B'amaideach iad, na spriosánaigh, má shíl siad go raibh mise gheall ar dánacht a dhéanamh orthu nó gheall ar mé féin a bhrú nó a fhosadh orthu. Cha ligfeadh mo nádúr dom riamh dánacht a dhéanamh ar an té nach mbeadh fá mo choinne. Bhí mé riamh cineál neamhspleách. Cibé'r bhocht, lag, scoite riamh i ngustal an tsaoil seo mé, cha ligfeadh mo thoil, m'intinn ná mo nádúr dom riamh mo cheann a ísliú nó a chromadh do aon fhear nó aon bhean dár casadh riamh orm – siúd is go mbeadh rothaí óir fúthu. B'fhéidir nach gcuala sibh riamh caint an fhile udaí Rabbie Burns:– '*The gould is but the ginní staump; a man's a man for a' that.*'[205]

Micheál: Och, leabhra, chuala is léigh go minic.

Paidí: Is iontach liom nár dhúirt tú go raibh sin (an rann) fosta contráilte agam. Is é an dóigh a bhfuil sé de – an té a shiúlfas, cluinfidh sé céad rud. Tá oiread seanrannaí deasa Béarla agus *shanties* binne farraige in mo chloigeannsa agus nach bhfuil inse ná áireamh orthu.

Ach d'imigh mé ar fad ón scéal a raibh mé air. Nach ag caint ar an *chount* udaí a bhí mé? Bhal, mar a bhí mé a rá, cha dteachaigh mé le corp an chaiftín bhocht chun na hIodáilte; ach rachainn, d'aineoinn comhairle an tsagairt udaí fosta, murab[206] é go dtug mé fá dear an doicheall agus an díobháil chaíúlachta a bhí go follasach, feiceálach ar aghaidhthe an phéire. Is dóiche gurbh fhéidir gur brón is buaireamh a bhí ag cur uirthise ach, ar ndóighe, cha dtiocfadh le oiread bhróin a bheith ar an *Count* agus a chuirfeadh an ghnúis casta, cranrach udaí air liomsa. Leabhra, an lá ab fhearr a bhí sé, níl mé ag leagan amach go raibh gnúis air a dtitfeadh fear nó bean i ngrá leis. Sacadán beag dingt[h]e, suite a bhí ann; buí i gceart sa chraiceann – agus ba bheag dena chraiceann a bhí nochtaí nó bhí lomairt fhada, dhlúith de fhéasóig bhreacliath air óna dhá shúil síos go dtína chleite mhaotháin. Bhí dhá shúil bheaga ina cheann mar súile *ferret* ann. Cromóg de ghaosán mhór air; agus cluasa móra ina seasamh amach caol díreach óna ghiall; fuílleach gruaige crochta síos fána mhuineál agus gan toint, gan ribe, mullach an chinn aige. Déarfá go raibh sé go díreach i ndiaidh rásúr a chur air féin ó chlár an éadain siar go dtí bun a chloigne ar chúl a chinn. Nár aifrí Dia orm é – ba é an peata míofar agus an sompla míchumtha é. An bhean a phós é, b'fhuras í a shásamh. Ach, cinnte go leor, bhí an níon ar bhean chomh gnaíúil agus a leag fear súil riamh uirthi – agus dar an leabhra cha uaidhsean a thug sí a cuid gnaíúlachta.

Chuala mé an sagart udaí á rá gur fhág an caiftín bocht ar uacht aici – an *watch* óir a bhí ina phóca, an slabhradh óir a bhí greamaithe di, fáinne mór trom a bhí ar a mhéar agus Coróin Mhuire agus Croich Chéasta. Dúirt sé (an sagart) liom nár fhág sé aon leithphingin airgid aici. An caiftín bocht – is é a bhí tuigseach, dearcach – bhí a fhios aige go raibh an t-airgead a dhíth ormsa, agus go raibh a sáith aicise agus a muintir. Roimhe a anam go raibh sé uilig ag geabhtaí na bhflaitheas!

XVI

Thug an sagart udaí go dtína theach féin mé agus dúirt sé liom gur inis an caiftín bocht dó a bheagán nó a mhórán fá dtaobh díom – gur shábháil mé ina leanbh in Yokohama é agus gurbh mé ba chiontaí le é a bheith ina Chríostaí is ina Ghael (Chaitliceach) agus tuilleadh eile mar sin; agus thaobh sé leis an tsagart an scéal uilig a bhaint asamsa. Ar an tséala sin b'éigean dom teacht dhá oíche chuige (chuig an tsagart) leis an scéal uilig a scaoileadh is a réitiú amach dó. D'inis mé an t-iomlán dó ó thús deireadh gan lúb a fhágáil ar lár mar atá sé insithe agam daoibhse anois. I rith an ama a bhí mé á inse don tsagart bhí a pheann ina mhéara aige agus é ag stealladh síos ar *chopy book* acu seo an uile fhocal dá raibh mé a ligint amach as mo bhéal. Dar an leabhra bhí duilleogaí go leor den *chopy book* salach aige sular shroich mise an focal deireanach de mo scéal.

Dúirt sé liom, nuair a bhí mé críochnaithe leis, nár chuala sé scéal riamh a bhí chomh haistíoch, iontach, taitneamhach leis. Dúirt sé go raibh sé mar scéal siógaí nó scéal geasróg ann; agus tá mé lándearfa as de go mbeadh a sháith doilíos air aon fhocal de a chreidbheáil uaim murab é go gcuala sé cuid de roimhe ré ó bhéal an chaiftín é féin. Dúirt sé le mo bhéal nár léigh sé in leabhar aon scéal riamh ba deise ná é; agus, rud eile, go raibh rún aige an scéal uilig a chur i bhfoirm leabhair agus ainm éigin eile seachas m'ainm féin agus ainm bréige eile fosta a chur ar Yiddi bocht ins an chruth nach n-aithneodh léitheoirí an leabhair cé hiad na daoine fíora ar bhain an scéal dóibh. Char chuala mé ón lá sin go dtí an lá inniu cé acu a scríobh sé an leabhar nó nár scríobh. Francach a bhí sa tsagart, ach bhí scoith an Bhéarla aige. Father Lafernoo nó Jafenoo (nó sloinneadh éigin coimhthíoch mar sin) an t-ainm a bhí air – duine deas, aoibhiúil, aigeantach, beo – fonn cainte is fonn gáire i dtólamh air.

Chuaigh sé liom chun na baince (*bank*) in Alexandria go bhfuair sé an seic udaí briste dom. Tharraing mé dhá fhichid punta de fá choinne airgead póca agus fá choinne mo chostais a dhíol chun an bhaile. (Bhí m'intinn socraithe agam ar rúide a thabhairt ar an chreig seo; agus is truagh Dhia nár chuir mé leis an rún sin: cluinfidh sibh ar ball cad é an cúrsa mífhortúnach a lean mé). Ach, mar a bhí mé a rá, tharraing mé an dá fhichid punta. Bhí sé in mo cheann áit a fháil mar mhairnéalach ar shoitheach éigin a bheadh ag gabháil as Alexandria go Sasain; ach, dá sáródh sin orm, agus go gcaithfinn a ghabháil mar phasainséir (*passenger*), bhí a fhios agam nár mhór dom an dá fhichid le mo bhealach a dhíol, agus fiche rud beag eile agus b'fhéidir corrphionta *stout*.

Chuir an sagart corrlach an seic, ceithre chéad punta, go dtí bainc na Sasana in Londún; agus dúirt sé liom go bhfaighinn ins an bhainc sin slán sábháilte é nuair a shroichfinn féin Londún. Thug sé litir bheag dom uaidh féin agus litir eile ó fhear na baince [in] Alexandria; agus d'iarr sé agus thaobh sé liom aire chúramach, speisialta a thabhairt don dá litir; agus chomh luath agus a bhuailfinn cos in Londún Bainc na Sasana a bhaint amach agus an dá litir a shíneadh do mháistir na baince sin. Bhí go maith. Deir siad 'an té a mbíonn an t-ádh air bíonn sé (an t-ádh) ar an oitir mhóir agus ar an tsruth air'. Ag gabháil síos chun na céadh domsa bhí galbhád réidh le seoladh go Corfu agus ó sin go Messina agus ó sin ar ais go Londún. Bhí mé ar dhroim na muice! Bhí mé mar a d'iarrfadh mo bhéal a bheith!

D'fhág mé slán ag *Father, Father uch! Father* an ainm choimhthígh udaí agus chuir mé mo lámh in mo phóca, thug aníos agus shín chuige cúig ghiní bhuí. An nglacfadh sé oiread agus píosa pingne de? Diabhal cáirlín ciu,[207] ach lán an tí de bhuíochas a thabhairt doh. Táthar ag cur i leith na sagart go bhfuil siad santach; ach theistean[208] siúd domhsa go bhfuil athrach phrionsaipeal (*principles*) acu. Thug sé a sheoladh dom le scríobh chuige am ar bith ar mhian liom é – go mórmhór mura n-éireodh liom mo chuid airgid a fháil go réidh in Bainc Londún. Choinnigh mé an giota pháipéir a raibh a sheoladh scríofa air go ceann tamaill fhada ach char scríobh mé chuige riamh ó shin. Creidim nach cuid den mhúineadh an neamart sin a rinne mé ann – ach, is é an dóigh a bhfuil sé de, an té nach bhfuil lámh ar an pheann aige féin, is annamh agus is beag air fosta, cos a chur as litir a fháil scríofa.

Sheol mé as Alexandria; shroich an galbhád Corfu agus thóg sí dornán mór bocsaí *figs* agus óráistí. Sheol ar ais go Messina agu thóg tuilleadh lasta ansin – fíon, ola agus lucras (*liquorice*). Sheol ar ais agus char shlacáil (*slack*) scód gur shroich Londún. Chomh luath géar agus a fuair mise mé féin fá réir, amach liom ón tsoitheach agus rinne caol díreach ar an bhainc. Bhuail isteach. Chuaigh i leataoibh i gcúl dorais mhóir a bhí ann gur scaoil mé cnaipí mo veiste. Tharraing mé aníos mo scian as póca mo bhríste, d'fhoscail mé í agus bhí mé ar obair go soineanta ag gearradh liom fuáil ar thaoibh istigh mo veiste nuair a thug mé fá dear fear uasal ag cúlchoimeád orm – mar a bheadh sé amhrasach ar dhóigh éigin fá dtaobh díom. Char lig mé dadaí orm ach lean mé liom do ghearradh na fuála ar thaoibh istigh an veiste. Agus ins an am chéanna bhí mé ag iarraidh scáth nó folachán beag a chur ar an *jab* a raibh mé ina cheann. Ach bhí an diabhal seo i dtólamh ag cúlchoimeád agus ag síneadh a mhuineáil thart i gcúl an dorais. Dar liom féin 'caor thineadh ort, a ghadaí na súl mór, dá mbeifeá 'd'fhear uasal fiche uair níl cos ar mhúineadh agat'.

'*Fwat er ye doin' there or fwat de ye want?*' arsa seisean go mórálach, giorraisc.

'*Nuthin', sor,*' arsa mise go múinte.

'Bhal,' deir sé, '*ye bether be gettin' outside.*'

Dar liom féin, 'drochbhláth go dtite ort, a bhrúid gan tógáil gan riail.'

D'aithin mé air go raibh *toritty* (*authority*) éigin aige sa bhainc agus go raibh an ceart is an chumhacht aige mé a chiceáil amach chun na sráide mar madadh ann; agus ar an tséala sin thug mé m'aghaidh thart go deas umhal air agus d'inis mé dó chomh múinte is a thiocfadh liom cad é brí agus údar mo chuid spidireachta i gcúl an dorais. Bhí scoith an Bhéarla agam den tseort a casadh agam; agus thoisigh mé féin mar seo:– '*It's this way, sor – ye see, sor, I sant four hundred pounds west before me out of Alexandria. You see, sor, a great fren' o' mine, a say Captain that I pik up when he was oney a wee chile in Yokohama –.*'

Rinne an diabhal dhá chuid de Yokohama in mo bhéal.

'*See here,*' arsa sé, seisean go mífhoigheach. '*We don't*

want to hear all that rig-i-role. Fwat de ye want here? Hev ye any bisnez in the banc?'

'*Yis, sor,*' arsa mé féin. '*Of course I hev*'.

Bhí mothú corraí ag teacht orm féin leis agus le cois achan rud eile spreag sé in m'intinn mé go mb'fhéidir go raibh siad ag brath ar mo chuid airgid a choinneáil uaim – mo cheithre [chéad] punta a phronn mo chara orm a chur ina bpócaí féin. Dar liom féin: '*do or die*', cha choinneann sibh mo chuid airgidse go sáraí ar an mhac seo'.

D'amharc mé go dána idir an dá shúil air agus arsa mise go cocáilte leis: '*Wud ye be thinkin' o' keepin' me hard-earn money for yeerselves?*'

'*Fwat money?*' arsa seisean.

'*Didn't meself an' the priest o' Alexandria sent ower four hundred poun' for yer banc for me to get it wheniver I'd come here to London; and me name is Pathrick Green as honest as any man in yer bank '* – go díreach ó bhéal go teangaidh leis.

Begorraí! Chuaigh sé a mheabhrú is a mhachnamh agus fá dheireadh dúirt sé: '*Ye bether go to the counther there. They may know somethin' about the matther there.*'

Is é mar atá sé de – murab é go raibh mé ábalta mo chás a mhíniú dó mar siúd, tá oireas agam go gcaithfeadh an blaigeard udaí amach i lár na sráide mé, le cois, b'fhéidir, barr a bhróige a thabhairt sa cheathrú dheiridh dom, agus is dóiche go rachadh sé cruaidh orm fáil isteach sa bhainc udaí go deo ar ais.

Anonn liom féin go dtí an *counter* agus arsa mise le fear dá raibh ar chúl an *chounter*: '*Are ye the masther o' the bank?*'

Stán an boc sin orm mar a bheadh dhá cheann, nó péire adharc orm.

'*Dee ye want to see the manager?*'

'Bhal,' arsa mise, '*it's all wan: the manager'll do.*'

'*Jist,*' arsa seisean, '*stap down there te the nixt place at the counther.*'

'*Tankee,*' arsa mise.

Theann mé síos mar a d'iarr sé orm. Bhí seanduine breá, uasal ina sheasamh taobh istigh den *chounter.* D'amharc mé air agus d'amharc sé os cionn a chuid spéaclóir orm – *'Lovely wedther this,'* agus sular tharraing sé a anál, *'onythin' I can do for you?'*

'Yis, sor,' arsa mé féin, *'plaze giv me the four hundred poun' that I sant ower out o' Alexandria to be here before me.'*

'Have ye a count (account) wit the bank?'

Thost mé féin tamall, nó char thuig mé i gceart brí a cheiste.

'Have ye money to yer creadalti (credit) here an' fwat's yer name?'

'Pathrick Green, sor,' arsa mise.

'Green – Green – yer name is Green? Jist a momen',' arsa seisean agus chuaigh sé chun cainte le cupla fear eile i gcúl an *chounter.* Thoisigh an rúscadh acu fríd leabhartaí móra a raibh ultach fir in achan cheann acu; agus thoisigh an chogarnach acu eatarthu féin.

'Maighdean Mhuire,' dar liom fein, 'tá mo chuid airgid caillte chomh siúráilte agus atá an ghrian ar an aer.' Agus is mé féin a ba chiontaí nach dtug liom in mo phóca as Alexandria é – mar a d'ordaigh Dia do dhuine airgead a iomchar. Agus dhéanfainn sin leis murab é an sagart Francach udaí a thug orm é a chur an bealach amaideach seo.

Seo chugam an *manager* ar ais. *'Fwen did ye posit (deposit) or lodge it here, Misther Green?'* (Bhí togha an mhúinte ar an *mhanager.*)

'The day before I left Alexandria, sor.'

'And,' arsa seisean, *'how did ye lodge it from there?'*

'I gev it, or the priest o' Alexandria gev it to the masther o' the bank in Alexandria and the bank there sent it ower here to you. It came ower here on the mail steamer. That's the rale thruth an' without a word over or undher it. I wouldn't tell ye a lie, sor, for ten times as much money'.

'*Let me see,*' agus chuaigh sé a mheabhrú. '*Did ye not get ony rawsate (receipt) or any other dockmint (document) from the Alexandrian bank?*'

'*No, sor, or maybe, yis, sor,*' arsa mise. '*The priest that was wit' me gev me two letthers and one of them, maybe, was from the bank man'.*

'*An' where's them letthers?*' arsa seisean.

'*I hev them here safe, sewed to the linin' inside o' my ves-coat (waistcoat).*'

'*Will you plaze let me see them?*'

'*Sartainly, sor, and hundred welcome,*' arsa mise; agus tharraing amach mo scian, thug mo chúl leis le scáth beag a chur orm féin, agus thoisigh gur ghearr mé amach na litreacha a bhí fuaite agam istigh in línín mo veiste agus shín chuige iad.

'*Oh! I see, Misther Green*', arsa seisean, '*this is all right.*'

'Bhal, *sor*', arsa mise, nó bhí mé gheall ar casaoid a dhéanamh ar an tsobaltán[209] udaí dobair[210] a chiceálódh amach ar an doras mé – '*Bhal, sor, that's what I wanted to do from the furst minit I come in yer door – to cut out them letthers an' show them to ye; but see that gintleman walkin' up an' down the floor – he was turning me out of the house like a dog and wudn't let me cut the letthers out o' me ves-coat.*'

'*I'm sorry,*' arsa seisean go deas buartha, '*that's a datactive we have in the bank. There was some undherstandayn (misunderstanding), Misther Green, but I 'sure (assure) ye the lake (like) 'll niver happen to ye in this bank any more.*'

Och! Ba mhúinte ar fad an *maunager* udaí. Bhí sé chomh buartha fán bhlaigeardacht a rinne an *datactive* udaí orm agus dá gcaillfeadh sé bó bhainne. Dar an leabhra, tá seans go dtug sé an diabhal le hithe don *datactive* i ndiaidh mise imeacht; agus cha ghoillfeadh sé ormsa dá dtabharfadh sé an *sack* dó. Déarfá gur ag caint le fear uasal a bhí an *maunager* udaí – '*misther*' aige liom féin darna achan fhocal.

'*Yer name,*' arsa seisean, '*is Pathrick Green? Hev ye any one to dentife (identify) ye?'*

Dar fia! Char thuig mé i gceart é. Bhí seort snas foghlamtha ar a theangaidh agus ba doiligh é a thuigbheáil. Smaointigh mé tamall orm féin agus leag mé amach gur shíl sé gur fear tarraingt fiacal a bhí ionam.

'No, sor,' arsa mise, 'I was niver a dantis (dentist). I'm jist a poor sailor.'

Rinne sé drithle[211] beag gáire agus dúirt sé: '*Do ye know anyone in Lodon?'*

'*Yis, sor,*' arsa mise, '*planty (plenty). I know the nuns and planty sailors.*'

'*Bhal,*' arsa seisean, '*could ye get some wan that knows ye to come to the bank wie ye?'*

'*Yis, sor, of coorse.*'

Chuaigh mé síos go dtí an soitheach agus tháinig *bosun (boatswain)* an tsoithigh aníos liom – fear as baile Shligigh a raibh Mick Higgins air. Dúirt sé sin go raibh aithne aige orm ó rinne slat cóta dom (leabhra, dúirt sé bréag, nó chan fhaca sé amharc dena dhá shúil riamh orm go dtáinig mé ar bord an tsoithigh in Alexandria mí roimhe siúd; ach siúd rud a thaobh mé féin leis a rá leis an *mhaunager,* an bhréag bheag udaí, gheall ar gan amhras ar bith a bheith air gur mise Pathrick Green agus cha raibh an dara focal de.

'*How de ye want yer money, Misther Green?'*

'*I jist want it now, sor, if ye plaze.'*

'*I know, but de ye want it in notes or in goold or in a dhraft on some bank; or if you lake (like) we cud send it before ye wheriver ye'r' goin'.*

'*Begorraí no, sor, I'll niver send money before me again. Plaze give it to me in me han'.'*

'*In notes or in goold?'* arsa seisean.

'*Ony way ye lake (like) yerself, sor,*' arsa mise, '*as long as it's good money.'*

'*Aydhur (either) way is all right but four hundred poun' in goold wud be too havvy (heavy) for ye to carry'.*

'Bhal', arsa mise, 'the notes'll do'.

Thoisigh an chuntas agus an chuntas aige ar nótaí, agus ar nótaí ar mhuin nótaí go raibh maoiseog nótaí os mo choinne ar an *chounter* a bhí chomh toirteach le coca féir. Och, och, is aige féin a bhí an lámh ar an chuntas. Diabhal go raibh sé á gcur thairis chomh achomair[212] agus a bhuailfeadh lach fhiáin a cuid eiteog ar a taobhannaí ag eiteallaigh san aer. D'iarr sé orm an molc[213] a chuntas mé féin. 'No, sor,' arsa mise, 'I'll tak' me shance on ye'r own countin'.' Bhí a fhios agam diabhal cuntas a thiocfadh liom a dhéanamh ar a leithéid de chnap; agus, lena chois sin, bhí a fhios agam, bíodh an cuntas ceart nó cearr, go raibh fuílleach airgid agamsa ann an dá lá a bheinn ar an tsaol seo.

Rinne sé suas ina bheairtín deas, coimir na nótaí uilig, chuir trí chumhdach páipéir láidir orthu, cheangail thart go cúramach le sreangán maith iad, chuir *saelin' uacs* (*sealing wax*) ar an bheairtín, agus shín chugam féin é. Thug mé mo bhuíochas dó [go] dúthrachtach, d'fhág slán aige agus amach liom féin is le Higgins. Char dhadaí an toirt a bhí ag na nótaí (rudaí chúig phunta uilig a bhí iontu) nuair a bhí siad in eagar choimir mar siúd i mbeairtín. Ar an *chounter* ar dtús, caite, scaoilte mar a bhí siad, déarfá go líonfadh siad cliabh ualaigh; ach sa bheairtín, teannta, siocthaí, dlúith le chéile, chuaigh agam an bheairtín a dhingeadh síos i bpóca mhór a bhí ar thaoibh istigh mo froc.

Thug mé a sháith le hól do Higgins, ach char ól mé féin ach an fhíorbheagán. Chuimhnigh mé go raibh sé uaim ar mo chéadfaí uilig agus mo stuaim cinn a choinneáil géar, glan, glic fad is a bheadh a leithéid de chnap airgid ar iomchar liom. Sheachnaigh mé tithe an óil ón lá sin go dtí go dteachaigh agam, trí seachtaine ina dhiaidh siúd, é a chur ar lámh shábháilte i mbainc i nGlaschú (ach inseoidh mé fá Ghlaschú ar ais daoibh).

Chuaigh mé féin agus Higgins síos chun tsoithigh; agus tharraing mise an t-airgead nó an páighe a bhí dlite dom[214] nó bainte agam (de thairbhe mo chuid oibre ar an tsoitheach, mar mhairnéalach, ó Alexandria go Londún). Amach liom ón tsoitheach, i ndiaidh slán a fhágáil ag Higgins agus ag an chaiftín, agus cé a casadh orm ach diúlach as Cloich Cheann Fhaola a raibh na seacht n-aithne agam air – de chlainn Uí Ghallchóir. D'inis sé sin dom go raibh sé ina mhairnéalach ar ghalbhád chóstóireachta a bhí ag seoltóireacht idir Londún agus Glaschú – ceann de chuid an Clyde *Shipping Company* a raibh an *Tuskar* uirthi. '*Begorraí*,' a deir[im] liom féin, 'tá go maith. Fóirfidh sin i gceart domsa. Má fhaighim mar mhairnéalach ar an *Tuskar* sábhálóidh sé costas *train* dom; agus gheobhaidh mé bealach go sásta ar bhád Dhoire as Glaschú go Doire. Labhair mé leis an chaiftín ach cha dtiocfadh leis áit sheoltóra ná áit *fireman* a thabhairt dom. Bhí an cuntas iomlán fear cheana féin aige; ach thairg sé áit mar *trimmer* dom.

Níl sé gnásúil, agus tá sé rud beag íseal, ag fear farraige a bhfuil cleachtadh fada seoltóra nó *fireman* aige posta *trimmer* a ghlacadh; ach mar a dúirt an fear a chuaigh ar scáth a bhata sa chaorán 'rud ar bith ach an bhlár fholamh'. Ghreamaigh mé leis mar *trimmer*. Shroich muid Glaschú. Cha rachfá i bhfad ansin go gcasfaí muintir Thír Chonaill agus muintir Chloich Cheann Fhaola ina scaiftí ort. Tá siad ansin chomh tiubh le pis (*peas*) achan áit; ach cha raibh mise ag brath bualadh suas le mac an pheata acu go bhfaighinn mo ruball liom (mé féin agus an taiscidh a bhí i bpóca mo froc) go Doire – agus ina dhiaidh sin go Toraigh.

Damnú ar an mhírath agus ar an mhí-ádh a rugadh liom agus a bhí i ndán dom. Cé a chas in aon tigh lóistín liom an oíche sin i nGlaschú ach Éamann Óg (mac Éamainn Mhóir as Toraigh, an lá a mhair sé: Dia leis na mairbh!) Char bhuail fabhar[215] an fabhar eile ag ceachtar againn go raibh an lá ann (bhí muid in aon leabaidh) – eisean ag insint domsa cúrsa Thoraí agus méid a thit amach ann ón lá a d'fhág mise é; agus mise ag insint dósan cúrsaí mo shaoil féin.

D'inis sé dom gurbh é an posta nó an obair a bhí aige féin sa láthair ina sheoltóir ar *schooner* a bhí ag iomchar *sats* (*setts*) (sin clocha cruaidhe *granite* gearrtha fá mhéid brící, agus ar dhéanamh is ar mhúnla bríce) fá choinne déanamh sráideann. D'inis sé dom gur le Hiúdaí Shéamais Dhónaill an *schooner* agus go raibh trí *schooner* eile aige lena cois agus iad uilig ag iomchar lastaí na *sats* (nó na brící *granite* seo) as poirt na *Heelins* (*Highlands*) go Glaschú agus go raibh sé ag déanamh fortúin orthu.

Nach bhfuil marc agaibh uilig ar Hiúdaí Shéamais Dhónaill a raibh titim amach aige lena dhearbháir anseo fada fada riamh ó shin? Nach bhfuil cuimhne agaibh go raibh dlíodh acu fán talamh; agus gur buaidheadh ar Shéamas; agus, dá thairbhe sin, gur imigh sé leis go Albain. D'imigh an créatúr, lom, scoite, folamh, i mbéal a chinn go Glaschú. Bhí truagh ag an tsaol dó san am; ach, a chailleach, ba é sin féin an lá geal do Shéamas, an lá a chuir a dhearbháir an ruaig as Toraigh air. Tá cabhlach beag soitheach anois aige mar a deirim libh – aige féin féin; agus fuílleach saibhris. A fheara, is mairg a éagnaíos a dhath: an rud is measa le duine ná a bhás is minic gur crannlár is ceartlár a leasa é. Murab é an mífhortún (mar a ghoir seisean dó) a d'éirigh dósan an t-am sin i dToraigh, bheadh sé anseo ó shin, in anró is i mbochtaineacht.

Chuaigh mé le Éamann Óg chun na céadh maidin lá arna mhárach. Bhí an *schooner* réidh le seoladh chun na *Heelins*. Thug sé aithne dom ar mhac de Hiúdaí Shéamais Dhónaill a bhí in oifig bheag a bhí ag a athair ar an chéidh. Thall a rugadh é seo agus cha raibh Gaeilig aige. D'inis Éamann dó gurbh as Toraigh mé agus go raibh seanaithne agam ar a athair. Nuair a sheol an *schooner* agus Éamann uirthi thug an fear óg mé suas go dtí oifig eile a bhí ag a athair sa bhaile mhór. Bhí fáilte amach is amach ag an tseanduine romham féin. Chaith mé seal mara aige – ag caint is ag comhrá, agus ag cur an tsaoil fríd a chéile mar atá a fhios agaibh. D'inis sé dom cad é chomh geal is a d'éirigh an saol leis féin ach níl ach amaidí dom mo scéal a shíneadh amach rófhada. Ach dúirt sé liom nár leag duine riamh a lámh ar obair ar bith arbh fhusa fortún a dhéanamh air ná ag gabháil do na *sats* (nó na brící sráide) seo, ach soitheach nó soithí a bheith ag duine é féin lena n-iomchar.

'Mo luí ar mo leabaidh an oíche sin, spreag an diabhal mé (óir is cinnte gurbh é a spreag mé) toiseacht a mheabhrú is a mhachnamh[216] ar mo chomhrá ó lá le Hiúdaí Shéamais Dhónaill. Cha dtiocfadh liom gnoithe na *schooner* agus na *sats* agus an tsaibhreas a bhí iontu a dhíbirt as mo cheann. Is truagh nár dhíbrigh; agus is truagh Dia nár dhíbrigh. Dá ndíbreodh, bheadh athrach scéil is áthrach bail inniu orm.

Ag éirí domsa lá arna mhárach, bhuail mé amach síos fá na céannaí. Chuaigh mé chun cainte le corrrdhuine – corrmhairnéalach. Le scéal fada a dhéanamh gairid, fuair mé eolas ar bhealach a chuirfeadh caoi orm fios a fháil fá shoithí a bheadh le díol. Agus ba é an bealach sin – a ghabháil go dtí *shipbroker* (sin *agents* díolta soitheach) agus a rá leo go raibh soitheach a dhíth ort le ceannach. Chuaigh mé go dtí an tsráid agus go dtí an oifig a raibh siad ann. *Begorraí* (ach ar an drochuair domsa) bhí neart acu ar a gcuid leabhar – beairceannaí (*barques*), *schooners*, galbhádaí agus rudaí eile. Dúirt mé gur *schooner* a bhí a dhíth orm. Bhí seisear ar a gcuid leabhar agus bhí triúr acu sin ag an chéidh i nGlaschú agus an triúr eile i bpoirt eile. Hinseadh dom ainmneacha na gcéann a raibh an chéad triúr le feiceáil acu – agus ainmneacha na *schooner*. Bhuail mé féin síos go bhfaca mé iad agus go dtearn mé iad a bhreathnú agus a mhionscrúdú is a iniúchadh go géar ó chíl go *deck*. Bhí ceann amháin acu ina soitheach maith go leor ach nach raibh sí an-mhór – *Lizzie of Maryport* a hainm. Bhí an bheirt eile sean i gceart – caite, agus drochleagan orthu. Ba dheacair a ghabháil taobh thall dom féin ag meas corp is cliabhlach soithigh nó bhí eolas fada, cruinn agam orthu le cupla scór blian 'mo chónaí orthu agus ag obair orthu.

Suas liom go dtí na *brokers* ar ais agus lig mé orm nach raibh taitneamh ar bith agam ar an *Lizzie*! Agus thoisigh mé, má b'fhíor dom féin, a dhéanamh margála fá cheann den bheirt eile. Sa deireadh, agus ar nós na réidhe, d'fiafraigh mé dóibh cad é an luach a bhí acu ar *Lizzie*. Dúirt siad liom, trí chéad go leith punta. 'Bhéarfaidh mé dhá chéad go leith daoibh,' arsa mise. Cha déanfadh sin maith dóibh. I ndiaidh cuid mhór *squabbl*ála tháinig siad anuas go dtí trí chéad agus fiche punta agus mise suas ina n-araicis go dtí an dá chéad agus an cheithre scór. Bhí an mhargáil crochta ansin go ceann fada go leor gan iadsan ag teacht anuas ná mise ag gabháil suas – go dtí gur lig mise orm go raibh mé ag imeacht. Leoga, dúirt mé *'Good evenin''* leo – ag cur i gcéill go raibh mé ar shiúl ar achan chor. Eadrainn féin, cha raibh smaointeamh agamsa imeacht uathu go mbeadh an *Lizzie* agam.

Scairt siad ar ais orm. *'Will ye give the three hundred for her?'* Lig mé féin orm go raibh mé leathfhuar agus ar nós na réidhe go ceann tamaill agus ansin fríd m'fhiacla dúirt mé leo: *'Bal, seein' ye gev way a middlin' good bit, I'll be as dacent wit ye. I'll chance the three hundred poun'*.

Chuaigh mé i leataoibh gur scaoil mé an fhuáil a bhí agam ar bhéal phóca taobh istigh mo froc, tharraing liom beairtín na nótaí, agus chuntas amach ar an *chounter* dóibh, na trí chéad punta. Chuir siad a n-ainm ansin le dornán páipéar mhóra agus chuir siad *stamp*annaí orthu agus chuir mise *cross*annaí (*cross or mark*) orthu mar a d'ordaigh siad dom. Chuaigh fear acu síos chun na céadh liom go dtug seilbh dom ar an *Lizzie*.

Bhí fiche gléasadh le déanamh uirthi agus fiche rud a dhíth uirthi, sula raibh sí in eagar is in imreadh le cur chun na farraige. Leabhra, chosain sí scór go leith eile punta dom idir achan rud leis an rud eile sula raibh sí réidh agam. Bhí sí ansin agus bhí mé féin ansin agus cha raibh a fhios agamsa ach oiread le fear na gealaí[217] cá háit a bhfaighinn na *sats* ná cad é a dhéanfainn leo i ndiaidh a bhfáil. Dar liom féin: 'A Phaidí an chinn mhóir, a uascáin, char dhearc tú riamh romhat. Scar tú le do thrí chéad punta; agus tá *schooner* agat agus níl a fhios agad cad é a dhéanfas tú léi'.

Cha raibh éadan ná uchtach agam aghaidh a thabhairt ar an fhear a dtiocfadh leis eolas iomlán a thabhairt dom ar an obair – sin Hiúdaí Shéamais Dhónaill, nó bhí eagla orm go mbeadh tnúth agus míshásamh air liom cionn is mé a bheith ag cur isteach ar an obair a raibh sé féin ina cheann. Chonaic Dia mar a bhí mé – mé féin agus an *Lizzie* – ise ar mo lámha agus mo thrí chéad punta mar a bhí sé!

XV

Bhí mé ag teacht thart ansin, ag tochas mo chinn agus ag meabhrú liom; agus i dtoibinne chuimhnigh mé ar Éamann Óg. Dar liom féin 'tá bealach anois agam amach as an aimhréiteacht. Nuair a thiocfas Éamann ar ais as na *Heelins* bhéarfaidh sé an t-eolas dom atá a dhíth orm; agus, lena chois sin, féachfaidh mé le é a bhréigint ó shoitheach Hiúdaí Shéamais agus a theacht liom ar an *Lizzie*.

A chailleach, ar a philleadh go Glaschú dó bhuail mé suas ar ais go muinteartha leis; char lig dadaí orm go fóill; thug mé pronntanas deas de phíopa mhírseam (*meerschaum*) dó is sheasaigh neart *traet*annaí (*treats*) dó. An oíche sin, 'ár luí dúinn tharraing mé féin liom, de[218] réir a chéile, gnoithe na *sats* (*setts*) agus na soitheach agus na *Heelins*. Piuh! Cha raibh féim dom leathoiread ceilteachta is folacháin a bheith orm le Éamann: is é an rud a bhí sé rite agus fuílleach foinne air Hiúdaí Shéamais a fhágáil agus a ghabháil 'mo chuideachtasa.

Lá arna mhárach theann muid orainn. Chuir mé féin cuil bhreá oibre orm féin. Chuaigh muid ar bord ar an *Lizzie* i ndiaidh dhá mhairnéalach eile (dhá Éireannach eile) a ghreamú. Bhí mé féin, ar ndóighe, 'mo chaiftín agus Éamann ina mhéat (*mate*) agus an bheirt eile ina seoltóirí. Scaoileadh na téadaí a bhí ag ceangal an *Lizzie* don chéidh agus siúd amach síos an Clyde muid faoi chóir deas taoibhe.

Bhal, gearrfaidh mé gairid mo scéal – lean mé d' iomchar na [m]brící sráide udaí (*setts*) go Glaschú go ceann bliana agus ins an am sin bhí luach an *Lizzie* glanta agam agus dhá chéad eile lena chois. Dhíol mé an *Lizzie* ansin agus fuair mé dhá chéad agus ceithre scór punta uirthi; agus cheannigh mé ceann eile a dtug mé cúig chéad uirthi. Soitheach breá, éifeachtach; bronnmhar sa chorp; tarraingthe go deas, fíneálta roimpi; toiseach breá, ard uirthi; a sáith de bhéam aici; agus í comh díonmhar le buidéal dubh. *Schooner* fosta a bhí inti; ach diabhal go rachadh sí go Meiriceá chomh maith le aon bheairc a theann aon *sky sail* riamh uirthi.

Sheol muid as Glaschú agus bíodh a fhios agaibhse go raibh crathán bróid ar Phaidí Peadair as oileán Thoraí – agus é ina chaiftín agus ina mháistir agus ina shealbhaitheoir ar an tsoitheach sin. Ach deir siad gur caol an chrích a bíos idir an mhaith is an olc agus idir an ádh is an mhí-ádh. Nuair a bhí muid ag pilleadh as na *Heelins* leis an chéad lasta de na brící sráide, na *sats,* bhuail drochaimsir linn de ghaoith lom ó aniar agus bratursa[219] salach, dlúith fearthanna[220] leis. Bhí an fharraige breá beag. Bhí tarraingt a cloigne agus fuílleach córach aici; ach, mar sin féin, choinnigh muid a cuid éadaigh teannta, spréite uilig uirthi. Bhí ball ar obair di ag treabhadh is ag gearradh na dtonn ag tarraingt síos ar chósta Skerryvore. Cha raibh aon orlach ina corp nach raibh ag díoscarnaigh le déine an tsiúil a bhí léi agus le trom na gaoithe ins na seoltaí. Oíche rédhorcha a bhí ann; agus idir dorchadas na hoíche agus an siabfhearthainn salach, dlúith chan fheicfeá do mhéar a chur in do shúil. Bhí muid á mhaíomh orainn féin go mbeimis sa Chlyde le éirí na gréine. Faraor, cha raibh sin i ndán di: chan fhaca sí an Clyde ón lá sin go dtí an lá inniu – agus chan fheiceann. Reath[221] sí suas ar rannán carraigeacha nó boilgeacha taobh amuigh de Skerrymore agus a cuid éadaigh uilig teannta uirthi. D'ísligh muid an bád beag a bhí ar an *deck* chomh tiubh agus a tháinig linn, agus léim muid ár gceathrar isteach inti; agus chuaigh againn leis na rámhaí an talamh a bhaint amach – agus is de mhíorúiltí Dé féin mar a chuaigh againn é a dhéanamh leis an rédhorchadas,[222] leis an fhearthainn, leis an chóir chruaidh a bhí ann, agus leis an chlabán casta farraige a bhí i gcois na gcloch. Deir siad gur 'milis an rud an t-anam' ach ba bheag m'airdse, ar an bhomaite udaí, ar bás nó beatha agus mo chuid den tsaol, mo chúig chéad punta de shoitheach, ar shiúl leis an doscaigh. Bheinn lán chomh sásta a bheith síos léi dá mbarbh é toil Dé é agus m'anam a bheith saor ó pheacadh mharfa.

Bhal, b'fhéidir, leabhra, gurbh é mo leas uilig é. Bhí mo chroí á chasadh istigh in mo chorp le buaireamh fán chaill is an tubaiste a d'éirigh dom; ach, buíochas do Dhia, bhí cupla scór punta sábháilte ins an bhainc i nGlaschú agam agus smaointigh mé go raibh Dia is an Mhaighdean Mhuire agam agus nach meallfadh siadsan orm i ndeireadh mo laetha. Chuaigh mo chulaith úr éadaigh agus mo *uaits* (*watch*) agus rud beag briste airgid a bhí in mo chábán beag síos léi (achan uile thubaiste go raibh leo!)

Le briseadh an lae lá arna mhárach bhris mo shoitheach bhreá ina dhá cuid ar an bhoilg agus thit an dá leath as ár n-amharc go tóin na farraige. Dar liom féin 'an uile thubaiste go raibh leat is fíorscrios lom síos ort'.

Bhain muid Glaschú amach. Tharraing mé na cupla scór punta a bhí sa bhainc agam agus chuaigh mé ar an bhád go Doire. Char inis mé daoibh gur fhéad mé, dá nglacfainn comhairle Éamainn Óig, mo chúig chéad punta a bheith sábháilte agam: nó mhol sé dom go mion is go minic mo shoitheach a chur ar insiúrála (*insurance*) sular chuir mé chun na farraige an chéad iarraidh í. Dá dtabharfadh Dia dom a chomhairle a leanstan an t-am sin bhí mo chúig chéad punta sábháilte agam; ach is cosúil nach raibh rath i ndán dom.

Shroich mé Doire agus shín mé liom go Leitir Ceanainn agus ó sin go Gort a' Choirce agus ó sin go Machaire Rabhartaigh. Casadh Micheál ansin agus Conchúr Shíle orm i Machaire Rabhartaigh. (Bhí sibh amuigh as Toraigh le dhá mhuic).

Is cuma liom anois cé atá á tabhairt dúinn nó cé feasta a gheobhas é, cha chuirimse mórán a dhíobháil ar aon duine. Beidh sé cruaidh orm dhá Aoine eile a fheiceáil – mar d'iontaigh Dia lámh liom.

Mar a dúirt mé cheana féin, is é beatha A thoil naofa. Tá mé sásta É mo thabhairt leis anocht, nó m'fhágáil anseo fá phian go bliain ó anocht. Dá méid atá dlite Aige dom a iomchar agus a fhuilstin anseo, is beag agus is éadrom é os coinne ultach trom is iomadúlacht mo choirthe. Chaith mé an mhórchuid de mo bheatha agus gan mórán suim ná aird agam, faraor géar goirt, ar mo Shlánaitheoir. Is ar ainmhianta na colla is ar a cuid claonta ainmheasaracha a bhí mé riamh leagtha: m'anam bocht is mo Chruthaitheoir ar neamhshuim is ar síorneamart agam.

Ah, a Dhia, nach minic a phill Do thrócaire is Do thruagh is D'fhoighid Do lámh bheannaithe orm nuair a thuill mé dúbailte dianphiantaí do-inste ifrinn go foirceann[223] na síoraíochta. Phill, phill is gach lá de mo shaol; agus, lena chois sin, lean Do mhórghrá oíche is lá mé gach áit dár leag mé mo chos. Thréig mé Thú ach char thréig Tusa mise riamh. Cheap Tú ansiúd agus anseo mé; bhainfeá truisleadh asam; chuirfeá cros chugam; chuirfeá trioblóid is anró is leatrom is amhgar orm; chuirfeá tinneas is tromas orm ó am go ham. Cha raibh suaimhneas intinne agam, cha raibh sócúl coirp ná síocháin anama agam. D'fhoilsigh Do ghrásta do m'anam sa deireadh nárbh fhéidir dom suaimhneas, suáilce ná suairceas a shealbhú gan Tú. Míle glóir Dhuit, míle altú is míle buíochas Dhuit go deo. Lig do mo dheora géara, goirte is do mo dhianaithreachas anois a ghabháil chun sochair do m'anam. Nár thige triomú ar mo shúile ná laghdú ar mo dhianaithreachas an dá lá eile atá geallta dom ar an tsaol seo.

Níl teora le Do ghrá is le Do thrócaire. Is iontach, is aistíoch agus (má tá sé ceadmhach agam a rá) is amaideach mar a leanann Tú is mar a thóraíonn Tú muid agus muid ar diandícheall 'Do thréigean agus, níos measa ná sin, 'Do mhaslú.

Micheál: Cuireann do chuid cainte fán tSlánaitheoir (moladh lenA ainm naofa) in mo cheann caint file de chuid na Sasana (Proinsias Mac Tomáis a ainm). I ndán dár chum sé tráchtann sé ar an tSlánaitheoir mar Chú Neamhdha: cuireann sé i gcomórtas É le cú; b'ionann agus go ndéan sé searcleanúin ar an anam mar a níos an cú dianleanúin ar an ghiorria anonn is anall, amach is isteach, ag casadh is ag lúbadh agus ag coradh – an giorria ag iarraidh imeacht uaidh agus an cú i dtólamh ar a thóir mar atá an duine ag iarraidh imeacht ón Chú Neamhdha is eisean i dtólamh ar a thóir.

Paidí: Bhal, dá mbeadh sé ina Shasanach fiche uair dúirt sé an fhírinne ansin, a Mhicheáil. Anois tá mé anseo Aige. B'éigean dom pilleadh Air. Cha raibh suaimhneas ná scíste ná síocháin ná sócúl le fáil agam gur phill mé Air agus gur chaith mé féin inA chuid lámha naofa, fáiltiúla, ar A ucht mhórleathan, the, ar A ghrá shíorlasta, díchríochnaithe.

Níl m'eagla mór roimh A bhreithiúnas. (Tá a shúil as Dia agam nach éadóchas speagtha ón diabhal é) ach ní mór m'eagla. Chan deora eagla ach deora aithreachais is grá a bhrúchtann as mo shúile (agus oireas agam, agus guím Dia gur ónA ghrásta tig siad chugam).

XX (ón scríobhaí)

Tá sé gearthamall anois ó scríobh mé an comhrá is na scéaltaí seo. Char chuir Paidí bocht an taom tinnis udaí thairis. Tá a chorp ag tabhairt an fhéir le fada in reilig bheag, uaigneach Thoraí, agus a anam, tá súil as Dia agam (agus, leoga, tá oireas agam) ar dheis an tSlánaitheora sin dá dtug sé teasghrá a chléibhe is a anama. Tá Micheál bocht ar shiúl (suaimhneas síoraí dá anam). Níl a fhios agam an bhfuil an péire ag trasnaíocht ar a chéile ansiúd!

Le smaointeamh air sin, níl anseo ach lán doirne de na scéaltaí a chuala mise ó Phaidí. Tá lán mála agam dena chuid. Má thaitníonn an chuid atá scríofa anseo le léitheoirí scaoilfidh [mé] béal an mhála agus ligfidh [mé] dornán eile amach siúd is go gcuirfeadh an costas go teach na mbocht mé.

NÓTAÍ

1 Seo tús an chéad chóipleabhair.
2 J.N. Hamilton (The Queen's University, Belfast, 1974) 243 sub *boichtíneacht.* [Hamilton feasta.]
3 [p'i:N'] Hamilton, 309 sub *pinginn.*
4 *Sic.*
5 *Diosclat, dishcloth* ag Leaslaoi U. Lúcás, *Cnuasach Focal as Ros Goill* (Acadamh Ríoga na hÉireann, 1986) 18. [Lúcás feasta.] *Dish-cloot/-clout* i mBéarla na hAlban.
6 Heinrich Wagner and Colm Ó Baoill, *Linguistic Atlas and Survey of Irish Dialects,* Vol. IV (Dublin, 1969) 89 Q. 609. [*LASID* feasta.]
7 Baintear úsáid as an mhodh choinníollach den bhriathar le ciall ghnáthchaite sa chanúint seo. Hamilton, 171 sub (a).
8 *Sic.*

9   Hamilton, 275 sub *fad*. *Fhad* anseo.

10   Hamilton, 271 sub *driosúr*.

11   Hamilton, 269 [dLu:i], sub *dlúith*.

12   Hamilton, 336 sub *tuincléar* agus *LASID*, 90 Q. 747.

13   Go hiondúil sa ls. Hamilton, 336 sub *tuilleadh*.

14   *Scéal* fuaimnithe mar [s'g'iəl] i dToraigh.

15   *Ar ndóiche* uaireanta sa ls. Hamilton, 269 sub *dóigh*.

16   [ɑ:ləs] *boasting*. Hamilton, 234 sub *álghas*. *Ollás*. *Ollás a dhéanamh as rud*, 'to glory in something.' Niall Ó Dónaill, *Foclóir Gaeilge-Béarla* (Oifig an tSoláthair, 1977) 930. [Ó Dónaill feasta.]

17   *Leatroimigh* sa ls. Hamilton, 294 sub *leath-tromach*.

18   I *is more often heard as* in *(still nazalizing), e.g. in dToraigh, in bpríosún, in mo chead, in do dhéidh, in bhfion, in bParis etc.* Hamilton, 190 (c).

19   *Farsainn* sa ls. [fɑrsïN´], Hamilton, 276 sub *fairsing*.

20   Chuaigh sé go hArd Mhacha sna fichidí den aois seo caite.

21   *Coisg* sa ls.

22   [brɑhlu] Hamilton, 244 sub *brathladh*.

23   [s´k´ïl´in´əhə] Hamilton, 317 sub *scilling*.

24   *Mar* sa ls.

25   *Mílte* agus *míltí*. Hamilton, 302 sub *míle*.

26   *Mar* sa ls.

27   Hamilton, 332 sub *teistnigh*.

28   *Thiontaigh* agus *thiompaigh* le fáil i dToraigh.

29   *Smaoiteadh* sa ls. Hamilton, 323 sub *smuaintigh*.

30   *Predicament*.

31   Ó Dónaill, 263 sub *coigríochach*.

32   Hamilton, 262 sub *creig*.

33   *Bíonn i mo* agus *in mo*, agus *i do* agus *in do* le fáil sa bhuntéacs. Cloítear le *in* i gcónaí sna cásanna sin sa téacs seo.

34   *Móna* agus *mónadh* in Hamilton, 303 sub *móin*. Féach, *LASID* 89 Q.553.

35   *Fháisineacht* sa ls. *Faiseanacht* 'act of grazing along the broders of a field and injuring the crops' (Torr.) in Dinneen, *Foclóir Gaedhilge agus Béarla* (ITS, 1927) 420 sub *faiseanacht*.

36   *Éidigh* sa ls.

37   *Tuighe móire* sa ls.

38   *Chuimilt*. Hamilton, 265 sub *cumail*.

39   *Sróidín: flock of sheep*. Úna M. Uí Bheirn, *Cnuasach Focal as Teileann* (Acadamh Ríoga na hÉireann, 1989) 180. [Uí Bheirn feasta.]

40   *Eadar* i gcónaí. Hamilton, 273 sub *eadar.*
41   Maidir le húsáid **bean** sa chiall 'one' anseo, féach, Hamilton, 341 (36).
42   *Blatter – a sudden heavy shower.* Michael Traynor, *The English Dialect of Donegal* (RIA, 1953) 25. [Traynor feasta.] Féach, fosta, Dr. C.I. Macafee, *A Concise Ulster Dictionary* (O.U.P., 1996) 28 sub *blatter.* [Macafee feasta.]
43   *Córtha* sa ls.
44   *nDicheailt* sa ls.
45   *Comair.*
46   Traynor, 263 sub *slash.*
47   *Raith* sa ls. Hamilton, 313 sub *rith.*
48   Lúcás, 36 sub *ramhláil.*
49   Lúcás, 36 sub *rollacadh.*
50   Tá *dara* agus *darna* sa ls. seo. Hamilton, 181 sub *(n)* – '*I have not recorded dara*' (i dToraigh). Tá *darna* in *LASID,* 91 Q.904.
51   *Ciuneal* sa ls. *ciúineáil: LASID,* 92 no. 1063.
52   *Pléascadh.*
53   *Geataí.* Hamilton, 284 sub *geafta.*
54   Hamilton, 236 sub *aracais.*
55   *Glúna* agus *glúine* sa ls. Hamilton, 286 sub *glún.*
56   *Daigheann* sa ls. Hamilton, 266 sub *daingean.*
57   *Cruaidh, millteanach.*
58   *Trángláilte.*
59   'There is a growing tendency in North Donegal to affix the *í* sound to verbal adjectives of verbs of the 1st declension, e.g. *póstaí, deántaí* etc'. Hamilton, 179 sub *(d).*
60   *D'fhulaing.* Hamilton, 282 sub *fulaing, fuiling.*
61   *Drochíde, bascadh.*
62   [m´E:d]. Hamilton, 300 sub *méad.* Ach féach 301 sub *méid.*
63   Tá idir *éigin* agus *inteacht* sa ls. LASID, 91 Q.952. Féach, Hamilton, 274, sub *éigcinnte.*
64   *Ag sciúradh.*
65   *Imliú – general appearance.* Uí Bheirn, 123.
66   *Dá gnóthaigh* sa ls. Hamilton, 286 sub *gnóithigh.*
67   *Marabughadh* sa ls. Hamilton, 300 sub *marbh, marbhaigh, maraigh.* LASID, 92 Q.1160.
68   *Foircheann* sa ls.
69   As an *shanty* 'Sacramento.'
70   *Thiuchfa* sa bhuntéacs. [x'uha] atá in Hamilton, 202.
71   [ra:bal'] *hurry* etc. Hamilton, 311 sub *rabble.*
72   Hamilton, 232 sub *aigneadh.*

73   *Dúinn* sa ls. Go minic ní dhéantar idirdhealú idir *de* agus *do* sa chanúint seo.

74   *Sic.*

75   *Tharladh* sa ls. go minic. Cloítear le *tharlaigh* anseo.

76   Maidir leis an tséimhiú anseo, féach, Hamilton, 180 (i).

77   *Sginne* sa ls.

78   *Méad* agus *méid* sa ls. Cloítear le *méid* sa téacs. Tá [m´E:d] agus [m´e:d´] ag Hamilton.

79   *Chréich* sa ls. Hamilton, 256 sub *cneidh*.

80   *Dlí.* Hamilton, 269 sub *dligheadh*.

81   *Sgin* sa ls.

82   *Collectives and cardinals are often interchanged in speaking of persons e.g. an bheirt stócach, an dá stócach.* Hamilton, 180 (l).

83   *Eachtrannach.*

84   *Dallamullóg.* Macafee, 72 sub *commither*.

85   *Na* in áit *le* sa ls.

86   *Coiscriú.* Hamilton, 260 sub *coscair*.

87   *Sméarthacht.*

88   Féach, Nollaig Mac Congáil, *'A Genitive Plural Termination,' Ériu* xl (1989) 187–9.

89   Is minic a bhíonn an focal seo baininscneach sa ls.

90   *Hawaiian.*

91   Hamilton, 322 sub *siúchra*.

92   Hamilton, 288 sub *gutta*.

93   *Tonntaoscadh.*

94   *Lobhra.*

95   Tá na foirmeacha *gnoithe, gnoithí, gnóití, gnóithí* uilig sa ls. Cloítear le *gnoithe* anseo. [grəihə] atá ag Hamilton, 286 sub *gnaithe*.

96   *Saint Damien of Molokai.*

97   *Ceinne* atá sa bhuntéacs. Glacaimid leis gur 'ag tógáil cian de' atá i gceist.

98   Meascán rialta sa ls. Seo idir *de* agus *do*.

99   Féach, *cneidh* in Hamilton, 256.

100   *Leabharthaí* sa ls. [L'o:rti], Hamilton, 293 sub *leabhar*.

101   *Feidhm.*

102   *An tsúl* sa ls.

103   *Bothán beag. (Buckshed* i mBéarla?).

104   *Chuain* sa ls.

105   *Griocuighthe* sa ls.

106   *Uimear ghuirm* sa ls.

107 Hamilton, 244: braic? break? [brèk' 'töt'ə] – *a smoke. Braic column of smoke*, Lúcás, 6.

108 *Fear mór, láidir.*

109 *Daingeadh* sa ls. [dɛin'u] ag Hamilton, 266 sub *daingniughadh.*

110 *Féach,* [f´iəh] i dToraigh.

111 *Scála* sa ls.

112 *LASID,* 93 sub *cleite* agus Hamilton, 255 sub *cleite.*

113 *Tointe.* Hamilton, 333 sub *toinnt.*

114 Féach, Hamilton, 195.

115 Hamilton, 237 sub *ascaidh.*

116 *Soileire* sa ls. Hamilton, 324 sub *soiléarach.*

117 Féach, Hamilton, 290: *iomchar/iompar.*

118 *Sathmhan* sa ls.

119 Féach, Hamilton, 247: *cabaigh* [kabi] – *a term of abuse which children shout after you.*

120 *Butler.*

121 Hamilton, 235 sub *amhail.*

122 *A dhiabhail!*

123 *Tricking.*

124 *Cheadaithe. Cheaduigheas* sa ls. *Char cheadas liom* 'I wouldn't like,' Lúcás, 10.

125 Hamilton, 336 sub *uaighe.*

126 *Caf* sa ls. *Camh* ag Uí Bheirn, 40 sub *cabha.*

127 Hamilton, 330 sub *tána.*

128 [bohi] gin. agus iol. Hamilton, 243 sub *bóitheach.*

129 *'The least possible amount of work.'* Traynor, 16.

130 *Ioscadaí* sa ls.

131 *Danaire* sa ls.

132 *Taghna = go breá.* [tE:nə] *excellent.* Hamilton, 333 sub *toghna. Toghnach* atá in Gearóid Mac Giolla Domhnaigh agus Gearóid Stockman, *Athchló Uladh* (Comhaltas Uladh 1991) 124.

133 *Tiufa* sa ls.

134 [ɑfusɑn] Hamilton, 231 sub *achmhusán.*

135 Hamilton, 238 sub *bachlóg.*

136 *Dá gnóthaigh mé* sa ls.

137 *Sic.*

138 *Griogaigh* an briathar go hiondúil sa ls. seo seachas *greagnaigh.*

139 *Líne trí diúlach* sa ls. [d´u:lɑ]. Hamilton, 269 sub *diúlach.*

140 *Mothachtáil.* [mo:tal], Lúcás, 32.

141 *Sic. Ceannann.*

142 *Samhl (soul)* sa ls.

143 *Soibealta.*

144 *Deiridh* sa ls.

145 *Spéis. Miodaracht* sa ls.

146 Sa ls. [asgəL´] Hamilton, 237 sub *ascaill.*

147 *Cruachás.*

148 *A trip, ride; a sail in a small boat. Scottish National Dictionary.* Le fáil i mBéarla Thír Chonaill fosta.

149 *Sic.*

150 Sa ls. eile tá *Be Gothansaí!*

151 *I dtólamh.*

152 *Rith.* Hamilton, 313 sub *rith.*

153 Hamilton, 293 sub *léadhb.*

154 *Mucking about.* Hamilton, 334 sub *tórpáil.*

155 [L´e:r] Hamilton, 295 sub *léir.*

156 ??

157 *With gusto* (Don., Q.), 143 sub *cabach.* Dinneen. *Breá.*

158 [Niər] Hamilton, 305 sub *naonbhar. LASID* 88 Q.358b.

159 *Earabhal:* coal? Hamilton, 274. Féach, fosta, *LASID,* 91 Q. 987, 988.

160 *Shíl, thomhais.*

161 Lúcás, 22 sub *fipeáil.* Féach, Traynor, 328 sub *whip.*

162 *Omois* sa ls.

163 *Altóir.*

164 *Táisc* sa ls.

165 *Spéar* sa ls. in áit *spéir* agus sin mar atá i dToraigh [sb'e:r].

166 *Sic.*

167 Cluintear *m* agus *mh* san fhocal seo i dToraigh. Hamilton, 257 sub *coimeádaidhe.*

168 *Sic. Sméarthacht.*

169 *An ceist* sa ls.

170 *Shaorthuighthe* sa ls.

171 *Fear mór, toirteach.*

172 *Sonrú.*

173 *Raith* sa ls. *Rith.*

174 *Justice* (?).

175 *Taispeánadh.* Féach, *LASID,* 88 Q. 291/2.

176 *Scártach* sa ls. Féach [skɑ:ru] ag Hamilton, 316 sub *scanradh.*

177 [f´iəh] sa chanúint seo.

178 [L'e:r] i dToraigh.

179 *Trimheadh* sa ls. [t'ri:u / t'rihu] i dToraigh.

180 Hamilton, 258 sub *coisc.*

181 *I mbéal an bháis.* Ó Dónaill, 1289 sub *uacht.*

182 *Dé.*

183 *Sic.*

184 Sa ls. Cluintear *sagart* agus *saghart* i dToraigh. Hamilton, 314 sub *sagart.*

185 *Domh* cúpla líne roimhe sin.

186 Is minic i gcanúint Thír Chonaill go bhfágtar an t-alt ar lár i gcomhthéacs mar seo m.sh. chun aonaigh, chun tsaoil, chun tsiopa, chun tsléibhe, chun urláir, chun aifrínn.

187 *Spré.*

188 *Sic.*

189 *Amach is isteach ar.*

190 *Bhréigeadh* sa ls.

191 *Cluthar.*

192 *Taispeánadh.*

193 Tá *tíorthaí* agus *tíortaí* le fáil sa ls. seo. [t'i:rhi] atá ag Hamilton, 332 sub *tír.*

194 *Tuathalacht.*

195 *A thiarcais!*

196 Hamilton, 320 faoi *seól mara?*

197 *Tairbhe.*

198 *Fiabhras.* Hamilton, 279; *LASID,* 87 Q.52.

199 *Bhun* sa ls.

200 … *an págantachta* … *an críostamlachta* … sa ls.

201 *Sic.*

202 *Leathorachta* sa ls.

203 *Sic.*

204 *Bhfacthas.*

205 'The rank is but the guinea's stamp, / Tha Man's the gowd for a' that.'

206 *Mura* agus *muna* sa ls.

207 *Pingin rua.*

208 *Thaispeáin.*

209 *Soibealtán.*

210 *Sic. Hobair.*

211 *Druithle* sa ls.

212 *Achmur* sa ls. [ahmər] Lúcás, 1.

213 Hamilton, 303 sub *molc.*

214 *Dom* sa ls. agus ag Hamilton, 220.

215 *Fabhra.* Lúcás, 20 sub *fábhar* agus Hamilton, 275 sub *fabhra.*

216 *Mhachtnadh* sa ls.

217 *Gealladh* sa ls.

218 *Ar réir* sa ls.

219 *Brat.*

220 Hamilton, 278 sub *fearthainn.*

221 *Raith* sa ls.

222 *Ró-dorchadas* sa ls.

223 *For-cheann* sa ls.

224 *Sic. Tréathra* atá ag Hamilton, 334 sub *tréith.*

225 *Ró-dorca* sa ls. [rödərəhə] ag Hamilton, 312 sub *ré dorcha.*

226 *Ann a* sa ls.

227 *Ann a* sa ls.

228 *Bhfacthas.*

229 *Garraí* [ga:Ru] Hamilton, 283 sub *garradh.*

230 *Fastach* sa ls. Hamilton, [fɑsdɑ] 281 sub *fostaigh.*

231 *Gadaithe.*

232 *Crane.*

233 Tá leagan den scéal seo ag Séamus Ó Grianna in Nollaig Mac Congáil (eag.), *Castar na Daoine ar a Chéile: Scríbhinní Mháire 1* (Coiscéim, 2002) 213-23. Tá tagairt déanta do leaganacha eile den scéal in *ibid.* 213 n.1.

234 *Díth, easpa.*

235 Páipéar a léigh 'an Foirniéreach ós chomhair na Cuideachtan Náisiúnta Liteardha.' *Fáinne an Lae,* 16/12/1899, 186-7, 23/12/1899, 194, 30/12/1899, 201-2, 6/1/1900, 2-3, 13/1/1900, 10-11, 20/1/1900, 18, 27/1/1900, 26.

236 Fágadh an litriú anseo mar a bhí sé ag Fournier.

237 Fuarthas an véarsa seo ó Eibhlín, níon Shéamuis.

238 Tógtha as Eoghan Ó Colm, *Toraigh na dTonn* (F.N.T., 1971) 143-4.

239 Seo na focla mar atá siad san amhrán ag Máire Ní Choilm. Tá dhá véarsa den amhrán tugtha ag Eoghan Ó Colm in *Toraigh na dTonn* (F.N.T., 1971) 144.

240 *Tógtha as Eoghan Ó Colm, Toraigh na dTonn* (F.N.T., 1971) 145.

241 *Congested Districts Board of Ireland* a cuireadh ar bun sa bhliain 1891 le bochtanas agus drochdhóigh mhaireachtála mhuintir an iarthair agus an iarthuaiscirt a mhaolú ar bhealaí éagsúla.

242 LASID, 87 Q.33.

Aguisín I

Tús Eile – Diabhlaíocht na hÓige

I

Dálta an tsaoil orthu tá daoine maithe agus daoine nach bhfuil ach leathmhaith, daoine suáilceacha, aigeantacha agus daoine gruamacha, dúra in oileán Thoraí. Ach, níl a fhios agam an bhfaighfí faoi rása na gréine, i dToraigh ná áit ar bith eile, aon pheata amháin a bhí chomh greannmhar, cainteach, caíúil le Paidí Thoraí (Ó Gréine a shloinneadh ceart).

Le linn iomrá a bháis ar na mallaibh (grásta dá anam bhocht!) a chluinstin [an] lá fá dheireadh, tháinig na hoícheannaí fada, suáilceacha a chaith mé ina chuideachta, ag éisteacht lena chomhrá agus lena sheanchas, go húrnuaidh os coinne m'intinne; agus ós rud é nach maireann an chros bheag, anabaí adhmaid atá sáite os cionn a uaighe mórán bliantach, ná b'fhéidir mórán míonnaí, agus mar sin go mbeidh a ainm agus a chuimhne caillte gan mhoill, sílim go bhfuil sé mar dhualgas nó mar oibliogóid orm do mo sheanchara bhocht nach maireann anois féacháil le cuimhneachán beag níos buaine, tá súil agam, ná an chros bheag udaí, a thógáil dó.

Go hádhúil, bhreacaigh mé síos bliantaí ó shin le peann luaidhe ar bhlúiríní páipéir thall is abhus mórán dena chuid scéaltaí agus dena chur síos ar a thréatraí[224] agus ar a shiúltaí ó Thoraigh go hAustralia, ón tSín go Perú, ón Ioruaidh go *Cape Horn* agus, go hádhúil, ar ais. Tá na nótaí sin, na blúiríní páipéir udaí, uilig i dtaiscidh agam mar a scríobh mé síos ó bhéal Phaidí bhoicht bliantaí ó shin iad. Seo síos athscríofa mar chuimhneachán don té nach maireann iad.

II

Sula dtoisí mé is cóir dom a rá gur ghnách le baicle mór
againn, fir an bhaile (Thoraí) cruinniú isteach achan oíche
tigh Phaidí; ach cé bith a thiocfadh nó nach dtiocfadh, chan
imeodh oíche amháin féin, doineanta nó soineanta, fliuch
nó tirim, geal nó rédhorcha[225] orm féin gan a bheith i
láthair. Bhí triúr eile fosta nach bhfaigheadh sílim codladh
na hoíche muna dtabharfadh siad ruaig ar chró Phaidí –
sin Brian Beag, Liam Eibhlíne agus Hiúdaí Mac Lochlainn.
Máistir scoile a bhí in[226] Hiúdaí lá dena shaol ach b'fhada
briste ón scoil é siocair titim amach éigin a tharlaigh idir é
féin agus bainisteoir na scoile. Iascaire beag, daingean,
cruaidh a bhí in[227] Liam Eibhlíne a chuirfeadh spéis mhór
in seanchas Phaidí. Seort de bhoc ghreannmhar, ráscánta
gan mórchuid stuaim Brian Beag.

III

Paidí: Creidim, a fheara, nár tógadh i dToraigh ná i
dToraigh ar bith eile, riamh aon pheata a bhí ina
chroisdiabhal chomh mór liomsa in m'óige. Is minic a
smaointím nuair a dhearcaim siar ar laetha m'óige agus ar
na cleasannaí a d'imir mé gan tuigse gan trócaire ar achan
duine a bhuail liom, go fiú an mháthair mhaith a chuir ar
an tsaol mé (go ndéana Dia A mhaith ar na mairbh uilig) –
is minic a smaointím gur Dia a bhí liom nach dteachaigh
rópa cnáibe ar mo mhuineál.

Hiúdaí: Uch, maise, a Phaidí, chan tusa amháin a bhí
amhlaidh. Is beag againn a bhí saor ón diabhlaíocht agus
b'fhéidir ón bhlaigeardacht fosta i dtús ár saoil.

Paidí: Admhaím sin ach rug mise barr ar a dtáinig agus
ar a dtig. Agus chan díobháil buailte ná greadta ó m'athair
agus ó mo mháthair a d'fhág gan riail nó gan mhúineadh

mé. Fuair mo chorp beag níos mó den tslait ná a fuair páistí an bhaile uilig i gcuideachta.

Brian: Chuala mé m'athair ag rá go dtearn tú cleas gan trócaire ar Chonchúr Mhór am amháin.

Paidí: Conchúr bocht! Is mé a thug an drochbhail ar an chréatúr; ach díobháil céille nó ciall na bpáistí a thug orm é a dhéanamh. Cha raibh mé ach beag san am. Ba ghairid roimhe sin a chuaigh bríste orm. Chuirfí achan mhaidin leis an bhó mé lena cur ar téad. An mhaidin seo a bhfuil mé ag gabháil a chaint air, cad é a chas an mífhortún ar thaoibh an bhealaigh mhóir ina luí ina chodladh (i ndiaidh a bheith ag ól poitín ó oíche i gcró *still*) ach Conchúr Mór. In áit an créatúr a mhuscladh nó in áit gabháil lena thaoibh go múinte mar a dhéanfadh Críostaí ar bith eile, cad é a rinne mise mar bhí an bhlaigeardacht ionam ach ceann an bhacáin den téad a bhí ceanglaithe ar adharca na bó a cheangailt ar leathchois de chuid Chonchúir. Chuaigh mé féin i gcúl claí i bhfolach agus dhreasaigh mé madadh mór a bhí againn sa bhó. D'imigh an bhó ar mire agus Conchúr bocht á streachailt ina diaidh. Go hádúil le Dia d'imigh an tseanbhróg den chois cheanglaithe agus shleamhnaigh dol an rópa amach óna chois sular tarraingeadh i bhfad ar an bhealach mhór é. Munab é sin is dóigh liom go mbeadh bás duine orm ón lá sin go dtí an lá inniu. Mar a bhí sé, strócadh corrstiall de chraiceann a choirp ansiúd is anseo. Nuair a chuala m'athair an scéal rinne sé bogmharbhadh orm; ach bhí sé chomh maith aige ceapaire a thabhairt dom nó bhí mé sáite i ndiabhlaíocht éigin eile lá arna mhárach go húrnuaidh ar ais.

Lá eile gan mhoill ina dhiaidh sin cheangail mé bucóid *tin* de ruball na bó céanna agus d'imigh sí mar thinidh ann ar mire fríd an bhaile agus an bhucóid amannaí á greadadh sna cosa deiridh is amannaí eile ag preabadaigh ar mhullach a droma. Bhí a ciall caillte aici agus í ag gabháil mar an ghaoth Mhárta ann. Lean m'athair í is lean na comharsanaigh í ach chan fhaighfí greim ó shin uirthi munab é go dteachaigh sí in abar sa phortach. Shuncáil sí síos go dtí an dá chluais sa phortach agus thaire reatha a tarraingeadh amach le rópaí í. Bhí an bhucóid greamaithe i dtólamh di agus sháraigh ar na fir an snaidhm a scaoileadh: b'éigean é a ghearradh. Bhí an bhucóid ó mhaith – a dhá taoibh brúite ar a chéile. Cha raibh mise le fáil ar philleadh do m'athair leis an bhó. Chuaigh mé chun na mbeann i bhfolach agus char nocht mé mé féin go dteachaigh sé ó sholas. Ghoid mé anuas ansin go formhothaithe ó na beanna agus bhain mé teach m'*uncle* amach. In am luí domhain i ndiaidh m'athair a ghabháil a luí tháinig mo mháthair bhocht fá mo choinne, agus thug sí léi chun an bhaile mé. Char labhair m'athair focal maith ná olc liom is chuaigh mé a luí agus mé ag maíomh orm féin chomh deas, bog agus a d'éirigh an saol liom. Ach is mé a bhí mór meallta: ar maidin nuair a d'éirigh mé seo chugam é agus slat mara dubh ina láimh aige agus bhí sé do mo ghreadadh léi go dtearn sé mo chraiceann chomh dubh is a bhí sé bán.

Mír Eile fá Imeacht Phaidí as Toraigh

... olc ar mo choinsias le ceithre scór bliain ach char ghoill aon cheann acu orm chomh géar le dódh an mhadaidh sin. Go ceann bliana ina dhiaidh bhí an croí á chasadh istigh in mo chléibh. Go dtí an lá inniu sháraigh orm cuimhne an íde a thug mé ar an bhrúid bhoicht sin a dhíbirt as mo cheann. Níl aon mhadadh ar leag mé súil ó shin air, dá mbar deich gcéad míle ó Thoraigh é, nach bhfacthars[228] dom go gcluinfinn go húrnuaidh béicfeacha truacánta Nero bhoicht ag teacht chugam ar an ghaoith ón chró caorach udaí i dToraigh.

Conchúr: Cad é mar a fuair tú thairis? Cad é a rinne an sagart leat?

Paidí: Cha dtug mé seans dó faic a dhéanamh liom. Ar maidin lá arna mhárach bhí bád ag fágáil an oileáin ag gabháil chun na tíre le lasta éisc is cha dtearn an mac seo ach a chos a chaitheamh inti agus glanadh leis amach as an bhaile ar achan chor, *for good*. Chomh luath géar agus a bhuail an bád tráigh na tíre siúd ar shiúl mise ar mo chois agus char bhain stad dom go raibh mé thuas i Leitir Ceanainn. Cha raibh bróg ná bearád orm ach bhí scilling amháin in mo phóca agam a thug fear d'fhoireann bháid Thoraí dom. Cheannaigh mé luach trí pingne d'arán bhán in siopa i bhFál Carrach agus luach cupla pingin de bhrioscaí in Leitir Ceanainn.

Chodail mé an oíche sin in scioból ag taoibh thigh feirmeora cupla míle amach as Leitir Ceanainn. D'éirigh mé amach breá luath ar maidin agus rinne mé comhairle fanacht fá chomharsanacht thigh an fheirmeora go n-éireodh bunadh an tí agus go n-iarrfainn obair air – mé a fhostó. Ach cha raibh aon fhocal Béarla in mo chloigeann agus cad é an dóigh a n-iarrfainn obair air? I ndiaidh mo sheacht ndícheall a dhéanamh ar feadh dhá uair an chloig (go dtí gur éirigh an feirmeoir) sháraigh orm aon fhocal Béarla a chuimhneamh ach *'yes'* agus *'no'* agus *'fine day'* agus *'cowld day.'* Dá mbainfí an ceann ón bhráid agam dheamhan focal Béarla eile a bhí le fáil agam agus bhí a fhios agam nach ndéanfadh sin cúis.

Thall udaí seo amach fear an tí – branaí d'fhear mhór, gharbh, buí go maith sa chraiceann agus lomairt throm de ghruaig bhreacliath mar sin air. D'amharc sé thart suas ar an spéir, bhain sé síneadh breá as féin agus d'oscail sé amach a bhéal chomh mór le béal stópa ag déanamh méanfach. Thall udaí thug sé fá dear mé féin is stán sé orm.

'Cowld day,' arsa mé féin leis. Lig sé seort éigin gnúsacht as, creidim, fán aimsir, ach ar ndóighe, char thuig mise é. Cha raibh a fhios agam ansin cad é eile a déarfainn agus arsa mise: *'Fine day.'* Cha dtug sé freagar ar bith air sin agus thoisigh sé a dh'úthairt le tobán a bhí in aice an dorais. Dar liom féin, féachfaidh mé an Ghaeilig ort: 'An dtiocfadh leat obair a thabhairt dom, le do thoil?' Ach cha dtearn sé ach leathamharc faoina shúil a thabhairt orm agus pilleadh isteach chun tí. Dar liom féin bheadh sé chomh maith ag duine a bheith ina bhalbhán le a bheith gan Béarla agus d'imigh mé liom i mbéal mo chinn gur shroich mé teach eile feirmeora. Bhí garradh[229] cáil ag taoibh an tí seo agus buachaill beag ag rómhar ann.

'Fine day,' arsa mé féin. *'Fine day,'* arsa seisean 'mo fhreagairt. Char labhair aon chuid againn an dara focal go ceann tamaill. Dar liom féin, seansálóidh mé an Ghaeilig ort. 'Tá cuma bhreá ar an mhaidin seo.' 'Maise,' arsa seisean, 'tá, buíochas do Dhia, scoith lae ann.' 'Shíl mé,' arsa mise, 'nach raibh aon fhocal Gaeilige ar chor ar bith fán áit seo.' 'Agus bhí do bharúil ceart go leor. Níl Gaeilig ar bith ag muintir na háite seo. Chan as seo mise ach as Cloich Cheann Fhaola. 'Mo bhuachaill aimsire atá mé anseo.' 'Tím,' arsa mise. 'B'fhéidir go dtiocfadh leat mé a chur ar an eolas fá áit a bhfaighinn fostó[230] a dhéanamh.'

'*Begorraí*,' arsa seisean, 'tá fear an tí seo, mo mháistirse, ar lorg buachaill bó dá bhfóirfeadh an *seab* (*job*) duit.' 'A chroí,' arsa mise, 'is buí bocht liom é a fháil; ach mura bhfuil Gaeilig ag do mháistir cha dtig liom labhairt leis.'

'Uch,' ar seisean, 'tá an oiread sin Béarla agat.' 'A bhráthair, níl leathdhuisín focla Béarla in mo chloigeann.' 'Maise,' arsa seisean, 'ní mór mo lón féin di ach tá a bheagán nó a mhórán agam agus labharfaidh mé [le] fear an tí fá dtaobh duit.' 'Sonas ort, a dhuine chóir,' arsa mé féin.

AGUISÍN III

Ag Cuartaíocht tigh Phaidí

Go dtí tá cupla bliain ó shin, nuair a d'fhág mé Toraigh ar achan chor le cónaí a dhéanamh ar an tír, is beag oíche, go mórmhór ar feadh ráithe an gheimhridh (le linn na hoícheannaí a bheith fada) nach mbeinn féin agus baicle de na comharsanaigh ag cuartaíocht tigh Phaidí Uí Ghréine.

Aguisín IV

An Dara Lámhscríbhinn

Tá 71 leathanach sa lámhscríbhinn seo. Cuireann an leagan seo den scéal síos ar an turas chun an tSeapáin, ag teacht ar an naíonán agus á thabhairt leis, á fhágáil faoi chúram na mban rialta, eachtraí mara an reacaire, á chur ar a thriail agus á shaoradh. Sin deireadh an scéil a bheagán nó a mhórán. Dírítear sa leagan seo ar phríomheactra an scéil agus fágtar tús agus ruball an scéil, mar atá sa chéad leagan, ar lár. Dóibh siúd ar spéis leo é, cuirfear leagan leictreonach den dara leagan seo den scéal ar fáil amach anseo.

Seo a leanas blaiseadh beag de thús an scéil mar atá sa dara lámhscríbhinn.

Nuair a bhí mo *therm* nó m'fhostó istigh agam le lucht an *Mary Ann*, mo thuarastal tógtha agam uathu agus é i dtaiscidh go cúramach agam i mála bheag leathair i bpóca taobh istigh mo veiste (chan ionann na háiteacha udaí agus Toraigh: tá gadannaí[231] glice ansiúd a d'fholmhódh na pócaí agat i gan fhios dhuit agus iad ag caint is ag comhrá leat.) Chaith mé cupla lá go deas 'mo thost idir na tithe tábhairne agus na tithe itheacháin agus *dock*annaí na soitheach. Bhí cuid de na soithí ag cur amach lucht i ndiaidh a theacht ó thíorthaí i bhfad i gcéin agus cuid eile ag luchtadh is ag déanamh réidh lena mbealach a thabhairt, achan cheann a bealach féin, go réagúin choimhthíocha ansiúd is anseo ar fud an domhain. A fheara, siúd an áit ins na poirt mhóra udaí a chluinfeá agus a thífeá an *rabble* agus an chearthaí – na míltí fear gan snáithe orthu ach bríste is léinidh ina rith le hultaí droma is fá choinne ultaí droma anonn is anall, iad ar na soithí is na stórthaí. Déarfá gur as a gcúrsa a bhí an t-iomlán acu – gur fir mhire a bhí iontu. Agus an callán is an tormán go deo – fir ag búirthí amach ordaíocha; fideogaí á séideadh;

clogannaí á mbualadh; slabhraí iarainn á roiseadh is á dtochardadh ar bharaillí na gcrán[232] mór; agus carrannaí is trucail mhóra ag teacht agus ag imeacht le lódaí earraidh. Fágaim le huacht go ndéarfá go dtógfadh sé an blaosc de chloigeann tairbh.

Séamas: Creidim nach ndéanfadh lá aonaigh i nGort an Choirce ná ar an Chraoslach ná ar an Bhun Bheag paiste air.

Conchúr: Óra, a dhuine, ná bí ag caint liom ar do chuid bailte beaga, bochta, suaracha. An *rabble* is an chearthaí is mó a bhí ar aonach riamh anseo, cha bheadh sé ach mar reilig uaigneach ann le taoibh racán is *rabble* na mbailte poirt udaí.

Bhí soitheach amháin darbh ainm *Excelsior* réidh le seoladh go Tóiceo le lucht *rail*eacha iarainn. Thall i dtír ar an taoibh eile den domhan atá Tóiceo – tír a dtugann siad Seapán uirthi. Bhuail mé isteach in *Shippin' Office* is rinne greamú a ghabháil uirthi mar mhairnéalach. Soitheach mór éadaigh trí crainn a bhí inti – árthach chomh breá agus chomh daingean is a scoilt tonn dhá uair riamh. Tráthnóna lá arna mhárach bhí muid féin agus í féin ag strócadh linn síos an t*English Channel*, an uile orlach dena cuid éadaigh spréite uirthi agus an uile sheol ag tarraingt agus líonta go dtína gcuid ciumhas, stáid bhán farraige ina diaidh agus í féin sínte go dtí na *scuppers* ar thaoibh an fhoscaidh. Bhí an fharraige breá beag agus má bhí an chóir tréan féin, bhí sí cothrom, seasmhach; agus siúd agus go raibh an soitheach sínte againn go dtí na *scuppers*, agus na crainn agus na slatacha ag gliúrascnaigh agus ag éagaoin, chuir slaicealamh orlach aon scód ar a craiceann ar feadh trí hoíche agus trí lá.

Ag caint ar radharcannaí breátha – níl sé ar an tsaol seo nó (mura bhfuil sé ó Dhia agam é a rá) ar an tsaol eile radharc amháin (i súil mairnéalach cé bith sin) is taitneamhaí agus is aoibhne ná soitheach mór éadaigh, a cuid seoltaí móra, geala uilig ag tarraingt, agus *gunwale* taobh an fhoscaidh ag pógadh an uisce. Ná trácht liom ar do chuid galbhád – muc i gcomórtas le *lady*.

Brian: Is iomaí seol, creidim, a bíos ar na soithí móra an éadaigh sin.

Cnochúr: Féadfaidh tú sin a rá – agus ainm ar leith ar achan cheann acu.

Brian: An dtiocfadh leatsa iad a ainmniú?

Cnochúr: An dtiocfadh liom 'Good morra' a rá! Char mhór dom ach sin i ndiaidh mo shaol a chaitheamh á láimhsiú. Is truagh nach bhfuil mo chuid paidreach chomh réidh ar bharr mo ghoib agam …

Irisleabhar na Gaedhilge Vol. 12 (1902) 130–2
GADAÍOCHT INIS DUBHÁIN[233]

Oileán Thoraí,
Leitir Ceanainn,
Co. Dhún na nGall,
17/8/1902.

D'Fhear Eagair, *Irisleabhar na Gaedhilge,*
Baile Átha Cliath.

A Shaoi Ionmhain,

Seo thíos 'Gadaíocht Inis Dubháin' a gheall mé tá tamall ó
shin dhuit, ach tá eagla orm nach bhfuil an litriú go
róchruinn agam ar chuid de na focla. Chuaigh mé, mar sin
féin, chomh deas d'fhuaim na bhfocal agus a d'fhéad mé;
ach, mar nár thuig mé uilig iad, is buille fá thuairim an
litriú i gcorráit, agus, b'fhéidir, lena chois seo, nach
bhfuil na focla deighilte óna chéile i gceart agam – sin mar
a déarfá, an rud atá scríofa ina dhá fhocal nó ina thrí focla
agamsa, gur cheart dó a bheith ina fhocal amháin agus *vice
versa.* Ní thiocfadh leis an tseanduine é féin a d'aithris
'Gadaíocht Inis Dubháin' dom mionmhíniú ar bith a
thabhairt ar an rann seo; ach thuig sé (go díreach mar a
thuig mé féin fosta) údar nó brí chainte an rainn uilig in
éineacht.

Seo an chiall atá leis an rann. Fada ó shin in aimsir Fhinn
mhic Cumhaill casadh Fionn agus ceithre cloigne déag de
na Fianna, agus cúig cloigne déag eile, ar bhord loinge
(creidim nach long gaile a bhí inti – gí go raibh mo chara a
d'aithris an scéal dom den bharúil go mb'fhéidir gurbh ea!)
in áit éigin amuigh i lár na farraige móire agus reath an bia

gann orthu. Nuair a chuaigh an t-ocras a theannadh orthu, chinn siad comhairle duine de na deich gcloigne agus fiche a mharbhadh agus a ithe. 'Cé an chéad duine a mhuirfí?' B'í seo an cheist!

Anois, bhí mná agus fir ins an chuideachta udaí, is cosúil, óir bhí níon Fhinn ann, cibé ar bith (mar a tífeas tú ar ball); ach, má bhí féin, ní rabhthar le géillstin dóibhsean ach an oiread leis na feara. B'fhéidir nach dtáinig ridireacht ar an tsaol ins an am sin. (Is salach nach raibh dornán de Sheoiníní na haimsire s'againne acu go dtaispeánfadh siad rud beag de ghalántacht Ualter Raleigh dóibh – níorbh eagal, dá mbeadh, go muirfí aon duine de na mná ar an loing udaí!) Ní ag rá atá mé go raibh díthiúl[234] cúirtéise, nó díthiúl flaithiúlachta, riamh ar na seanbhoca breátha udaí ár dtíre; ach bhéarfadh cuid de na Seoiníní sleamhna seo a tím ansiúd is anseo fríd an tír buaidh ar an diabhal agus ar Ualter Raleigh!

A Eagarthóir, a chroí, nach fada ar shiúl anois mé ó 'Ghadaíocht Inis Dubháin'? Cibé ar bith mar a bhí, agus le scéal fada a dhéanamh gairid, fágadh ag nín Fhinn mhic Cumhaill (b'fhéidir gurbh í ab uaisle acu) na crainn a chur agus a chaitheamh, 'féacháil c'air a dtitfeadh sé bás a fháil 'chéad uair. Is uirthise féin fosta a bhí an ceann fada agus dar léi féin (os íseal, ar ndóighe): 'Caithfidh mé – bí beo, bí marbh! – muintir m'athara a shábháil.' 'Is cuma fá na crainn," arsa sise, 'seasaigí amach i bhur rang de réir mar a scairtfeas nó a ghlaofas mise oraibh'; agus seo mar a ghlaoigh sí orthu (agus is é seo rann 'Ghadaíocht Inis Dubháin':

Ceathrar Finn fadhain (? feadhma) ar dtús,
Cé mór a meidhear (? = meadhradh) ins an aon-rú;
Cúigear ó bhun an Áigh (? bhunadh an fháigh)
lucht cogair a' Dubháin.
Dís ó mhac dhubh léigh (? léi),
agus fear ó mo Dhubhán dreach-réidh;
Triúr ó Fhionn, cibé sparba a ndreach,

agus fear ó mo Dhubhán díbhirceach [díbhfeir-geach?]);
Shuidheas Fionn mar amháin (= leis féin)
fá n-a dhís dhuibhe fá na dheis-láimh;
Fá n-a deis i bhfinn (? ó shin) dís eile
de chlainn an ríogh At-luath (? Athludh);
Triúr ó mo Dhubhán dil,
aon ag Fionn ina n-aghaidh sin;
Dís ó bhun an áigh,
beirt ó Fhionn, agus fear ó Dhubhán."

Is de mhuintir Fhinn an chéad uimhir luaite thuas, agus fosta darna achan uimhir ó sin go bun; agus de dhaoine, nó de bhunadh, eile 'méid atá 'fhuílleach; agus bhí faoi nín Fhinn iad seo uilig – an bunadh coimhthíoch seo a bheith marbh de réir duine agus duine, dá mairfeadh an t-ocras, sulmá mhuirfí aon duine dena muintir féin.

Seo thíos mar a bheadh siad in eagar aici de réir an rainn thuas (cuirfimid fáinní (0) in ionad muintire Fhinn agus plátaí (•) in ionad na muintire eile):

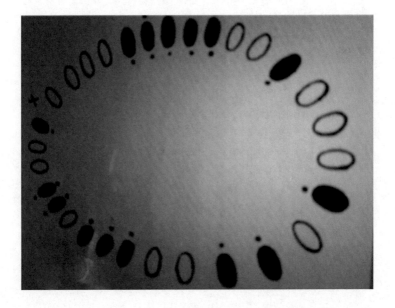

Anois, ní raibh mórán cuma ná déanamh ar an dóigh, nó an ordú, a raibh siad leagtha amach aici. Déarfá le breathnuú orthu go raibh siad bun os cionn amach is amach agus nuair a d'fhiafraigh sí díobh an mbeadh siad toilteanach gach aon naoú duine, (ag cuntas duine i ndiaidh an duine eile) ins an chiorcal thuas a chur chun báis, dúirt siad uilig in aon ghuth go raibh siad. Thoisigh sí ag cuntas ag an áit a chuir mé an chros bheag (x) sin, ag an chéad fhear den 'cheathrar Finn feadhain (? feadhma).' Féach féin anois leis, a Eagarthóir, toiseacht ag an chros bheag (x) agus ag gabháil thart an ciorcal bealach na gréine agus tífidh tú go dtitfidh an naoú áireamh i gcónaí ar dhuine den mhuintir choimhthíoch (pláta dubh).

Faichill (= tabhair aire) nuair a bheidh tú ag cuntas agus ná háirigh ar ais fear ar bith a ghearr tú amach cheana féin (sin, fear ar bith ar thit 'naoi' air). Níor smaointigh mé a rá leat – nuair a thiocfas tú a fhad le "naoi," toisigh le h-"aon" ar ais ar an deichiú ceann, agus greamaigh dó mar sin, thart, thart, thart, go rabh na plátaí dubha uilig gearrtha amach agat; agus sin mar a chuaigh ag nín Fhinn a cuid daoine féin a spáráil agus feoil úr (uch!) le hagaidh a gcothaithe a bheith acu fad is a mhair an ganntanas, nó gur shroich siad tír is talamh.

Tá an scéal beag suarach seo chomh fada agam le lá samhraidh; agus nach iomaí mallacht agat á chur orm fá a bheith ag cur d'am luachmhar amú!

Mise le meas mór,
SEUMAS SEAGHÁN MAC A' BHÁIRD.

LAOI AN FHIAIGH
Séamus Mac a' Bháird, Oileán Thoraí

A Eagarthóir, a chroí,

Seo thíos 'Laoi an Fhiaigh' ach níorbh fhéidir dom í a scríobh i bhfoirm dáin mar ba cheart di a bheith scríofa óir ní raibh a fhios ag an fhear a d'aithris dom í cá háit a raibh tús nó deireadh na líneadh. Ní raibh de sheift agam as an tsiocair sin ach í a stealladh síos as aghaidh boise i bhfoirm próis.

Is ó Sheán 'ac Ruairí a fuair mé í agus is aige féin atá siad ina moilc agus cé bith mar atá seisean, tá a sheacht n-oiread acu ag a mháthair. Ó, chuirfeadh sí ceol ar do shúile le scéalta Fiannaíochta. Go dtabhara Dia saol agus sláinte di. D'imigh an diabhal mór uirthi le seanscéalta breátha.

Tá ag mo chara Seán leis an bhaile a fhágáil gan mhoill ach beidh sé ar ais fá cheann cupla mí; agus ba mhaith leis a 'Laoi' a fheiceáil i gcló agus an t*Irisleabhar* a mbeidh sí foilsithe ann a bheith leis nuair a bheas sé ag imeacht.

Léigh mé do Sheán an t-amhrán udaí 'Seán an Bhríste Leathair' a fuair tú thuas i mBaile Bhúirne agus níl aon cheann de sheacht bhfichid mallacht nár chuir sé as le neart suilt is pléisiúra ó thoisigh mé ar an amhrán gur stad mé. I dtaca le gáirí de bhí eagla orm go rachadh siad i gcrambaí dó! B'éigean dom m'*Irisleabhar* a thabhairt dó le tabhairt leis chun an bhaile agus ó tharla é ábalta an Ghaeilig a léamh, dheamhan a' fearr dó cupla tráth bídh ná í go ceann tamaill.

Ós ag caint ar 'Seán an Bhríste Leathair' atá mé, b'fhéidir gur *form* ba cheart a bheith in ionad *farm* ins an chúigiú cheathrú déag. Thug mé fá dear go dtugann cuid de na Muimhnigh, go háirithe i dtaoibh thiar Chorcaí, fuaim chóir a bheith cosúil le fuaim *a* do *o*. Ní á rá atá mé go réiteoidh *form* do chéill an véarsa, ach an oiread le *farm*, ach mar sin féin is dóigh liom nach dochar ar bith trácht air. I ndeireadh na dála guím fad saoil chuig an fhear a bhfuair tú an t-amhrán uaidh agus ná raibh teora le méid péirí brístí a ndéanfaidh sé poll dóite orthu sulmá raibh a thréimhse caite anseo.

Seo 'Laoi an Fhiaigh':

Irisleabhar na Gaedhilge (Samhain, 1902) 174
'Comhrac Iolann ó mo dheis láimh agus comhrac Osgar ó
mo láimh chlí,' 'sé d'fhuagair Fiach go han-bhorb.
"Beir leat" arsa Goll, "ó 'táir slán, nó níorbh éacht mhór
liom-sa do cheann a ghéar-lot."

Insin ghluaiseadar an dá laoch, agus níor
chualaís comhrac a b'fhíor-iongantaighe 'ná bhí
idir Fiach agus Iolann. Insin thógas Iolann a
lann: agus chuaidh a scéala gan spás fa bhás
an Fhiaigh go Tír na nIndiach no'n Chlár.
B'é Buaidh-ghach-Cath a dhear 'thair; agus nuair
chualaidh Eitneach an Óir, a mac féin gur
éag leó – "Éist a mhic eile" (uile?) arsa
sise, "agus fulaing a bhás nó is leór an chaill
an urradh b'fhearr." Insin 'chualaidh an rí
na sleamhain slann Cruach a mhac féin gur
éag leo: "Éist a mhic eile agus na fulaing a
bhás, nó char fhág' an Fiach é gan cnead cleit
cléibh agus maothainn. Beir leat m'arm agus
m'éideadh." Insin 'chuaidh Buaidh gach Cath
dá ghléasadh féin ar gach éan-dóigh; agus 'tchí
na Fianna 'aca (chuca) go dlúth an curadh
teacht ó'n tuinn is chuir siad a gcomhairle in
dlúthas dhul faoi'n talamh, no Éire 'fhágáilt
sulmá muirthidhe gach aon aca. Chuaidh an
scéala go tuí an Teamhra, agus tháinic Iolann
amach: "Nach lag," arsa seisean, "bhur
misneach indiu a clanna na saoi le féachaint
an churaidh sin teacht ó'n tuinn, nó cá bhfuil

na fir is fearr 'san fhéinn uilig go hiomlán."
"Maith," arsa Fionn, "ní dhéan siad, a Ghuill
mhóir, nuair nach bhfuilir féin id' chumas."
"I bhfuirm ríogh," d'fhreagair Goll, "go
rachaidh mise ar tús cé gur mór mo chréach-
acha i gach éan-áit, acht sibhse, gach éin-fhear,
mionnughadh nach gcoruigheann sibh ó'n fhaith
agus sibh bheith i 'nbhur mbeathaidh." Insin 'chuaidh
Iolann isteach dá ghléasadh féin; agus cídh nar bh'fhada
bhí sé amuigh tháinic an curadh 'aca ó'n tuinn i n-éin-léim.
"Do chomhrac," ar sé, "ba mhian liom a fhagháil, a Fhinn,
nó dá dtiocfadh Iolann na dtréan-suim ó's leis
thuit mo ghaol bhráthair tuí an churaidh ba
tréine lámh." "Móide a's focal duit,"
arsa Fionn, "a Ór-rí Óig, nach dtógann
éin-fhear ins an fhéinn lámh nó go marbhuigh
tú Iolann, agus chan eadh amháin." "Nach cuimhne
fola dham, a Fhinn," arsa Goll, "agus mé fá
leathtrom ins a' rinn, agus a rí ná feall ar mo
bhás; nó, nar mhaith an cuideadh mé i gcruadh-
chás." "Maith," d'fhreagair Fionn, "cha
dearn' tú damhsa ariamh thoir no thiar. Nar
mharbhuigh tú a lúth de mo mhuinntir fá dhó
fá Chonan?" "Nach cuimhneach leat an
Dearg, no'n Fiach féin cé gur mhór a fhearg,
no Mághnus Bán as an taoibh-a-tuaidh, no
Araicisín na n-iomad sluagh?" "Ó's tú
féin a tharraing ort é," arsa Fionn, "díol
olc agus iarróg."

Insin chuaidh Goll ag cladairt an Churaidh
ó'n tuinn, agus bhí Iolann dá chlaoidhe. "'Tchím
indiu, a Ór-rí Óig, gur in do choimirc atá
mé: tabhair dam ceathramha anama, agus coisc
dam faobhar d'airm, nó admhuighim dó'n
tsaoghal go bhfuil mé marbh." "Ceann ins

an Fhéinn chan fhágaim ar bhraghaid agus muirfidh mé
Goll caoch na mbéim mór ar tús ó's leis thuit mo ghaol-
bhráthair tuí an churaidh ba thréine lámh."

Nuair chonnaic Diarmaid Donn a Gholl féin
bheith gan cuideadh, d'éirigh sé ar neamh-chead
an tsluaigh, agus sheas sé suas le n-a uille, agus
chosain sé an buille de'n cheann; thugas
Iolann an bhéim agus d'éirigh a aigne i n-éin-
léim.

(Críoch).

(Tá nótaí curtha leis seo san *Irisleabhar*).

S. Mac an Bháird.

AGUISÍN VI

An Choicís a Chaitheas in Oileán Thoraí[235]

Is in Oileán Thoraí do bhí áit suite an rialtais ba sheanda
dá raibh riamh os cionn na hÉireann. Ní raibh aon
ardchathair ag Parthalán agus gí gur bhris Neimhí trí catha
ar na Formhóra, ní tháinig leis lánghabháltas a dhéanamh
dó féin. Léimid i bh*Foras Feasa ar Éirinn* mar a leanas:

'Bhíodh daoirse agus leathtrom mór na dhiaidh sin ar
chloinn Neimheadh ag Fomhóraibh ag dioghailt na gcath
do bhris Neimhidh ortha. Morc, iomorro, mac Deiliodh,
agus Conaing mac Faobhair, ó ngairthear Tor Conaing a n-
imeal Éireann thuaidh, ag a raibh loingeas, agus iad na
gcomhnuidhe a dtor Conaing, da ngairthear TOIRINIS, is
iad do bhí ag tabhach chíosa ar clannaibh Neimheadh;
agus ba hé meud an chíosa sin dhá dtrian cloinne, agus
arbhair, agus bleachta fhear nÉireann do thiodhlacadh
dóibh gacha bliadhna Oidhche Shamhna go Magh gCéidne
Dhidirro bhuis agus Eirne. As uime ghairtear magh
gcéidne dhé ar a mhionca do bheirthí an cháin gus an
'magh gceudna.''

Bhí tuilleadh daoirse ag Fomhóraibh ar chlannaibh
Neimheadh .i. trí lán sluaisde ar gach éin-teallach i n-
Éirinn, d'uachtar bainne, do mhin cruithneachta, agus
d'im, do bhreith go Morc agus go Conaing go Toirinis;
agus ban-mhaor dá ngairthí Liagh, ag tabhach na cána sin
ar feadh na h-Éireann.'

Níor mhaith le fearaibh Éireann a shamhail sin de ró-
cháin, nidh nach iongnadh, agus cé gur bhean í an
'príomh-rúnaire' a bhí 'ag tabhach na cána sin ar feadh na
hÉireann' ní lughaide bhí an ualach agus an bhuaidhirt 'na
shuidhe go trom ortha. 'Agus mar sin,' arsa Céitinn, 'do
ghabh fearg agus díbhfearg feara Éireann tré thruime an
chíosa agus na cána sin, ionnus go ndeachadar do
chathughadh ris na Fomhóraibh.' Budh h-é a líon, tríochad

míle ar muir agus an uimhir ceudna ar tír, agus níor shuarach an uimhir sin mar shluagh. Bhí an buaidh leis na h-Eireannaichaibh, thuit Conaing agus a chlann, agus leagadh an tor. 'Iar sin,' a deir Céitinn, 'tug Morc lucht trí fichead long ó'n Afraic go Toirinis go dtug cath do chlannaibh Neimheadh, gur báitheadh gach aon nár marbhadh dhíobh, acht Morc agus beagán dá bhuidhin do ghabh seilbh an oileáin; óir níor mhothaigh siad an fhairrge ag teacht fútha le dúire an chathaighthe, ionnús nár théarnaigh, de chlannaibh Neimheadh acht lucht aon bháirce 'na raibh tríochad tréin-fhear, um thriúr toibhseach, eadhon, Simeón Breac mac Stairn mic Neimheadh, Iobáth mac Beothaigh, agus Briotán Maol.' Is ó Simeón Breac tháinic na Fir Bholg, agus is ó Iobáth do síoladh Tuatha de Danann. D'fhill siad so ó chriochaibh tuaisceirt na h-Eorpa trí céad bliadhan na dhiaidh sin, bhris siad cath mór ar Bhealór droch-shuileach mór-bhéumnach, righ na bhFomhórach, agus leag siad cumhacht agus mórdhachd Oileáin Thoraigh go deó deó.'[236]

D'imíos an naoú lá déag de Lúnasa as Baile Átha Cliath chun an oileáin do rochtain. Ní raibh fios cinnte agam cad é an sórt oileáin do bhí ann, nó cad é an cineál muintire a bhí ina cónaí ansin. Ní bhfuair mé ach scéala iontach míréasúnta mar gheall air ach, más ea, bhí súil agam an teanga Ghaeilge d'fháil go blasta ina lánchumhacht ansúd. Bhí imní mhór orm nach mbeadh lóistín ar bith le fáil agam, ach is é rud a chuir sólás orm, go raibh teach solais agus oifig posta agus cianscéalaí agus oifig comhartha muintire Laoide ar an oileán bheag sin. Dhearbhaigh sin dom nach raibh na daoine fiánta go léir. Cheannaíos léarscáil mhaith de Dhún na nGall, agus fuair mé oileán Thoraí idir Ceann an Adhairc agus Cnoc Fola, naoi míle ó thír mhór na hÉireann.

Chuala mé scéal go raibh gráin ag muintir an oileáin ar strainséirí, go raibh siad amhrasach, neamhfhial, nach raibh ar an oileán de bhia ach an oiread agus a bheathódh na daoine a bhí ann, gan colt do thabhairt do na coigríocha. Chualas mar an gcéanna nach raibh údarás ná ceannas ag Mnaoi-Thiarna na Sasana ar na hoileánaigh, ná ag aon duine eile ach ag Rí an Oileáin amháin. Bhí scéal á rá go gcuireadh long cogaidh chun an oileáin ón Rialtas Sasanach ocht mbliana déag ó shin chun cána do thógáil, agus thit Mallacht na Cloiche uirthi, agus briseadh í ar na hailleacha atá cois an tí solais. Bhí scéal eile ann, á rá go dtáinig maor an tiarna talún ar an oileán ag iarraidh cíosa, agus chuir na daoine i mbád é gan seol gan rámha. Ráinig sé an tír mhór i gceann seachtaine agus ní fhacthas arís san oileán é.

Ullmhaíos mé féin le gach rud a bheadh ag titeadh amach. Cheannaíos feoil shaillte, milse siúcra, leabhair soiléirithe dealbhtha agus gach ní a bheadh de dhíth orm nó a chuirfeadh lúcháir in aigne na ndaoine leathfhiánta sin. Rugas cócó liom mar an gcéanna le heagla nach mbeadh le fáil ann ach éisc tirime le n-itheadh agus fíoruisce le n-ól. Mar sin, bhí mé réitithe go leor agus d'imíos, mar a dúrt roimhe, chun an oileáin bheannaithe sin do rochtain.

Chuireas romham radharc d'fháil ar an oileán, agus ansin a bheith ag iarraidh slí le triall thar na naoi míle atá idir Oileán Thoraí agus an tír mhór. Do ghlacas traein an tráthnóna ó Bhaile Átha Cliath go Doire Cholm Cille, agus traein na maidine ó Dhoire go Leitir Ceanainn, áit a rángas ar mheán lae Dé Domhnaigh. Fuaireas amach nach raibh carr ag dul ó thuaidh an lá sin agus b'éigean dom an oíche do chaitheamh i Leitir Ceanainn. Más ea, níor chás liom san de bhrí gur chualas go raibh an tEaspag Ó Dónaill sa bhaile agus gur mhian liom go mór an fear mórchéime sin d'fheicsint. Fuaireas cead le cuairt do thabhairt air, agus do chaitheas uair nó dhó leis go suairc, sásta. Bhí caint againn ar an obair mhór do bhí arna déanamh i gcúis na Gaeilge i gContae Dhún na nGall ón Fheis Ghartáin agus ón Aonach

Thír Chonaill amach. Thug sé mórán de dhea-chomhairle dom agus litir dea-theiste chomh maith. Dúirt sé go raibh eaglais agus scoil ar an Oileán agus sagart óg ó Mhá Nuad ina rialaitheoir os a gcionn.

Ar a sé a chlog maidin Dé Luain d'imíos ar an gcarrphosta a shiúlas gach lá go Gort a' Choirce agus ar ais. Fuaireas scéal cinnte ó thiománaí an chairr mar gheall ar na slithe chun an Oileán do rochtain. 'Gach Dé Máirt,' ar seisean, 'imíonn bád seoil ó Ghort a' Choirce, atá ocht míle ar an taobh thall de Dhún Fionnachaidh go dtí an tOileán. Is le fear ó Thoraigh atá an bád sin agus imíonn sé ón Oileán agus filleann sé ar an aon lá amháin. Is é mo chomhairle duit,' ar seisean, 'fanúint i nDún Fionnachaidh an oíche so, agus imeacht liom go Gort a' Choirce amárach.' Ar an am sin bhí sinn ag dul suas i measc na sléibhte. D'fhág sinn Leitir Ceanainn agus a Teampall Mór inár ndiaidh agus chonaiceamar sléibhte móra Dhún na nGall i bhfad uainn. Tháinig Earagal, Mucais, Dubhais, agus Doire Bheatha inár láthair ina mórgacht mhisniúil. Ba é i dTearmann a ráinig sinn dúthaigh na Gaeilge agus thit guthanna milse na seanteanga ar mo chluasa go dtí go ráinig sinn Craoslach agus comharsanacht Dhún Fionnachaidh ina bhfuil colúin ghallda. Stad an carr ag doras an tí ósta agus fuair mé seomra chun na hoíche do chaitheamh ann. Bhí meán an lae ann fós, agus nuair a bhí mo dhinnéar ite agam shiúil mé amach go dtí Ceann an Adhairc. Agus, dáiríre, d'airigh mé corrú im chroí istigh nuair a tháinig mé suas ar an 'coipghe' déanaigh agus chonaic mé i bhfad i lár na farraige an tOileán ar a rinne mé an oiread sin d'aislingí, 'ag éirí,' mar a dúirt an tAthair César Otway deich agus trí fichid bliain ó shin, 'ag éirí as an aibhéis agus mar a bheadh cathair chaisleánach suite go daingean ann dúin aird, clogcháis, caisiolochdaidh, baitéirí agus treallmha cosainte á dtaispeáint ann, mar atá na hailleacha iontacha cumtha dá samhail súd.' Bhí cuimhne agam ar Bhalor mórbhéimneach a rialaigh an tOileán agus

Éire go léir trí mhíle bliain ó shin. Smaoineas ar éiric an tSlua Dheirg a scrios an tOileán úd lena Lochlanna garga agus chuir caisleán ar bun ann. Smaoineas mar an gcéanna ar loingeas Francach a gabhadh in aice an oileáin i mbliain 1798, agus ar an dóchas a briseadh leis an ngabháil sin. 'Amárach,' arsa mise liom féin, 'rachaidh mé amach as an Impireacht nach bhfuil buíú gréine uirthi agus bead im chónaí i dtiarnas na Sean-Ghael agus beidh siad ag déanamh cainte liom i dteanga Cholm Cille agus Chonchúir Mhic Neasa.'

Tháinig Dé Máirt fá dheoidh agus tháinig an carrphosta in éineacht leis. Níorbh fhada go raibh sinn i nGort a' Choirce agus ansin chuir an tiománaí mé i bhfianaise an chéad fhir ó Oileán Thoraí dá bhfacas riamh, fear darbh ainm Séamas Ó Dúgáin, máistir posta an oileáin agus ceannard na loinge a raibh le siúl an lá sin. Chuir seisean fáilte romham agus i gceann tamaill bhig bhí sinn ag tiomáin i seanchairt éigin go dtí an cuanbhád, trí mhíle ó Ghort a' Choirce. Bhí Séamas agus fear eile ag tiomáin agus mé féin im shuí thuas ar chliabh an phosta.

Níorbh fhada go ráinig sinn caolmhuir éigin do bhí idir Gort a' Choirce agus an cuanbhád. Bhí na fir ag áiteamh ar a chéile agus ansin thiomáin siad an chairt glan isteach san gcaolmhuir agus an fharraige ag líonadh!

D'iarr mé ar Shéamas cén fáth go raibh sinn ag fágáil an róid agus ag tiomán an chairt thar an bhfarraige. 'Tá an tslí so níos giorra,' ar seisean. Rinne sé amhrán Gaeilge éigin nach raibh aithne agam air, agus mhínigh sé dom é i mBéarla nárbh fhéidir liom a thuigsint. Bhí sruth na mara ag éirí láidir, agus bhí an capall ag saothrú go trom chun an chairt do tharraing. Thit an capall i bpoll níos doimhne agus ráinig an t-uisce go dtí an crann iompair. D'iompaigh Séamas orm. 'Bhfuil snámh agat?' ar seisean. 'Tá, go díreach,' arsa mise. 'Maise, b'fhéidir go gcaithfidh tú mé d'iompar ar do dhroim,' ar seisean. 'B'áil liom sin,' arsa mise, 'ach caithfidh tú mo mhála do ghlacadh id láimh mar tá nithe luachmhara ann.' Ar an am sin thug an capall tarraing mór, fada, láidir agus chrom an cairt ag éirí as an áit dhomhain. Níorbh fhada go ráinig sinn an talamh arís agus bhí míle go leith le siúl againn go dtí an cuanbhád.

Bhí an lucht loinge ag feitheamh orainn. Ardaíodh na seoltaí, cuireadh na hearraí agus an cliabhphosta ar bhord agus d'imigh sinn ar a sé a chlog. Bhí an tráthnóna breá agus bhí gaoth chiúin aneas againn. Ba mhaith, láidir an ceannard loinge é Séamas Ó Dúgáin agus bhí na daoine eile go macánta, dathúil. Bhí beirt acu ag rámhadh. 'Fáin bríos,' arsa an fear ba shine acu i mBéarla. Bhíodh sé ag filleadh ar na focla céanna ar feadh an astair mar nach raibh aon fhocal eile de Bhéarla aige agus ba í a bharúil gur mhaith liom focal nó dó Béarla do chloistin i measc na Gaeilge (ní raibh ach Gaeilge á labhairt le muintir an bháid, agus is i nGaeilge a thug Séamas a n-orduithe dóibh). Fuair mé cead leis an bád do stiúradh agus stiúras é go dtí go ráinig sinn foircheann a thoir don oileán. Thit tinneas fharraige orm ansin agus b'éigean dom an stiúir a thabhairt do Shéamas féin. Leanamar an trá ó Bhaile Thoir go Baile Thiar áit ina bhfuil 'brisfharraige' nó *slip* agus shiúlamar isteach sa gcuan ar a hocht a chlog.

Bhí mo chéad cuartú ar an tsagart óg a luaigh an tEaspag dom. Bhí sé ina chónaí cois na heaglaise. Tháinig Séamas Ó Dúgáin in éineacht liom agus shiúlamar thar an aon tsráid amháin atá sa mbaile sin. Chuir an máistirphosta mé i láthair an tsagairt, á rá leis: 'So dhuit duine uasal as Éireann, a Athair. Tá sé le fanúint ar an bhaile so seachtain nó dó. Níl a fhios agam cad é an nós a labhrann sé a ainm ach is é an tEaspag féin a chuir chugainn é.' Chuir an tAthair Ó Murchú míle fáilte romham agus ba mór é an muintearas agus an chairdeas do bhí aige dom fad is a bhí mé ar an oileán. Fuair sé lóistín dom i dtigh Néill Mhic a' Bháird ag a bhfuil tigh ósta agus siopa in aice an chuain.

Bhí seomra suite breá agam ann, gléasta agus maisithe le gach uile ní is gnáth a bheith ag fear cathrach agus is é rud a chuir mórán iontais orm, bhí pianó maith, ceolmhar ann mar an gcéanna. Bhí mo sheomra codlaidh níos lú ná aon seomra do bhí agam riamh, ach ba bhreá deas é go deimhin, agus bhí codladh ciúin, séanmhar agam ansin gach oíche ar feadh na coicíse.

Bhí muintir an tí breá agus macánta go léir. Bhí Niall Mac a' Bháird os a gcionn. Bhí mac aige darb ainm Séamas, máistir na gcomhartha in oifig Muintire Laoide, agus beirt cailíní deasa mar iníona.

Rinne mé dúiseacht ar maidin go moch. Níor chuala mé dada ach glaoch coiligh agus monabhar na farraige. D'éiríos agus chuireas umam agus bhreathnaíos amach as an bhfuinneoig. Bhí an fharraige ag bualadh ar na hailleacha agus bhí curach beag ag teacht isteach sa gcuan. B'fhéidir go raibh iascaire ann ag filleadh ó Phort na Glaise. Chonaic mé fear ag teacht aníos as an gcurach agus ag siúl suas an tsráid. Casadh fear eile dó. "Bhfuair tú iasc ar bith?' arsa an fear eile. 'Cha bhfuair ach beirt scadán agus gliomach.' 'Is olc an rud é go díreach.' Bhí siad ag dul thart in aice m'fhuinneoige. 'Lea bré,' arsa fear acu. 'Lá breá,' arsa mise agus iad ag dul isteach san tsiopa. Chuaigh mé síos an staighre agus isteach liom san tsiopa mar an gcéanna. Bhí na daoine ag iarraidh tobaic agus dí. Bhí siad ag caint lena chéile i nGaeilig ar a raibh blas folláin Dhún na nGall nó Gaeilge Albanaí agus níorbh fhusa dom a dtuigsint. Ar an am sin tháinig Séamas Mac a' Bháird isteach ó Oifig na gComhartha agus ba bhreá sothuigsineach an Ghaeilig do bhí aige. Nuair a bhí ár sáith cainte déanta againn leis na daoine, chuaigh sinn isteach i seomra eile chun béile maidine d'itheadh. Dúirt Séamas liom go raibh sé d'éis faire do dhéanamh óna cheathair a chlog in Oifig na gComhartha agus go bhfaca sé long gaile mhór darb ainm Numidian ag dul thart ó Líorpoll go Bostún. D'iarr mé air cad é an tslí ina raibh aithne aige ar ainm nó aistear na loinge úd. 'Dar ndóigh, is iad na comharthaí a chuir suas iad,' ar seisean. 'Ba mhaith liom na comharthaí sin d'fheicsint,' arsa mise. 'Maise, tar suas liom go dtí an oifig agus b'fhéidir go mbeidh long mhór eile ag dul thart ar do shonas.' 'B'fhéidir mar an gcéanna go bhfuil long gaile ag dul thart anois agus tú ag itheadh do chéadphroinne,' arsa mise. 'Och, níl aon tseans ar bith leis, tá stócach beag (buachaillín) agam ansin thuas agus é ag faire teora an radhairc le gloine cianamhairc. Dá mbeadh long ar bith ag teacht, is gearr go n-ardódh sé an bratach ar a nglaoitear J le fógairt a thabhairt dom.'

Chuaigh sinn amach ansin. Bhí an mhaidin breá grianmhar. Bhí an tslí againn thar na gorta choirce agus prátaí do bhí le bheith bainte an tseachtain so. D'éirigh an casán ar chúl na ngort go dtí go ráinig sé bruach na n-ailleach i dtaoibh thuaidh den oileán. Shiúlamar san gcasán go dtí Port na Glaise agus chonaic mé *crane* nó gléas chun earraí do tharraing suas as loing, suite san aill ceithre fichid troigh díreach os cionn na farraige. Dúirt Séamus liom go raibh an *crane* suite ansin le feidhm nuair a bheas an fharraige rómhór ar an dtaoibh theas den oileán. Ba mhór téaruinte an cuan do bhí ann agus ba dhubh, domhain an t-uisce. Deirthear go mbíonn madraí mara ann ar uaire.

Níorbh fhada go ráinig sinn an oifig comhartha. Bhí bothán beag daingean inti, dúnta le balla tiubh. Bhí crann ard áitithe in aice an bhotháin agus bratach Muintire Laoide (Lloyd's) in airde ar an gcrann íseal. Bhí amharc fada breá ón áit ina raibh sinn. Bhí radharc againn ar an oileán go léir agus chonaic mé Dún Bhaloir i bhfad uaim soir ar an taobh eile den oileán. Bhí Ceann na hAdhairce le feiscint ina lánmhaise agus Cnoc Fola agus sléibhte móra Dhún na nGall. Bhí long gaile éigin ag dul trí Bhealach Thoraí go Sligeach ach níor bhac Séamus léi mar nach raibh sí ag dul nó ag teacht tríd an bhfarraige mhóir.

Bhí teach solais mór in aice na hoifige agus trí cosantóra ann lena mná agus a gclann ach níor chuir mé mórán spéise iontu de bhrí nach raibh Gaeilge acu.

Ní raibh long gaile ar bith le fáil an mhaidin so agus chrom sinn ag caint ar mhuintir an oileáin agus ar chúis na Gaeilge. Ní raibh an iomarca leabhar ag Séamus Mac a' Bháird ach bhí Foclóir Uí Raghallaigh aige, agus leabhair an Athar Uí Ghramhna. Mar sin féin, bhí an Ghaeilge breá, bríomhar aige agus Béarla mar aon léi agus na focail nár tháinig liom a dtuigsint, mhínigh sé dom i mBéarla iad.

Ar mheán lae bhí sé ceaptha againn dul dár ní san bPoll Echo, ainm a ghoirthear ar roinnt bhig na mara atá ina loch ar uair na lomtrá. Tháinig an sagart in éineacht linn agus bhí súgradh mór againn ag preabadh agus ag rothlú san tsáile. Is é an t-ábhar glaoitear Poll Echo ar an áit gur briseadh long darb ainm Echo ansin mórán bliantach ó shin. Bhí drong de dhaoine óga ag tógáil duileasca i bhfad uainn agus nuair a chonaiceadar sinn ag snámh tháinig siad anall le breathnú orainn agus le breith do thabhairt ar an snámh do bhí ag an strainséir. 'Tá snámh maith agat,' dúirt fear acu liom nuair a bhí sinn ag dul abhaile.

Bhí mé ag itheadh mo dhinnéir nuair a tháinig bean óg isteach ag rá go raibh an bratach J in airde agus *steamer* éigin ag dul thart. Ní raibh deifir ar bith ar Shéamus óir do bhí a fhios aige go raibh an long gaile fiche míle ón oileán fós. Bhí míle d'aistear nó mar sin againn ó Bhaile Thiar go dtí Oifig na gComhartha agus nuair a ráinig sinn an bothán, fuaireamar dhá bhratach in airde ag an stócach. Bhí ceann acu ina 'bhurgee' dearg agus ceann eile, gormbhán, laistíos de. Bhí an chéad bhratach ina chomhartha don litir B agus an dara bratach don litir D, agus bhí ciall ag na comharthaí sin mar a leanas: 'Cad is ainm don loing úd?' Ag féachaint amach dúinn, chonaic sinn long gaile mhór in aice an oileáin ag teacht aniar agus deatach dubh ag triallladh as a píopaí móra. Rug Séamus ar an gcianamharcaí. 'Níl aon comhartha ar bith uirthi mar fhreagra,' ar seisean. 'Sdó (*sic*), tá anois, tá na ceithre brataigh ag dul suas acu.' Thug sé an ghloine dom féin agus chonaic mé ceithre brataigh in airde ar chéadchrann na loinge. Mhínigh Séamus dom iad. Bhí ceithre litreacha iontu agus, ag féachaint trí chlár áirimh Muintire Laoide dom, bhí ciall acu mar seo: 'Carthaginian, ó Bhostún go Líorpholl.' D'ardaigh Séamus *Pennant* na bhFreagraí agus leagadh na brataigh ar an loing. Ansin leagadh an *pennant* againn ar leathchrann ag rá le muintir na loinge: ''Bhfuil aon scéal eile agaibh?' Chonaic sinn trí brataigh eile ag dul suas ag rá: N, P, R – sin é: 'Cuirigí fógairt uainn chun ár luchtmháistir.' Rith an *pennant* suas againn ag freagradh: 'Cuirfimid.' Bhí an long gaile ag dul thart ar an am sin agus nuair a bhí sinn ag féachaint uirthi, umhlaíodh agus ardaíodh an bratach mór i ndeireadh na loinge, ag rá linn: 'Beannacht libh.' Rinne sinne mar an gcéanna le bratach Muintire Laoide, agus shiúil an long mhór soir go dtí go gcailleamar radharc uirthi ar bhruach na farraige. Scríobh Séamus cuimhneacháin i leabhar na hoifige, chuir sé cianscéal chuig Muintir Laoide i Londain agus cianscéal eile chuig luchtmháistir na loinge i Líorpoll, agus bhí an obair críochnaithe aige go dtí go dtiocfadh long gaile eile.

San tráthnóna bhí Séamus agus a bheirt deirfiúr, Eithne agus Eibhlín, cruinnithe san tseomra suite ag déanamh ceoil agus mé féin in éineacht leo. Bhí amhráin Thomáis Uí Mhór acu agus amhráin eile i mBéarla ach ní fhaca mé amhráin clóbhuailte i nGaeilge ar bith ann. Mar sin féin, bhí amhráin Ghaeilge go leor acu agus ag na daoine ar fad agus thosaigh mé á gcruinniú. Bhí deacracht mhór san obair sin. Seinneann na cailíní mórán d'amhráin cois na tine ina dtithe féin nó amuigh ar an róid san oíche agus bhí mé ag éisteacht leo ar uaire agus mé 'mo luí, agus ba bhinn milis an ceol do rinne siad. Ach ní raibh toil ar bith ag éinne acu le ceol a dhéanamh os comhair an strainséir nó os comhair Shéamuis féin agus muna mbeadh go raibh

Eithne ina cailín cliste, intleachtach, b'fhéidir nach dtiocfadh liom amhrán ar bith a chur síos ar pháipéar.

Bhí triúr cailíní san tsiopa tráthnóna lae de na laetha ag a raibh amhráin deasa. D'iarr Eithne orthu iad do sheinn. 'Maith go leor,' ar siad, 'ach caithfidh tú an solas a mhúchadh.' Rinne sí mar sin mar níorbh mhian leo éinne a bheith ag féachaint orthu ag seinn. Bhí mé 'mo sheasanh san gcistin agus mé ag éisteacht leo gan a fhios acu agus páipéar agus dúch in mo lámh agam, agus nuair a bhí trí rainn den amhrán déanta leo, bhí an fonn thíos ar an bpáipéar agam. Fuair mé na briathra go ceart ó Eithne féin ag[us] is mar sin a rug mé 'Is truagh gan mise i Sasain' (clóbhuailte i bh*Fáinne an Lae*) abhaile liom.

Rinneas dianloirgearacht ar staid na Gaeilge san oileán. Fuaireas amach go raibh Gaeilig ag an uile dhuine acu ach amháin ag daoine an tí solais. Ní raibh Béarla ceart ach ag fiche daoine nó mar sin agus is é an t-iomlán de na háititheoirí ceithre céad.

Níl difireacht mhór idir canúin oileán Thoraí agus canúin Dhún na nGall. Is ait an blas atá ar na gutaí á agus ó acu. Labhrann siad gach á mar a labhartar é san bhfocal Béarla far, agus gach ó mar a labhartar a san bhfocal Béarla fall. Labharthar an dáfhoghrach eá is dá mbeadh é ann, agus an dáfhoghrach gearr ea agus dá mba ei gearr do bheadh ann. Mar sin labharthar an focal Gaeilge meas ar nós an fhocail Bhéarla mess.

Deirthear chan fhuil in ionad níl, agus cha raibh in ionad ní raibh, ar nós na nAlbanach. Tá nós Albanach eile ina measc, sin é nach bhfuil urú i ndiaidh corrfhocail agus airteagail ach análú, mar sin: leis an fhear a deirid in ionad leis an bhfear. Níl an forainm sinn gnáthach acu ach deirthear muid, nós nach bhfuil aon cheartas leis.

Tá scoil 'náisiúntach' san oileán, lán de scoláirí beaga bochta. Ní chluintear aon fhocal Gaeilge inti agus déantar an múineadh i mBéarla gí go bhfuil Gaeilge mhaith ag máistir na scoile agus nach bhfuil ach Gaeilge ag na scoláirí. Bhí Breathnaitheoir na Scol ar chuairt ar an oileán nuair a bhí mé ann agus dúirt sé liom nach bhfaca sé mórán dul ar aghaidh ann agus ba í a bharúil nár miste don mhúineadh a bheith déanta i nGaeilge dá mb'áil le muintir na múinte i mBaile Átha Cliath é.

Bhí iontas mór ar na hoileánaigh nuair a chualadar go dtáinig mé ar an oileán chun a nGaeilge a fhoghlaim. 'B'fhearr duit,' ars iad, 'Béarla a theagasc dúinn.' Dúirt Niall Mac a' Bháird liom gurb áil leis gan aon fhocal Béarla a bheith san scoil dá mbeadh leabhair Ghaeilge go leor ann. Ceapann na daoine gur riachtanach an Béarla dóibh chun airgid d'fháil. Dúirt mé leo go raibh baol bháis ar an nGaeilge. Chuireadar gáire mór astu. 'Beidh an Ghaeilig,' ar siad, 'inár measc chomh fada is beidh oileán Thoraí i measc na dtonn.'

Aon lá amháin thug mé pota datha dhuibh liom go dtí an 'bhrisfharraige' le hainm an oileáin do scríobh uirthi. Tháinig mórán de dhaoine liom. Bhí conspóid againn ar an nós ba chóir linn an t-ainm a scríobh. Ní raibh eolas cinnte agam ar iarmbunús anama an oileáin ach amháin gur ghlaoigh na seanleabhair Toirinis air. 'Sin é, Oileán na dTor,' arsa Niall Mac a' Bháird. 'Cad é an rud tor?' 'Tor, sin é túr nó caisleán, tá mórán d'ailleacha ar an bhaile so go bhfuil cosúlacht caisleán orthu,' ar seisean Ní raibh aon mhíniú le fáil ar an bhfoirm 'Thoraigh.' Cheapas gur chóir liom 'Oileán Thorra' do scríobh ach dúirt Niall Mac a' Bháird agus Séamus Ó Dúgáin gur Thoraidh nó Thorraigh a labhras na daoine go léir. Mar sin féin, bhí ceaptha agam gurbh fhearr dom 'Oileán Thorra' do scríobh mar go raibh cumhacht ag duine ar bith deireadh do chur leis an bhfocal dá mba mhian leis sin a dhéanamh. Scríobhas an t-ainm i litreacha móra, trí troithe in airde, agus nuair a thiocfaidh long ar bith ansiúd, ní bheidh aon amhras ag muintir na loinge ar an áit a ráinig siad nó ar an teanga a labharthar ann.

Aon tráthnóna amháin bhí bád ag teacht isteach agus ualach mhóna air ón dtír mhóir. Bhí na daoine á cur ar talamh nuair a tháinig seisear cailíní ar chapaill chun na móna d'iompar go dtí Baile Thoir. Bhí cléibhte suite ar dhroma na gcapall agus na cailíní ag marcaíocht gan diallait nó 'droimtarnocht' mar a deirthear ansúd. Dob iontach deas an marcaíocht do rinneadar mar sin. Bhí cuid de na beathaigh ag siúl agus cuid acu ag sodar agus chonaiceas ceann acu ag dul ar chos in airde agus an cailín ar a dhroim gan eagla ar bith uirthi. Lá arna mhárach d'iarr mé iasacht de chapall ar Niall Mac a' Bháird le marcaíocht do dhéanamh 'droimtarnocht' mar an gcéanna. Chuas go dtí Baile Thoir agus ar ais agus ó nach bhfuair mé deacracht mhór san obair sin, do rinneas iarracht le marcaíocht do dhéanamh im shuí ar thaoibh den gcapall mar a chonaic mé na cailíní a dhéanamh. Dúirt Séamus liom gurb iad cluasa an chapaill ba chóir dom tabhairt dom aire i gcónaí. Do phreab mé suas ar an mbeathach agus ghabhas díreach ar aghaidh agus bhreathnaíos go grinn ar chluasa an bheathaigh. Bhí go maith fad agus a bhíos ag gluaiseacht go bog ar aghaidh, ach nuair a d'iompaigh an capall ar an láimh chlé, thit mé síos ar an mbóthar, agus nuair a d'iompaigh sé ar an láimh dheis, is beag nár thuiteas i ndiaidh mo chinn ar an dtaoibh thall. Fá dheoidh dob éigean dom dul ar a mhuin ar nós na bhfear agus bhíos brúite stócáilte nuair a ráinig mé abhaile.

Nuair a bhí seachtain caite agam ar an oileán, smaoineas gur mhaith an ní 'Feis Ceoil' do chur ar bun ann. D'aontaigh Séamus Mac a' Bháird go croíúil leis an gcomhairle sin agus an sagart maith mar an gcéanna. Ar an am sin tháinig Seán Ua Buaidhe, Rún-Cléireach Conartha na Gaeilge, Craobh Dhoire, ar an oileán. Dúirt sé liom gur airigh sé an obair go léir á dhéanamh agam agus gur tháinig sé thar sáile le cúnamh do thabhairt dom. Chuireas míle fáilte roimhe agus rinneamar ár ndícheall chun na feise a chur ar aghaidh. Tugadh sí i gcuideacht (*sic*) an treas lá de Mheán Fhómhair agus scríobhadh forfhógra mór Gaeilge againn le fios a chur chuig na daoine. Thug an sagart amach é ar an altóir mar an gcéanna agus ar titim na hoíche bhí cruinniú mór i dtigh na scoile. Thug mé cuntas ar an bhfeis i bh*Fáinne an Lae* roimhe seo. Ba mhór an fleá é agus is fada an lá go ndéanfaidh daoine cneasta an oileáin dearmad air.

D'fhág mé an t-oileán dhá lá ina dhiaidh sin agus tá súil agam dul ar ais don oileán arís. Agus go dearfa, is iontach an t-oileáinín é. Níl aon chíos nó cáin ag duine ar bith ar mhuintir an oileáin. Ní fhacas constábla ná giúistís ar bith ann, ná fear dlí ná dochtúir. Níl aon tinneas ann ach an bás amháin. Tá na daoine bocht go leor ach is maith é an fómhar atá acu, fómhar prátaí agus coirce ar an dtalamh agus fómhar iasc san bhfarraige.

D'imíos ar mhaidin Dé Máirt, an 5ú lá de Mheán Fhómhair. Bhí an bhrisfharraige lán de dhaoine, idir seanfheara agus stócaigh óga. Sheas mé i ndeireadh na loinge go dtí gur cailleadh na 'beannacht leat' agus 'go soirbhí Dia dhuit' in mo chluasa.

Is go dté tú slán, a oileáin Thoraí agus go mbeannaí Dia go deo dhuit!

E.E. Fournier

AGUISÍN VII

SUAS LEIS AN GHAEILIG[237]

Suas leis an Ghaeilig,
Ar aghaidh léi go deo,
Is rófhada bhí sí faoi smúid ghlais 's faoi cheo.
Síos leis an Bhéarla is le nósaí Sheáin Bhuí,
Na nósaí a bhí le seal fada 'ár gcloí.
Bhí an Béarla mar néal os cionn talamh is trá,
Dár mealladh, dár ndalladh, dár gcreachadh is dár gcrá,
Ach, a chairde mo chléibhe ó, tógaidh bhur gcroí
Tá grian gheal na Gaeilge fá dheireadh ina suí.

SOU'WEST[238]

Tá tú caite anois is lom,
Tá sliocht an anró ar do cheann,
Chaill tú bláth na hóige a bhí ort i dtús do shaoil,
Mar sin féin is tú grá mo chroí,
Cha scaraim leat go deo
Nó go síntear ins an chill mé le do thaobh.

Nach iomaí dainséar mór a rith mé is tú féin ariamh
Ó bharr an Phointe go dtí an Bhoilg Mhór
Sruth Phort an Deilg is an Camas Mór
Béal Phort Challa agus Droim an Ghabha?

Is iomaí barróg chasta chorrach trá
Bhris ón éan go dtí an maide thiar
Is ní tháinig truisle riamh ná scoradh ar mo cheann.
Bhí tú miotalach is dian,
Bhí tú cocáilte is buan
Bhí tú i gcónaí i gcónaí i dtólamh ar mo cheann.

Ach tá tú caite anois is lom,
Tá poill is paistí ar do cheann
Ní iontas sin ach iontas mór nach mbeadh,
Ach mar sin féin is tú grá mo chroí
Ní scaraim leat a choíche
Nó go síntear an scraith ghlas os mo chionn.

Déanfaidh mac John Eoin go beacht
Crois de na céaslannacha gan locht
Déanfaidh an seansop piliúr dian do mo cheann
Déanfaidh an t-éadach éadach taise dom san uaigh.

BEITÍ SAILÍ DAN[239]

Nuair a théim chun an Chamais Bhig
A sheiftiú an méid a thig
Glasán beag is glasán mór dá dtiocfadh a fháil,
Ar philleadh dom chun tí
Is mé ag teacht ar thuairisc greim bídh
Bheir sí orm aghaidh a craois sa mhéadal mhór.

Ó mo chreach is mo mhíle díth
Ná gur spreag sé in mo chroí
A ghabhail i gcleamhnas riamh le Beití Sailí Dan
Nó níl aon lá ó cuireadh an snaidhm
Orm féin is ar Bheití mhín
Nach bhfuil leatrom agus léan dom féin i ndán.

Nuair a théimse siar chun na trá
A chur amach bodóg agus leathach
Tiocfaidh mé aniar salach sronnach
Marbh tuirseach amach ón lá.
Nuair a thigim isteach 'un tí
A chur tuairisc greim bídh
Fágfaidh sí pláta brachán 'Indian' is cáfraith fúm.

Nach iomaí cnapán salach trá
A bhris ar an éan is ar an mhaide thiar
Is char baineadh truisleadh riamh ná scanradh as do chroí
Nó go n-éireofá go cruinn
Leis an fhaoileann ar an toinn
Is go dtiocfá i dtír le lasta liúdar i bPoll an Lín.

Barr an Phointe is an Bhoilg Mhór
Sruth Phort Deilg is an Camas Mór
Béal Phort Chala ó thuaidh
Go beacht is Droim a' Bhogha
Bhí tú i dtólamh ó thaoibh go taoibh
Is bhí tú i gcónaí bonn ar bhonn
Is cha dtug tú riamh do dheireadh don Oitir Mhór.

Ach tá tú caite anois is lom
Is tá sliocht an anróidh ar do cheann
Chaill tú bláth na hóige a bhí ort i dtús do shaoil.
Mar sin féin is tú grá mo chroí
Cha scaraim leat a choích'
Nó go síntear ins an chill mé le do thaoibh.

Dhéanfaidh mac John Eoin go beacht cros
De chéaslaidh a bheas gan locht
Is dhéanfaidh an curach cónair dhíon dom féin go brách
Cuirfidh Beití le mo thaoibh
Léinidh uisce de mhálaí plúir
Is dhéanfaidh an scarfa marbhfáisc orm san uaigh.

'BHFUIL AN SEANCHRÓ INS AN tSEANÁIT?[240]

'Bhfuil an seanchró ins an tseanáit
'Bhfuil an seandeilf ar an chlár
'Bhfuil an mhuc go fóill faoin leabaidh
Is an tseanchat ar an fháir?

'Bhfuil mo sheanmhadadh Jack agus an coileán beag
Cuachta sa ghríosach mar ba ghnách?
'Bhfuil an seanchat riabhach agus an pisín beag liath
Ag ól an bhainne is ag marú luchóg mar ba ghnách?

'Bhfuil *Blackie* thíos i bPort Máis
'Bhfuil an eangach ar a béal mar ba ghnách?
'Bhfuil na bascóidí thiar i bpoll an taomtha
Is an seandeilf iontu go fóill?

'Bhfuil na brístí uisce, seaicéad uisce, i dtoiseach,
Rópa an ancaire, rópa an chrúca mar ba ghnách?
'Bhfuil Éamann Néill is a fhoireann féin
'Déanamh fortúin i dTaobh ó Thuaidh?

Seo chugainn aniar an *Blackie*
Thart aniar ó thuaidh
Níl sí rómhaith ar an iomramh
Ach tá sí níos fearr ar an tseol.

Is É Mo Chuairt Anuas Dé Domhnaigh

Is é mo chuairt anuas Dé Domhnaigh
A d'fhág faoi dhólás mé le fada
Is mé a bheith ag coimheád achan tráthnóna
San áit ar shiúil mo ghrá liom fán am seo anuraidh.

Do shúil ghorm uisce fómhair
Is do bhéilín ródheas ab fhearr liom a fheiceáil
Is, a Rí-ó, nach bhfuil mé is tú pósta
Nár dheas mar a sheolfas muid chun an bhaile.

Nuair a bhí mé ins an bhaile
Ag m'athair is ag mo mháthair
Ní raibh aon ní le déanamh
Is nár bheag ab fhearrde daofu m'obair.

Ach anois tá mé sáraithe
Is gurbh fhearr liom dá mbeinn sa bhaile
Is dá mbeadh bliain ar fad sa lá
Go mbeinnse sásta a bheith ag obair.

Is dá mba liomsa flít na hÉireann
Is a bhfuil in Éirinn ó seo go Gaillimh
Go dtabharfainnse duit muir Éireann
Ar a theacht, a ghrá dhil, liomsa abhaile.

Ach, a ógánaigh, nár chiúin do gháire
Is nach dtabharfá áras di féin is dá babaí
Is dar bhrí ná go dtearn tú an t-amhgar
Is gur fhág tú an páiste bocht faoi leatrom.

Ach, a choíche má ní tú m'athrach
Is i ndiaidh do bháis ná go mbeidh tú ag aithrí
Beidh tú ag siúl in do chosa tarnochta
Fríd chúlfháidh agus clocha sneachta.

Is tá cúirt fhada, ghlégheal
Ag m'athair istigh i dToraigh
Sin oileán taobh thuaidh de Éirinn
Comhgarach do shléibhte Chorrán Binne.

Ach is truagh nach bhfuil mé in Ard Lár Thoinn
Is m'aghaidh a bheith thart ar bheanna Thoraí
Mé a bheith ag éisteacht le guth na n-éan,
Is, a Dhia, nach aoibhinn don té atá i dToraigh.

Ar shuíomh idirlín 'Feis Thoraí Agus Féile Jimmí Mhairí Bhillí.'

An t-amhrán á cheol ag John Tom Ó Mianáin ar an chlár 'Binneas Béil' 26 Meitheamh 2018.

AGUISÍN VIII

Tuairisc Shéamuis Mhic a' Bháird chuig Conradh na Gaeilge

Seo tuairisc iomlán Shéamuis Mhic a' Bháird chuig Ard-Fheis Chonradh na Gaeilge 1902–1903, ina gcuireann sé síos ar an obair a bhí idir lámha aige le sé mhí ón uair a ceapadh é.

Annual Report of the Gaelic League 1902–3 and Proceedings of Ard-Fheis, 1903, with Summary of Accounts, List of Branches, etc., lgh. 45–50.

[Tá an téacs seo a leanas tugtha in Seosamh Ó Ceallaigh (eag.), *As Smaointe Tig Gníomh* (Coiste Cuimhneacháin Choláiste Uladh, 2017) 173–9.

Séamus Mac a' Bháird.

Tá sé sé mhí ó toghadh mar thimire faoi Chonradh na Gaeilge mé, agus ó shin tá mé chóir a bheith i dtólamh i gContae Dhún na nGall.

Chomh luath géar agus a fuair mé scéala gur toghadh mé thoisigh mé a chur mo bhaile féin, Oileán Thoraí, in ordú sulmá bhfuígfinn é. D'iarr mé ar shagart an oileáin, an tAthair Ó Muirí, é a fhógairt ón altóir Dé Domhnaigh go mbeadh cruinniú i dteach na scoile tráthnóna. Chruinnigh na daoine go léir oíche Dhomhnaigh mar a hiarradh orthu, agus, i ndiaidh tamall cainte ón tsagart agus uaim féin, cuireadh craobh ar bun, agus réitíodh le rang a chur ar obair do na daoine. Caitheadh an chuid eile den am go haerach le ceol agus damhsa.

Lá arna mhárach d'fhág mé Oileán Thoraí agus de réir na horduithe a tháinig chugam roimh ré tharraing mé ar Thomás Ó Concheanainn a bhí ins an am seo ag obair i bparóiste Inbhir. Bhí muid i gcuideachta a chéile anseo ar feadh thrí seachtainí agus i ndiaidh eisean imeacht d'fhan mise i mbun an ranga ag teagasc na ndaltaí agus ag múineadh damhsaí dóibh ar feadh scaithimh eile.

Fán am seo bhí scoraíocht i scoil Thamhnaigh Mhullaigh, agus cruinniú mór de mhuintir an cheantair sin i láthair. Labhair máistir na scoile agus mé féin leis na daoine, caitheadh oíche an-Ghaelach le amhránaíocht, aithriseoireacht agus rince Gaelach. Chuala mé go minic ó am go ham ó shin go ndearnadh maith mhór an iarraidh sin do chúis na Gaeilge i dTamhnach Mhullaigh. Tamall beag roimh an chruinniú seo i dteach na scoile bhí cruinniú breá poiblí ag Tomás Ó Concheanainn ins an pharóiste chéanna, agus bhog an dá chuid suas go breá muintir na háite sin, agus thug mé orthu níos mó spéise agus suime a chur ina dteangaidh. Tugadh fá dear fosta go rabhthar ag labhairt i bhfad níos mó Gaeilge i ndiaidh an ama a dtráchtaim air ar na haontaí agus ar na margaíocha ná a bhíthear le fada go leor roimhe sin.

Ní labhartar Gaeilig i gceantar ar bith eile i bparóiste Dhún na nGall ach i dTamhnach Mhullaigh; ach tá obair mhaith á déanamh ag muintir Bhearnais Mhóir, muintir bhaile Dhún na nGall agus muintir na gCeithre Máistir.

Bhí cruinniú agam i dteach scoile an Bhearnais Mhóir agus chuir mé craobh ar bun ann agus de réir mo bharúla tá spiorad breá ins na daoine ins an cheantar sin. Bhí suas le dhá chéad duine fásta ag foghlaim Gaeilge faoin chraoibh seo ón lá a cuireadh an chraobh ar bun go dtí gur thoisigh obair an earraigh tá tamall gearr ó shin. Tá os cionn céad go fóill ann agus tá amuigh is istigh ar chúig chéad – gan baint do pháistí – ag foghlaim na teanga ins an pharóiste go huile.

Chuaigh mé go dtí ceantar na gCeithre Máistir, go dtí cruinniú breá i dteach scoile an cheantair sin a bhí i dteannta a chéile ag séiplíneach pharóiste Dhún na nGall, agus chuir muid craobh agus rang breá ar bun ann. Labhair an sagart agus Mac Uí Ghallchóir, fear dlí i nDún na nGall, leis an tslua.

Ainneoin gur dhúirt mé gur áit an-Ghaelach Tamhnach Mhullaigh, agus bród ar na daoine as a dteangaidh féin a labhairt, ina dhiaidh sin agus uilig d'fhéadfaí mórán bisigh go fóill a chur ann. Tá mórán acu ag labhairt Béarla lena gclann; agus ní i dtobainne, creidim, a chuirfear cleachtadh mar seo ar gcúl. Dálta na gceantar Gaelach eile a dtug mé cuairt orthu tá muintir Thamhnach Mhullaigh ag tuigbheáil scéal na Gaeilge, agus i mbliain nó dhó eile beidh na háiteacha seo ina gceantara Gaelacha dáiríribh de bharr shíorsaothar an Chonartha. Dá dtiocfadh na sagairt ar aon intinn leis an Easpag, an Dochtúir Urramach Ó Dónaill, ba ghairid go mbeadh athrach scéil ins na ceantara Gaelacha agus gallda.

D'fhág mé Dún na nGall agus chuaigh mé chun na hairde aniar aduaidh go Cloich Cheann Fhaola, agus chuir mé craobh ar bun i nGort an Choirce agus is é an chéad rud a rinne an chraobh sin céilí a chur ar obair. Labhair mé féin agus dornán de mhuintir na háite leis an chruinniú ag an chéilí agus tháinig leas mór dá bharr. Is é Aodh Ó Dubhaigh, buachaill óg ins an pharóiste, a bhroslaigh iad agus a thug fios a ngraithe dóibh. Chaith sé seo seal i nGlaschú an áit a raibh sé ina chomhalta d'Ard-Chraoibh na cathrach sin. De réir mar a chluinim tá craobh Ghort an Choirce ag dul ar aghaidh go láidir ó shin.

Chaith mé seachtain i gCloich Cheann Fhaola agus thug mé iarraidh ar chraoibh eile a chur ar bun i gCeathrú Ceanainn an áit a raibh rang mór cheana féin ar obair. Bhí fir mhaithe i mbun na ngraithe ins an am sin agus bhí siad ag déanamh na hoibre in ascaidh agus ag cuidiú go dúthrachtach; ach rinne siad neamart in iad féin a cheangal do bhun an Chonartha agus an rang mór a bhí acu, thit sé chun deiridh.

Chuaigh mé as Cloich Cheann Fhaola go Doire le bheith i láthair mar a hordaíodh domh, agus ar mo bhealach síos go Doire domh d'fhan mé seal beag ar an Tearmainn, agus chruinnigh mé le chéile cuifealán beag de na máistrí scoile agus de na daoine ab ainmiste san áit. Chuir muid ár gceann le chéile agus leag muid amach gur mhaith an rud dá dtiocfainn faoi cheann míosa ina dhiaidh sin le craoibh a chur ar bun. Idir an dá am ghlac na máistrí (atá ina nGaeil mhaithe uilig) leis na daoine a bhroslú agus fios agus eolas a thabhairt dóibh ar an chúis agus iad a ullmhú fá choinne an ama sin. Nuair a phill mé ar ais chun Tearmainn i ndeireadh an gheimhridh bhí cruinniú breá Dé Domhnaigh againn agus cuireadh craobh ar bun. Thug an tAthair Mac Giolla Cheara an uile chuidiú uaidh agus ó shin de réir mar a chluinim bíonn sé ag an rang an uile oíche ag comhairliú agus ag broslú na ndaltaí. Gaeilig óna óige ag an tsagart seo ach ní raibh léann Gaeilge aige go dtí ar na mallaibh. Anois léann sé agus scríobhann sé an teangaidh agus bíonn urnaíocha roimh an Aifreann agus paidreacha i ndiaidh an Aifrinn aige i nGaeilig.

Labhrann sean agus óg, beag agus mór, teangaidh a sinsear ar an Tearmainn, ach dálta mórán áiteacha eile cosúil leis tá tuairim is ar leath an aosa óig tugtha don Bhéarla. Táthar ag múineadh na teanga go maith i scoltacha an Tearmainn agus ní na máistrí úsáid choiteann di ins an scoil.

Thug mé cuairt go Srath an Urláir agus go Bealach Féich agus bhuail mé isteach chuig an tsagart paróiste, an Moinsíneoir Mag Fhloinn. Shiúil mé ar na scoltacha, agus chuir mé a dtuairisc ionsar an Choiste Gnó. As trí chéad agus deich gcloigne agus daichead níl ach céad amháin ag foghlaim Gaeilge. Táthar ag teagasc stair na hÉireann i scoil amháin as sé scoltacha. Níl ach duine amháin de na máistrí a bhfuil Gaeilig óna óige aige. Labhartar a bheagán nó a mórán de Ghaeilig ins an pharóiste taobh amuigh den bhaile mhór. Tá an sagart paróiste ar an Ghaeilgeoir is fearr ins an deoise, agus ní sé seanmóir go minic i nGaeilig. Tá scoltacha na paróiste seo de thairbhe Ghaeltacht na hÉireann i ndrochdhóigh.

Thug mé rúide eile ar an pharóiste seo le gairid ach de réir chuma ní thig dadaí a dhéanamh ann go fóill.

Chuaigh mé go dtí céilí a bhí i nDoire i dTeach Choilm agus phill mé ar ais go Dún na nGall le cuidiú céilí eile a chur ar obair ansin.

Lá arna mhárach i ndiaidh chéilí Dhún na nGall, chuaigh mé go hInis Eoghain, agus thug mé cuidiú dóibh leis an choirm cheoil a bhí ar chois acu. Chaith mé seal beag anseo, shiúil mé ar chuid de na scoltacha, agus d'imigh mé ansin go Dún Fionnachaidh. Ar shroicheachtáil na háite seo domh scairt mé isteach chun an tsagairt paróiste, an tAthair Ó Daimhín, agus daoine cliúla eile san áit. Tugadh amach ón altóir go mbeadh cruinniú ann Dé Domhnaigh. Bhí neart daoine ann. Bhí an Dochtúir Mag Craith sa chathaoir. Cuireadh craobh ar bun agus réitíodh le rang a chur ar obair. Is Gael maith dúthrachtach an Dochtúir agus caithfidh mé a rá go bhfuil buíochas mór agam air féin agus ar an dá mháistir scoile atá ins an bhaile sin (an Baollach agus Mag Fhionnaile) ar son an chuidithe a fuair mé uathu a fhad is a bhí mé ins an áit.

Chuaigh mé chun an Chlocháin Léith i ndiaidh Dún Fionnachaidh a fhágáil agus d'iarr mé ar an tsagart paróiste é a fhógairt ón altóir go gcuirfí ranganna Gaeilge ar chois ins na scoltacha fá choinne na ndaoine fásta. Á fhógairt seo dó, rinne an Moinsíneoir Ó Gallchóir comhrá ar chúis na Gaeilge agus bhroslaigh sé na daoine i gceart. Bhí cruinniú measartha ann an chéad oíche, ach nuair a chuala siad nach raibh spórt ná seirbhís le baint as na ranganna ní thiocfadh siad an dara huair. Bhí siad ag dréim go mbeadh caitheamh aimsire agus damhsa gach oíche i ndiaidh na ranganna, ach ó tharla go raibh an uile shórt damhsaí crosta ins an pharóiste sin ó bhí an Misean ann anuraidh, ní thabharfadh an sagart cead dóibh. Cibé ar bith áit ar chuir mé craobh ar bun thug mé fá dear ins na craobhacha a bhfuil cead damhsa agus siamsa acu go mbíonn na ranganna i dtólamh líonta i gceart.

Tá cúig scoltacha déag ins na Rosa Uachtaracha; agus tá 765 as 840 páistí ag foghlaim Gaeilge iontu. Táthar á teagasc ins na scoltacha go huile – i seisear acu mar chuid d'obair an lae agus mar aguisín, agus ins an cheann atá d'fhuílleach mar aguisín amháin.

Chuaigh mé chun an tSratha Báin i ndiaidh na Rosa a fhágáil agus chaith mé seal ansin ag múineadh damhsaí agus ag teagasc ins an bhaile mhór, agus ins na ceantara atá ins an chomharsanacht. Cuireadh céilíocha ar siúl ar an tSrath Bán agus ins na craobhacha atá thart timpeall, agus thug mé lámh chuidithe dóibh go léir. Is é an ócáid a bhí leis na céilíocha seo, airgead a thógáil leis an mhúinteoir thaistealach a dhíol, agus le airgead a bhailiú fá choinne Choiste Ceantair na háite sin.

Tháinig mé ar ais go paróiste Inbhir, shiúil mé ar na craobhacha agus labhair mé leo fá Choiste Ceantair a chur ar bun. Thaitin seo uilig agus réitigh mé le teachtaire as gach aon chraobh agus ceantar thart timpeall a theacht i gceann a chéile le comhrá a bheith acu fán cheist. Rinneadh amhlaidh, agus is é an rud a leag muid amach ag an chruinniú sin gurbh fhearr gan an coiste a chur ar bun go mbeadh tuilleadh craobhacha ar obair ansiúd agus anseo. Nuair a bheas craobhacha ar bun agam nó athbheoite agam ar na Cealla Beaga, na Gleanntaí, Ard an Rátha, srl., tiocfaidh na teachtairí ar ais i gceann a chéile agus cuirfear an Coiste Ceantair ar bun i mbaile Dhún na nGall.

Chuaigh mé go paróiste Dhroim Thuama i lár na míosa seo a chuaigh tharainn agus chuir mé craobh ar bun ann. Tá an chraobh seo ag dul chun cinn go maith ó shin. Béarla uilig a labhartar ins an pharóiste seo ach tá spiorad maith Gaelach i measc na ndaoine ins an cheantar den pharóiste a bhfuil an chraobh ann, Lathaigh Bairr.

Tá mé seachtain ar na Gleanntaí, agus is maith liom a rá go bhfuil cúis na Gaeilge ag déanamh go maith ann. Níor chuala mé dadaí Dé Domhnaigh seo a chuaigh thart i dteach pobail na nGleanntach ach Gaeilig go huile. Bhí urnaithe roimhe agus urnaithe i ndiaidh an Aifrinn, Paidrín Páirteach, seanmóir, fógraí, agus Turas na Croiche i nGaeilig.

Bhí scrúdú an lá fá dheireadh ag an Chanónach Mac Pháidín le mná fuála a thoghadh fá choinne a chuid scoltacha agus ghearr sé amach cupla duine a bhí an-fhóirsteanach ar dhóigheanna eile as siocair mar a bhí siad aineolach sa Ghaeilig. Dúirt sé ón altóir an Domhnach ina dhiaidh sin, "gan seachrán ar bith a bheith orthu! Gur imigh na laetha a bhféadfaí neamhshuim a chur i dteangaidh na Gaeilge. Dúirt mé cheana féin agus deirim ar ais nach bhfaigheann aon duine ins an pharóiste nó as an pharóiste posta dá bhfuil faoi mo chúramsa ach Gaeilgeoir. Mholfainn daoibh mar mhaithe libh féin an Ghaeilig a labhairt agus í a fhoghlaim. Tá arán agus im anois inti, a chlann, agus b'fhéidir go mbroslódh seo féin sinn."

Is Gaeilgeoirí uilig a chuid máistrí scoile, agus is fir mhaithe uilig go léir iad. Tá siad ag déanamh obair bhreá ina gcuid scoltacha agus chuidigh siad i gceart liomsa ó tháinig mé chun na háite seo. Tá buíochas mór agam orthu as a ndearna siad domh. Níl náire ar bith ar mhuintir an pharóiste seo a dteangaidh féin a labhairt agus labhartar í níos coitinne anois ar na haontaí, ar na margaíocha, agus ar na bealtaí móra ná a dhéantaí tá cupla bliain ó shin. Tá scrúdú le bheith ag an Chanónach Mac Pháidín ina chuid scoltacha go huile ins an Mhí Mheáin seo chugainn, agus bhéarfaidh sé punta airgid de dhuais do gach aon scoil le roinn ar na páistí is fear eolas ar Ghaeilig. Tá trí scoltacha déag faoina stiúradh agus i mbeirt acu seo táthar ag múineadh na Gaeilge ar feadh dhá uair go leith sa tseachtain, agus ins an chuid eile ar feadh uair go leith. Tá ocht gcéad agus seacht gcloigne déag agus daichead páistí ar na scoltacha seo agus ocht gcéad agus fiche acu seo ag foghlaim Gaeilge. Tá scoil amháin de na trí scoltacha déag nach bhfuil na páistí ag foghlaim Gaeilge inti. Thug an Canónach mar ordú dona chuid máistrí scoile gurb í an Ghaeilig a bheas feasta ina teangaidh choitinn a fhad agus is féidir é ins na scoltacha.

CRÍOCH

Ó chuaigh mé a thimireacht tugaim fá dear má bhíonn na sagairt i leith na cúise agus a gcroí san obair go mbíonn na máistrí scoile amhlaidh fosta. Ansin má fhaightear tuata nó dhó a bheadh ina n-oibríonna maithe díbhirceacha caithfidh bláth a theacht ar an obair: nó dá bhfaighfí cupla fear dúthrachtach a gcuideodh na máistrí scoile leo agus gan na sagairt a bheith neamhshuimiúil ar fad ins na graithe, théid an chúis ar aghaidh go measartha. Má bhíonn na sagairt neamartach faillíoch is deacair dadaí a dhéanamh. Cinnte, má bhíonn cuid mhór d'fheara maithe tábhachtacha a d'oibreodh go dian is mór an lán a d'fhéadfaí a dhéanamh. Fá dheoidh, má bhíonn na máistrí nó na daoine leis agus na sagairt in éadan na ngraithe, ní fheictear domh go dtiocfaí dadaí a dhéanamh.

Cibé ar bith sin títhear domh go bhfuil athrú mór ag teacht go hachmair agus le cuidiú Dé cha bhíonn sé i bhfad go raibh an uile mhac máthara linn idir sagart agus bráthair agus tuata.

Séamus Mac a' Bháird

Litir Shéamuis Mhic a' Bháird chuig an Easpag Ó Dónaill

23 Mí na Nollag 1918
An tEaspag Urramach
An Dr. Pádraig Ó Dónaill, Leitir Ceanainn
A Thiarna Easpaig,

Nollaig aoibhneach, shona, shíochánach, shúgach, shiamsach dhaoibh agus mórán mór bliantaí úra go bhfeice sibh fá shéan agus fá shonas – sláinte, suáilce agus só!

Mise le meas mór agus urraim thar barr dhaoibh,

Do shearbhóntaí umhal

Séumas Mac a' Bháird.

I.S. Seo seic beag uaim le haghaidh na Nollag: guím sibh é a ghlacadh fá choinne úsáid ar bith is toilteanaí libh. Séumas.

I.S. (eile) Hobair nach smaointeoinn a inse daoibh, tá mac agus níon anois agam, ábhar dhá *mhissionary* fá choinne an tSín (China) fá cheann scór bhlian eile!!

When writing a few days ago (by the way that letter is in the Tory Post Office yet and may be there for weeks to come as Tory is at present enveloped in a storm which may not abate for long enough) I had so much to say about John Bull's spirit licences and int and reservations, that I did not tell much about Tory nor refer to another subject that I'll come to before closing.

First, not one of all the fishermen seems to miss the drink. They don't seem to even think of it. They are subject to the same exposures as before and not one is complaining of sickness or colds or pains. We have now been so free from sickness of any sort in Tory (I am not referring to the few asthmatic and consumptive people and to a few other cases of chronic sickness.)

There are about a dozen fellows very fond of drink who have occasionally taken pledges and broken them always within a week or two; and a dozen middle-age men — rather temperate men too — whom no persuasion or influence could ever move to take a pledge at all. Well, the first batch (the dozen a bit addicted to drink always) have kept this pledge most religiously and haven't yet evinced the least inclination to touch it. Three or four of those hard cases have been nearly weekly crossing to the mainland and have been detained several times many days and nights there, knocking about uncomfortably without change of clothing or proper feeding from house to house away from home and not one of them has touched it (drink.).

The other batch of rather temperate men who always scorned the idea of pledging themselves and who laughed at those who took pledges, took it from Fr. Kelly to a man and then did it most voluntarily; for it was not administered individually or in the confessional but to the whole congregation in a body. No one need have taken it who didn't like. It was when the men handed in their names to me (not even to either of the priests) that we saw everybody had taken it. (I think there is one fisherman and one huckster shop-keeper who didn't take it but they might as well have it. They don't drink and, besides, they couldn't get it (drink) if they wanted. All the rest of the people between the two batches mentioned, are average or normal; but all took it and all are keeping it faithfully and religiously. The present writer just cheated the d----l once by having a half-one of Hennessy in his plum pudding sauce at Xmas but that was no harm.

The good effect of that mission and the total abstinence of Tory and the disappearance of the pub is very noticeable. All the men are so normal and peaceable and natural in their dealings and relations with one another and at their various daily avocations etc. They have had a few dances or entertainments in the school since and enjoyed themselves greatly and normally and found they could get on as happily as if they had had each his bottle carefully hidden away in some hole in a fence outside the dance hall. They used to have a swig now and again 'just to keep up their spirits,' and as the bottle was getting low, natural normal manners and dispositions changing to coarseness and boisteressness and irritableness and their tempers getting like wasps and nettles. Now haven't we changed, thank goodness.

This account has grown too long to inflict on one who must have tons of serious correspondence daily to get through, but I know your lordship will be so glad to hear it all that the loss of time perusing the account will be an agreeable sacrifice.

The following is the other subject although last, (like a lady's postscript) it is not negligible: the extension to our pier will be starting soon (in probably a month or so). The work will last for some time. I think there is usually some local person appointed as timekeeper (or rather perhaps paymaster) while a work of that kind is going at some small pay. They (the C.D.B.)[1] send their own foreman or gaffer to oversee the men and work while it is going on, and this inspector pays periodic visits (once a month or less frequent). If they appoint a paymaster they might perhaps consider me not unsuitable if your lordship would kindly suggest it to Mr. Shields. Up to the present I have always succeeded in missing little tasks that turned up handy near home. I was always last in the field or some other one worked which earlier or more deterring. Mr. Shields did all he could on previous occasions but arrangements already sanctioned couldn't be undone – or something like that. Mr. Shields has always been nice, fair and favourable but I gave him such a douche or inundation of correspondence in connection with the advocacy and extension that I am now in terror of touching him again (I did it with the best of intentions and to assist or back up his well-known efforts in its behalf – just to try and influence his colleagues, not him, but it seems every one I wrote to all wrote volumes to him and almost snowed him up with correspondence approving and recommending the sought-for extension. At last he wrote on most appealingly 'for pity sake, Sheumus, don't turn on any further correspondence on me; the extension will be all right. I am literally snowed up' or something to that effect! I *turned off the tap abruptly, tortured at having poor Mr. Shields (Micks?) 'submerged' and didn't write the word 'pier' since!*

I might however sum up courage to write him gently suggesting something about the paymastership in a humble submissive way: though he has had such a terrorizing experience of my trick of turning on floods of correspondence from all quarters on him that I believe the most effective plan now would be 'intimidation' – than to threaten him with the 'flood' again unless he does whatever I want!!

I beg to remain your Lordships's most obedient servant,

Sheumus Ward.

P.S. When I was trying to get the caretakership of the Board's station line a few years ago Mr. Micks told me I should have got it if I had applied earlier. The appointment had been sanctioned before I applied. He told me he would get something on mainland for me if I was not tied to Tory and he told me that your Lordship strongly recommended me to him for which I humbly beg now to express much gratitude. J.J.W.

NÓTA

1   *Congested Districts Board of Ireland* a cuireadh ar bun sa bhliain 1891 le bochtanas agus drochdhóigh mhaireachtála mhuintir an iarthair agus an iarthuaiscirt a mhaolú ar bhealaí éagsúla.

Aguisín X

Troid Bhaile an Droichid[1]

'A Chaitlín,' arsa Séamas Mór Ó Duibhir lá éigin lena bhean, 'an bhfuil a fhios agat go mbeidh aonach i mBaile an Droichid Déardaoin seo chugainn?'

Bhí Séamas ina sheasamh i lár an urláir i ndiaidh a bhricfeasta a dhéanamh le linn é an cheist udaí a chur ar Chaitlín. Bhí sise ag éisteacht leis, ar ndóighe, ach lig sí uirthi nach gcuala sí aon fhocal dár dhúirt sé.

'An bhfuil tú ag éisteacht liom, a Chaitlín?' ars a Séamas ar ais.

'Tá,' arsa sise, 'cad é atá ag caitheamh ort?'

'Tá, tá aonach i mBaile an Droichid Déardaoin seo chugainn,' arsa Séamas, 'agus ó tá rún agam a ghabháil chun aonaigh sin – slán beo a bheas mé – agus má bhíonn an ghaoth agus an fharraige ar a shon – ba mhaith liom mo léinidh gheal a bheith nite agus déanta suas agat.'

'Níor shíl mé,' arsa Caitlín, 'go raibh gnoithe ar bith chun na tíre fán am seo den bhliain agat, agus tá míshásamh agus imní mo sháith orm go bhfuil a leithéid de rún in do cheann agat. Anois cad é an gnoithe atá agat ann, nó cad é is ciall duit a bheith ag smaointeamh ar chor ar bith air? Cad é atá sé ach mí amháin ó bhí sinn araon ar an tír agus níl pioc dá mbeidh a dhíth orainn agus ar na páistí go raibh an samhradh mór orainn nár cheannaigh sinn agus nach bhfuil istigh sa teach againn. A Shéamais, a chroí, cá mbeifeá ag gabháil? Is leor a bheith ag tórpáil ar bharr na farraige nuair nach mbíonn neart air agus gan a bheith ag gabháil trasna an chanáil agus do dhá láimh chomh fada le chéile agus gan faic na fríde de ghnoithe agat ann. In ainm Dé caith as do cheann an amaidí agus –.'

'Seo, seo, seo, gheall ar an Rí leat agus gearr gairid é. Nuair a théid tusa faoi shiúl, a Chaitlín, níl ciall agat stad.

Is é mar atá sé de, a Chaitlín, tá mise ag gabháil chun aonaigh Déardaoin seo chugainn is rachaidh mé chun aonaigh Déardaoin seo chugainn agus beidh mé ar an aonach Déardaoin seo chugainn, agus, agus –.'

'Níl aon duine 'do philleadh,' arsa Caitlín, 'ach cad é atá le déanamh agat ann, a chroí?'

'Nach simplí an mhaise duit é!' arsa Séamas. 'Nach iomaí rud agus céad rud a bhíos ag fear le déanamh ansiúd agus anseo nach mbíonn ciall agaibh dó!'

'Is iomaí, leabhra, a Shéamais! Sin focal chomh fíor is a chan tú dhá uair riamh; agus is iomaí amaidí a bhíos ag cur as dóibh ansiúd agus anseo go minic. Ach bíodh do dhóigh féin agat agus b'fhéidir go dtabharfadh do shrón féin comhairle sa deireadh ort.'

Bhí barúil ghéar ag Caitlín cad é a bhí faoi Shéamas. Bhí a fhios aici go raibh lá mór troda le a bheith i mBaile an Droichid Déardaoin agus b'fhearr léi, ar ndóighe, Séamas a bheith as ná ann. Ní raibh a dhath de sheachrán ar Shéamas go mbeadh seo mar seo, ach bheadh sé chomh maith aici a bheith ag caitheamh clocha leis an ghealaigh le a bheith ag iarraidh Séamas a chur den tsiúl a bhí faoi.

'Bhuel,' arsa Séamas go moiglí, modhúil, 'leis an fhírinne a rá leat, chuir Séamas Mór Ó Gallchóir agus a dheartháir, Paidí Beag, scéala chugam go raibh an troid a bhí idir iad féin agus muintir Mhíchíl Bhig Uí Bhaoill le linn a sinsear le socrú ar achan chor lá an aonaigh seo chugainn. Níl dadaí eile le rá agam. Má bhíonn sé ionam bata a thógáil an lá sin, caithfidh mise a bheith ar ghuaillí mo chairde agus mo bhata in mo láimh agam, agus tá a fhios agatsa sin, a Chaitlín, chomh maith liomsa.'

'Tá a fhios agam an amaidí atá istigh in do cheithre cnámha, sin rud atá a fhios agam! Dheamhan léinidh ná léinidh ná cuid de léinidh a dhéanfaidh an dá láimh seo suas duit.'

'Agus dheamhan a fearr liomsa rud dá ndéanfaidh tú, a Chaitlín! Rachaidh an mac seo go Baile an Droichid mar i

ndán is go rachainn maol tarnocht ann gan snáithe orm
ach mar a tháinig mé ar an tsaol. An gcluin tú sin anois?'

'Nár choiglí Dia thú!' arsa Caitlín. 'Treabhaigh leat agus,
mar a dúirt mé cheana féin leat, bhéarfaidh do shrón féin
comhairle sa deireadh ort.'

'Maise,' arsa Séamas agus é ag siúl amach an doras,
'spréadh ar an tsaol agus spréadh eile air agus ar an lá a
casadh orm thú. A nimheadóir, char mhol tú riamh aon
rún de mo chuid agus cha dtug tú comhairle mo leasa
riamh go fóill orm, ach beidh mo chomhairle féin an
iarraidh seo agam, slán beo a bheas mé Déardaoin seo
chugainn.'

Bhí Séamas ar shiúl síos an cabhsa sula raibh na focla
seo críochnaithe aige agus níor chuala sé freagra Chaitlíne;
b'fhéidir nárbh fhearr dó ar bith é.

Tráthnóna Dé Luain tharla na focla seo thuas idir
Séamas agus a bhean agus níor bhain aon chuid acu den
scéal níos mó go dtí maidin lá an aonaigh. Ar maidin an
lae sin shoilsigh an ghrian go haoibhneach ar fad. Bhí
Séamas ar a chois le breacadh an lae.

'Ar nigh tú an léinidh udaí, a Chaitlín?'

'Ó, diachar smaointeamh riamh a rinne mé uirthi,' arsa
Caitlín. 'Cad é a dhéanfaidh tú anois? Ní thig leat a
ghabháil chun na tíre agus chun aonaigh gan do léinidh
gheal. Is fearr duit, a chroí,' arsa Caitlín go suaimhneach,
muinteartha, 'gan bacáil leis an aonach inniu.'

'Ó, dhéanfaidh ceann den mhuintir bhreaca seo cúis
cheart,' arsa Séamas, ag tarraingt leis léinidh bhreac a bhí
crochta ar an rópa os cionn leabaidh na cistineadh.

'Ag brath do náire a chailleadh a bheifeá ag gabháil
chun aonaigh gan do léinidh gheal, agus mo náirese a
thabhairt lena chois sin.' Agus le linn í seo a rá tharraing sí
aniar as faoi cholbha na leapa beairtín beag a bhí cornaithe
suas go cúramach agus go coimir aici i bpáipéar agus shín
chuig Séamas é.

'Hó, hó!' arsa seisean nuair a d'fhoscail sé an páipéar agus nocht an léinidh agus í déanta suas chomh bláfar agus a bhí sí dhá uair riamh roimhe, 'tá tú ansin gan smál, gan smodán, gan ruaim, gan rodán. Dá dtiocfadh cat breac as an chaoinchaibidil is a dh'amharc ar an léinidh sin a thiocfadh sé. Go dtóga an diabhal leis má tá do leithéid eile i gcúig cúigí na hÉireann. Mo choinsias mar atá, a Chaitlín – agus níl a dhath thar mo choinsias agam. Is minic a chuala muid riamh 'i ndiaidh na mionnaí is fearr na mná,' agus is focal fíor agus rófhíor é.'

'Och, tá plámás agus plásaíocht go leor le fáil agat,' arsa Caitlín, 'ach dá mbeadh rath i ndán duit agus Dia ar mhaithe leat, ní fheicfeadh Baile an Droichid inniu thú.'

'Ná bíodh a dhath de sheachrán ort, a Chaitlín, a thaiscidh, nach bhfuil Dia agus Muire ar mhaithe liom agus bhí riamh agus beidh go brách. Tá mé tiogthaí² de sin. Dheamhan is siúráiltí éirí na gréine inniu ná é. Anois, a Chaitlín, a chroí na dílse, tá obair dháréag romham féin agus mo bhata go dtí an oíche i mBaile an Droichid agus cad é an mhaith a bheith ag clamhsán agus ag monamar fá aon rud nach dtig a leigheas? Caithfidh mé a ghabháil. Níl gabháil thairis agam cé bith a bheas sásta nó míshásta, agus ná bíodh ceist ná seachrán ar aon duine nach ndéanfaidh mé obair fir má rinne aon fhear bán riamh é.'

'Dhéanfaidh tú díth na náire agus an diabhlaíocht atá istigh ionat agus a rugadh leat, sin rud a dhéanfas tú,' arsa Caitlín go mífhoighdeach. 'Chonaic muid fir níos fearr ná thú agus, do dhálta féin orthu, ar mhó a dtoirt ná a dtairbhe, ar baineadh fúthu agus ar baineadh a gcuid gaoithe móire astu réidh agus simplí go leor roimhe seo. Tabhair aire ar eagla go n-éireodh an cleas céanna duitse sula dté an ghrian i bhfolach anocht, cibér dóchasach an fear anois thú!'

'Is cosúil nach bhfuil gar a bheith leat. Beidh do dhóigh féin agat de m'ainneoin agus nuair a bheas mo dhóigh féin agamsa fosta, ar ndóighe, cha dtig le Críostaí ar bith a rá nach bhfuil muid cothrom. Mar sin féin, a Chaitlín, agus creid mé sa rud atá mé ag gabháil a rá leat – sháithfinn mo chos siar sa tinidh duit, dhéanfainn gar ar bith faoin ghréin duit, is cuma cad é an cor bealaigh a chuirfeadh sé orm, dhéanfainn rud ar bith beo nó marbh ar do chomhairle, ach ní fhanóinn sa bhaile inniu dá dtabharfá bó bhainne achan lá go ceann ráithe dom.'

'Nach truagh mise agus nach truagh ar ais agus ar ais mé má fhaighim scéala do bháis roimh an lá amárach.'

'Ná bíodh faic imní ort, a Chaitlín, a rún, fá dtaobh díomsa. Fad is a chastar lán mo dhorna[3] de bhata in mo láimhse, tá mé chomh sábháilte is dá mbeinn i bpóca an Athar Shíoraí.'

'Bhí focal mór riamh agat,' arsa Caitlín, 'agus gan ionat go minic cur leis.'

'An bhfuil a fhios agat cad é atá mé ag gabháil a rá leat? Níor maíodh aon duine riamh ort nach ndéanfainn pardóg faoi mo chois de. Anois ó chuir tú corraí orm, chan fhaca mé an fear sin idir an dá shúil riamh – chan cionn is mé féin á rá – a rachainn orlach lorg mo chúil dó.'

'Dhéanfá an diabhal agus a mháthair, a Shéamais, riamh le do theangaidh, ach fágaimis thart anois é agus ó tharlaigh an siúl amaideach, mífhortúnach seo le déanamh agat, gheall ar Dhia leat agus tabhair aire do do cheithre cnámha agus ná faightear in do chorp inniu i mBaile an Droichid thú!'

D'éirigh Séamas agus Caitlín an-charthanach le chéile i ndiaidh an tamaill udaí de shéideadh na mbolg. Níorbh fhada go raibh Séamas réidh agus gléasta suas fá choinne an bhealaigh.

'Sciord suas,' arsa Caitlín, 'tigh Phaidí Fheilimí agus ól lán an ghloine sula n-imí tú nó tá cúrsa fada, righin, maslach romhat.'

'Maise, bhí mé féin ag smaointeamh sin a dhéanamh agus bhí mé idir dhá chomhairle cé acu a rachainn tigh

Sheáin Bhig nó tigh Phaidí – nó cé acu a ligfinn de ar fad mar nach bhfuil mórán spéise agam ann.'

'Seo, a Shéamais, lig dúinn! An bhfuil spéis ag an chat san uachtar? Suas leat tigh Phaidí. Rinne sé téamh inné agus is maith chuige braon fá chraiceann a dhéanamh i dtólamh.'

'Mhaige, tá a fhios agatsa sin,' arsa Séamas go rógánta agus é idir shúgradh is dáiríribh.

'Cad é a bheadh orm?' arsa Caitlín. 'An measfá go mbeinn chomh maol agus go mbeinn do mo dhiúltú agus do mo smachtú féin agus tusa ó sheachtain go seachtain ag imeacht le súgradh, le pléisiúr agus le greann? Há, sin rud a d'fhóirfeadh duit! Ach beidh cuid den ollmhaitheas agamsa fosta, a mhic ó, nó sáróidh sé orm.'

'Nár choiglí Dia thú, a Chaitlín! Ní bheidh aon chuid acu san uaigh againn. An gcluin tú an chomhairle seo:

Nach bhfeic' tusa éan an phíobáin réidh,
Go dteachaigh sé a dh'éag den tart ar ball?
Is, a dhaoine cléibh – ó, fliuchaigí bhur mbéal
Ní bhfaighidh sibh braon i ndiaidh bhur mbáis.

Bhuail Séamas suas tigh Phaidí agus d'fhág thiar gloine a bhain snagarnach as agus a d'fhág sruth uisce lena shúile agus bhí buidéal beag fosta chun an bhealaigh leis.

'Cad é do bharúil de sin?' arsa Paidí.

'Níl lá loicht air,' arsa Séamas nuair a fuair sé a anál leis.

'Riamh char ól tú gloine inchurtha leis,' arsa Paidí.

'D'ól,' arsa Séamas, 'agus ólfaidh. Chan á rá atá mé nach bhfuil seo taghna fosta ach rinne mé féin téamh anuraidh nach n-amharcódh sé air.'

'Shíl mé,' arsa Paidí, 'gur scoith a dtearnadh anseo riamh – an braon atá mé a rá.'

'Níl lá scéil air a deirim leat, a Phaidí. Lean leat mar atá tú agus chan abrann duine ná diúlach leat nach bhfuil uisce beatha galánta agat.'

Amach le Séamas agus anuas chun an bhaile fá choinne a bhata. Chroith sé an t-uisce coiscreactha air féin agus ar Chaitlín agus d'iarr ar Chaitlín paidir a chur leis.

'Maise, rath Dé agus Mhuire ar mo bhéal,' arsa Caitlín, 'paidir ná cré cha chuirim leat agus an siúl amaideach a bhfuil tú air. Cha rachadh abhlóir – chan é amháin duine a leagas amach dó féin a bheith siosmaideach, ciallmhar, stuama – sa tsiúl seo inniu. Cha cheilim ar Dhia ná ar an tsaol é, ba mhaith liom tú gríosáil mhaith bhuailte a fháil – ach gan do mharbhadh ar fad – sula bpille tú. Agus níl ach amaidí dom an béal a bheith ag milleadh an anama agam – paidir ná paidir ná cuid den phaidir cha chuirim leat.'

'Tá teangaidh in do cheann, a Chaitlín, a bhainfeadh an craiceann anuas den dearnaid,[4] agus nár choiglí Dia thú é a chaitheamh ar cheithre bhallaí an tí go dtige mise ar ais. Tá mise ar shiúl agus fad is a mhairfeas orlach den bhata seo le chéile beidh Séamas Mór Ó Duibhir ar a sháimhín suilt – ag gabháil is ag gearradh, ag cosnamh is ag cnagadh, mar a chleacht agus mar ba dhual dár maíodh riamh air.'

Siúd chun siúil é agus níor chuimhnigh sé a hata Domhnaigh a chur air agus bhí an ceann lomchaite a bhí ar a cheann drochdhaiteach, tuarthaí leis an aimsir agus chomh míofar, gránna agus a chonaic tú riamh.

'Pill anseo,' arsa Caitlín, 'agus cuir ort do hata agus steall díot an seó sin atá ort.'

Ach ní phillfeadh Séamas. Ní chorródh sé an seanhata gránna anois de leisc oiread de shásamh a thabhairt di. B'fhearr leis, leoga, in aon toisc uirthi, é a bheith seacht n-uaire ní ba ghráiciúla.

Chuaigh Séamas fána churach, d'iompair ar a mhuin síos an tráigh é agus leag i mbéal na toinne é. Chuaigh sé isteach ansin ann fá mhuinín Dé agus is iomaí buille de chéaslaidh a tharraing sé ó sin go raibh sé ar an tír. Níl aon bhomaite d'uair go leith nár bhain an cúrsa as agus ainneoin nach raibh a mhacasamhail le fáil ar an chósta le brí coirp, cruas is urradh, bhí a sháith aige de agus bhí sé leathchloíte go leor agus spuaiceacha chomh mór le uibh chirce ar bhosa a dhá lámh ag dorna na céasladh sular shroich sé an tráigh.

Shonraigh bean Shéamais Mhóir Uí Ghallchóir Séamas ag teacht agus bhí a fhios aici go maith gur ag teacht a chuidiú lena fear féin a bhí sé agus bhí beathach fána shrian agus a dhiallait aici ar an tráigh fá choinne Shéamais.

'Is é do bheatha,' ar sise. 'Téigh a mharcaíocht chomh tiubh géar is a thig leat, agus bain an t-aonach amach i bpreabadh na súl má rinne tú riamh é. Nuair a shroichfeas tú an fad sin caith an t-adhastar fá mhuineál an bheathaigh, tabhair a ceann di agus bainfidh sí féin an baile amach.'

'Sonas ort,' arsa Séamas, 'rinne tú coimhéad maith. Creidim go bhfuil an troid ar obair faoi seo?'

'Níl a fhios agam,' ar sise, 'ach ná déan thusa dhá chuid de do dhícheall go raibh tú ag bun do chúrsa agus go neartaí Dia bhur lámha.'

D'éirigh Séamas le tuslóig amach ón talamh agus chaith é féin sa diallait ar dhroim an bheathaigh agus ar shiúl leis sna featha fásaigh agus méid a bhí istigh i gcnámha an bheathaigh bhain sé astu é go raibh sé ar imeall an ghleoidh. Thuirling sé ansin agus scaoil a ceann leis an bheathach.

Sula dté mé níos faide, caithfidh mé cúpla focal a rá fán drong a bhí ag troid leis na Gallchóirigh lá an aonaigh seo. Tomás Beag Ó Baoill (a bhí ina chónaí i gCill Draighin) agus Muiris Crosach Mac an Bhaird (a bhí ina chónaí fá Chnoic an Urláir) an dá cheannfort a bhí ar thaoibh na mBaíollach. Bhí Tomás Beag Ó Baoill sé troithe go leith má bhí sé orlach. Rachadh sé de léim, agus gan strais[5] mhór a chur air féin ach oiread, thar an bheathach ab airde sa pharóiste agus dhéanfadh sé leathdhuisín cuarta ag doras na ceárta é. Ní raibh a mháistir ná a mhacasamhail le fáil thiar ná thoir ag cleas an bhata. Chan fear fágtha a bhí in

Muiris Mac an Bhaird ach oiread. Is minic a chuala mé na seandaoine á rá nach mbuafadh an diabhal féin ar Mhuiris. Stiléir mór a bhí i Muiris. Ní raibh a theach aon lá riamh gan fuílleach poitín a bheith le fáil ann. Agus cuireann sin in mo cheann scéal beag fá dtaobh de ghaisciúlacht Mhuiris.

Bhí sé lá amháin ag útamáil taobh amuigh de dhoras a thí. Ar thógáil a chinn dó cad é a tí sé ach oifigeach agus dhá chloigeann déag ribhínigh (ní raibh pílears ar bith ann san am) ag bualadh aníos chuige. Bhí ocht gceig poitín ar an urlár aige agus bhí an stil ag dúbláil sa gharradh i gcúl an tí. Fad is a bheifeá ag rá 'cat,' ghearr Muiris léim isteach chun tí, rug greim ar a bhata agus amach ar ais.

'Good day, my man,' arsa an t-oifigeach. 'I am informed you have poteen here and you must allow us to pass in.'

'Níl a fhios agam cad é atá tú a rá ach oiread le cúl mo chinn,' arsa Muiris.

Scairt an t-oifigeach ar fhear de na fir a bhí leis agus d'iarr air a inse do Mhuiris cad é a ghnoithe leis. Nuair a chuala Muiris go dtearnadh spiaireacht air, 'M'anam ón diabhal gan an spiaire sin,' arsa Muiris, 'fá fhad mo bhata domsa, chuirfinnse ó spiaireacht agus ó fhad na teanga an dá lá saoil a bheadh aige é.'

D'ordaigh an t-oifigeach ansin dá chuid fear a ghabháil isteach i dteach Mhuiris. Thug siad iarraidh déanamh mar a ordaíodh dóibh ach níor éirigh leo nó bhí Muiris ag leagan duine i ndiaidh an duine eile acu lena bhata go raibh an t-iomlán ina chnap amháin i mullach a chéile ag an doras.

Bhí an t-oifigeach ina sheasamh giota ar gcúl agus a dhá shúil chomh mór le dhá phréata agus iad amuigh ar a chloigeann ag amharc ar Mhuiris. Tháinig sé ar aghaidh agus é ag tarraingt a chlaímh as a scabaird agus thug Muiris coiscéim ina araicis.

'My man,' ar seisean, 'if you obstruct me in the discharge of my duty, bear the consequences.'

Bhí barr a chlaímh ar bharr a bhróige agus bhí barr bhata Mhuiris ar bharr a bhróige féin agus a dhá shúil ghéara, ghorma, ghlice ag coimheád an oifigigh. Thóg sé a lámh ag brath Muiris a bhualadh ach, hóró, tharraing Muiris slisbhuille air ar uillinn láimhe an chlaímh agus d'fhág sé an sciathán crochta maol marbh leis. Thit an claíomh as a láimh agus thit an sciathán lena thaoibh. Chuir Muiris barr a bhata ar ais ar bharr a sheanbhróige, sheas sé suas ansin cosúil le Hector na Traoi.

'A dhuine uasail,' ar seisean, 'ní bhuailfinn gan do ghléas cosanta thú.'

'*What is he saying*?' arsa an t-oifigeach leis an fhear s'aige a raibh an Ghaeilig aige. D'inis an fear dó. Thóg sé a chlaíomh ina láimh chlé agus ar seisean le Muiris:

'*A regiment of men like you would conquer the world. Good-bye*,' agus d'imigh an t-arm leo.

'Níl ciall agam do do chaint,' arsa Muiris, 'ach amháin seo, gur maith ar shiúl sibh.'

Chuaigh sé isteach chun tí ansin, chroch in airde a bhata agus níor shíl faic den ghnoithe a rinne sé.

D'éirigh an ghrian ar maidin lá an aonaigh seo go haoibhneach sólásach. Théigh a cuid dealraitheacha na sléibhte agus na bánta agus chuir siad dath an óir ar na cuibhrinn eorna agus coirce a bhí thart timpeall ar Bhaile an Droichid agus ar ghuaillí na gcnoc fad amhairc ar gach taobh. Maidin bhreá fhómhair a bhí inti. Bhí gach uile rud go suanmhar, suaimhneach, aoibhneach. Déarfadh duine go raibh suáilce dhiaga agus beannachtaí os cionn na háite agus scabtha thart go fairsing an mhaidin chéanna. Lá nó beirt roimh an aonach bhí muintir na tíre ag rá go dtug siad fá dear néalta troma, dorcha, míshuaimhneacha os cionn Bhaile an Droichid.

Oíche roimh an aonach chuala muintir an bhaile clog á chroitheadh agus á bhualadh fríd an tsráid i dtrátha an mheán oíche. Scanraigh seo go mór iad. Ní raibh ach aon fhear amháin sa bhaile a fuair uchtach a ghabháil amach thar mhaide an dorais ag amharc cad é ba chiall do bhualadh an chloig. Tadhg Beag Gréasaí ab ainm don fhear seo. Chomh luath géar agus a chuala sé an clog, siúd de léim as an leabaidh é, chaith air a léinidh agus a thriús, rug ar an mhaide bhriste ina láimh dheis, a Choróin Mhuire ina láimh chlé agus thug truslóg amach an doras, ceanntarnocht, costarnocht. Rith sé suas agus anuas an tsráid ach ní fhaca sé agus níor mhothaigh sé trom an tsifín. Phill sé isteach chun tí ar ais agus lá arna mhárach d'inis sé do na comharsanaigh nach bhfaca sé a dhath. Ar an oíche chéanna seo agus i dtrátha an ama chéanna i dteach Aoidh Mhic Fhionnlaoich d'éirigh an coileach dubh Márta ina sheasamh ar an fharadh agus rinne sé trí scairt agus chuaigh an t-eallach a bhí i gceann an tí a bhúirigh agus a ghéimnigh. Chuir seo croí Aoidh a phreabadaigh amach ar a bhéal le heagla. Mar sin féin d'éirigh sé agus é fá bharr amháin creatha le scanradh, las sé feagh agus d'amharc sé ar na ba ach bhí siad sin ina luí ansin go suaimhneach, socair, sámh agus iad ag athchognadh.[242]

Nuair a d'inis Aodh seo do Mhánas Mhór, a chomharsa, ar maidin choiscric sé sin é féin.

'I bhfad uainn gach olc,' ar seisean. 'A Aoidh, a mhic, bain an chluas anuas ón leiceann díomsa nó tífidh tú obair bhocht ar an bhaile seo roimh an oíche.'

Cé bith fá na comharthaí uafásacha, iontacha seo thógfadh an mhaidin bhreá seo croí agus aigne an dúbhrónaigh. Thall udaí i dtrátha am bricfeasta bhí scaifte fear le feiceáil ag teacht isteach chun an bhaile mhóir. Ní raibh mac máthara acu gan bata draighin duibh faoina ascaill leis. Ba ghairid ina dhiaidh seo go raibh an tsráid lán fear. Bhí na Baíollaigh ag spaisteoireacht anuas agus suas ar thaoibh di agus na Gallchóirigh ar an bhail chéanna ar an taobh eile. Bhí a chipín féin anois ag achan fhear ina láimh agus é sínte síos lena thaoibh. Scaoilteog, brístí gairide, bróga ísle an t-éideadh a bhí orthu. Laochraí neamheaglacha, dóchasacha a bhí iontu.

Bhí sé anois ag tarraingt suas go láidir ar an mheán lae. Bhí fuinneoga na siopaí go huile cumhdaithe agus corrdhuine le feiceáil idir amanna ag cur a ghaosáin amach go heaglach agus ansin ag druid na ndoirse go tapaidh ar ais. Ní raibh bó ná beathach, bean ná páiste le feiceáil ar an aonach. Bhí stócach beag, an dara mac do Shéamas Mhór Ó Gallchóir, ina sheasamh os coinne dhoras an tsiopa úir agus a sheanultach de bhataí air. Bhí stócach eile le Tomás Beag Ó Baoill ar an taoibh eile den tsráid ar chabhsa mhuintir Oifig an Phoist agus a bhogultach airsean fosta de bhataí aige fá choinne a mhuintire féin.

Bhí sé anois ag druidim lena haon a chlog agus i ndiaidh an iomláin ní raibh cuma ná cosúlacht aonaigh ar an áit, ach chuirfeadh an t-amharc agus an leagan a bhí ar an tslua fear udaí in do cheann spéir nó néal ramhar, dorcha, gruama a chruinneodh roimh thoirneach. Fá dheireadh thug Séamas Mór Ó Gallchóir léim amach go dána i lár na sráide agus scairt sé amach nár tógadh aon Bhaíollach sa pharóiste riamh nach ndéanfadh sé stól faoina cheathrúna de. D'fhreagair Tomás Beag Ó Baoill é ag gearradh léime anonn ina araicis agus a bhata san aer aige.

'Ó theann tú básta brístí ort, sin rud nach raibh ionat a dhéanamh liomsa, a Shéamais na gaoithe móire, agus seo an t-am agus an talamh agat.'

Ní raibh an focal as a bhéal nuair a thug Séamas an dubhiarraidh air. Chosain Tomás é féin agus thug an dara hiarraidh ar Shéamas le slisbhuille. Sheas an slua uilig le pléisiúr agus aoibhneas ag amharc ar an dá ghaiscíoch seo nach raibh a leithéidí sna trí paróistí ag cleas an bhata. I mbroideadh den tsúil bhí Muiris Crosach Mac an Bhaird agus deartháir Shéamais Mhóir Uí Ghallchóir i bhfostó ina chéile. Anois bhí an slua go huile i ngreim mullaigh cinn le chéile ag súisteáil agus ag slaiseáil agus ag greadadh leo. Dá dtiteadh pionna as an spéir is ar cheann duine nó ar bharr bata a thitfeadh sé. Fuaim agus tormán bataí ag greadadh a chéile; scairteach agus támhach táisc agus béiceacha; dingeadh, brú, roiseadh agus réabadh, is é a raibh le cluinstin agus le feiceáil ar aonach Bhaile an Droichid an lá sin.

Bhí an dá thaobh ag bualadh a chéile ar feadh uair go leith an chloig, agus, in áit a bheith ag lagú nó ag síothló ansin féin is é an rud a bhí siad ag téamh agus ag teannadh leis an obair, agus cha dtug an diabhal leis ar fad le dúthracht agus le dianas iad go bhfaca siad na mná ag amharc amach ar na fuinneoga orthu agus ag croitheadh leo á mbroslú agus ag tabhairt uchtaigh dóibh.

Fá dheireadh bhíthear ag cur na mBaíollach lorg a gcúil de réir a chéile suas go ceann an bhaile agus fá dheireadh buaileadh amach as an bhaile ar fad iad. Nuair a chonaic Tomás Beag na Gallchóirigh ag fáil na buaidhe scairt sé amach le han-ghlór:

'Mo sheacht n-anam sibh, a chairde dílse! Mo sheacht n-anam mo chuid fear! Tógaigí bhur n-uchtach, smaointígí ar bhur sinsir chalma, chróga a tháinig romhaibh, tromaígí bhur mbuillí agus ná ligigí an bhuaidh leis na tóineacháin bheaga seo, na Gallchóirigh, nach raibh a dhath de mhaith riamh ag troid iontu.'

Bhí sé féin agus a dheartháir agus Muiris Crosach agus cúig nó sé laochraí eile ansiúd is anseo, thall is abhus gach áit ba mhó agus ba chruaidhe a raibh féim leo agus, má bhí féin, bhí siad ag déanamh ródach agus ród fríd a naimhde, á leagan agus á síneadh trasna agus i mullach a chéile ina sraitheanna. Ní raibh tuirse ach oiread le déanamh orthu ag bualadh na nGallchóireach ar ais isteach chun na sráide.

'Maith mo chuid fear é,' arsa Séamas Mór Ó Gallchóir agus é ag ligean air féin go raibh leo. 'Tá siad buailte agaibh. Cosnaígí buille an chinn agus sáithigí bhur mbataí mura dtig libh buille na cluaise a fháil orthu.'

Ní raibh anois ach leathultach na mbataí ag na stócaigh; bhí an leath eile briste ag an dá pháirtí ar chloigne a chéile. Ruaigeadh na Gallchóirigh síos an tsráid agus aníos ar ais agus amach an bealach mór, soir a fhad le teach an mhinistir chaim. Seo an áit ar casadh Séamas Mór Ó Duibhir as Toraigh orthu (a d'fhág mé tamall ó shin ar dhroim beathaigh ar stealladh cos in airde ag tarraingt ar an aonach) agus, má casadh féin, ní claitseach ná cláiríneach a casadh ansin. Bhí na Gallchóirigh fada go leor ar aghaidh faoin am seo ainneoin go raibh siad ag troid leo go fóill go righin, calma. Ach nuair a chonaic Mac Uí Dhuibhir cad é mar a bhí, a Rí na gCarad agus na seacht n-anam, chaith sé é féin anuas den bheathach agus scaoil a ceann léi, tharraing leis a bhata aniar as faoina bheilt, chaith seileog ar a láimh agus sháith an lámh siar san éill agus lig sé trí ghlam as a chluinfeá sa Domhan Thoir. Ní raibh Críostaí acu nár thóg sé amach ón talamh le scanradh nó ba chosúla le búireach leoin ná le glór duine glam an Duibhirigh. Lig sé rois mallachtaí sa dara hanál ar na Gallchóirigh agus d'fhiafraigh cad é a bhí siad ag brath a dhéanamh nó an raibh siad ag brath iad féin a náiriú.

'Ar aghaidh ar ais libh,' ar seisean, 'agus déanaigí smionagair bheaga de Bhaíollaigh bhuí na mbolg mór.'

Thoisigh an greadadh agus an tslaiseáil ar ais go húrnuaidh. Ghlac dóchas agus misneach úr Séamas Mór Ó Gallchóir. Chuaigh sé chun tosaigh agus, má chuaigh, chan ar leathchois. Níl aon Bhaíollach ar bhuail sé buille anuas air nach dtearn sé conablach de agus bhí sé á síneadh mar seo ach gur bhuail sé le Muiris Crosach. Bhí Muiris cloíte sáraithe anois ach mar sin féin rinne sé fána choinne féin go maith. Ó tháinig sé chun aois fir ní fhaca aon duine riamh a dhroim ar an talamh. Cé bith sin, chosain sé go healaíonta agus go haigeanta taobh-bhuille na cluaise a tharraing Séamas Mór le fuinneamh uafásach air agus, i bpreabadh na súl, thug sé barr a bhata faoin smigead do Shéamas agus lig a chuid fola go talamh leis. Sáraithe agus eile mar a bhí sé deir siad go mbuafadh sé ar Shéamas Mhór an lá sin murab é feallbhuille a thug somachán beag de mhuintir Ghallchóir dó i gcúl a chinn a chuir chun talaimh é. Bhí Séamas ag scabadh na mBaíollach ina dhiaidh seo mar a bheadh scuad míoltóg óg. Bhí an troid thart agus na Baíollaigh buailte go brách. Níor fhan ar an bhealach mhór acu ach Tomás Beag, a dheartháir agus Muiris Crosach Mac an Bhaird.

'Tá sibh buailte go cruinn agus go cothrom agus go dubh agus go bán inniu, a Thomáis,' arsa Séamas Mór go neamhshuimiúil agus go neamhcharthanach.

'Níl mé á rá nach bhfuil,' arsa Tomás, 'ach féadfaidh sibhse a bheith buíoch d'fhear Thoraí, an Duibhireach. Murab é é, bheadh fios an difir agaibh agus bheadh na páistí ina seandaoine sula dtógfadh na Gallchóirigh a gceann ar ais.'

Is fíor go raibh an bhuaidh leis na Gallchóirigh ach ní bhfuair siad gan cheannach é. Is iomaí cloigeann nimhneach a bhí ina measc agus is iomaí méar agus ladhar agus lorga a d'fhág an lá sin bambach nár chneasaigh go ceann dhá lá go leith, mórán acu is dóigh liom nár scoir le loirg chneácha an lae sin go dteachaigh na hordóga ar a súile agus na trí sluaiste ar a n-uaigheanna.

Ní hé siúd an chéad troid a bhí acu ansiúd, nó b'fhéidir an chéad cheann fichead, ach rug an lá udaí barr agus buaidh ar a dtáinig agus a dtig. Mionchogadh a bhí eatarthu agus cath gan bhréig a bhí an lá udaí ann. Cha dtearn siad creagán den bhogán agus ísleán den ardán fá chraiceann riamh go dtí é.

Bhí cuma leathchloíte go leor ar Shéamas Mhór féin agus ba dheacair sin a dhéanamh leis-sean. Níorbh ionadh mar sin féin go raibh sé amhlaidh an iarraidh seo, nó is iomaí cnagán cruaidh agus smitín géar, fada a chuaigh ina chraiceann ó thoisigh an greann agus nach iomaí scór fear ina áit sin a chnag agus a loit seisean. Ach chan fhuair duine ná diúlach, Críostaí ná créatúr riamh oiread greadta agus súisteála agus a fuair cuid dena chuid fear. Bhí siad as aithne agus as cumas le fuil agus cneácha.

Cha dtearn Séamas Mór áilíos ar bith as a bhuaidh ach an dá fhocal udaí a dúirt sé le Muiris Crosach agus ar an tríú focal thug sé cuireadh do Mhuiris isteach go dtí an teach ósta a dh'ól gloine.

'Throid tú, a Mhuiris,' ar seisean, 'go fíor, fearúil. Déanaimis dearmad den mhéid a chuaigh thart, seo mo lámh duit.'

Bhí croí maith, mór ag na daoine seo. Níor fhás siad agus ní raibh siad gan locht agus ba locht corpartha, follasach an mionchogadh coiteann seo idir na teaghlaigh nó na treibheanna. Bhí siad róthugtha ar fad dó agus is maith go dteachaigh sé ar gcúl. Ach, ná síleadh agus ná samhlaíodh mac Gaeil ar bith go bhfuil sinne, spreasáin na haimsire seo, inchurtha ar dhóigh na ndóigheann leis na daoine breátha, fearúla a chuaigh romhainn. Má bhí siadsan lochtach tá céad locht agus céad drochbhéas againne in aghaidh gach ceann dá dtig linn a chur ina leithsean.

An Domhnach a tháinig i ndiaidh an ghráscair udaí ní raibh Críostaí acu nach raibh cruinn cuachta ar an Tráigh Mhóir ag iomáin agus iad chomh mór agus chomh carthanach agus chomh techroítheach dá chéile agus a chonaic tú riamh. Chan aithneofá gur bhuail siad agus gur ghread siad agus gur mharaigh[6] siad a chéile dhá lá roimh ré. Bhéarfá mionna an leabhair nach dtáinig aon fhocal, chan é amháin buille, eatarthu riamh – iad uilig dáimhiúil, muinteartha le chéile agus greann, suairceas agus carthanas ar achan taobh.

Faraor, d'imigh an láiche agus an fhearúlacht agus an fhlaithiúlacht agus an croí mór leis na daoine udaí. Bhí an teangaidh a labhair siad, an teangaidh a bhí in Éirinn ó shuigh Éire anseo agus an teangaidh is binne agus is snasta agus is éifeachtaí de na teangacha a leag Dia amach don tsaol seo; bhí na cluichí a d'imir siad, an ceol agus na hamhráin a chan siad agus an damhsa a chleacht siad – bhí an t-iomlán chóir a bheith caillte agus ar lár againne dár ndeoin agus dár dtoil féin.

Bhí nósanna agus béasa gráiciúla agus teangaidh gharbh, fhuar, chruaidh ár namhad, na Sasanaigh, á gcleachtadh againn agus de réir mar a bhí ag éirí linn, ár dtír ag dul chun donais agus chun bochtaineachta agus sinn féin ag titim síos siar in uisce stiúrach Shasana. Agus tá a shliocht ar ár dtír agus orainn féin inniu go bhfuil muid in uisce na stiúrach, rud gan dóigh éigin. Ach táimid ag éirí as de réir a chéile. Chuir Dia Conradh na Gaeilge chugainn agus scaoil saothar an Chonartha sin an dallóg dár súile agus thóg sé an scamall díobh agus is léir dúinn anois an mífhortún agus an mírath agus an díth dóighe a tharraing muid orainn féin. Táimid ag iarraidh é a leigheas anois ó lá go lá agus éireoidh linn fosta nó níl Pádraig, Bríd, Colm Cille agus naoimh eile na hÉireann thuas. Tiocfaidh na seanlaetha breátha ar ais. Imeoidh an doicheall agus an mícharthanas agus imeoidh an neamhshuim inár gcreideamh, inár dtír agus inár gCruthaitheoir anonn chuig Seán, an talamh ceart dúchais s'acu, an áit a raibh siad riamh agus an áit (mura bhfuil ag Dia) a mbeidh siad go Lá an tSléibhe. Níl againn ach an Ghaeilig a chur ina háit féin agus titfidh achan rud eile a bhaineas dár dtír, dár gcreideamh agus náisiúntacht isteach san áit ar ceart agus cóir dóibh a bheith.

Bhí mórán cleachtas ar siúl in aimsir na mBaíollach agus na nGallchóireach udaí nár mhaith a n-athbheochan inniu, mar a bhí, an tsúisteáil udaí ar laetha aontaí agus araile, ach taobh amuigh de seo féin, b'fhéidir gur beag agus gur róbheag dena gcuid béas, maith agus olc, nárbh fhearrde againn inniu agus nár bhuntáistí don anam, don intinn agus don chorp ná an dríodar agus an gríodán atá againn ina n-áit. B'fhada go ndéanfadh ár seanaithreacha iad féin chomh beag, suarach, uiríseal agus aithris a dhéanamh ar an mhuintir a chreach agus a scrios a dtír agus a shlad agus a ghoid a bhfaca muid riamh. Nárbh fhada a bheadh siad ag smaointeamh air!

Ach tá Gaeil lagspioradacha na haimsire seo ar a dteanndícheall ag aithris ar Sheán agus ar a theangaidh agus ar achan rud eile a bhaineas dó agus ní díobháil feasa ná eolais ar Sheán is ciontaí leis seo – nó is beag sa tír seo inniu nach bhfuil a fhios aige anois cé Seán agus go bhfuil oiread fuatha agus tarcaisne agus drochmheasa aige inniu orainn agus a bhí riamh – ach díobháil spioraid agus díth na céille.

Go bhfeice an Rí féin an rud a bhfuil muid ag aithris air, Seán plásánta, milis, fabhtach, bealaithe nach smaointíonn agus nach machnaíonn ar Dhia ná ar Mhuire, ar na flaithis thuas ná ifreann thíos, ó bhliain go bliain agus nach bhfuil a athrach de chúram go deo air ach ag líonadh a bhoilg agus a spáráin. Agus déarfaidh mé an oiread seo – más é déanamh an airgid agus an tsaibhris a rinne Seán de Sheán, go sábhála Dia Éire bhocht ar aon chuid acu. Tá an cliú amuigh ar Sheán fosta nach bhfuil sé ionraic ach oiread agus go ngoidfeadh sé talamh an domhain go huile agus a bhfuil ann agus air dá ligeadh an eagla dó é, nach bhfuil sé fírinneach agus go ndéanann sé úsáid den bhréig chomh réidh leis an fhírinne má fhóireann sin dó agus go bhfuil sé sleamhain, fealltach de ghnáth ach gur líonadh a bhoilg an rud amháin is mó a bhfuil sé leagtha air – an tréith is follasaí aige. Agus, ar ndóighe, níl aon chráin ná collach muice ná madadh lathaí i mBaile an Mhúnlaigh nach dtig leo seo a dhéanamh agus nach ar an rud cheannann chéanna seo atá siad leagtha – líonadh a mboilg!

Faire! Fainic, a Chlanna Gael! Dearcaigí i gceart ar an rud atá sibh a dhéanamh agus scoirigí de. Pilligí ar Éirinn agus ná leanaigí Seán lá ná bomaite níos faide – murar mian libh a bheith mar atá a fhios agaibh!

Ba luaithe i bhfad a chaillfeadh Séamas Mór Ó Gallchóir, Muiris, Tomás Beag nó ceachtar acu siúd an ceann ná a d'ullmhódh siad do bhéasa Sheáin Bhuí. Is fada an t-iomlán acu, na Baíollaigh agus na Gallchóirigh scilte

sa chill agus a n-anam, tá súil as Dia agam, sa ghlóir. Bhí
siad ar shlua na marbh i bhfad sula dtáinig mo cheannsa ar
an tsaol ach is dóigh liom go raibh m'athair mór (go
ndéana Dia trócaire air) i gceann a bhata an lá udaí i
mBaile an Droichid.

Is é m'athair a d'inis an scéal domsa agus, más bréag é,
ní mise a chum é.

NÓTAÍ

1   Tá an téacs seo bunaithe ar an leagan a bhí i gcló ar *An
       Claidheamh Soluis*. Chuir Séamus réamhrá beag don léitheoir
       isteach leis an scéal nuair a foilsíodh mar leabhar é. Seo a
       leanas an réamhrá sin.
       A léitheoir chóir, uair a bheas tú ag gabháil fríd an leabhairín
       bheag seo (más fiú leabhairín féin a thabhairt uirthi) creidim go
       mbeidh iontas ort cionn is go raibh na fir chliste udaí ag troid
       in aghaidh a chéile mar a bhí. Beidh tú ag déanamh fosta (rud
       nach ionadh) go dtáinig na Baollaigh as áit inteacht i bhfad ar
       shiúl le batalaigh agus éagóir a dhéanamh ar na Gallchóirigh.
       Chan ea, maise. Comharsanaigh a bhí ins an mhórchuid acu
       seo go huile. Cha raibh Tomás Beag Ó Baoill ina chónaí mórán
       os cionn dhá mhíle ó theach Shéamais Mhóir Uí Ghallchóir;
       agus bhí áras Mhuiris Chrosaigh Mhic a' Bhaird fá thuairim
       fad scairte ó áit chónaithe Shéamais Mhóir.
       Ná síl, a léitheoir, a charaid, gur le aon phioc de dhrochmheas,
       mí-urraim, nó tarcaisne ar na daoine seo a bhí ag greadadh a
       chéile an lá udaí i mBaile an Droichid a scríobh mé an t-alt
       beag seo ina dtaoibh. Chan ea, go cinnte; ach is é atá bród orm
       a chur síos fána gcrógacht agus a ngaisciúlacht agus a
       bhfearúlacht. Cá bhfuil an Gallchóireach ar a dhá chois inniu a
       chuirfeá i gcomórtas nó i gcosúlacht ar dhóigh na ndóigheann
       le Séamas Mór? Agus an bhfuil aon Bhaollach ina chraiceann
       ar an uair seo de lá a rachadh de léim, ar an léana chothrom,
       thar an chapall is airde ins an pharóiste mar a dhéanfadh
       Tomás Beag Ó Baoill gan mórán saothair? Siúd agus gur
       líonmhar agus gur callánach go fóill – corruair – clann na
       mBard, níl aon fhear acu ina sheasamh i mbróig leathair inniu
       a bhéarfadh cúig bhomaite comhraic do Mhuiris Chrosach lá
       an aonaigh udaí. Níl ann ach go bhfuil siad ábalta bata a

iomchar anois, chan é amháin cleas éifeachtach a dhéanamh leis.

Ins na fir udaí a bhfuil mé ag trácht orthu sa leabhar bheag seo bhí fuil, ard, ghlan, uasal na ngaiscíoch a throid agus a bhuail agus a bhuaigh ar na Sasanaigh ag Béal an Átha Buí ag preabadaigh ina gcuisleannaí; bhí, agus calmacht agus treiseacht a sinsear a throid faoi Eoghan Rua nuair a ruaig agus a threascair sé na Sasanaigh amach as Cúige Uladh – bhí, a deirim, sompla na ngaiscíoch seo ag broslú muintir Bhaile an Droichid (agus is é a shílim féin go raibh go leor daoine eile fríd Éirinn ar an nós chéanna) seasamh suas os coinne a chéile, a mbataí a chleasaíocht ar a chéile agus ag fágáil fearbacha ar a gcraiceann agus cnapáin ar a gcloigne.

Fágaim anois an leabhairín beag nó an scéilín beag seo – lochtach suarach mar atá sé – agat le léamh i dteangaidh na bhfear udaí, i dteangaidh do shinsear, le ceathrú uaire beag a chur thart duit go soineanta, neamhdhoch   arach.

Is deacair duine nó tír a fháil gan locht, agus má tí tú locht sna fir bhreátha udaí a bhí cruinn ar aonach Bhaile an Droichid an lá udaí, tá súil agam go mbeidh tú liom ag glacadh a leithscéil.

Séamus Mac a' Bháird, Oileán Thoraí.

2   *Tiogthaí?* [t′oki] *sure, definite.* Hamilton, 332.

3   *Dhoirne* sa ls. Hamilton, 270 sub *dorna.*

4   Hamilton, 267, sub *dearnad.*

5   Hamilton, 328 sub *strais, stress.*

6   [wɑri] agus [wɑru] san aimsir chaite den bhriathar seo i dToraigh. Hamilton, 300 sub *marbh.*